버지니아 울프가 결혼하지 않았다면

버지니아 울프가 결혼하지 않았다면

안이희옥 장편소설

문학동네

하얀색의 환상

서구의 어디쯤인가? 지붕 끝이 날카로운 세모꼴인 뾰족뾰족한 성이 보인다. 성안에는 전깃불이 없다. 어둠침침한 방에 한 여자가 누워 앓고 있다. 여자는 머리가 심각하게 아프다. 기사가 나타난다. 멋진 기사는 여자의 아픈 머리를 부드럽게 쓰다듬는다. 여자는 잦아드는 목소리로 호소한다. 기사님, 그 무거운 갑옷과 투구를 벗으세요. 자유로운 옷을 걸치고 하프를 타며 시를 낭송해요. 창과 칼은 더이상 필요없어요. 아름다운 시, 음악과 그림, 멋진 춤으로 이 성을 가득 채워요. 그러나 기사는 여자의 약을 구하기 위하여 싸움터에 나가야 한다고 주장한다. 싸움? 여자가 묻는다. 기사가 대답한다. 성을 침범하려는 음모가 있다. 그 음모와 싸워서 성을 지키고 약을 구해오겠다. 기사는 여자의 이마에 입맞춤을 하고 씩씩하게 전장으로 나간다. 여자는 말릴 힘도 없다. 어둡다. 컴컴하다. 여자는 뇌 속을 드릴로 후벼파는 듯한 고통에 몸부림친다. 숨이 턱턱 막힌다. 여자가 참지 못하고 비명을 지른다.

현주는 신음 소리를 내며 눈을 떴다. 전신이 땀으로 흥건히 젖어 있었다. 꿈속에서처럼 심하지는 않았지만 머리가 아직도 지끈거렸다. 그러나 꿈속과 달리 방 안은 환했다. 몇 시쯤 됐을까? 현주는 시계를 보았으나 읽을 수 없었다. 지독한 근시였기 때문이다. 더듬더듬 안경을 찾는데, 안경 대신 벽의 전면을 장식하고 있는 커다란 그림이 흐릿하게 눈에 들어왔다. 이 좁은 집에는 어울리지 않게 큰 그림이었다. 무거운 잿빛 하늘 밑에 바랜 듯이 하얗고 드넓은 옥상과 흰 굴뚝이 그려져 있었다. 그리고 그 하얀 굴뚝 옆에 섬뜩하도록 시커먼 옷을 입고 검은 머리를 길게 늘어뜨린 여자가 혼자 서 있었다. 흑백의 대조를 통해 홀로 있는 여자의 음울한 심상을 잘 드러낸, 어느 가난한 화가가 그려준 현주의 초상이었다. 현주는 그 초상이 썩 맘에 들었지만 보는 사람마다 치워버리라고 했다. 불길한 기운이 으스스하게 느껴진다는 얘기였다. 특히 어머니는 저 그림 때문에 될 일도 안 된다며 질겁을 하셨다.

그러고 보니 신정인데도 어머니한테서 전화가 안 왔다. 하긴 연말에 돈을 듬뿍 쥐어주었으니 당분간 전화할 일은 없을 거다. 덕분에 새해 아침에 누구에게도 방해받지 않고 늘어지게 잘 수 있었으니 홀가분하고 자유로운 팔자다. 겨우 안경을 찾아 쓴 현주는 시계부터 보았다. 이럴 수가! 정오가 가까워오고 있었다. 한심했다. 이렇게 정신없이 자다니…… 청소도 해야 하고 밀린 빨래도 있고, 무엇보다 직장에서 부대끼느라고 막상 쓰지는 못하고 단상만 적어놓은 시를 써야 할 텐데…… 이상하게 아직도 머리가 무겁고 가슴이 먹먹하며 뻐근했다. 꿈 때문인가? 현주는 천천히 이부자리를 개고 안방에서 나와 비좁은 주방의 탁자에 앉았다. 열여섯 평밖에 안 되는 작은 집이어서 소파는 꿈도 못 꿨다. 하지만 이 작은 보금자리를 장만하고 경제적 자립을 하기까지 얼마나 고생을 했던가? 더 이상 이사 다니지 않아도 되니 그것만도 감사할 일이었다.

한겨울의 차갑고 날카로운 햇살이 주방 유리창을 환하게 밝히고 있었다. 현주는 잠이 덜 깬 듯 멍한 의식으로 희미하게 중얼거렸다. 허황된 꿈을 꿨어. 왜 난데없이 중세의 기사가 나타났을까? 무의식이 나도 모르는 새 '백마 탄 기사'를 기다리고 있는 것일까? 현주는 정신을 차리려는 듯 고개를 세차게 저었다. 유치하다! 백마 탄 기사를 꿈꾸는 낭만적 사랑에 대한 환상. 나의 의식은 아주 오래전에 그런 비현실적인 환상을 깨버렸다. 그런데, 무의식은? 제기랄, 무의식의 집요함이라니…….

현주는 투덜거리며 몸을 벌떡 일으켰다. 주방 창문을 활짝 열어젖혔다. 차가운 바람이 나태해진 머릿속을 시원하게 씻어주었다. 단도같이 날카로운 태양빛은 신도시의 아파트 단지를 도려낼 듯 샅샅이 비추고 있었다. 태양빛, 밝음, 의식. 어두움, 꿈, 무의식…… 현주는 떠오르는 생각들을 조심스레 짚어나갔다. 기사와 공주라니…… 어쩌면 이렇게 진부한 상징일까? 어릴 때부터, 아니 태어나기 전부터 주입되어온 집단 무의식. 순결하고 예쁜 공주 같은 처녀와 능력 있고 잘생긴 기사 같은 남자와의 달콤한 사랑에 대해 대부분의 사람들이 품고 있는 환상. 그 집요한 힘. 그것은 내 안에 구태의연한 생각들을 뿌리박게 하고 돈, 명예, 사랑으로 집약될 수 있는 세속적 욕망들을 들끓게 한다. 혼자 잘살고 있는 나를 꿈으로 침범해 백마 탄 기사를 기다리게 하고, 기사로부터 보호받고 싶은 갈구가 목구멍까지 차오르게도 한다. 하지만 이렇게 무의식이 전근대적인 생각 속을 헤매는 동안 의식은 깨어나려고 안간힘을 쓴다. 좀 덜 세속적이고 좀더 새로운 세계를 찾아 뻗어나가는 의식의 촉수. 그렇다면 의식은 얼마든지 진보적이어도 좋다. 집단 무의식의 완고한 손길이 붙잡고 있기 때문에 의식이 아무리 앞으로 달려도 멀리 못 가니까. 만약 의식조차 바꿀 수 없다면 꿈으로 드러나는 이 집요한 무의식을 어떻게 바꿀 수 있단 말인가? 지겹다. 끈덕진 무의식. 항상 참신한 생각으로 자신을 가득 채우지 않으면 나도 모르는 새 기존의 관습에 먹혀버릴 것이다.

차가운 새해의 바람을 맞으며 생각을 다듬던 현주는 깨어났다는 신호로 침묵을 깨고 라디오를 틀었다.

바람 되어 너의 머릿결을 흩어놓고 날 알려도
너는 그냥 스쳐 지나는 바람인 줄로만 알지.
그게 나였는데 비 되어 너의 옷깃을 적시는 내 눈물도
너는 그냥 내린 비로만 알지.
이 노래를 듣는 지금도 알아채지 못하고
너를 위한 노랜 줄도 모르지.
비록 함께할 순 없지만
너를 볼 수 있는 곳에서
세상으로부터 널 지킬 거야.
그저 좋은 마음으로밖에는
사랑할 수 없다 하여도
세상에 없는 사랑

난 너에게 바칠 거야 워워…….

사이버 가수 아담의 〈세상엔 없는 사랑〉이었다. 현주는 신경질적으로 라디오를 껐다. 첨단의 기술을 갖고도 이렇게 낡은 사랑 타령을 노래할 수밖에 없는가? 온통 낭만적 사랑의 환상만으로 세상을 도배하고 있으니 젊은이들이 서서히 기운을 빼앗기고, 나 같은 삼십대 후반도 쓸데없는 기사님 꿈을 꾸지. 그런데 사람들이 인간간의, 특히 남녀간의 사랑이 아주 힘들고 노력을 많이 기울여야 한다는 걸 막상 깨닫게 되면, 나처럼 편하게 혼자 살면서 사이버 가수나 배우와 손쉬운 놀이를 즐기게 되지 않을까? 인간간의 섹스보다 컴퓨터와의 섹스가 더 황홀하고 굳이 애를 낳지 않아도 복제 인간을 만들 수 있다니까…… 아니다, 그건 너무 비인간적이다. 하지만 도대체 뭐가 인간적인 걸까? 내가 서른아홉이 되도록 혼자 사는 걸 뭐라고 해석할 수 있을까? 보수에 대한 반동? 비인간적인 편의주의? 현주는 머릿속이 복잡해졌다. 좀 씻으면 괜찮을 거야. 현주는 목욕탕으로 들어갔다.

오래오래 샤워를 했다. 그러자 머리가 약간 개운해지면서 새로운 생각이 났다. 가만있자, 시를 낭송하라고? 꿈속에서 앓는 여자가 기사에게 예술을 하자고 간청했잖아? 그렇다면, 앓는 여자도 나, 기사도 나다. 나는 시인이자 편집자니까…… 이 꿈은 어릴 때부터 주입된 기사와 공주의 흔한 사랑 얘기가 아니라, 내 내부의 양면성일지도 모른다. 허약하게 앓는 여자 시인인 나의 일면과 씩씩하게 생활의 일터에서 싸우는 남자 기사 같은 나의 양성성…… 그럴지도 몰라…… 그렇다면? 이 꿈을 시로 쓰자. 시는 사람의 꿈과 무의식을 파고들어 새로운 상징을 창조하는 거니까…… 현주는 갑자기 마음이 바빠져서 서둘러 샤워를 끝내고 서재로 쓰는 작은방으로 들어갔다.

그러나 시상을 정리하자니 책상 위가 너무 어지러웠다. 며칠째 뜯어보지도 않고 쌓아놓은 우편물들. 그중에서도 꼭 나무 막대기처럼 길쭉하게 포장된 소포가 현주의 신경을 쥐어뜯었다. 발신인 이름은 최한영. 오랜 세월이 흐른 후, 그 이름을 마주치자 머리 꼭대기까지 피가 역류하는 느낌이었다. 한 달 전쯤에 시작된 일이었다. 금요일이었던가? 토요일이었던가? 하여튼 눈이 오는 날이었다. 다소 감상적으로 되기에 알맞은 날씨였다. 퇴근하고 돌아오면서 현주는 우체통에서 낯선 편지 한 통을 발견했다. 처음에는 최한영이라는 발신인 이름을 읽고도 누가 보낸 편지인지 단번에 알아차리지 못했다. 그저 자신의 시집을 읽은 독자려니 짐작하면서 무심코 편지를 뜯었다. 푸르스름한 연하늘색의 차분하고 상큼한 편지지가 나타났다. 그때 전신을 강타하던 고압 전류. 그렇다. 바로 그 최한영이었다. 대부분의 남자들은 이렇게 예쁜 편지지를 쓰지 않았다. 남자다움의 과시인 양 공책을 쭉 찢어 쓰거나 잘해봤자 무덤덤한 백지에다 맞춤법이 엉망인 글씨를 휘갈겨 쓰기가 고작이었다. 적어도 현주 세대의 남자들은 대부분 그랬다. 그러나 최한영은 그 옛날과 조금도 변함없이 고운 편지지에 정성스런 글씨로 가만가만 사연을 풀어놓고 있었다.

저를 아직도 기억하시는지요? I대 일어과를 같이 다녔던 최한영입니다. 지금은 G일보 문화부에서 일하고 있습니다. 어느 현기증나는 오후, 신문사에 도착한 신간 서적들 중에서 김현주씨의 두번째 시집 『버지니아 울프가 결혼하지 않았다면』을 발견했지요. 저자 사진을 보고 틀림없이 현주씨임을 확인했을 때 너무 반가워 소리를 지를 뻔했습니다. 약력에 소개된 첫 시집 『휘이휘이 날아가려는 내 혼아』는 절판됐다고 하더군요. 절판된 시집을 마저 읽어보려는 제 마음이 지나친 욕심인지요? 『휘이휘이 날아가려는 내 혼아』를 가지고 계시다면 G일보 문화부로 보내주시면 매우 고맙겠습니다.

회오리치는 겨울, 최한영 드림.

최한영, 건재하구나! 그때, 군대에 가서 몇 번이나 편지를 보내왔는데 답장을 안 해서 소식이 끊겼었지. 그후로 기운을 추스르고 당당한 사회인이 됐나 보다. 현주는 다시 한번 편지를 읽었다. 학교 다닐 때는 터놓고 반말을 쓰던 사이였는데 긴 세월이 정중한 존댓말을 쓰게 했구나. '어느 현기증나는 오후'라는 표현은 여전히 여린 심성을 간직하고 있다는 걸 보여주고…… 잠시 회상에 젖어들었던 현주는 한참 망설인 끝에 아주 건조하고 짧은 답장을 썼다.

전국에 눈이 내리고 있습니다. 하늘만이 쉽게 통일을 할 줄 아는군요. 나머지는 제멋대로입니다. 제 초기 시집도 제멋대로입니다. 읽어주신다니 고마워 한 부 보내드립니다. 총총.

그 답장과 함께 가지고 있던 초기 시집 열 권 중에서 한 권을 보내주었고, 바쁜 일상 속에다 되살리고 싶지 않은 기억들을 묻어버렸다. 그런데 얼마 전 최한영으로부터 막대기 같은 소포가 왔다. 여전히 깔끔한 편지와 함께…… 현주는 의식적으로 소포를 외면한 채 내던져두었는데 시상을 정리하려는 지금 송곳처럼 신경을 찌르며 뜯어봐, 뜯어봐 외치는 것 같았다. 현주는 할 수 없이 편지부터 펼쳐보았다.

보내주신 시집 잘 받아보았습니다. 눈 오는 날, 우체국까지 가서 시집을 부쳤을 것을 생각하니 미안한 마음이 들었습니다. 보답으로 눈 올 때 가릴 수 있는 우산을 보내드립니다. 한번 만 나뵐 수 있었으면 하고 간절히 바랍니다. 신정 연휴에는 별볼일 없이 집에 있으니 전화 주시면 좋겠습니다. 평일에는 G일보 문화부로 연락주십시오.

이어 집 전화번호와 G일보 연락처가 적혀 있었다. 현주는 풋, 하고 가벼운 웃음을 터뜨렸다. 눈 온다고 했더니, 우산을 보내다니…… 재기 있는 남자군. 그런데, 눈 온 날 부치지 않고, 눈 그치고 보냈는데…… 그보다 신정 연휴에 집으로 전화하라니? 아직도 결혼 안 했나? 사십이 되도록 남자가 결혼 안 할 리가 있나? 아니면 이혼이라도 한 걸까? 어쨌든 나처럼 혼자 살지 않는다면 연휴가 한가할 리가 없는데…… 현주는 궁금증을 느끼며 소포를 뜯어보았다. 꼼꼼히 겹겹으로 싸인 포장지를 열어보니 흰 우산이 나왔다. 웨딩 드레스를 연상시키는 순백의 실크 우산. 접는 우산을 활짝 펴자 화사하기 그지없는 하얀 색채가 현주의 얼굴에 환한 그림자를 드리웠다. 현주는 우산을 펼친 채로 방 한가운데 놓아두고 멀거니 바라보았다. 그러다가 치밀어오르는 충동을 못 이겨 노트북을 끌어당긴 후 생각나는 대로 자판을 두드리기 시작했다.

기억하니? 원효로 협수룩한 동네에 있던 구멍가게, 쌀과 연탄도 파는 구멍가게에 딸린 방 세 칸의 우리집. 우리집은 식구가 많았다. 의붓아버지의 자식 둘과 어머니의 자식인 나와 남동생, 의붓아버지와 어머니가 재혼해서 낳은 자식 둘, 합해서 형제가 모두 여섯. 그리고 나의 외할머니. 의붓아버지는 연탄과 쌀 배달이 힘들다며 밤마다 술을 마신 후 주정을 했고, 어머니는 구멍가게 일로도 파김치가 되곤 했다. 외할머니는 불평 한번 없이 그 많은 아이들을 돌봤다. 특히 비교적 학교 공부를 잘했던 나를 무척이나 귀여워하셨다. 초등학교 사학년 때였다. 나는 학교에서 처음으로 배운 바느질을 하고 있었다. 그런 나를 외할머니는 대견스럽게 여기셨다. 빨래를 밟으며 외할머니는 옛날이야기를 해주셨다. 외할머니는 엄청나게 많은 이야기를 알고 계셨다.

옛날 옛적 어느 마을에 하룻밤 새 커다랗고 흉한 나무가 솟아올라 온 마을을 시커멓게 가렸더란다. 그 흉한 나무는 집 위에, 밭과 논 위에, 냇물 위에 검은 그늘을 드리워서 농작물이 자라지 못하고 가축이 죽어갔지. 큰일난 거지. 마을 사람들은 그 나무를 뽑아버리려고 애를 썼단다. 그러나 튼튼한 장성들이 수십 명 달려들어 힘을 써도 나무는 꼼짝도 안 했단다. 마을 사람들은 시름에 잠겼지. 그때 유명한 도인이 그 마을을 지나갔더란다. 마을 사람들은 도인에게 간절히 물었지. 도사님, 어떻게 해야 저 흉한 거목을 없앨 수 있겠습니까? 도인이 대답했지. 아주 순결한 처녀가 나무를 뽑으면 될 거요. 마을 사람들은 몹시 기뻐했지. 아, 그거야 쉽지, 우리 마을에는 순결한 처녀들이 많으니까…… 마을 사람들은 동네 처녀들을 불러모았어. 처녀들은 한 사람씩 나무에 달라붙어 뽑으려고 하였단다. 그러나 나무는 꼼짝도 하지 않았어. 처녀들이 모두 힘을 합해 달라붙었지. 그래도 나무는 움직이지 않았어. 마을 사람들은 절망에 빠졌지. 우리 마을에는 정말로 순결한 처녀가 없단 말인가? 그때 한 사람이 외쳤어. 아, 깊은 산 속에 있는 사냥꾼 집에 딸이 하나 있어요. 그 처녀를 데려옵시다. 그 처녀는 남자를 본 적도 없을걸요? 그래, 그래, 그 처녀를 데려오자. 그래서 깊은 산 속의 처녀는 마을로 내려왔단다. 하지만 그 처녀가 나무를 뽑으려 하자 나무는 조금 흔들렸을 뿐 여전히 움직이지 않았어. 웬일일까? 사냥꾼의 딸은 의아심을 가지고 도인에게 물어보았지. 도사님, 저는 외간 남자와 말도 한번 한 적이 없는 순결한 숫처녀이온데, 왜 저 흉한 나무가 꿈쩍도 않을까요? 도인이 되물었다. 정말로 평생 남자를 그리워해본 적이 없단 말이오? 그제야 처녀는 언젠가 나뭇짐을 가득 진 총각이 산 속을 지나가는 걸 보고, 나도 저렇게 힘센 총각한테 시집갔으면 하고 설레었던 기억을 해냈단다. 부끄러워진 처녀는 정한 물을 떠놓고 백일기도를 하며 마음을 맑게 한 후 그 나무를 뽑았지. 그제야 그 흉한 거목이 드리웠던 검은 그늘이 흔적도 없이 사라졌어. 그 처녀는 그후에 소문이 나서 아주 훌륭한 대갓집에 시집을 갔더란다. 우리 현주야, 산 속의 처녀처럼 순결한 우리 현주도, 곱게 곱게 자라서 나중에 훌륭한 신랑 만나야지. 지금은 우리가 이렇게 고생해도 현주는 우리의 희망이란다. 외할머니는 어린 나의 검고 반질거리는 머리를 쓰다듬어주셨다. 나는 얼굴이 발개지며 무언가 모를 기대감에 차올라 열심히 정성껏 바느질을 했다.

여기까지 휘갈겨 쓴 현주는 다시 한번 순결함을 상징하는 백색의 우산을 멀거니 바라보았다. 그리고 천천히 일어나 우산을 접었다. 한영의 얼굴이 눈앞에 잡힐 듯이 떠올랐다. 몇 번 망설이다 집으로 전화를 해봤다. 신호음이 네 번 울렸을 때 잠에서 덜 깬 남자의 목소리가 들렸다.

"여보세요."

현주는 말문이 꽉 막혀 가만있었다. 이번에는 잠에서 조금 더 깨어난 목소리였다.

"여보세요, 말씀하십쇼."

분명히 한영의 음성이었다. 잠기운이 묻어 있고 담배를 많이 핀 듯 다소 쉰 목소리였지만……

"저, 김현주예요."

간신히 자신의 이름을 밝혔다. 그러자 한영은 물벼락이라도 맞은 듯 정신이 번쩍 든 음성으로 소리쳤다.

"반갑습니다. 현주씨…… 전화 기다렸어요."

"우산…… 잘 받았어요."

현주는 더이상 할말을 찾지 못했다. 대신에 한영이 더듬더듬 말을 이었다.

"우산, 마음에 드십니까? ……한번 만납시다. 이게 몇 년 만입니까? 십 년? 이십 년? 정말 오랜만입니다. ……학교 앞 다방 어떻습니까? ……아니, 이젠 우리도 다 컸으니까 새 장소가 좋겠죠. 지금 당장 봅시다."

현주가 오늘은 할 일이 많다고 하자 한영은 내일 꼭 만나자고 했다. 얼결에 시간과 장소를 약속하고 끊었다. 한영과 같이 공부했던 대학 시절의 기억이 황사 바람처럼 회오리쳤다. 그리고 그 회오리는 더 멀고 아득한 기억 속으로 현주를 몰아가고 있었다. 현주는 다시 노트북을 끌어당겨 쓰던 글을 계속했다.

초등학교 육학년 때였던가? 나는 열이 나고 몹시 아팠다. 잘 먹지도 못하고 토하기만 했다. 애가 초경을 하느라고 멀미를 하는구나. 외할머니는 내 팬티를 빨아 널고 나를 토닥거려주셨다. 그리고 외할머니가 알고 계신 옛날얘기를 또하나 해주셨다. 조선 시대 열녀의 이야기.

전쟁이 났더란다. 사람들은 나룻배를 타고 강을 건너 피난을 가는 길이었어. 나룻배가 막 떠나려는데, 어떤 양반댁 마님이 헐레벌떡 뛰어오면서 태워달라고 소리쳤단다. 뱃사공은 손을 내밀어 그 부인을 잡아끌어 배에 태웠지. 배가 강 한복판을 저어갈 즈음, 그 양반 마님이 갑자기 물 속으로 뛰어들었다. 뱃사공에게, 외간 남자에게 손목을 잡혀 몸이 더러워졌으니, 자살한 거지. 옛날 여자들은 이처럼 절개를 목숨보다 소중히 여겼단다. 여자에겐 정절이 제일 중요한 거였지.

외할머니의 옛날얘기, 내 무의식을 형성해온 자궁, 그 자궁의 답답한 벽 안에서 허우적대는 나. 그러나 이 시대의 사람들은 더이상 그 옛날의 금욕과 절제 속에서 생활하지는 않는다. 그들은 자유롭다. 최한영처럼 혼자 사는 여자에게 아무런 거리낌 없이 연락을 한다. 나도 의식은 자유롭다. 마치 서양 여자만큼이나…… 그러나 어릴 때부터 형성된 무의식이 현실과 만나 무서운 혼란을 겪은 다음에야 의식의 자유가 비로소 조금 주어진다. 관습 속에서 억눌린 무의식이 새로운 의식으로 변화하는 과정은 길고도 힘들다. 그 과정의 고통을 어떻게 낱낱이 시로 형상화할 것인가?

열심히 노트북을 두들기던 현주는 다시 한번 오늘 꾼 꿈을 기억해냈다. 아침에 떠오른 생각과 이미지를 잘 주무르고 재해석하여 다듬는다면 시 한 편이 나올 것도 같았다. 일월 일일. 새해의 첫날은 오직 시쓰기만으로 지새우고 싶었다.

아무도 사랑할 수 없는 괴로움

　날씨가 투명한 얼음 속처럼 차고 맑았다. 신정 연휴여서 길도 막히지 않고 시원스레 뚫렸다. 한영과의 약속 장소인 가든호텔 커피숍 앞에 도착했을 때는 오후 세시 정각이었다. 이제 안으로 들어가기만 하면 되었다. 그러나 현주는 갑자기 막막한 기분이 들어 하늘을 물끄러미 올려다보았다. 내가 지금 누구를 만나려는 걸까? 이제와 이 남자를 만나 어쩌자는 걸까? 마치 대답이 하늘 속에 있는 것처럼 구름도 없는 파아란 창공을 뚫어지게 바라보던 현주는 차마 호텔 안으로 들어가지 못하고 주변을 허청허청 걷기 시작했다.

　바늘 끝처럼 날선 매운 바람이 사정없이 얼굴을 후려쳤다. 눈은 물기가 말라 뻑뻑해졌고, 찬 공기를 호흡하느라 코가 막혀왔다. 그러나 현주는 아랑곳하지 않고 한참을 걸었다. 거센 폭포 밑에 앉아 온몸으로 고행을 하는 수도자처럼 차디찬 바람을 흠뻑 맞았다. 이윽고 손발이 시려오고 머릿속이 얼얼해졌을 때 현주는 다시 호텔 앞에 돌아와 있었다. 그리고 귀소 본능을 가진 물고기처럼 커피숍으로 들어섰다.

갑자기 따뜻한 실내 공기를 접하자 안개에 휩싸인 듯 안경알이 뿌얘져서 아무것도 보이지 않았다. 잠시 멍청히 서 있는데 희미한 그림자가 다가왔다. 현주는 자신도 모르게 방어하듯 몸을 움츠렸다. 그러자 껴안을 듯 팔을 벌리던 그림자가 공손히 손만 내밀었다. 그제야 안경알을 뒤덮었던 증기가 사라지고 한영의 실체가 보였다. 중키에 마르고 얼굴이 작으며 가녀린 남자. 눈은 얇은 외꺼풀이었고, 코는 오똑했으나 입술은 조그맣다. 전체적으로 무척 예리예리하고 여성스런 용모였다. 그의 옷차림도 그랬다. 자주색의 가는 바둑 무늬 남방에 검은 코르덴 바지 차림이 경쾌한 느낌을 주었다. 현주는 그가 흰 와이셔츠에 넥타이를 졸라매지 않아도 될 만큼 자유로운 사람임에 일단 안심했다. 그래, 난 너랑 다툴 의사가 없어. 현주가 한영이 내민 손을 잡고 악수했다. 한영의 따뜻한 손과 현주의 얼어붙은 손이 마주쳤다.

한영은 현주의 차가운 손에 섬뜩함을 느꼈다. 시독히 냉정하군. 한 가지밖에 모르고 외길을 걷는 여자. 한영은 현주가 보라색 파카에다 청바지를 아무렇게나 걸치고 있는데도 불구하고 접근할 수 없는 수녀와 같다고 느꼈다. 후리후리한 키에 긴 머리, 안경 너머 예지에 반짝이는 눈, 끝이 약간 솟은 듯한 코, 입매를 안으로 끌어당겨 꼭 다문 입술…… 화장기가 전혀 없는 변하지 않은 모습이었으나 전체적으로 탄력이 많이 없어진 듯했다. 어느새 현주는 한영의 따뜻한 손을 놓아버린 후였다. 한영은 무언지 모를 안타까움을 느끼며 현주를 끈질기게 기다리던 자리로 되돌아가 앉았다. 현주는 한영의 맞은편에 앉았다. 옆에 앉을 수는 없나? 거의 이십 년 만인데…… 한영은 또다시 채워지지 않는 갈증을 느꼈다. 거의 자동적으로 담배를 피워물었다. 라이터를 잡은 손끝이 파르르 떨렸다. 내가 긴장하고 있군. 한영은 길게 담배 연기를 뿜어내며 마음을 가라앉히려고 애썼다. 그러나 오래 전부터 애태운 마음은 미친 불길처럼 걷잡을 수 없이 솟구쳐올랐다.

"뭘 드시겠습니까?"

종업원이 차림판을 내밀었다. 한영은 자기 감정에 휩싸여 차림판의 글씨가 눈에 들어오지 않았다. 현주가 먼저 주문했다.

"아이리시 커피."

한영은 정신이 번쩍 들었다. 변했구나. 예전 같으면 단순히 커피라고만 말했을 것이다. 각종 커피의 다른 맛을 알 만큼 세련된 여자가 아니었다. 그래, 많은 세월이 흘렀지. 한영은 다시 한번 담배 연기를 길게 내뿜은 후 주문했다.

"나도, 같은 걸로……"

두 사람 사이에는 잠시 침묵이 흘렀다. 현주가 먼저 입을 뗐다. 그 옛날처럼 서슴없이 반말을 하기로 작정한 모양이었다.

"그 동안 어떻게 지냈어?"

마치 일주일 전에 술 한잔 나누고 헤어진 친구처럼 짐짓 예사롭게 묻는 인사였다. 한영은 말문이 막혀서 먼 곳으로 시선을 돌려버렸다. 현주는 한영이 아무 말 없자 담담하게 얘기를 시작했다.

"그후에 난 좀 아팠어. 휴학을 했지."

한영이 간신히 고개를 끄덕였다.

"……그래, ……하지만, 그렇게 어려울 때, 왜 연락하지 않은 거야?"

더듬거리는 한영의 목소리는 약간 쉬어 있었다. 현주는 말없이 눈을 내리깔았다. 한동안 침묵이 흘렀다. 마침내 한영이 봇물을 터뜨리듯 말문을 열었다.

"난 그때 미친 듯이 너를 찾았어. 너네 집에 전화해봤지만 너희 어머님이 집에 없다고 하시면서 바꿔주지 않았어. 주소만 들고 너네 집으로 찾아간 적도 있었어. 시골에 내려갔다고만 하시더군. 편지라도 올 줄 알았어. 어떻게 그렇게 매정할 수가 있어? 기다리다 지쳐서 군대나 가버렸지."

현주는 아무 변명도 하지 못했다. 그러나 그때는 그럴 수밖에 없었다. 차마 말을 못 하고 있는데, 한영이 계속 한을 풀어놓았다.

"군대 가서 몇 번이나 편지를 썼는데 답장이 없더군. 제대하고 복학했을 때, 네가 그 사이 복학해서 학교를 졸업한 것을 알았어. 지독한 배신감이 들더군. 마치 나를 피해서 내가 군대 간 틈을 타 학교를 마친 것 같았어."

한영의 눈은 오랜 세월에도 삭지 않는 분노로 타오르고 있었다. 현주는 마땅한 대답을 찾지 못하고 뒤늦게 위안의 말을 던졌다.

"군대생활 힘들었지?"

"힘들지 않았어."

한영이 씹어 뱉듯이 덧붙였다.

"육체적 고통은 정신적인 고통에 비하면 참을 수 있는 것이었으니까……"

고통이라는 말이 거듭되자 현주는 자신도 모르게 쓴웃음을 흘렸다. 과연 이 남자는 고통의 무게에 얼마만큼 짓눌렸기에 이렇게 억울하다는 듯이 화를 내고 있는 것일까? 어리광 섞어서 고통을 과장하는 것은 아닐까? 현주는 조소하는 것처럼 보이지 않으려고 애쓰며 그러나 약간 냉소적으로 물었다.

"결혼은 했지?"

한영이 갑자기 커피 잔을 탁! 소리나게 내려놓았다.

"그래, 했어. 소식 없는 여자를 마냥 기다릴 만큼 바보가 아니야. 집안의 압력도 참아내기 힘들었고…… 신문사 취직한 후 오 년 지나 결혼했지. 됐어?"

됐어. 현주는 말없이 고개를 끄덕였다. 그만하면 너의 고통은 견딜 만한 것이었으니 내 앞에서 새삼 어리광부리지 말아. 됐어. 중년의 유부남이 옛 추억에 젖어 하룻저녁 같이 술 마시는 상대가 되기엔 난 너무 바빠. 현주는 그만 일어서고 싶어 가방 끈을 만지작거렸다. 그 태도를 노려보던 한영이 열화가 치받치는지 벌떡 일어났다.

"그만 나가자. 내가 저녁 사줄게."

오늘 저녁은 체하겠군. 현주는 속으로만 생각하며 따라 일어섰다. 커피숍 밖으로 나오자 한영은 맹렬히 걷기 시작했다. 메마른 사람이 걸음은 왜 그리 빠른지 따라 걷기에 숨이 찼다. 현주는 멀찍이 뒤처지고 말았다. 그만 집으로 가버릴까 생각도 했으나 또 소리 없이 사라졌다고 길길이 뛸 것 같아 할 수 없이 긴 길을 따라 걸었다.

한참 만에 한영이 걸음을 멈추고 현주가 다가오길 기다렸다. 가까이 가보니 그는 이제 안정을 되찾은 듯 보였다. 한영은 바람에 흐트러진 머리칼을 아무렇게나 쓸어넘기며 착 가라앉은 음성으로 말했다.

"결혼한 지 삼 년 만에 이혼했어. 자다가 곧잘 네 이름을 부른

24

모양이야."

순간 충격을 받은 현주의 발걸음이 휘청거렸다. 넘어지려는 현주를 한영이 붙잡았다.

"어떡해?"

현주는 당황해서 넋이 나간 표정으로 중얼거렸다. 어쩌면 이 남자도 단순히 엄살이라고 몰아붙일 수 없는 심한 고통을 겪었는지도 모른다는 생각이 들었다.

"어떡하긴? 이제라도 만났으니 됐지."

한영이 현주의 팔짱을 꼈다. 현주는 자꾸 휘청거렸다. 꼭 붙어서 걷는 일은 쉽지 않았다. 계속해서 두 사람의 발걸음이 어긋났다. 그런데도 한영은 현주의 팔을 놓지 않았다. 현주는 마음속으로 중얼거렸다. 어떡해? 난 솔직히 너를 사랑했던 건 아냐…… 아니, 사랑할 겨를도 없었어. 그땐 너무 큰 문제들이 나를 정신없게 했어. 그런데 너는 아무것도 아닌 나를 그토록 잊지 못했단 말이야? 이 일을 어쩌니?

삼십 분쯤 걷자 오피스텔이 나타났다. 한영은 익숙한 곳인 듯 오피스텔 옆에 있는 정갈한 경양식집으로 들어갔다. 사방으로 툭 트인 반투명의 유리벽 안에 초록색 우단 소파들과 갈색 탁자들이 놓였고, 한겨울에도 싱그러운 대형 화초들과 따뜻한 온기가 추위를 삽시에 잊게 하는 아늑한 이층 카페였다. 현주는 언 몸을 서서히 녹여가는 따뜻한 공기를 호흡했다. 그러자 오랜 세월 동안 자신의 삶을 점령하고 필사적으로 살아갈 힘이 되어준 날카로운 독기가 일시에 빠져나가는 것 같았다. 현주는 힘없이 털버덕 소파에 주저앉고 말았다.

"힘들어? 너무 많이 걸었지?"

한영이 물었다.

"물 좀…… 목이 말라."

한영이 종업원에게 손짓했다. 종업원이 물과 차림판을 가져오면서 현주를 살짝 훔쳐보았다.

"저녁은?"

한영이 차림판을 내밀면서 물었다.

"밥 생각이 없는데……."

현주가 고개를 저었다.

"그럼, 우리 술 한잔할까? 포도주 어때? 너무 약해? 위스키로 할까?"

"아니, 포도주 한 잔 정도가 좋겠어."

한영은 마주앙을 한 병 시키고 약간 상기된 얼굴로 두 손을 마주 비비며 수줍게 말했다.

"얼마나 이 순간을 꿈꾸었는지 몰라. 여기 오피스텔에 내 집이 있거든. 니가 어느 날 갑자기 우리집에 찾아오거나 아니면 이 단골 카페로 와서 나를 불러내는 거…… 그래서 나란히 앉아 지난 얘기를 하고, 모든 오해를 푸는 거…… 너한테 와인을 사주거나 휴일 날 집에 초대해 요리를 해먹이고, 내가 좋아하는 비디오를 같이 보거나 음악을 듣고……."

한영은 잠시 즐거워 보였다. 현주는 슬그머니 민망해져서 창 밖으로 시선을 돌렸다. 거대한 빌딩들이 늘어선 사이로 영화 화면만 한 하늘이 보였다. 저물어가는 초저녁 햇살이 신비스런 조명처럼 비추었다. 내려다보이는 거리에는 헐벗은 겨울 나무들이 잔뜩 움츠린 채 생명의 기운을 꼭꼭 감추고 있었다. 그 스산한 풍경은 과거의 어느 한 장면 같았다. 뇌 속에 꼭 박혀 지워지지 않는 그 옛날.

그 과거의 풍경 위로 카페의 유리창이 겹쳐졌다. 반투명의 유리창은 초여름 같은 실내를 반사해서 과거의 풍경 위에 덧씌웠다. 헐벗은 나목 위로 싱그러운 화초가, 음험하고 딱딱한 시멘트 빌딩에 한영의 부드러운 눈빛이, 잿빛 대기 위에 동그란 벽시계가 비춰져 여기, 현재의 시간을 보여주고 있었다. 잊어버려, 옛날은…… 어떻게 찾은 현재인데…… 하지만 현재란 늘 그렇듯이 한 장 유리창 위에 비친 가벼운 환영 같은 것인지도 몰랐다. 곧 깨져버릴지도 모를……

현주는 가벼운 한숨을 쉬고 가방에서 박하 담배를 꺼냈다. 한영이 잽싸게 라이터를 켰다.

"그렇게 예의를 차릴 필요 없어."

현주는 한영의 태도가 부담스러웠다. 좀 편해지고 싶었다.

"아니야, 만나기만 하면 아주 잘해주고 싶었어. 네 시집을 읽은 후 문학 담당 기자한테 물어서 니가 아직 결혼 안 한 걸 알았을 때 얼마나 떨렸던지…… 오만 감정이 교차하더군. 결국은 만나야겠다고 결심해서 편지를 썼어. 그런데 니가 어딘가에서 직장생활을 한다고 들었는데……"

현주가 명함을 꺼내 건넸다.

"세민 아트콤 편집부장? 아트콤은 뭐 하는 회사야?"

"컴퓨터로 북디자인도 하고, 사보나 팸플릿도 만들고, 포스터나 화집도 만들고, 필름 출력도 해주고…… 별거 다 해."

"을지로에 있군. 언제부터 여기 근무했어?"

"졸업하고 계속…… 처음엔 수동 사진 식자로 했어. 그러다 전산 사진 식자로 바꾸고, 또 컴퓨터로 바꾸고…… 종민이 형이 출소한 후 생계를 위해서 차린 회사야. 처음엔 기계 두 대 놓고 했는데 이젠 많이 커졌지."

"종민이 형? K대 앞에서 서점 하던 박종민?"

"응. 그만한 선배가 없지. 요샌 운동권 동지들 중에서 출세한 사람이 많아서 관공서 일도 따와. 아이엠에프 바람을 덜 타는 편이지."

"종민이 형이랑 그렇게 오래 일해왔단 말이야? 종민이 형 결혼이나 했어?"

갑자기 한영이 질투심을 보이며 날카롭게 물었다.

"그럼, 윤희 언니랑 칠 년이나 사귀다가 결혼했지. 윤희 언니가 옥바라지도 다 했는걸, 뭐. 종민이 형만큼 여자 후배에게 이성으로서의 긴장감을 안 주는 사람도 없을 거야. 형제 같으니까……."

마주앙과 과일 안주가 나왔다. 한영은 약간 어두워진 표정으로 잔에 술을 따랐다. 그리고 긴 세월을 단번에 접어버리려는 듯 잔을 마주쳤다. 현주는 백포도주의 맛을 음미하며 조금씩 마셨다. 그러나 한영은 기갈 든 사람처럼 단숨에 다 마셔버렸다. 그리고 자작으로 또 한 잔을 따랐다. 그러더니 한숨과 함께 물었다.

"애인 있어?"

현주가 빙그레 웃었다. 많다고 농담을 하고 싶었으나 얼핏 옛 생각이 나서 장난기를 거두고 사실대로 말했다.

"없어. 친구들은 많지만…… 너는?"

"나도 없어. 친구들은 많지만……."

한영은 또 한 잔의 술을 비워버렸다. 그러는 한영의 얼굴엔 몹시 피폐하고 외롭고 고단한 기색이 지나갔다. 한영은 말없이 술만 들이켰다. 현주가 한 잔을 마실 동안 그는 병을 바닥냈다. 마주앙 한 병을 더 시키며 그가 종업원에게 말했다.

"파리넬리 들어주세요."

종업원은 단골손님을 놀렸다.

"모처럼 애인을 만나신 거 같은데, 또 파리넬리를 들어요?"

한영은 말없이 쓰게 웃었다.

"파리넬리가 뭔데?"

현주가 궁금해서 물었다.

"카스트라토 가수 이름이야. 영화 제목이기도 하고…… 옛날에 서양에선 남자도 여자도 아닌 오묘한 목소리를 듣기 위해서 어린 소년을 거세시켜 카스트라토라는 성악가로 키웠나 봐. 영화에 나오는 파리넬리라는 가수의 음성은 테너와 소프라노 목소리를 컴퓨터로 합성해서 만들었대. 잘 들어봐. 지금 나오는 노래는 헨델이 작곡한 〈홀로 울게 하소서〉를 파리넬리가 부르는 거야. 사랑하는 여자가 있으나 사랑할 방법이 없는 거세된 남자의 음성이 가슴을 에게 해."

음악이 나오는 동안 한영은 쉴새없이 술을 들이켰다. 현주는 음악 때문이 아니라 한영의 태도 때문에 가슴이 아려왔다.

"어때? 음악 좋지?"

"응, 좋아."

"그럼 우리집에 갈래? 파리넬리 비디오를 보여줄게. 하도 좋아서 하나 샀거든."

문득 현주는 경계심이 들었다. 어쩌면 이 남자는 여자의 동정심을 자극해서 사랑을 탈취해내는 상습범으로 변했을지도 모른다. 그 오랜 세월 동안 남자가 순정을 간직했다는 말을 곧이곧대로 믿는 건 너무 순진한 생각일지도 모른다. 그만 정신차리자. 파리넬리의 노래가 계속되고 있었다. 한영의 말대로 음악은 기가 막히게 좋았다. 세계가 사랑의 신호로 가득 찬 듯 환상적이었다. 그러나 선뜻 사랑에 빠질 수 없을 만큼 고통의 기억을 안고 있는 사람에게는 아름다운 음악이 차라리 고문이었다. 노래가 끝날 때까지 현주는 자신을 그리워했다는 한영의 앞에 앉아 한없이 고독했다.

두번째 술병을 다 비웠을 때 한영이 취한 음성으로 내뱉었다.

"너나 나나…… 그래, 우리는 어쩜 오래 전에 정신적으로 거세당한 건지도 몰라…… 그날……."

"그날 얘기는 하지 마! 나 갈래!"

현주는 더이상 참지 못하고 소리를 질렀다. 그리고 한영이 붙잡을 사이도 없이 밖으로 뛰쳐나왔다. 냉큼 지나가던 택시를 잡아탔다. 한영이 비틀거리며 쫓아나왔지만 현주는 뒤도 돌아보지 않고 달리라고 말했다.

내 맘의 강물 끝없이 흐르네

일월 삼일 아침 일곱시. 현주는 여느 때처럼 잠에서 깨어났으나 일어나지 않고 한동안 누워 있었다. 회사에서 쉬기로 한 샌드위치 데이여서 출근하느라 허덕이지 않아도 됐던 것이다. 차라리 오늘이 평일이었다면, 회사에 나가 일하면서 잡생각들을 잊을 수 있었을 텐데…… 모처럼의 연휴가 한영 때문에 엉망이 됐군. 현주는 간신히 자리를 털고 일어났다. 주방 탁자에 앉아 담배부터 피워물었다. 오늘은 쓰다 만 시를 마저 정리하기에 아주 적당한 여분의 날이었다. 그러나 현주는 세수도 않고 멍하니 앉아 있기만 했다.

벌써 담배꽁초가 세 대나 쌓였다. 이러면 안 되지, 마음을 다잡아야지…… 현주는 라디오를 틀었다. 고운 테너 목소리가 흘러나왔다. 그러나 현주는 그 노래를 제대로 듣지 않고 있었다. 끝 무렵에 가서야 '……내 맘의 강물 끝없이 흐르네' 하는 가사가 간신히 인식되었다. 그래, 내 맘의 강물 정신없이 흐르는구나. 현주는 잡념을 털어버리려고 고개를 세차게 흔든 후 샤워를 했다. 머릿속의 어지러운 생각이 물에 녹아 먼 바다로 흘러가기를 바라듯 오래오래 씻었다. 그리고 다시 담배를 두 대 피웠다. 집안의 공기가 담배 연기로 매캐해졌다. 창문을 활짝 열었다. 싸늘한 대기가 갑자기 밀려들어 정신이 번쩍 들 것도 같았다.

현주는 작은방의 책상에 앉았다. 쓰다 만 시들을 뒤적거렸다. 그러나 어느 구절도 절실하게 마음에 와 닿지 않았다. 쓰레기같이 쓸모 없는 낙서들…… 현주는 볼펜을 던지고 서재를 휙 나와버렸다. 그리고 원두 커피를 진하게 뽑아 마셨다. 천천히, 한 잔, 두 잔. 내가 언제부터 이 시답잖은 시쓰기에 매달렸던가? 마치 사는 이유가 오로지 시쓰기에 있는 것처럼…… 중학교 때였어. 원효로 집 동네에 있던 가톨릭 재단이 경영하는 학교. 운이 좋았던 걸까? 뺑뺑이를 돌려서 들어갔는데 기대 이상으로 괜찮은 학교였지. 신을 가르치던 수녀님들, 이웃 사랑을 애기하던 성실한 선생님들, 그리고 해맑았던 친구들…….

친구들 생각을 하자 금세 정해경의 얼굴이 떠올랐다. 제일 오래되고 친한 벗…… 현주는 내친 김에 전화를 걸었다. 해경의 쩽쩽하고 낭랑한 목소리가 이내 전화통을 뚫고 튀어나왔다. 여보세요? 할 때 강하게 말꼬리를 올리는 해경 특유의 음성을 듣자 아침 내내 우울하던 기분이 활짝 개는 것 같았다.

"나야. 새해 안녕?"

"애, 새해는 무슨 새해니? 왜놈 설이지. 어쨌든 좋다. 나흘을 푹 쉬니…… 너, 오늘 우리집에 와라. 부침개도 못 얻어먹었지? 우리

집에 음식 많다. 부모님이랑 아이는 놀러 나가고 나 혼자 있어. 그러잖아도 네 생각 하던 중이었어. 라면만 끓여먹겠지, 하고……."

"아이구, 우리집은 경기도야. 여기서 원효로까지 언제 가니?"

"왜 못 오니? 여행삼아 슬슬 오면 되지. 보나마나 넌 써지지도 않는 시 가지고 골치를 썩고 있을 텐데, 슬렁슬렁 버스도 타고 전철도 타고 나들이하면 까짓 거 시 같은 거 저절로 써질 거다. 알았지? 빨리 와."

"알았어."

현주는 해경의 시원시원한 말투에 미소를 머금으며 전화를 끊었다. 해경이 말대로 잡념으로 머리를 썩일 게 아니라 마실이나 가는 편이 나으리라. 현주는 청바지에 스웨터를 입고 파카를 걸쳤다. 가방을 메고 밖으로 나서자 정말 여행이라도 떠나는 것처럼 느긋한 기분이 되었다. 전철역으로 가는 마을 버스를 기다리면서 해경과의 첫 만남을 기억했다.

중학교 입학식이 있던 날 오후, 신입생들은 모두 성당에 모여 미사를 드렸다. 어떤 종교도 믿지 않는 무신론자 집안에서 자란 현주로서는 머리털 나고 처음으로 참석해본 종교 의례였다. 호기심을 가지고 미사가 신행되는 것을 바라보고 있었는데, 신부라는 남자가 긴치마 같은 옷을 겹겹이 걸치고 뭐라고 중얼거리더니 무릎을 꿇었다 일어섰다. 수녀 선생님들과 학생들도 따라했다. 그러나 현주는 무릎 꿇는 일이 익숙지 않아 멍하니 서 있기만 했다. 그러고 보니 눈치 없이 서 있는 학생은 현주뿐이었다. 이어 신부라는 남자가 황금빛 술잔을 하얀 행주로 닦았다. 미사가 뭔가 했더니 남자가 치마 입고 설거지하는 거구나, 생각한 현주는 그만 쿡쿡 웃음을 터뜨리고 말았다. 성당 안이 워낙 고요하고 엄숙했기 때문에 현주의 작은 웃음은 동굴 속에 물방울 떨어지는 소리처럼 또렷하고 드넓게 울려퍼졌다. 그러자 뒷자리에 있던 외국 수녀가 황급히 달려와 현주를 밖으로 끌어냈다. 그 백인 수녀는 원숭이처럼 얼굴이 빨개져서 화를 냈다.

"유 아 더 워스트 걸 인 더 월드!"

입학 전에 혼자서 영어 예습을 했던 현주는 백인 수녀의 말이 무슨 뜻인지 대충 알아챘다. 그러나 그후에 이어진 빠른 훈계는 전혀 알아들을 수가 없었다. 다만 성당 입구의 작은 성모상 앞에 꿇어앉으라는 손짓은 이해할 수 있었다. 현주는 군소리없이 성모상 앞에 무릎을 꿇었다. 백인 수녀는 영어로 천천히 따라하라고 했다. 홀리 마더 오브 가드…… 현주는 뜻도 모르고 더듬더듬 영어로 성모 마리아한테 용서를 빌었다.

미사가 끝나고 학생들이 우르르 성당 밖으로 나왔다. 그제야 백인 수녀는 현주를 풀어주었다. 저린 다리를 절룩이며 교실로 가려는데, 얼굴과 눈이 동그랗고 피부가 하얀 소녀가 다가왔다. 그리고 자연스럽게 현주를 부축해주며 말했다.

"벌받았다고 너무 슬퍼하지 마. 많은 비신자 학생들 가운데 하느님이 너를 특별히 택하신 거야. 좀더 가까이 하시려고……."

현주는 그 소녀의 친절함이 낯설어 퉁명스레 말했다.

"그 외국 수녀가 날 이 세상에서 제일 나쁜 소녀라던데?"

"그럴 리가 있니? 수녀님이 한국의 비신자 학생들의 마음을 잘 몰라서 그래. 니가 미사의 경건함을 이해하지 못하는 것처럼, 처음 겪은 일이어서 당황해서 그랬을 거야."

"그런가? 근데 넌 누구니?"

"난 장미반 정해경이야. 넌?"

"나도 장미반이야. 김현주."

"이름이 이쁘구나. 우리 둘 다 같은 장미반이니 짝해서 앉자. 아까 신입생 오리엔테이션 때 들었지? 대학생들처럼 등교하는 대로 아무 자리에나 앉아도 좋다고…… 그러니까 내가 매일 일찍 와서 네 자리를 맡아놓을게. 우리집이 바로 학교 앞이거든? 너네 집은 어디니?"

"응, 학교에서 세 정거장 더 가. 근데, 너 왜 이렇게 나한테 잘해 주니?"

"그냥…… 너랑 지내면 재밌을 거 같애."

해경은 전혀 때묻지 않은 표정으로 생글생글 웃었다. 처음부터 싫어할 수 없는 아이였다.

마을 버스를 타고 전철역에 도착한 현주는 지하 상가를 빙 둘러보았다. 해경이는 그 동안 많은 풍파를 겪었지만 아직도 해맑은 소녀 같은 구석이 남아 있었다. 꽃을 사다 주면 좋아하리라. 그러나 꽃집을 찾을 수 없었다. 원효로 가까이 가서 사기로 하고 전철을 탔다. 승객들이 마주 보고 앉게 되어 있는 전철의 좌석은 늘 조금 불편했다. 빈자리에 앉은 현주는 눈을 감고 맞은편의 사람들을 외면했다. 눈을 감자 추억이 꼬리에 꼬리를 물고 연이어 펼쳐졌다.

현주와 해경이 본격적으로 친해진 것은 심리 검사 이후였다. 그 때까지만 해도 현주는 필요 이상으로 상냥하게 구는 해경을 그리 달가워하지 않았다. 입학 후 한 달쯤 지나자 학교에서는 신입생들의 성격을 파악하겠다고 심리 검사를 실시했다. 오후 시간에 수업을 않고 이상한 문제들을 풀게 했다. 현주가 제일 난감해했던 것은 그림을 보고 무슨 일이 벌어지고 있는지 추측해보라는 검사였다. 어슷비슷한 그림들에는 어른들과 아이들이 있었다. 현주는 느껴지는 대로 '집안에 문제가 있어 다투고 있다'에다 동그라미를 쳤다. 또다른 그림에는 '아버지가 아이를 꾸중하고 있다'에다 표시를 했다.

그러다가 우연히 해경의 답안지를 슬쩍 보게 되었다. 해경은 '집안에 좋은 일이 있어 잔치 준비를 하고 있다', '아버지가 아이를 칭찬하고 있다' 같은 긍정적인 답에 계속 동그라미를 치고 있었다. 현주는 깜짝 놀라 그림을 다시 보았으나 아무래도 다투고 있다는 자신의 판단이 맞는 것 같았다. 소신껏 답할 수밖에……

그 사건으로 인해 현주는 해경의 내면세계에 관심을 갖게 되었다. 똑같은 그림을 이렇게 달리 해석할 수 있다니…… 누가 맞았을까? 그러나 검사 결과는 점수로 나오지 않았다. 대신 공격성, 적응력, 도피 성향, 도전 성향 등의 도표로 평가되었는데, 둥근 원 안에 그 성향들이 자리잡으면 표준이고, 원 밖에 삐죽 튀어나온 부분이 있으면 조금 모난 성격이니 수양을 잘하란 얘기였다.

현주의 성격은 표준선인 원 밖을 튀어나오다 못해 삐죽한 단도 같은 모습을 하고 있었다. 그리고 학부모에게 보내는 편지에는 애정 결핍이니 따뜻하게 돌보아주세요, 라는 조언이 붙어 있었다. 너무나 창피해서 얼른 검사 결과지를 가리는데, 해경 역시 난감한 표정을 짓는 게 보였다.

"왜 그러니?"

"난 애정 과잉이래. 도형이 원 밖으로 불쑥 나왔어."

그 순간 현주는 비시시 웃음이 나오며 해경이 몹시 친근하게 느껴졌다.

"걱정 마, 이까짓 검사 별거 아니야. 정확하지도 않고…… 나도 삐죽한데, 뭘."

"정말?"

"응."

"보여줄 수 있어?"

현주는 서슴없이 도형을 보여주었다. 해경이 비로소 근심을 거두었다.

"넌 애정 결핍이고, 난 과잉이니 둘을 섞어서 절반씩 나누면 되겠구나."

"그래."

둘은 마주 보고 키득키득 웃었다. 해경은 중소기업 사장 딸로 유복한 편이었고, 현주는 구멍가게를 하는 의붓아버지와 배다른 형제들에게 치여 살아, 환경의 차이는 많았으나 두 소녀는 곧 단짝이 되었다. 저마다 우여곡절을 겪으며 성장해온 오늘날까지도 두 사람은 늘 애환을 같이 나눴다.

전철을 갈아타야 했다. 현주는 전동차에서 내려 지하 보도를 걸어갔다. 지하 보도 벽에는 드문드문 유명한 시인들의 시가 걸려 있었다. 고등학교 국어 교과서에 나오던 시들. 유치환의 「깃발」, 김영랑의 「모란이 피기까지는」, 서정주의 「국화 옆에서」…… 그런데 중학교 때 배웠던 시들은 잘 생각이 안 난다. 초등학교 때와는 달리 중학교에서는 공부를 소홀히 해서 그런가?

중학교 이학년이 되었다. 새롭게 학급이 편성되면서 해경은 백합반으로 갔으나 현주는 장미반 그대로였다. 해경은 공부를 잘했으나 현주는 반에서 중간 정도의 실력밖에 되지 않았다. 국어 시간이었다. 현주는 수업이 지루해 공책 뒤에다 낙서를 하고 있었다.

사람들은 지금 무엇을 하고 있을까? 집집마다 부부가 신발짝처럼 짝을 맞추고, 어둠이 내리면 음흉한 동물들처럼 거친 숨소리로 서로를 갉아먹으며 생명을 탕진하고 있지는 않은지? 아아, 무섭다, 끔찍하다. 인간은 얼마나 하잘것없는 짐승인가? 본능과 욕망에만 얽매여 사는…… 도대체 사람은 무엇 때문에 사는가? 먹고 자고 서로 만나서 아이를 낳기 위해? 아이를 낳아 학대하기 위해?

현주는 공책을 한 장 더 넘겼다. 새로운 낙서를 시작했다.

당신들이 자랑하는 모든 것.
풍족함, 지혜, 덕성, 사랑과 믿음……
그 뒤에는 끈적이는 어둠이 숨어 신음하고 있다.
치졸한 욕망들을 가지런히 빗질하고, 색칠하여 장식한
그 선행과 교양의 정체는 넝마 조각 같은 협잡일 뿐이다.
맡아보아라, 우리들의 발 밑에서는 하수구 냄새가 난다.
뭇 생명의 근원이 썩어가는 냄새.
잠깐 성냥불처럼 피었다 사라지는 붉은 유혹처럼
공허한 사색은 어느 날엔가 끝나는 것.
모든 욕구도 언젠가는 마비되는 것.
나는 스스로 추락한다.
반항과 거부, 경멸과 증오가 들끓는 고독과 허무의 지옥 속으로.
그리하여 욕된 내 목숨이 홀로 진땀 흘리는 이 밤,
하얗게 바랜 나를 보고 들개가 짖고 있다.

정신없이 낙서에 몰두해 있던 현주는 무언가 이상한 낌새를 느꼈다. 교실 안이 터질 것 같은 긴장감으로 조용했다. 고개를 들어보니 바로 뒤에 국어 선생님이 서서 현주가 낙서하는 것을 유심히 보고 있었다. 큰일났구나 생각하기도 전에 덜컥 가슴부터 내려앉았다. 하얗게 질려버린 현주에게서 선생님은 공책을 압수했다.

"방과후에 교무실로 와!"

그날의 나머지 시간은 절망에 빠져 지냈다. 낙서하는 것을 들킨게 문제가 아니라 낙서의 내용을 국어 선생님이 읽을 걸 상상하니 끔찍하기 그지없었다. 가장 내밀한 비밀을 들킨 것 같았다. 난 끝장이야, 될 대로 되라지. 마음의 갈등 때문에 녹초가 된 현주는 모든 것을 포기하고 방과후 국어 선생님에게 갔다. 그러나 중학교 이학년치고 너무나 성숙한 언어를 구사하는 현주에게 놀란 국어 선생님은 의외의 질문을 했다.

"언제부터 글을 썼나?"

현주는 얼굴이 빨개져서 더듬거렸다.

"그냥…… 낙서한 거예요."

"시집을 많이 읽었나?"

"아니오."

흠, 국어 선생님은 무언가 깊이 생각하더니 또 물었다.

"지금 특별활동은 무슨 반에 들었나?"

"성서연구반이오."

"재밌나?"

"아니오. 그냥 친한 친구 따라……."

"다음부터는 문예반으로 오게. 내가 성서연구반 수녀님한테 양해를 구할 테니…… 알았지?"

"예."

"가보게."

꾸중은 없었다. 현주는 어안이벙벙했다. 돌이켜보니 그 국어 선생님이야말로 혼자 앓는 제자를 이해하고 특별활동을 통해 소질을 개발해준 은사였다. 현주는 문예반에 나가서 시를 배우기 시작하면서 학업에도 열중하게 되었다. 시를 열심히 쓰는 만큼 성적이 올랐다. 그 당시, 아니, 그후에도 시는 현주에게 하나의 구원이었다. 현주는 절절한 고민들을 지극히 애매하고 난삽하게나마 상징적인 언어로 바꾸어갔다. 사물이나 생각들을 상징화시키는 버릇—시. 사람들이 저마다의 경험과 취향에 따라 제멋대로 해석하는 상징—시. 시는 현주에게 인생은 그런대로 재미있는 거라고 살아갈 의미를 부여해주고 있었다. 현주는 문제 많고 복잡한 집안에서의 구체적인 고통을 상징적인 시로 승화시켜가면서 미칠 것 같은 심정을 점차 진정시켰다.

중학교 삼학년 초, 현주는 결심했다. 시인이 되자. 관습과 본능에 따라 사는 상식적인 여자가 아닌, 무언가 색다른 존재가 되자. 시인이 되자. 시 속에서 인생의 절망적인 측면을 극복하고 좀더 새로운 의미를 발견해보자. 꿈을 갖게 된 현주의 얼굴은 환해졌고 학업 성적은 놀랄 만큼 올라갔다.

전철을 갈아타자 서서 가야 했다. 전동차가 어두운 지하를 맹렬한 속도로 지나치는 동안 현주는 차창에 비치는 자신의 음울한 얼굴을 봐야만 했다. 늙었어. 벌써 사십이 다 된걸. 그런데도 마음은 썩지 않는 시체처럼 중학 시절을 헤매다니…… 전동차가 지상으로 나왔다. 역시 햇빛이 좋아. 겨울 햇살이라서 싸늘하긴 하지만…… 아, 언제 봄이 오나? 내 인생의 기나긴, 이 끝나지 않는 겨울……

짧았던 젊음의 봄은 가고…….

오월. 성모 성월이었다. 중학교에는 조그만 뒷동산이 있었다. 아카시아 나무가 가득 들어찬 언덕이었다. 동산 한가운데는 새하얗고 커다란 성모상이 있었다. 수녀님들은 틈날 때마다 성모상을 돌며 묵주 신공을 드렸고, 학생들은 시험 때만 기도를 바쳤다. 그만큼 성모상은 그 학교의 중요한 상징이었다.

해마다 오월이 되면 학교는 성모 성월 축제 준비로 떠들썩했다. 아카시아 꽃이 탐스럽게 매달려 달콤한 향기를 흩뿌릴 즈음, 소녀들은 카네이션 꽃 한 송이를 준비하여 가슴에 품고 뒷동산으로 갔다. 수녀님들 인솔하에 줄을 지어 성모 찬가를 부르면서 마리아에게 꽃을 바치는 것이었다. 가장 간절한 소원을 빌면서…… 헌화가 끝나면 마지막으로 학생회장이 사다리를 타고 성모상 가까이 올라가 마리아의 머리 위에 화관을 얹었다. 마리아는 무심하게 사람들을 내려다보았는데, 수녀님들은 감격에 겨워 눈물을 흘렸고, 학생들은 빨갛게 상기되어 찬미의 노래를 불렀다.

순결한 성처녀 마리아. 그녀는 이브를 유혹한 뱀을 발로 짓밟고 우뚝 서 있었다. 타락한 이브의 죄를 대속한 성모 마리아.

성모 성월 행사가 끝난 후 현주와 해경은 아카시아 나무 밑에 앉아 카네이션으로 뒤덮인 성모상을 물끄러미 보고 있었다. 해경은 수녀님들처럼 황홀한 표정이었고, 현주는 무언가 잔뜩 못마땅한 기색이었다.

"왜 그러니? 오늘 행사 멋지지 않았니?"

해경이 꿈이 덜 깬 듯 물었다.

"하느님은 마리아를 강간한 거야. 신도 여자의 몸을 맘대로 빌려 탐한 거지."

현주가 씹어 뱉었다. 해경은 깜짝 놀라 반짝이던 얼굴이 삽시에 일그러지고 말았다.

"어머, 너, 어떻게 그런 불경한 소리를 하니? 너, 벌받아!"

"상관없어. 정말 신이 있다면, 난 그 하느님을 원망할 거야. 왜 인간을 만들었냐고…… 신은 인간을 사랑해서 만든 게 아냐. 실험용으로 만든 거지. 마치 연구소에서 흰쥐를 사용하는 것처럼, 신은 우리 인간들을 실험하는 거야. 그래서 좋은 환경에서 건강하고 바람직하게 자란 사람들은 살아남고, 가난하고 상처입은 사람들은 버려지는 거야."

"아니야, 너 교리 공부 헛했구나! 예수님은 상처입고 가난한 사람들을 구원하려고 이 세상에 오신 거라고 배웠잖아."

해경이 안타까워하며 교리 수녀님처럼 꾸짖었다.

"구원? 웃기지 마. 이 세상의 현실을 똑바로 봐. 나쁜 환경에서 태어나서 불공평하게 버려지는 인생들이 얼마나 많은지…… 성공보다는 실패, 행복보다는 불행투성이야."

현주의 불손함을 탓하려던 해경은 우선 입을 다물고 잠시 생각을 모두었다. 그래, 현주가 집안 사정이 무척 복잡하고 힘들지. 수녀님들이 내놓고 재촉하지 않아서 그렇지, 이번에 등록금도 못 낸 걸로 알고 있어. 졸업은 가까워오는데, 고등학교 갈 형편이나 되는지…… 마음이 착잡해서 이런 투정을 하는 걸 거야. 하느님은 이미 그 사정을 다 아시고 무슨 말을 해도 용서해주실 거야. 해경은 화제를 바꾸기로 했다. 현주에게 힘이 되어주는 시쓰기를 얘기하자고 마음 먹은 것이다.

"그나저나 이번에 니가 쓴 시는 그 의미를 잘 모르겠어. 하얀 나라, 노란 나라, 검은 나라가 나오는데, 그게 뭘 상징하는 거니?"

해경이 진지하게 시에 대해 묻자 현주는 표정이 온화해져서 자상하게 설명했다.

"여자들의 나라야. 하얀 나라는 무사히 결혼해서 아이 낳고 따뜻한 가정을 꾸미는 현모양처들의 나라야."

"노란 나라는?"

"노란 나라는 가난하거나 상처입은 여자들의 나라야."

"상처입은 여자들?"

"응. 술집 같은 데 나가기도 하고, 첩이 되기도 하고, 과부가 되어 하층민으로 살거나 이혼을 하거나 재혼을 하거나…… 여하튼 잘살지 못하는 여자들의 나라야."

"너, 그런 나라도 알고 있니?"

깜짝 놀라 물었던 해경은 속으로 아차, 하고 말았다. 바로 현주의 엄마가 상처하고 재혼을 하지 않았는가? 해경이 손으로 입을 막는데, 현주가 개의치 않고 대답했다.

"노란 나라, 많아. 우리 동네 시장길을 가다 보면 대폿집이 있는데, 여자들이 술을 따르고 몸을 판대."

"불쌍해라."

해경이 깊게 탄식한 후 다시 물었다.

"그럼, 검은 나라는 뭐야?"

"이방인들의 나라야, 남자들이 들어갈 수 없는 나라."

"수녀님들의 나라? 검은 수녀복?"

해경이 눈을 반짝이며 이해가 된다는 듯 고개를 끄덕였다.

"그런 셈이지. 남자들은 하얀 나라와 노란 나라를 마음대로 돌아다니지만 검은 나라에는 들어가지 못해."

"검은 나라는 신성하구나. 하지만 좀 무시무시해."

해경이 어깨를 움츠리며 말했다.

"너는 어느 나라에서 살고 싶니?"

현주가 약간 미소를 띠며 해경에게 물었다.

"그야 물론 하얀 나라지. 너는?"

"난 검은 나라로 가고 싶어."

"그럼, 넌 수녀님이 될 거니?"

"글쎄, 수녀들처럼 독신으로 살고 싶긴 한데, 하느님을 섬기긴 싫어."

"너, 또 하느님을 원망하는구나."

"그래, 난 가시덤불 속에 떨어진 씨앗이야."

그 학교의 학생들은 모두 성경을 배웠기 때문에 씨앗의 비유를 어느 정도 알고 있었다. 좋은 밭에 떨어진 씨앗은 잘 자라고, 자갈 밭에 떨어진 씨앗은 곧 말라죽고, 가시덤불 속에 떨어진 씨앗은 어느 정도 자라다 죽고 만다. 신앙도 씨앗과 같은 것이다. 이 정도로 수녀님들은 가르쳤었다.

"니가 가시덤불 속에 뿌려진 씨앗이라고? 왜 그렇게 절망적으로만 생각하니? 집안이 가난해서?"

해경이 약간 불만스런 목소리로 물었다.

"아주 가난하다면 아예 말도 안 하겠어. 쌀과 연탄을 팔면 어느 정도 생활은 돼. 하지만 무식한 의붓아버지가 날 고등학교에 보내지 않으려고 해. 제 친자식들은 공부를 못하는데, 의붓자식들은 잘 하니까 배가 아프겠지. 여자가 공부해서 뭐 하냐고 등록금도 제대로 안 줘. 어머니는 나를 어떻게든 진학시키려고 의붓아버지를 꼬시고 있는데, 정말 치사하고 더러워. 어쨌든 상관없어. 하느님 맘대로 날 못된 운명 속으로 끌고 가라지. 하지만 난 아무리 어려운 환

44

경 속에서도 끝내 일어설 테야. 두고 봐. 어두운 운명으로부터 기필코 자유로워질 테니까. 그리고 나처럼 불행한 실험용 쥐들과 함께 하느님에게 대항할 거야."

현주는 흥분하여 주먹을 꽉 움켜쥐고 있었다. 해경은 질색을 하고 말았다.

"너, 그거 악마의 꼬임에 넘어가는 거야. 말도 안 돼. 널 불행한 환경 속에 몰아넣은 건 악마야. 다정한 하느님은 가시덤불을 치워 주실 거야. 하느님을 열심히 믿으면 마귀가 어쩌지 못해. 곧 어려움을 극복할 수 있을 거야. 넌 아직 어리잖아? 우리한테는 창창한 미래가 있어. 공부를 열심히 하면 하느님이 기회를 주실 거야."

해경이 힘있게 얘기했다. 모든 일이 결국은 하느님의 사랑이라고 낙관하는 것이 그녀의 특기였다. 현주는 피식 웃고 말았다. 해경은 걱정스럽게 현주를 지켜보다가 좋은 생각이 났는지 힘주어 말했다.

"우리 졸업하게 되면 각각 다른 학교로 헤어지게 될지도 모르잖아. 그래도 계속 만나자. 우리 동네 성당으로 니가 일요일마다 오면 나를 볼 수 있을 거야. 그리고 하느님의 보호도 받을 수 있고…… 그러면 하느님이 니가 대학까지 진학할 수 있도록 배려해주실 거야."

해경의 말대로 하느님이 기회를 주셨던 걸까? 그후 현주는 해경이네 동네의 성당 매점에서 아르바이트를 할 수 있었고 대학까지 진학할 수 있었다. 그리고 그 성당에서 이석하를 만났다. 이석하…… 생각만 해도 가슴이 막혀오는 이름.

해경의 집 앞 꽃집에서 현주는 무의식적으로 자줏빛 국화 한아름을 샀다. 자줏빛이었던 중학교 교복이 떠올랐던 것이다. 국화꽃 한아름을 받아든 해경이 활짝 웃었다.

"여전하구나, 자줏빛. 말 안 해도 그 동안 어떻게 지냈는지 알겠다. 보나마나 옛날 생각만 했겠지."

"아니야, 특별한 일도 있었어."

"특별한 일?"

해경이 믿기지 않는다는 듯 되물었다. 현주는 담담하게 한영을 만난 얘기를 했다. 해경은 깜짝 놀라서 온 신경을 집중하여 듣더니 침착하게 물었다.

"계속 만날 거니?"

"아니."

현주가 단호하게 대답했다. 생각에 잠겨 먼 곳을 바라보던 해경이 문득 물었다.

"너, 우리 단체에서 여행 소모임을 만들었는데, 같이 참여하지 않을래? 이리저리 다니다 보면 옛날 생각이나 사람들로부터 훌쩍 떠나 새로운 세상을 만나는 계기가 될 거야."

해경은 남편을 교통 사고로 잃고 혼자가 된 후 친정 부모님과 아이와 함께 살고 있었다. 그리고 '여성 공동체'라는 단체에서 사무국장으로 일했다. '여성 공동체'에서 일하는 데 보람을 느끼고 있었던 해경은 현주도 자신처럼 활력을 찾기를 바라서 여행 소모임에 참가하기를 권한 것이다.

"아니, 사람 많고 번잡한 거는 싫어."

현주가 단번에 해경의 제안을 거절해버렸다.

"이젠 지난 일들을 잊어버리고 새 삶을 시작할 때도 되지 않았니? 우리 벌써 사십이다. 사십."

해경이 안타까운 듯 말했다. 현주는 아무 대답도 하지 않았다.

뛰던 놈이나 뛰지

　새해 들어 첫 출근이었다. 전철을 타고 을지로 3가에서 내린 현주는 서둘러 걸었다. 세민 아트콤은 간판이 작고 입구가 허술했으나 을지로 일대의 같은 업종 중에서는 꽤 큰 회사였다. 사층 건물 이층의 실평수 육십 평을 단독으로 선세내어 쓰고 있었다. 민주화 운동을 했던 박종민 사장의 성격상 사장실을 따로 두지 않았고, 간부와 평사원들의 구별 없이 책상을 나란히 놓았다. 칸막이가 없어서 툭 트인 넓은 사무실에는 책상마다 컴퓨터가 있었다. 그리고 출력기, 고성능 프린터, 형광판, 필름 박스 등의 큰 몸체들이 한쪽 벽면을 메웠다. 또 손님용 소파와 회의용 넓은 탁자가 다른 쪽에 놓여 있었다.

　시무식은 전 직원이 탁자에 빙 둘러앉아 자판기 커피를 마시면서, 연휴를 어떻게 지냈나 인사하는 것으로 시작됐다. 직원들이 시끌벅적 자유롭게 떠드는 것을 박종민 사장이 빙그레 미소를 지으며 바라보고 있었다. 이십 년을 겪어봤지만 언제나 너그러운 선배구나 생각하며 현주가 물었다.

"사장님은 어떻게 지내셨어요?"

"바빴지, 오랫동안 못 본 친구들도 만나고……."

"재미있었어요?"

"재밌었지. 근데 사람들마다 아우성이더군. 불경기가 생각보다 더 심각하고 오래갈 모양이야."

직원들의 시선이 사장에게 모아졌다. 이어 저마다 주워들은 정보를 말하면서, 올해의 경기 전망을 했다. 모두가 암담한 전망들이었다. 화제는 자연스레 회사의 운영 문제로 모아졌다. 지난 연말에 수금이 제대로 안 돼 사장과 영업부장이 무척 애쓴 사실이 얘기되면서 올해는 더 힘들 텐데 걱정들을 했다. 그러자 사장이 손을 내저으며 말했다.

"아하, 새해 아침부터 우울한 얘기들은 그만 하자구. 여태껏 일하던 대로 열심히 하면 되는 거야. 설마 월급 못 주겠어? 나를 그렇게 무능한 사장으로 보지 말라구……."

시무식은 결국 한바탕 유쾌한 웃음으로 끝났다. 현주가 제 책상으로 돌아와 업무 계획을 세우려는데, 디자이너 승영이 다가왔다.

"부장님, 저 골치 아파 죽겠어요. 나무출판사 표지 맡은 거 말예요. 책 내용이 서로 그리워하던 남녀가 오랜만에 만났는데, 실망하고 헤어지는 거래요. 그래서 이렇게 디자인해 보냈는데 마음에 안 든다는 거예요."

현주는 승영이 내미는 표지 시안을 보았다. 이미지들이 해체되어 있고 선이 엇갈린 그 디자인은 상당히 포스트모던했다. 현주는 새삼스레 승영을 자세히 살폈다. 강타 머리를 하고 쫄티를 입은 승영은 이제 대학을 갓 졸업한 신세대였다. 그의 사고가 포스트모던한 것은 당연한지도 몰랐다. 현주는 차근차근 설명해주었다.

"나무출판사 사장은 좀 보수적인 사람이야. 모던한 이미지로 후퇴하는 게 어때?"

승영은 모던이라니, 짜증난다 하는 표정으로 뾰루퉁해 있었다. 현주가 다시 설득했다.

"자, 여기 두 남녀가 있어. 이들은 서로의 실체를 사랑한 게 아니라, 상대방에 대해 상상만 하면서 자기가 만들어낸 환상을 그리워해. 그런데 막상 만나보니까 저마다 꿈꾸던 것과 달랐던 거지. 그러니까 그림으로 그린다면 두 사람의 실체가 있고 또다른 두 개의 환상이 있어. 두 사람이 만나는 거지만 사실은 네 사람이 선을 보는 것과 같지."

"아, 알겠어요. 구태의연하게 디자인해보죠."

"그렇다고 너무 리얼해선 안 되고…… 저번 회식 때 노래방에서 본 뮤직 비디오를 참고해봐. 사이언 블루와 핑크가 형광색으로 교차하던……"

승영은 마지못해 고개를 끄덕이고 제자리로 돌아갔다. 그때 키폰이 소리를 냈다. 송수화기를 들자 한영의 음성이 들렸다. 현주는 가만히 한숨을 쉬었다. 해경네 집에 갔다 온 토요일, 그는 응답기에 세 번의 녹음을 남겨놓았다. 현주는 아무 연락도 하지 않고 아예 전화 코드를 빼버렸다. 그리고 일요일을 방해받지 않고 조용히 쉰 후 오늘 출근했다. 그런데 한영이 끈질기게 직장으로 전화한 것이다. 이 남자는 나에 대해 도대체 어떤 환상을 갖고 살아왔을까? 그 환상이 깨질 때까지 상대해줘야 하나? 현주는 한영이 마음껏 불평하도록 내버려두었다.

"아무 일 없었으면서 왜 전화를 안 받았어? 내가 싫어?"

"시 쓸 때는 언제나 전화 코드를 빼놔."

"지독하군. 어쨌든 보고 싶어. 오늘 저녁 어때?"

"평일은 바빠. 주말이 좋겠어."

결국 주말에 한영의 오피스텔 앞에서 만나기로 하고 전화를 끊었다. 당분간은 안심이었다. 현주는 머리칼을 쓸어넘겨 잡념을 털어버린 후 일에 빠져들었다. 언제나 그랬지만 일은 시끄러운 마음을 안정시켜주는 진정제였다. 그러나 진정제의 효과는 점심 시간이 되자 사라지고 말았다. '교과서'가 방문했던 것이다.

교과서는 석하와 고등학교 때 제일 친했던 친구였다. 공부를 잘해서 명문 대학에 진학했고, 그에 어울리게 대기업에 들어가 부장까지 승진했다. 그의 회사가 현주네 사무실과 가까이 있었는데, 일 년에 서너 번 현주에게 들러 점심을 같이하곤 했다. 그는 언제나 자신만만했고, 건강했다. 석하는 그와 가장 친하면서도 미묘한 경쟁심을 갖고 있었다. 마치 교과서에게 압도당하는 듯 불안해했다고나 할까?

고등학교 시절 석하가 교과서를 처음 소개해주던 날이었다. 교과서는 그때도 자신 있게 달변을 늘어놓았다. 가만히 듣고 있자니 순 옳은 소리뿐이었다. 모범생이 시험 답안지를 작성하는 것 같군. 교과서. 그때 현주는 마음속으로 별명을 붙여주었다. 그리고는 교과서의 얘기가 지루해져서 내용은 듣지 않고 입을 뻐끔거리는 모양만 보고 있었다. 소리를 차단하니 그의 입놀림은 어항 속의 붕어처럼 보였다. 그러나 그 자리에 함께 있었던 해경은 교과서에게 매우 호감을 느낀 모양이었다. 일행이 헤어질 때 해경은 굳이 교과서와 같은 방향의 길을 택했었다. 어쨌든 석하와 둘이 남았을 때, 석하가 물었다. 저 친구 어때? 교과서 같애. 너무 뻔한 소리만 해. 건강한 모범생인가 봐. 매력 없어. 현주가 잘라 말했다.

그때, 석하의 어깨가 안도감으로 차분히 가라앉았다. 그리고 얼굴에 금세 유쾌한 기색이 떠올랐다. 그 모습을 보며 현주는 석하가 세 살 먹은 어린애 같다고 생각했다. 그리고 연애란 세 살 먹은 어린애들처럼 막무가내고, 어디로 튈지 모르는 예민한 당구공을 치는 게임 같다고 느꼈다. 그러나 그때는 그 게임에 정신없이 몰두해 있었다. 혼을 쏟아서, 애정을 가지고…….

교과서는 오랜만에 만난 현주에게 언제나 그렇듯 일식을 사주었다. 현주가 일본 여자처럼 보이는 걸까? 교과서는 곧 승진할 것 같다고 은근히 자랑했다. 불경기가 심각하긴 하지만 자기 회사는 건전한 재무 구조를 가지고 있어서 크게 걱정 안 해도 된다고 했다. 최고급 인력들이 아침 일곱시에 출근해 밤늦도록 뛰는데, 설마 무너지기야 하겠냐 낙관했다. 또 신문을 보고 현주의 시집이 나온 걸 알았다고도 했다. 그리고 시인이라니, 얼마나 멋진 인생이냐고 추어올리기도 했다.

현주는 사무실에서 가지고 나온 자신의 두번째 시집을 한 권 건넸다. 그리고 교과서의 성격이 전혀 변하지 않은 게 재미있어서 미소를 머금었다. 그러다 문득 그의 왼쪽 눈 흰자위에 미세한 실핏줄이 바알갛게 곤두서 있음을 발견했다. 고단함을 감추고 있는 눈. 아니면 삶에 지쳐가는 자신을 돌아볼 새도 없는 눈. 현주는 교과서의 뻔한 소리를 용서해주었다. 잘난 척하는 얘기를 끝까지 들어주었다. 성의 있는 답변도 해주었다. 더이상 놀리거나 빈정거릴 수가 없었다. 평생을 열심히 성실하게 살아온 사람들 앞에도 공황은 닥쳐온 것이다.

교과서는 현주를 사무실 앞까지 바래다주고 갔다. 그는 끝까지 석하 얘기를 꺼내지 않았다. 언제나 그랬다. 그래도 현주는 알았다. 그가 석하 생각을 해서 자신을 찾아온다는 것을……

오후 시간에 현주는 편집 대행 일 중의 한 가지를 직접 처리하기로 했다. 해경이 근무하는 여성 공동체 회보를 만드는 일이었기 때문이다. 현주는 디스켓들을 교정보면서 요즘 해경이 공동체에서 무슨 일을 하는지 파악할 수 있었다. 아마 소모임들을 활성화시키는 게 가장 큰 일거리인 것 같았다. 다양한 소모임들의 안내문을 보니 슬그머니 흥미가 일었다. 시간이 되면 참석해볼까 생각이 들 정도였다. 어쨌든 현주는 회보 만들기에 보람을 느끼며 포토샵으로 디자인을 시작했다.

얼마나 시간이 지났을까? 누군가 등뒤에서 말을 건넸다.

"퇴근 안 해?"

깜짝 놀라 돌아보니 감자 형이 웃고 있었다. 박종민 사장의 친구인데, '에구, 이 감자야'라는 자신의 고향 말을 자주 써서 얻은 별명이었다. 대기업 이사로 있어서 좀처럼 보기 힘든 사람이었는데, 어떻게 이 사무실까지 왔는지 궁금했다.

"어쩐 일이세요?"

"아까부터 와 있었는데, 그렇게 몰랐나? 에구, 이 감자야."

두 사람이 인사하는 모습을 웃으며 보고 있던 박 사장이 현주에게 말했다.

"퇴근 준비하고 저녁 먹으러 같이 가지."

그제야 현주는 시계를 보았다. 퇴근 시간이 지나 있었다. 서둘러

하던 일을 저장하고 사무실을 나왔다. 박 사장과 감자 형은 차를 두고 걷기 시작했다. 아마 두 사람이 모처럼 술을 마실 모양이었다.

앞서 가는 두 선배를 뒤에서 보니 박 사장은 후리후리하고, 감자 형은 땅딸막한 모습이 아주 대조적이었다. 저렇게 다른 두 사람이 어쩌면 그토록 오래 친하게 지낼 수 있을까? 현주가 알기로 두 사람은 동향이고 고등학교 동창이자 대학 동창이었다. 그리고 칠십년대에 시국 사건에 연루돼 같이 옥고를 치렀다. 그후 감자 형은 복권되어 회사원이 되었고 박 사장은 계속 운동을 하다가 팔십년대에 한 번 더 투옥되었다. 팔십년대, 그때, 현주는 석하 소개로 박 사장을 알게 되었다. 감자 형도 더불어…… 그리고 세월은 잘도 흘러갔다. 벌써 이천년이 아닌가?

선배들은 일식집으로 들어갔다. 왜 남자들은 여자를 대접할 때 일식을 선호할까? 연구해볼 문제다. 생선회와 초밥, 알탕을 푸짐하게 주문하고, 두 사람은 정종을 마셨다. 두 사람의 대화를 듣고서야 현주는 감자 형이 명예퇴직당한 걸 눈치챘다. 가슴이 덜컹 내려앉았다. 거품 경제, 화이트 칼라들의 몰락…… 멀게만 느껴지던 소문들을 이렇게 가까이 접하다니…….

박 사장이 감자 형의 잔에 술을 따라주며 위로했다.

"칠십년대 개발 독재 시절부터 예상했던 일 아니야? 이제, 하고 싶던 출판사나 차려. 기획은 다 돼 있지?"

"응, 해외로 나다닐 때 모아논 책들도 있고, 근데 번역을 하자니 환율이 올라서……."

"아이디어만 있으면 되지, 뭐. 요새 박사 실업자들이 그득한데, 집필인들 못 할까?"

"사무실을 하나 차릴까?"

"사무실이 뭐 필요해? 전화하고 컴퓨터만 있으면 되는걸. 편집은 우리 회사에서 현주가 알아서 해줄 거고, 책 창고는 대행업체에 맡기면 되고, 영업은 자네가 하고, 경리는 마누라 쓰고…… 다 됐네."

"왠지 자신이 없어. 요새 젊은 사람들을 당할까 싶고……."

"약해졌군. 젊은 사람들 겁낼 거 없어. 아무래도 뛰던 놈들이 잘 뛰지, 곱게만 자란 요즘 애들이 어디 잘 뛰겠어?"

"하긴 그래, 이제야 다 됐군. 근데, 현주는 시집 안 가나?"

두 사람이 주거니받거니 하던 얘기가 갑자기 현주에게 쏠렸다. 석하와의 관계를 알고 있던 사람 중에서 대놓고 시집 안 가냐고 묻는 용기를 가진 사람은 감자 형밖에 없었다. 아차, 싶었으나 현주는 시치미 뚝 떼고 여유 있게 대답했다.

"시집, 가야죠."

"언제? 이 감자야."

"우선 천사가 돼서 천국 성가대에 들어갈라 그래요. 그래서 우주 순회 공연을 하다가 맘에 맞는 우주인하고 연애를 하는 거예요. 그러면 벌을 받아 땅으로 떨어져서 나무꾼과 선녀로 결혼하고, 또다시 천사가 되고…… 그런 식으로 시집이야 얼마든지 갈 수 있죠."

감자 형이 씩 웃었다. 멋진 웃음이 아니라 약간 찌그러지는 못생긴 웃음이었다. 못생긴 웃음은 선량해 보여서 좋았다. 마음이 푸근해졌다. 허튼 소리를 마구 해서 선배들을 또 웃겨보았다. 선배들은 대놓고 껄껄 웃었다. 그때 감자 형의 얼굴에 굵은 주름이 눈에 띄게 늘어난 것이 보였다. 현주의 마음은 다시 서늘해졌다.

집에 도착했을 때는 꽤 취해 있었다. 감자 형이 술을 권하는 대로 넙죽넙죽 받아마신 탓이었다. 그런데 대충 씻고 자리에 눕자 이

54

상하게 취기가 싹 달아나며 정신이 말똥말똥해졌다. 음악을 들으면 잠이 오겠지. 라디오를 틀었다. 문둥병을 앓았던 시인 한하운의 노래가 흘러나오고 있었다.

　　나는 나는 죽어서 파랑새 되어
　　푸른 하늘 푸른 들 날아다니며

　현주는 벌떡 몸을 일으켜 라디오를 발작적으로 끄고 말았다. 그리고 떨리는 손으로 서랍을 열고 약을 찾았다. 내 불면증 약이 어디 있지? 이걸 먹고 잠을 자두지 않으면 내일 일하는 데 지장이 있겠다. 어떤 신경정신과 의사는 자기도 약을 먹으면서 환자들을 치료한다고 한다. 그 정도로 해가 없는 약이라니 먹어두자. 설혹 약에 중독됐다 해도 빨리 죽기밖에 더하겠는가? 빨리 죽을 수 있다면 오히려 다행이지.

　현주는 약을 털어넣고 물을 벌컥벌컥 마셨다. 그리고 이마의 진땀을 닦으며 보일러의 온도를 낮추었다. 약을 처음 먹게 됐던 날의 기억이 떠오르려 했다. 세차게 고개를 저어 기억을 떨궈냈다. 지난 이십 년 동안 모든 것이 무섭도록 빨리 변해버렸다. 옛날 생각은 그만 하자. 그저 약으로 잠들고 커피로 깨면서 나날의 일상을 끌고 나가는 수고만이 변하지 않았을 뿐이다. 한마디로 내게는 살아남은 것 자체가 욕이고 분노다.

　현주는 책상으로 다가가 분노로 죽어가기라는 시상을 끼적거렸다. 그러다 약기운이 돌자 아무렇게나 쓰러져 잠들고 말았다.

풋사랑

  한 주일을 힘들게 보낸 후의 일요일. 현주는 주방 탁자 앞에 멍하니 앉아 있었다. 불면증 약을 먹고 잠들었다가 깨어나는 아침이면 늘 불투명하고 뿌연 막에 휩싸여 있는 기분이 들었다. 게다가 오늘은 석하 꿈까지 꿨던 것이다. 꿈에 석하가 성당 문 앞에 서 있었는데 군중이 그를 둘러싸고 있었다. 현주는 석하 곁으로 가려고 애를 썼으나 사람들에 치여 점점 더 멀어지기만 했다. 석하야, 석하야 애타게 불렀으나 목소리가 나오지 않았다. 악몽이었어. 모처럼 석하가 꿈에 나타났는데 불러보지도 못하다니…….

  현주는 좀처럼 가시지 않는 혼몽한 기운을 떨치려고 커피를 진하게 타먹었다. 그래도 노곤한 기분이 개지 않았다. 핏속에 더러운 노폐물이 잔뜩 쌓인 것 같았다. 게다가 날씨마저 흐릿하고 을씨년

56

스러워서 시야가 뿌옇고 답답했다. 현주는 잠옷을 벗어던지고 더운 물로 오래오래 샤워를 했다. 깨어나라, 몽롱한 의식이여. 씻겨라, 더러운 피여, 깨끗이 씻겨라. 보디 샴푸로 전신을 말끔히 닦아내자 간신히 정신이 드는 것 같았다.

다시 주방 탁자 앞에 앉은 현주는 담배를 피워물고, 창 밖을 멀거니 보았다. 먹구름이 두텁고 낮게 깔려 있더니, 아니나다를까, 한 점 두 점 눈송이가 흩날리기 시작했다. 눈 오는데, 오늘 한영과의 약속을 취소할 수는 없을까? 하지만 매사가 귀찮은 지금으로서는 전화할 기력도 없었다. 오후가 되면 기분이 좀 나아지겠지…… 현주는 막연히 생각하며 창 밖만 내다보고 있었다.

고등학교 이학년 때였다. 성당 매점에서 아르바이트를 하고 있었다. 갑자기 검은 그림자가 휙 옆으로 스치더니 하얀 날개 같은 것이 날아왔다. 현주는 깜짝 놀라 고개를 들었다. 팔 언저리에 하얀 편지봉투가 떨어져 있었는데, 이석하라는 낯선 이름이 씌어 있었다. 현주는 편지의 주인을 찾아 스쳐 지나간 검은 그림자를 바라보았다. 저만치 물러간 검은 그림자가 고개를 돌리더니 씩 웃었다. 왼쪽 입술이 약간 찌그러지는 장난기가 어린 쾌활한 웃음이었다. 키만 껑충하고 순진한 개구쟁이 소년. 석하의 첫인상은 그랬다.

그 편지의 내용이 지금도 상세하게 생각난다. 네모 반듯하고 큼직한 글씨도. 성당 청소년부에서 해경이 현주라는 친구가 시를 잘 쓴다고 자랑하는 얘기를 많이 들었다, 성당 청소년부 연합회에서 문학의 밤 행사를 준비하는데, 현주의 참여를 원한다, 현주네 학교 교지에 실린 시도 보았고, 또 성당에서 가끔 보고 호감을 느꼈다, 문학의 밤 행사 준비는 다음주 토요일 방과후에 성당 교육관에서 할 테니, 시를 가지고 나오라……

현주는 망설였다. 현주는 그때까지 단 한번도 남학생에게 관심을 가진 적이 없었다. 그녀는 시인이 되기만을 원했고, 가족들을 떠나 혼자 자유롭게 살 날만 꿈꾸고 있었다. 그런데 시를 발표하는 일에는 남과 공감대를 느끼려는 속성이 포함되어 있었다. 타인과의 감정의 교류. 그런데 그 타인이 남학생으로 다가온 것이다. 거듭 말하거니와 현주는 망설였다. 그녀의 생애 계획에 남자는 포함되어 있지 않았다. 그러나 시쓰기는 남자와의 교류도 포함하고 있었다. 현주는 어떻게 해야 할지 몰랐다. 해경과 의논하기도 쑥스러웠다.

시는 씌어졌다. 자꾸자꾸 씌어졌다. 그 순순해 보이는 개구쟁이 소년에게 현주는 자신도 모르게 말을 걸고 있었다. 그러나 다음주 현주는 행사 준비장에 가지 않았다. 아니, 차마 가지 못했다. 석하가 성당 매점으로 찾아왔다. 그리고 왜 시를 안 가져오느냐고 당당하게 물었다. 그 당당함에 이끌려 현주는 수줍게 시를 내밀었고, 문학의 밤 행사에 슬그머니 참여하게 되었다.

문학의 밤 행사 준비를 하던 나날들. 석하는 성당 청소년부 연합 문학회 대표로 열심히 뛰었다. 그는 당시 발아하던 민중문학에서 영향받은 콩트를 발표했고, 문학회 회원들을 통솔했다. 그와 친한 친구인 교과서도 참여했다. 큰 키의 마른 몸매에 날렵한 동작으로 성당 안을 이리저리 뛰어다니며 낭송과 음악을 맞추고, 촛불과 조명으로 분위기를 잡고…… 잽싸게 신명나서 움직이는 석하의 모습을 현주는 뒷전에서 조용히 보고만 있었다. 그러다 제 차례가 되면 단 위로 올라가서 시를 읽고 내려왔다.

오히려 제 일처럼 흥분한 사람은 해경이었다. 해경은 행사에 참여하지도 않으면서 꼬박꼬박 나타났다. 그리고 아빠에게 특별히 타낸 용돈으로 석하와 교과서, 현주 들에게 떡볶이를 사주곤 했다. 떡

58

볶이집에 모여 웃고 떠들 때도 현주는 조용히 앉아 있는 편이었다. 그런데 집에 돌아오면 시가 씌어졌다. 바람이 끊이지 않고 불듯 시상은 자연스레 흘러나왔다. 그때부터 현주는 자꾸 움직이는 이석하라는 과녁을 향해 무수히 화살을 날리기 시작했다.

그를 사랑했던가? 내가 정말 이석하 자체를 사랑했던 걸까? 단지 내 시의 열렬한 애독자에게, 다만 나를 아껴주었다는 이유만으로, 그의 실체가 아닌 나의 자아를 위해서, 그를 사랑한다고 착각했던 건 아닐까? 아니라면, 그의 실존을 있는 그대로 사랑했다면, 그날이 올 것을 왜 그토록 까맣게 모르고 있었단 말인가? 그가 내가 보냈던 편지들과 자기가 아끼던 책들을 잠시 보관하고 있으라고 맡겼을 때…… 그때…… 아아, 모르겠다. 정말 알 수가 없다. 이렇게 오랜 시간이 흘렀어도, 그를, 또 나를 이해할 수가 없다. 무엇이 그토록 그에게 끌리게 했었는지, 왜 그날이 있어야 했는지, 오래도록 남아 있는 이 깊은 상실감은 무언지…….

현주는 두 손으로 머리칼을 쥐어뜯으며 괴로워했다. 가슴을 커다란 톱니바퀴가 썰고 있는 것만 같았다. 아직도 피를 뚝, 뚝, 흘리는 깊고 커다란 상처. 누가 이 상처를 입혔는가? 그들이? 서하가? 글쎄, 그것이 단지 외부의 어떤 힘 때문이었을까? 내 스스로 상처입을 준비가 되어 있었던 건 아니었을까?

현주는 힘없이 탁자 앞에서 일어났다. 그리고 작은방으로 들어갔다. 책상 서랍을 열쇠로 열고 깊숙이 감춰둔 상자를 꺼냈다. 거기에는 현주가 석하에게 보냈던 편지, 석하가 현주에게 보냈던 답장들이 들어 있었다. 십 년 이상 꺼내보지 않아 누렇게 찌들어 있었지만 석하의 네모 반듯한 글씨는 여전히 생생했다. 눈에 띄는 대로 엽서 한 장을 꺼내 읽었다.

원래 이 이별은
자기 자아 이외에 다른 것을 알고 있는
자의식을 위한 것이 아니다.

　　　　　　　　　　　　　　　　　　　　　—헤겔

어? 석하가 이런 말도 했었나? 갑자기 둔기로 뒤통수를 한 대 맞은 것 같다. 서둘러 앞뒤를 읽어보니 간신히 맥락이 잡혔다. 아, 그때…… 대학 입학 후 내가 첫 키스를 거절해서 석하가 화가 났을 때…… 현주의 창백한 얼굴에 배시시 미소가 떠올랐다. 그래, 그때 석하는 역사철학을 공부하고 있었지. 헤겔과 마르크스를 몰래 숨어 학습했던 그 시절…… 석하는 우리 관계의 본질을 이미 꿰뚫어봤던 걸까? 아니면 헤겔의 말이 그럴싸해서 무작정 베꼈던 걸까? 아니야, 석하는 워낙 조숙하고 영민한 데가 있었어. 고등학교 때부터 사회의 모순에 관심도 많았고…….

고등학교 삼학년 가을이었다. 군부 독재 타도를 외치는 유인물을 뿌렸던 성당 대학생들이 무더기로 경찰에 잡혀간 날이었다. 신부님은 고등학생들에게 당분간 성당에 나오지 말라고 연락을 취했다. 갑자기 이 세상에 갈 곳이 없어진 것 같은 느낌이었다. 석하와 현주, 교과서와 해경은 하릴없이 만나서 맴돌다가 덕수궁으로 갔다.

"어머, 낙엽이 너무 멋있다!"

해경이 소리질렀으나 아무도 낙엽 따위에는 눈길을 주지 않았다. 대신 석하와 교과서가 심각한 얘기를 주고받았다.

"이렇게 인권이 극심하게 유린되는 상황에서 문학을 한다는 게 무슨 소용이 있을까?"

S대 국문과에 들어갈 준비를 하고 있었던 석하가 내뱉은 말이었다. 경제학과 진학을 꿈꾸고 있던 교과서는 깊이 생각해보지 않은 채 위로의 말을 던졌다.

"문학이란 뭐니뭐니 해도 아름다움을 추구하는 예술 아니야? 예술할 사람이 괜히 사회적인 문제에 압박감을 느낄 필요는 없어."

석하가 발끈했다.

"넌 교과서 그대로야. 순수문학의 이론을 곧이곧대로 받아들이지. 무리도 아니야. 우리나라에선 역사적이거나 이성적인 판단을 요구하는 글 대신 감각과 정서를 표현하는 작품들만 인정을 받았으니까……."

이번에는 교과서가 은근히 화를 냈다.

"반드시 그렇다고는 볼 수 없어. 시사적이거나 혁명적인 예술은 메시지만 강하고 예술성은 빈약하거든. 그런 작품들은 예술로도 혁명적 수단으로도 다 부적합해서 인정을 못 받는 거야. 인간은 예술을 감상하고 누리지, 예술의 명령을 받진 않으니까……."

석하가 고개를 설레설레 저었다.

"아니야, 예술도 변혁의 도구가 되어 민중에게 봉사해야 해."

교과서도 지지 않았다.

"그렇게 되면 예술가들은 예술을 창조하기 이전에, 예술이 성립하기 위한 전제조건을 민주적으로 개혁하는 투사부터 돼야 할 거야."

"필요하다면 그럴 수도 있지."

힘있게 대답하는 석하의 눈은 무섭도록 빛나고 있었다.

며칠 후 석하가 현주를 은밀히 불러냈다. 은행나무들이 노랗게 물든 비원 앞을 걸으면서 석하가 물었다.

"넌 문학의 순수, 참여 논쟁을 어떻게 생각해?"

"난 문학에 대해 복잡하게 토론하는 건 딱 질색이야. 난 그저 문학이 좋아. 시를 쓰는 일이 즐겁고, 시인이 되고 싶어. 그래서 쓰는 거야. 다시 말하면 난 문학에 도취되어 있고, 시를 사랑해. 그뿐이야."

현주가 똑똑 끊어 말했다. 그 딱 부러지는 말투를 재미있어하며 석하가 다시 물었다.

"그러면 넌 나를 있는 그대로 좋아하는 거니? 아니면 내가 니 시를 좋아하기 때문에 좋아하는 거니?"

현주의 얼굴이 빨개졌다. 그녀는 당황한 것을 감추려고 입을 삐죽거렸다.

"누가 널 좋아한대?"

"정말?"

석하가 한 발 다가왔다. 현주는 얼른 한 발짝 물러섰다. 현주는 둘의 사이가 항상 삼, 사십 센티미터의 평상 거리를 유지해야 편안했다. 그러나 석하는 늘 그 한 발 간격을 뛰어넘고 싶어했다. 석하는 다가오고 현주는 물러나며 장난을 치다가 석하가 정색을 했다.

"나, 진학 문제 다시 생각하고 있어."

"어떻게?"

"정치학과에 가려고 해. 도저히 지금 시국을 방관할 수 없어."

현주는 놀라서 입을 헤 벌렸다.

"그렇다고 백팔십도 방향 전환을 하면 어떡해? 벌써 입시가 다 됐는데……."

"걱정할 거 없어. 정치는 종합예술이라는 설도 있어. 그리고 성적도 조금만 더 노력하면 돼. 그리고 문학을 아주 관두는 것도 아니고…… 소설도 틈틈이 쓸 거야. 어때? 그래도 괜찮겠지?"

조심스레 의견을 묻는 석하였다. 현주는 할 수 없이 고개를 끄덕였다.

"난 상관없어. 하지만 네 재능이 아까워."

"더 잘 된 건지도 몰라. 소설은 많은 경험을 필요로 하잖아? 그리고……."

석하는 머뭇머뭇거렸다.

"또 뭔데? 무슨 말을 해도 더이상 놀랄 것 같지 않아. 말해봐."

"우리 당분간 못 만날 거 같애. 성당도 입시 끝날 때까지 안 나갈라 그래."

석하가 어렵게 대답했다.

"응, 틀어박혀 공부만 하겠다, 이거지?"

현주가 섭섭함을 감추며 넘겨짚었다. 석하가 얼른 고개를 끄덕였다.

"그래, 우리 대학 가서 만나자. 몇 달만 참으면 돼. 대신 편지는 열심히 써야 돼. 시 쓰는 대로 보내주고……."

현주를 애틋하게 바라보며 석하가 말했다.

그래, 그런 놈이었어, 아무리 사랑하는 여자가 있어도 자기 할 일은 결코 그만두지 않는…… 고약하기 짝이 없는 놈. 현주는 편지들 중에 아무거나 뽑아 보았다. 입시 직전에 현주가 부친 엽서였다.

안개가 스며든 어스름
허공으로부터 불쑥불쑥

메마르고 헝클어진
나뭇가지들이 길을 막는다
마음보다 더 깊은 곳에
엉켜 있는 응어리들처럼

하지만
어둠을 들치며 일어서는 새벽
순찰을 끝낸 야경꾼
서넛이 나누는 담뱃불

흐릿한 여명으로부터 시작하여
서로를 더듬어 찾아
나누는 한 모금의 밝은 불빛

새삼스레 옛날의 엽서를 읽은 현주는 부끄러움으로 얼굴이 화끈
달아올랐다. 마치 석하가 곁에 있기라도 한 듯……

응어리라니! 석하는 내가 말하고자 했던 응어리가 무엇을 뜻하
는지 알아챘을까? 또 석하에 대한 그리움이 선연히 묻어 있는, 새
벽과 만남, 나누기 등의 이미지를 어떻게 받아들였을까? 창피하게
이런 시를 보내다니, 나도 참 과감한 데가 있었나 봐. 현주는 이 엽
서에 대한 석하의 답장을 찾아냈다.

깊은 밤, 몰래 담배 한 개비 피워문다. 한 줄기의 연기가 피어
오른다. 폐부로부터 우러나와서 허공 속으로 흩어진다. 가장 분명
하면서도 모호한 것. 그것이 무엇일까? 나는 미지의 그것이 서서

히 우리에게 다가옴을 느낀다. 그것이 우리들을 인생의 어떤 핵심 가운데로 인도할 것처럼 두근거려진다. 그렇다. 나는 기다리리라. 우리를 삶의 본질 가운데로 이끌어갈 어떤 결정적인 사건들을.

현주는 피시시 웃고 말았다. 서로 자기 얘기들만 하고 있었군. 그러면서도 의사소통이 가능했던 게 이상하지? 각자 다른 상황에서 다른 생각을 하면서도 서로를 예민하게 의식했던 민감한 감각. 젊었기 때문에, 아니 어렸기 때문에 가능했지. 현주는 편지함을 덮고 다시 서랍을 잠갔다.

그 정도에서 끝냈으면 됐을걸, 그저 풋사랑이려니 하고 아주 가끔 돌이켜보는 추억 정도로 간직했으면 됐을걸, 뭐 땜에 대학 가서까지 만났을까?

현주는 눈 내리는 창 밖을 하염없이 내다보았다. 모범생인 교과서는 S대 경제학과에 진학했고, 진로를 바꿔 성적이 약간 불안했던 석하는 K대 정외과로 갔고, 집에서 현모양처로 자라주길 바랐던 해경은 E대 영문과를 갔고, 현주는 결국 I대에 입학했다. 그래도 모두 만족했다. 특히 현주는 석하네 학교와 지리적으로 가까워 좋았다.

눈발이 제법 굵어지기 시작했다. 현주는 끝없는 상념을 끊기 싫어 한영에게 전화를 했다.

"눈 오는데, 나가기 힘들 거 같애."

"아니, 눈이 오면 강아지도 뛰쳐나오는데, 나오기가 싫어? 좋아, 그럼 내가 가지."

혹 떼려다 붙인 격이었다. 한영이 현주네 동네로 와서 전화하겠다고 한 것이다.

보이지 않는 손

　한영은 화려하고 높은 음의 바이올린 소리에 깊은 잠에서 깨어
났다. 에프엠 라디오를 켜놓고 잠들었던 것이다. 음악은 그리그의
〈아침〉인 것 같았다. 벌써 날이 밝았나? 시계를 보려고 몸을 일으
키는데, 뒷골이 욱신 쑤셨다. 뒷골뿐만이 아니었다. 전신이 몽둥이
찜질을 당한 듯 여기저기 땡기고 아팠다. 간밤에 너무 마셨군. 간신
히 몸을 일으켜 냉장고 문을 열었다. 심한 갈증 때문이었다. 찬물을
벌컥벌컥 들이켜고 나자 엊저녁의 동창회에서 한바탕 소동을 일으
켰던 기억이 났다.
　여자…… 이 나이에 여자 때문에 싸우다니…… 대학 동창들은
한가롭게 방담을 나누며 오랜만의 만남을 즐기고 있었다. 이미 모
두 얼큰하게 취한 상태였다. 누군가 김현주가 신문에 났더라는 화

제를 꺼냈다. 시집을 냈더군. 그러면서 같은 과 여학생에 대한 추억을 더듬던 그들 중의 하나가 무심코 말했다. 그 여자, 그때 끌려가서 걸레가 됐을 거야. 순간 한영은 술잔을 들어 그 녀석의 얼굴에 휙 끼얹었다. 놀란 동창 녀석이 반사적으로 주먹질을 해댔다. 이내 술좌석은 전쟁터가 됐다. 말리는 사람들이 있었다. 싸움에는 협상꾼도 나오고 심판을 하는 권위자도 있게 마련이다. 억지의 화해로 간신히 원시적 싸움은 끝났다. 남자들간의 이해와 깊은 결속감도 다졌다. 저자식, 홀애비 스트레스가 쌓여서 그래. 이차 가자. 한영은 룸살롱으로 가자는 동창들을 간신히 따돌렸다. 불경기를 맞아 주머니 사정이 불안해진 동창들은 못 이기는 척 이차를 취소했다. 아마 호경기였으면 영락없이 오입질까지 했을 터였다. 남자들의 결론은 늘 그러니까…… 한영은 남자들이 지겨웠다. 여자가, 현주가 못 견디게 보고 싶었다.

오늘은 현주를 만나기로 한 날이지…… 한영은 기운을 추슬러 화장실로 들어갔다. 샤워를 하려고 홀딱 벗고 나자 문득 떠오르는 기억이 있었다. 유치원 때였던가, 초등학교 저학년 때였던가? 비가 오던 날이었다. 친구들과 나란히 걸어가고 있는데 지나가던 차가 흙탕물을 거세게 뛰겼다. 깔끔하게 차려입은 한영의 옷은 순식간에 더럽혀지고 말았다. 얼굴에도 지저분한 흙탕물이 묻었다. 한영은 마치 똥통에 빠진 것처럼 불결한 느낌에 진저리를 쳤다. 입 속에 오물을 가득 물고 있는 것 같았던 그때의 불쾌함은 아직도 기억이 난다. 어쨌든 어린 한영은 침을 뱉어내며 훌쩍훌쩍 울기 시작했다. 그러자 친구들이 일제히 놀려댔다. 어? 저자식 이깟 일에 우네, 너 남자 맞아? 기집애 아냐? 어디 고추 좀 보자…….

고추! 고추를 달았다는 단순한 사실 때문에 한영은 소위 사내

대장부가 되기 위한 기나긴 시련을 겪어내야 했다. 홀어머니와 누나 둘, 여자만 있는 집에서 자란 그에게는 남자다운 행동이라는 것들이 이해가 가지 않았다. 거친 말투, 더럽고 지저분한 차림들, 걸핏하면 싸우는 공격성, 제멋대로 하는 고집, 누군가를 꺾어버리기 위한 비인간적 경쟁…… 한영은 남자들의 독립심과 대범함 속에 숨어 있는 타인에 대한 무심함과 비정함이 싫었다. 엄마와 누나들처럼 도란도란 서로를 배려하며 따뜻하게 살아가고 싶었다. 그러나 그는 끊임없이 질문을 당했다. 너, 남자야? 고추 있어?

중학교에 가자 남자들만의 세계가 펼쳐졌다. 계집애 같다고 여겨지면 살아남기가 힘들었다. 그때부터 한영은 남자가 되기 위한 투쟁을 해야 했다. 지독한 냄새가 나는 담배를 배우고, 구역질나는 술을 들이켜고, 싸움질에서도 결코 물러서지 않았다. 샌님 소리가 듣기 싫어 껄렁한 차림으로 다니기도 했다. 남자세계에서 도태되지 않으려고 필사적으로 친구들을 사귀었다. 또 경쟁에서 지지 않으려고 공부도 열심히 했다. 그 결과 고등학교를 졸업할 즈음엔 아무도 그에게 고추 있냐고 놀리지 않았다. 대신 그는 술, 담배 없이 못 사는 남자, 한 마리 고독한 맹수가 되어 있었다.

샤워를 끝내고 담배를 한 대 피워무는데, 전화가 왔다. 현주였다. 눈이 와서 나오기 싫다고? 뭐 이런 자폐적인 여자가 있어? 내가 가지. 가서 어둡고 좁은 굴에 웅크리고 있는 상처투성이 독신녀를 구제해주지. 한영은 두둑한 오리털 파카를 걸쳐입고 밖으로 나왔다. 길이 미끄러워 차를 끌고 가기가 번거로웠기 때문이다. 한영은 씩씩하게 버스 정류장으로 걸어갔다.

I대에 입학했을 때 한영은 나이가 많은 삼수생 출신이었다. 고등학교 때 공부를 제법 했던 그로서는 첫번째 입시에서 자신이 원하

던 대학에 떨어졌다는 사실을 받아들일 수가 없었다. 재수를 했다. 그러나 재수 시절, 학원 깡패들과 어울리게 되면서 공부를 등한시했다. 여자들을 사귀었고 온갖 성적 모험을 겪었다. 당연히 원하는 대학에 또 떨어졌다. 삼수를 했다. 결과는 마찬가지였다. 할 수 없이 후기 대학이었던 I대에 들어갔다.

산전수전 다 겪은 늙다리로 언제나 강의실 뒤에 앉았다. 그런데, 모든 것이 시들하기만 하던 그때, 한영의 눈길을 끄는 여학생이 있었다. 김현주. 예쁘장하고 날씬한 게 말썽깨나 피울 모습이었다. 그러나 자세히 관찰해보니 눈빛이 여간 아니었다. 사람을 똑바로 쳐다보고 말하는 당돌한 버릇이 있었다. 그리고 그 당돌함 속에 어떤 강렬한 힘이 느껴졌다. 상처받지 않은 생명력이었다. 신선했다. 자꾸 관심이 갔다.

환장하게 화사한 오월의 아침이었다. 등교하는데, 교문 앞에 현주가 우두커니 서 있었다. 웬일일까 생각하며 그냥 지나치는데 현주가 고개를 빳빳이 들고 따라왔다. 한영은 정말 놀랐다. 여자를 많이 겪었어도 뒤에서 따라오는 여자는 처음이었다. 당황스러웠다. 쫓기듯 빨리 걸었다. 그러자 현주는 빨리 따라왔다. 진땀이 났다. 남자 화장실로 도망쳐버렸다. 화장실 입구까지 따라왔던 현수는 슬그머니 사라져버렸다. 한영은 숨을 몰아쉬며 생각했다. 내가 이게 무슨 꼴이지? 늙다리가 새파란 기집애한테 쫓기다니…… 간신히 마음을 가다듬은 한영은 강의실로 갔다. 그러나 현주는 보이지 않았다. 그날 하루 종일 기다려봤지만 현주는 수업에 들어오지 않았다. 은근히 걱정이 되었다. 무슨 일이 있는 걸까?

이튿날 한영은 일찌거니 학교로 갔다. 첫 수업이 시작되기만 기다렸다. 현주는 아무 일도 없는 듯 태연한 표정으로 강의실에 들어왔다. 한영은 용기를 내어 현주 옆자리로 갔다. 그리고 처음으로 말을 걸었다.

"어제, 왜 수업에 안 들어왔냐?"

자신보다 어린 여자라고 대뜸 반말을 한 것이 잘못이었다. 현주는 서슴없이 반말로 대답했다.

"집에 수첩을 놓고 와서 강의실이 어딘지 몰랐어. 널 교문에서 보고 같은 과 남학생이어서 강의실을 알겠거니 하고 따라가다가 놓쳤지. 막막해져서 그만 수업을 빼지고 친구네 학교에 가서 놀았어."

현주의 대답은 어제 일로 잔뜩 긴장해 있던 한영을 맥빠지게 했다.

"근데 왜 너 나한테 반말을 하니? 난 삼수를 해서 너보다 나이가 많아."

"그렇게 늙어 보이지 않는데?"

현주의 맹랑한 대꾸였다. 어처구니가 없어진 한영은 점심이나 같이 먹자고 할 수밖에 없었다.

어쨌든 그 사건으로 인해 한영과 현주는 친근해졌다. 그리고 현주에게 K대 다니는 남자 친구가 있다는 사실도 알게 됐다. 어쩐지 조용히 지내더라니…… 따로 애인이 있었군. 한영은 기분이 씁쓸름했으나 그냥 사실을 받아들이고 좋은 친구로 지내고자 했다. 감정은 생각대로 움직여주지 않았지만, 여하튼 흑심없는 척하면서 현주와 석하 사이에 끼여들어 함께 어울려 다녔다. 석하는 그를 경계하기보다 사회의식을 주입시킬 목적으로 잘도 모시고 다녔다.

시대가 사람들을 망쳤지…… 신촌에서 일산 가는 버스로 갈아탄 한영은 창 밖을 우두커니 바라보았다. 눈발이 성글어지고 있었다.

1979년 중앙정보부장 김재규에 의해 독재자 박정희가 살해된 10·26 사건, 1980년의 5·18 광주 민주화운동. 경황 없던 그때 우리는 기껏해야 대학 일학년, 이학년이었다. 순진했던 정의감만으로 거침없이 민주화를 외치는 데모 행렬에 뛰어들었고, 시대로부터 모질게 상처입었다. 버스의 라디오에서 이적과 김동률의 노래가 나오고 있었다.

그래, 우리 철없던 날들은 다 갔구나
좋은 추억은 잠시라더니 그런가 보다
그래, 나도 허기진 너의 맘 다 알겠다
우린 때로는 너무 슬퍼도 웃는가 보다
함께했던 친구들은 이제는 간 곳 없구나
밤새워 설레어 울었던 그 사랑도 세월에 흘러 흘러
그래, 이제 너와 나 단둘이 남았구나
이렇게 부둥켜안고 또 가자꾸나

그래, 둘이 남았으니 또 부둥켜안고 가야지…… 한영은 현주를 다시 만난 것이 기적같이 느껴졌다. 그 동안 얼마나 많은 일이 있었던가? 군대를 갔다 오고 신문사에 취직을 했다. 나이가 많아서 합격할 수 있을지 걱정이 됐으나 필기 시험을 잘 본 덕분에 소원대로 기자가 되었다. 수습 시절은 정말 힘들었다. 그 고달픔 속에서 문득문득 현주를 생각했다. 동창들을 만나면 현주의 소식을 물어보고, 모교 학적과에 가서 졸업 후 어디로 갔는지 알아보기도 했다. 그러나 현주의 행방은 묘연하기만 했다.

어머니와 누나들은 한영이 한시바삐 장가들기를 원했다. 더이상

버틸 수 없는 시점에서 눈 딱 감고 중매 결혼을 했다. 사회부에 있던 시절이었다. 집에 일찍 들어가는 것은 상상도 할 수 없었다. 게다가 그는 술을 마다하지 않았다. 아내는 불평을 터뜨렸다. 어머니가 아이를 기다리지만 하늘을 봐야 별을 따지요. 그러면서 아내는 기자나 경찰하고 결혼하지 말라는 시쳇말이 틀리지 않다고 했다. 애초에 애정이 있어서 한 결혼이 아니었다. 그저 어머님 모셔주고 애 낳아줄 평범한 여자면 되겠거니 생각하며 자포자기하는 심정으로 결혼해버린 게 잘못이었다. 결혼생활은 한영에게 충만감을 안겨주지 못했고, 늘 무언가 다른 것을 찾아 헤매게 했다. 아내는 자주 허깨비와 같이 살고 있는 것 같다고 닦달을 했다. 아내의 잔소리는 참기가 힘들었다. 아내는 끊임없이 정돈된 일상의 질서 속에 한영을 꿰어맞추려 했다. 그러나 한영은 규격화된 직장생활을 견디내는 일만으로도 충분히 숨이 막혔다. 가정에서는 가능한 한 자유롭고 싶었다. 능력 있는 남자이되 가정에도 충실할 것을 끊임없이 요구하는 아내가 무거운 족쇄처럼 느껴졌다. 그때만 해도 한영의 내면에는 미처 자라지 않은 피터팬이 자리잡고 있었다고나 할까? 밖으로만 나돌려는 한영과 집안으로 끌어들이려는 아내 사이에서는 자연히 부부 싸움이 잦아졌다. 그 와중에 한영이 잠꼬대로 현주의 이름을 불렀던 것이다. 아내는 분노를 참지 못하고 어떤 여자냐고 꼬치꼬치 따졌다. 그후 매사가 싸움거리가 되더니 결국은 이혼까지 가게 되었다.

어머니와 누나들은 재혼하기를 원했으나 그는 오피스텔을 얻어 독립해버렸다. 가정이라는 족쇄를 그만 벗어버리고 싶다는 마음이 얼마나 강했던지 지독히 자유로우나 혹독하게 고독한 생활을 질리지도 않고 계속했다. 그리고 문화부로 간 지 얼마 지나지 않아 현주의 행방을 알게 되었다. 물론 현주가 대학 시절 그대로 변하지 않고 고스란히 있으리라고는 예상하지 않았다. 한영 자신도 이혼 후 몇 명의 여자를 겪었기 때문이었다. 그럼에도 불구하고 한영은 이제야말로 때가 왔다는 확신이 들었다. 무슨 일이 있었든지 간에 현주는 지금 혼자고 한영도 한껏 자유롭다. 사랑하지 못할 이유가 어디 있겠는가?

한영은 버스에서 내려 현주네 아파트로 곧장 갔다. 중간에 전화를 걸까도 생각해봤으나 깜짝 놀라는 모습이 보고 싶었다. 설마 주소만 가지고 집까지 찾아오리라고는 생각지 못할 테니까…… 한영은 유쾌한 기분으로 슈퍼에 들러 술과 마른안주, 과일 들을 샀다. 이윽고 현주네 집의 초인종을 눌렀다. 누구세요? 안에서 현주의 목소리가 들렸다. 제대로 찾아왔군. 한영은 왠지 우쭐해졌다. 나야. 마치 익숙한 방문인 듯 간단히 대답했다. 안에선 아무 소리가 없었다. 잠시 기다리자니 문이 열리며 현주의 얼굴이 나타났다. 그 순간 한영은 가슴이 덜컥 내려앉았다. 현주의 완강히 닫힌 깊숙한 눈빛, 모든 관계를 차단하고 저 혼자의 성으로 숨어버린 고독한 얼굴, 그리고 온몸에서 뿜어져 나오는 냉혹한 거부감. 한영은 차가운 전율을 느꼈다. 퍼뜩 전화하고 올 걸 하는 후회가 들었다. 선뜻 들어서지 못하고 머뭇거리는데, 현주가 한영을 내치기를 단념한 듯 나직이 말했다. 들어와.

한영은 어색함을 참으며 집안을 둘러보았다. 가구가 단출하고 별 장식이 없는 실내가 마치 수도원 같았다. 한영이 여자 혼자 서 있는 흑백의 그림을 보며 주인의 성격을 가늠해보는데, 현주가 느닷없이 물었다.

"너, 바람둥이니?"

한영의 눈이 둥그레졌다.

"왜?"

"아니, 여자 집에 하도 서슴없이 와서……."

현주가 덤덤하게 대답했다. 한영은 현주를 똑바로 쳐다보았다. 현주 역시 정면으로 마주 보았다. 대담한 눈빛이어서 접근하기 힘들 것 같았다. 그러나 가만히 보자니 미묘한 변화들이 스쳐 지나갔다. 장난스럽기도 하고, 허탈한 듯 절망스럽기도 하고, 어찌 보면 지극히 담담한 듯도 싶고…… 한영은 현주의 눈을 민감하게 관찰하면서 일종의 재미를 느꼈다. 꼭꼭 싸매고 있어도 자기를 쉽게 들키는 여자 같았다. 현주의 단단한 방어벽이 우습게 느껴졌다. 마치 손 안에 잡힌 다람쥐처럼 만만했다. 한영은 현주의 불평을 무시하기로 했다. 사가지고 온 술병부터 꺼냈다.

"대낮부터 술 마실려고?"

현주가 놀란 듯 물었다.

"난 약간 알콜릭이야. 술 없이는 못 살지. 여자 없이는 잘 살아도……."

한영이 자조적으로 말했다. 현주는 약간 질리는 표정이었다. 그러나 무엇을 잠시 생각하는 눈치더니 말없이 식탁 위에 술상을 차렸다. 그리고 조심스레 물었다.

"언제부터 술을 마셨어?"

"본격적으로 마신 건 재수 시절부터야. 재수 시절은 정말 괴로웠어. 공부를 해도 연애를 해도 모든 게 다 쓸데없다는 생각이 들더군. 이 세상은 누군가 힘있는 자에 의해 움직여지고, 우리의 운명은 보이지 않는 손에 의해 이끌려진다는 생각이 자꾸 들었어. 내가 아무리 노력해봐야 그 알 수 없는 존재의 힘과 계획에서 벗어날 수 없을 거 같았어. 모든 게 다 미리 예정되어 있어서 난 속수무책이라는 체념도 했어. 길을 가다가도 그 보이지 않는 손을 의식했고, 갑자기 뒤에 누가 있는 것 같아 흠칫 놀라곤 했지. 일종의 노이로제였어."

참고 참았던 말을 쏟아내면서 한영은 흠칫 몸을 떨기까지 했다. 그것은 일종의 정신적 사정 같았다.

"그때부터 술 없인 못 살게 됐어. 삼수 시절의 괴로움, 나의 나약함, 무력감, 소심함 들을 술로 달래기 시작했지."

한영은 빙긋이 웃으며 현주의 창백한 입술을 들여다보았다.

"거기, I대에 너를 만나려고 갔나 봐. 신입생 오리엔테이션 때부터 넌 내 시선을 끌었지. 불가항력이었어. 네게 애인이 있다는 걸 알면서도 포기할 수가 없었어. 석하와 셋이 함께 돌아다닐 때도 겉으론 태연한 척했지만 속으로 혹독한 가슴앓이를 했지."

현주는 잠시 생각했다. 이 남자는 거듭해서 나를 좋아했다고 말한다. 도대체 나에 대해 뭘 알아서? 나의 고통스런 실존에 한 발도 다가설 수 없었으면서, 겉모양만 보고 좋아했다고? 현주는 싸늘한 시선을 창 밖으로 돌려버렸다.

한영은 혼자서 술잔을 비웠다. 그리고 두 손으로 현주의 얼굴을 자신 쪽으로 돌리며 말했다.

"난 바람둥이가 아냐. 알어?"

"알았어."

현주가 피시시 웃으며 대답했다. 한영은 자연스레 현주의 입술에 자신의 입술을 갖다 댔다. 현주가 흠칫 놀라며 얼굴을 틀었다.

"에이, 시시해, 바보같이……."

한영이 현주를 나무랐다. 그때 현주가 궁금한 듯 물었다.

"넌 도대체 언제부터 여자를 겪어봤니?

한영은 눈을 가늘게 뜨고 추억을 더듬었다.

"고등학교 때였어. 친구들과 오팔팔에 갔었지. 기분이 참담했어. 그후 재수 시절에 여자들을 좀 겪었지. 하지만 친구들이 한 여자를 윤간했다는 얘기를 듣고 만정이 떨어졌어. 성이 무언가 싶더군. 그때부터 정신차리고 깨끗이 살려고 했지."

현주의 눈이 놀라움으로 크게 벌어졌다.

"윤간까지 했단 말야?"

"내가 아니고, 내 친구들이…… 난 얘기만 들었어."

현주의 목소리가 날카로워졌다.

"얘기만 들었다니! 그런 범죄 행위를 듣기만 했단 말야? 신고도 안 하고?"

"어떻게 신고를 해? 다 친구들인걸…… 게다가 여자도 워낙 날라리여서……."

한영의 말이 끝나기도 전이었다. 현주가 극도로 흥분해서 외쳤다.

"나가! 우리집에서 얼른 나가! 꼴도 보기 싫어!"

현주가 한영을 문 밖으로 몰아냈다. 한영은 얼떨결에 집 밖으로 내쫓겼다. 어이가 없었다. 내가 순진한 여자한테 괜한 얘기를 했나? 그래도 그렇지, 다 지나간 옛날 일을 가지고 뭘 그래? 기집애, 속도 좁지. 한영은 투덜거렸으나 절망하지는 않았다. 현주의 방어벽을 어떻게든 조금씩 조금씩 부숴나가리라. 한영은 여유작작하게 대처하기로 했다.

수수께끼

모처럼 실컷 잤다. 해경은 일요일 오후에 느긋한 기분으로 휴식을 취하고 있었다. 환갑을 훨씬 넘긴 친정 부모가 해경의 딸인 슬기를 데리고 나들이를 나가서 오랜만에 혼자만의 시간을 가질 수 있었다. 부모가 거처하는 일층과 해경 모녀가 사는 이층이 모두 조용했다. 해경은 음악도 텔레비전도 틀지 않고 그 적막함을 마음껏 누렸다. 직장도 집도 언제나 사람 사는 소리로 시끌벅적해서 이렇게 고요한 적이 드물었다. 해경은 소파에 길게 누워 빈둥거리며 이 생각 저 생각 떠오르는 대로 놔두었다. 그때 전화가 울렸다. 해경은 누운 채로 무선 전화기를 끌어당겼다. 현주의 목소리가 들렸다. 화가 무척 난 듯한 흥분된 목소리였다.

"무슨 일 있었니?"

해경이 게으르게 물었다. 현주는 한영이 찾아왔던 얘기를 자세히 했다.

"어머, 어머, 집단 강간을 했다는 얘기를 듣고도 가만있었대?"

해경이 벌떡 윗몸을 일으켰다.

"그래, 아무리 자신은 상관없었다고 하지만 그런 끔찍한 사실을 그렇게 태연하게 말할 수 있는 거니? 남자들은 죄의식도 없나 봐."

현주의 목소리는 분노로 떨리고 있었다.

"그래, 그게 우리나라 남자들의 보편적인 성의식이야. 일탈적인 성행위에 대해 죄책감이 별로 없지. 어떤 연구 결과를 보면 남자들의 팔십 프로 가량이 매매춘과 외도를 즐긴다더라. 성적 능력이 많아야 남자다운 줄 알거든? 그래서 정력에 좋다는 약은 무조건 먹잖아? 그런 상황에서 조화로운 성관계와 강간의 차이를 구별이나 할 수 있겠어? 폭력적인 성관계를 하고도 뻔뻔스럽고 태연하지. 강간당한 여자들이 얼마나 괴로워하는지도 모르고…… 그나저나 너 그렇게 분노할 힘이 있으니 다행이다."

해경이 여성 단체에서 일하는 사람답게 달변으로 말했다. 현주가 맞장구를 쳤다.

"그래, 내가 이 나이에 뭐가 아쉬워서 덜 떨어진 성의식을 가지고 있는 남자와 친하게 지낼 필요가 있겠니? 이제 한영은 그만 만나야겠어."

현주와 해경은 죽이 맞아 남성들을 비판하며 한동안 수다를 풀었다.

긴 통화를 끝냈을 때 해경은 충전이라도 된 듯 기운이 번쩍 났다. 역시 내 친구 현주구나 싶었다. 그 사건이 터지기 전의 현주, 날카로운 기지와 손상되지 않은 생명력을 가지고 있던 현주…… 그 옛날의 현주를 다시 보는 듯싶었다. 현주처럼 뜻이 통하는 친구가 있어 다행이야. 현주를 위해 기도해야지. 저녁 미사를 봐야지. 해경은 아침에 자느라고 못 간 성당에 가려고 마음먹었다.

그러고 보니 남편이 죽은 뒤로는 성당에 꽤 자주 빠졌다. 믿는 마음이 약해져서가 아니라 그만큼 바빠졌기 때문이었다. 여성 공동체에 상근을 하게 되면서 주말에도 근무하는 일이 잦아졌다. 따라서 친정 부모님과 나란히 해경 부부가 슬기를 데리고 일요일 아침마다 미사에 참석했던 일은 이제 다시 볼 수 없는 풍경이 되고 말았다. 보는 사람마다 부러워했던 그 시절의 단란함…… 과연 보이는 것만큼 행복했었던가? 돌이켜보면 남편과의 갈등도 많았었다. 그러나 이제 와 생각해보면 특별히 불행한 것도 아니었다. 애초에 성장 과정과 성격이 다른 두 남녀가 만나 결혼생활을 한다는 것이 동화 속의 결말처럼 마냥 행복할 수만은 없지 않은가? 그런데도 그 시절의 해경은 완벽한 사랑과 행복에 끊임없이 목말라했었다. 그것이 해경 자신을 괴롭혔고 남편을 우울하게 하기도 했다. 사람 살이란 어떻든 불완전하게 마련인데…….

해경은 성당 입구의 성모상 앞에 멈추어 섰다. 기억도 나지 않는 어린 시절부터 여대껏 해경은 이 성모상 앞에서 무수한 기도를 올렸다. 그 많은 기도 중에는 어리석은 소원도 얼마나 많았던가? 천주께서 우리를 불쌍히 여기실 수밖에…… 해경은 고개를 숙이고 잠시 기도한 후 성당 안으로 들어섰다. 저녁 미사는 일반 신도들보다 청년들이 많았는데 오늘따라 대학생들이 유독 많은 것 같았다. 웬일인가 싶었는데, 신부님의 강론 시간에 그 이유를 알 수 있었다. 신부님은 내일 농촌 봉사활동을 떠나는 대학생들에게 특별 강론을 하셨다. 아, 성당 농활을 떠나는구나. 이십 년 전 숱한 사건을 일으

켰던 그 농활…… 아직도 젊은이들은 농활을 떠나는구나. 해경은
감격을 느끼며 오늘의 특별 찬송을 따라했다.

저 멀리 뵈는 나의 시온 성 오 거룩한 곳 아버지 집
내 사모하는 집에 가고자 한밤을 새웠네
저 망망한 바다 위에 이 몸이 상할지라도
오늘은 이곳 내일은 저곳 주 복음 전하리

아득한 나의 갈 길 다 가고 저 동산에서 편히 쉴 때
내 고생하는 모든 일들을 주께서 아시리
빈 들이나 사막에서 이 몸이 곤할지라도
내 주 예수 날 사랑하사 날 지켜주시리

개신교에서 자주 부르는 노래였다. 민주화운동과 통일운동에 앞
장섰던 어떤 목사가 매일 아침 잠에서 깨어 불렀다는 찬송이기도
했다. 그리고 이십 년 전 이석하와 같이 참여했던 농활 팀이 즐겨
부르던 노래이기도 했다. 이십 년 전 농활…… 해경은 특별 찬송을
마저 다하지 못했다. 어느새 목이 메며 눈물이 흘렀기 때문이었다.
미사가 끝난 후에도 해경은 무릎을 꿇고 한동안 흐느꼈다.
　대학교 일학년 여름방학이었다. 성당 대학생부의 대표자인 김 선
배가 해경을 불렀다. 해경은 그 당시 유치부 교사를 맡고 있었다.
　"해경이 이번에 대학생부 농활을 가야겠는걸. 농촌 어린이들을
지도할 인원이 없어."
　키가 큰 김 선배가 두꺼운 안경 속에서 날카로운 눈을 빛내며
말했다. 해경은 왠지 주눅이 드는 느낌이었으나 짐짓 명랑하게 대

답했다.

"전 유치부 성경학교에 가야 하는걸요?"

"날짜가 겹치지 않으니까 그것도 가고 이것도 가면 되지."

김 선배는 시종 심각한 표정이었다. 해경은 머뭇거리다 말했다.

"농활은 의식화 교육이라던데, 저, 그런 데 가면 부모님께 꾸중 들어요."

"누가 그런 소릴 해? 내가 신부님께 말해서 부모님 허락을 받을 수 있도록 할게. 걱정 말고 따라와."

김 선배가 버럭 화를 내며 단호하게 대답했다. 해경은 아무 소리 못 했다. 김 선배가 다소 누그러진 음성으로 말했다.

"친구들도 같이 가자 그래. 니 친구가 석하, 현주, 교과서 맞지?"

김 선배는 이미 후배들을 면밀히 관찰하고 있었다. 알고 보니 해경의 친구들도 각개격파로 농활 참가를 권유받은 후였다. 그들은 따로 모여 농활 참가 여부를 놓고 토론했다.

"이 시대의 대학생이라면 마땅히 해야 할 일 아니야?"

석하의 의견이었다. 그는 이미 K대의 이념 서클에 가입해서 의식화 교육을 어느 정도 받고 빈민 교회에서 하는 야학에 강학으로 나가고 있었다. 그리고 민주화운동의 싹이 보이는 곳이면 천주교든 개신교든 불교든, 야학이든 농활이든 가리지 않고 참여하겠다는 자세였다.

"난 의식화 교육은 너무 획일적이어서 싫지만 성당에서 하는 농활은 어떤가 한번쯤 참가해보는 것도 괜찮다고 생각해."

현주의 의견이었다. 현주가 간다면 나도 갈게. 마침내 해경이 결정했다. 난 너네들이 불에 뛰어드는 나방 같아 걱정이 돼. 그냥 두고 볼 수 없어. 교과서가 한탄했다. 결국 넷은 모두 성당 농활에 가기로 했다.

　농활에서도 남녀 역할 분담은 뚜렷했다. 남학생들은 농부들을 따라 논과 밭에서 일하고 현주는 아주머니들을 도와 밥짓고 빨래하고 해경은 아이들을 가르쳤다. 쌀과 보리가 자라네, 쌀과 보리가 자라네, 쌀과 보리가 자라는 건 누구든지 알지요, 농부가 씨를 뿌려 흙으로 덮은 뒤에…… 해경이 아이들에게 노래와 무용을 가르치고 있으면 교과서가 흙 묻은 얼굴로 씨익 웃고 지나갔다. 해경은 속깊은 교과서의 웃음에 짜릿해하며 더욱 날렵한 동작으로 유희를 했다.

　밤늦게 열린 활동 반성 시간이었다.

　"너희들은 연애하러 온 거냐, 정말 농부들의 아픔을 이해하려고 온 거냐?"

　김 선배가 해경 들을 꾸짖었다. 해경은 이해할 수가 없었다. 그들은 누구도 활동을 게을리 하지 않았다. 다만 자연스런 감정의 교류를 느꼈을 뿐, 드러내놓고 연애를 한 것도 아니었다.

　"아까 밤마실 갈 때도 현주가 달빛에 비친 볏잎이 너무 아름답다고 하니까 너희가 모두 몽롱한 표정으로 맞아 어쩌구 했는데, 농사꾼들의 피땀이 어린 볏잎을 그렇게 낭만적으로 감상하는 태도는 도시의 프티 부르주아적 습관을 벗지 못한 거고……."

　그날 밤 그들은 김 선배로부터 호된 꾸중을 들었다. 모두가 뭔가 억울했으나 아무 말도 하지 못했다. 그만큼 유신 독재 말기의 시대 상황은 대학생들을 무섭게 억압해서 결사적인 저항조직처럼 마음의 무장을 해야 했던 것이다. 낭만이나 감상은 일절 허용되지 않았고 연애 감정조차 숨겨야 했다. 그들은 김 선배의 명령에 따라 일사불란하게 움직이고 느낌을 통제당했다. 문자를 모르는 할머니,

할아버지들을 볼 때 느낄 생각과 감정은 이미 정해져 있었다. 일제 치하와 전쟁을 겪은 이 나라에 숨겨진 문맹자가 얼마나 많은가, 문맹자들이 얼마나 답답하고 참담한 삶을 살아왔나, 그럼에도 불구하고 민중들이 평생 얼마나 많은 난관을 극복하고 지혜롭게 살아왔나, 민중을 보고 배워라. 민중은 불쌍한 존재가 아니다. 그들은 혁명의 주체 세력이다.

혁명, 그 말은 은밀하고 조심스러웠다. 몰래, 뜨겁게, 입에서 입으로 전해지는 말이었다. 석하와 현주는 눈을 빛냈고, 해경은 겁을 집어먹었으며, 교과서는 눈을 감아버렸다. 혁명, 그 거대한 과제 앞에서 그들의 연애 감정은 사치일 뿐이었다. 돌아오는 버스 안에서 현주와 석하, 교과서와 해경은 따로따로 앉았다. 그들의 얼굴은 딱딱하게 긴장되어 있었다. 그러나 해경은 보았다. 모두가 피곤함에 지쳐 끄덕끄덕 졸고 있을 때 현주와 석하가 멀찍이 주고받던 따뜻한 미소를…… 고개를 돌리며 뒷자리의 현주를 확인하고 싱긋 웃던 석하의 그 미소. 한쪽 입술을 약간 비틀면서 소리없이 흰 이를 드러내던 그 따뜻한 미소. 그 미소가 왜 그리 오래도록 해경의 기억에 남았는지, 현주는 얼마나 가슴 아픈 추억들이 많을 것인지…….

해경은 눈물을 닦고 성당 밖으로 나왔다. 흰눈이 소복이 쌓인 성당 뜨락이 저녁 어스름 속에 신비하게 빛났다. 해경은 가슴이 뻐근했다. 문득 교과서가 보고 싶었다. 제대로 연애다운 연애도 못 해보고 애틋한 마음만 가졌다가 속절없이 헤어지고 만 남자. 현주를 통해 가끔 소식은 듣지만 만나자고 할 수는 없는 남자. 각자 다른 사람과 결혼을 했고 아이를 낳았다. 왜 그렇게 됐을까? 해경은 현주와 함께 교과서의 고지식함을 낄낄대며 놀렸던 처녀 시절이 못 견디게 그리웠다. 금방 전화를 하면 당장 달려나와 눈 속을 같이 걸을 수도 있을 것 같았다.

그러나 해경이 막상 결혼해야 했던 사람은 김 선배였다. 대학교 이학년 때였다. 그날은 목요일이었다. 성당 대학생부 모임이 있었는데 이상하게 해경의 친구들은 한 사람도 보이지 않았다. 김 선배조차 나타나지 않았다. 그럭저럭 모임을 하고 있는데 갑자기 김 선배가 뛰어들어왔다.

"빨리들 피해! 석하가 뛰어내렸어!"

"네?"

모두들 어안이벙벙해 있는데, 김 선배가 날카롭게 소리질렀다.

"석하가 기독교 회관에서 광주 항쟁 유인물을 뿌리고 옥상에서 투신했단 말야. 곧 검거가 시작될 거야. 당분간 피해 있으라구!"

"현주? 현주는? 교과서는? 석하는 어떻게 됐어요?"

충격을 받은 해경이 정신없이 외쳤다. 이미 학생들은 성당 밖으로 달아나고 있었다. 김 선배가 해경의 손목을 잡아끌었다.

"그렇게 멍하니 서 있으면 어떡해? 빨리 피해야지. 따라와!"

김 선배는 해경을 끌고 뛰었다. 택시를 타고 버스를 갈아타고 다시 택시를 타고 낯선 동네의 조그만 아파트에 도착했다.

"여긴 안가야. 당분간 여기 있자."

빈집으로 들어갔을 때 김 선배가 말했다.

"집에 전화를……."

"안 돼. 도청될지도 몰라."

"하지만 부모님이……."

"걱정 안 하시게 내가 공중전화를 걸고 올게. 좀 쉬고 있어."

김 선배는 밖으로 나가 먹고 마실 것을 잔뜩 사가지고 왔다.

"너네 집에 전화했어. 안심하시라고…… 날보고 부탁한다더군."

김 선배가 소주병을 따며 말했다. 좁고 폐쇄된 공간에서 술까지 마신 김 선배가 해경을 고스란히 지켜준다는 것은 한마디로 무리였다.

김 선배, 훗날 해경의 남편이 된 그 남자는 의도적인 일이 아니었다고 변명했다. 상황이 어쩔 수 없었다고…… 그러나 해경은 남편이 평소에 기회만 노리고 있었다는 인상을 지울 수가 없었다. 어쩔 수 없이 한 결혼이었다. 남편이 그의 딱딱한 성격으로선 최선을 다해 부드럽게 대했음에도 불구하고 해경은 언제나 가슴이 서늘했다. 석하의 피의 대가로 치러진 결혼이라는 죄의식이 사라지지 않았다. 현주에게, 교과서에게 미안했고, 석하에게 부끄러웠다.

결혼생활은 아무런 사건 없이 밋밋하게 세월만 채워나갔다. 남편은 취식을 했고 데릴사위처럼 해경의 부모를 섬겼다. 슬기를 낳았고 성당에 열심히 나갔다. 남편은 학생 시절 그가 욕하던 프티 부르주아가 되어갔다. 그 모습조차 참을 수 없었던 해경은 어떻게든 결혼생활에 적응해보고자 파출부를 내보내고 직접 살림을 했다. 깨끗이 쓸고 닦고 요리를 하고 빨래를 죽자 해도 마음의 공백은 메워지지 않았다. 그러다가 신문에서 여성 공동체 기사를 봤다. 주부 공부방을 연다는 기사였다. 해방된 주부란 어떠할까? 갈증에 몰려 등록을 했고 여성 공동체와 인연을 맺기 시작했다.

처음에는 비상근으로 자원 봉사를 했다. 회원 모임에 나가고, 어린이와 대학생 캠프를 하면서 사회운동과 여성 해방운동이 만나는 자리에서 젊은 시절의 잃어버린 꿈을 다시 찾는 것 같았다. 해경이 생기를 되찾자 남편도 좋아하였다. 용기를 얻은 해경은 내친 김에 여성학과 대학원에 진학했다. 천진난만한 어린애 같았던 해경을 성숙한 어른으로 만든 혁명적 계기였다. 많은 여자 선후배들과 토론하면서 마음속에 맺혀 있던 데이트 강간에 관한 논문을 썼다. 남편은 그 논문을 보고 안색이 변했지만 아무 말도 하지 않았다. 대학원을 졸업하고 여성 공동체에 상근하게 되었다. 살림을 다 할 수 없어 다시 파출부를 들였다.

허전했던 마음이 채워지면서 해경의 결혼생활도 좋아졌다. 어떨 땐 제법 행복하기까지 했다. 불가에 전해지는 얘기였던가? 인생이란 밑바닥이 없는 우물에 빠질 상황에서 가까스로 위에서 드리워진 한 가닥 칡넝쿨에 매달려 있는 것 같다고 했다. 그 칡넝쿨의 달콤한 즙을 빨아먹으면서 버티는 동안 쥐가 사각사각 넝쿨을 갉아먹어 삶의 시간은 끝나게 된다. 그 말이 맞았던 걸까? 잠시 행복의 즙을 빨고 있는 동안 쥐가 넝쿨을 다 갉았던지, 슬기가 중학생이 되었을 때 남편은 어이없는 교통 사고를 당했다. 죽음이란 해경에게는 도무지 대처해낼 수 없는 커다란 충격이자 수수께끼였다. 석하의 느닷없는 투신이나 남편의 사고사나 할 것 없이……

불면의 밤

    토요일 오후, 현주는 전화 코드를 빼놓았다. 지난 일요일 윤간 애기로 분노한 이후 한영이 매일 전화를 걸어왔기 때문이었다. 회사로 전화를 해서 아직도 화가 안 풀렸어? 하고 물어오면 응, 하고 간단히 대답하곤 했다. 넌 왜 그리 속이 좁니? 만나서 얘기하자고 하면 바빠 라고 했고, 좋아, 내일 또 전화하지, 하기를 반복했다. 그러다가 토요일이 되자 한영은 오후에 집으로 갈게 라고 했고, 현주는 오늘은 할 일이 많아, 다음에 만나 라고 궁색한 변명을 했다. 그리고 집에 도착하는 즉시 전화 코드부터 빼버렸다. 남자들이란 아무리 연애 감정에 빠져도 손해볼 일이 없으니 그렇게 서슴없이 다가오는 것 같았다. 그러나 상처받기 쉬운 여자인 현주의 경우는 훨씬 조심스러웠다. 현주는 마흔이 가까운 나이에 연애로 마음이 흔들리고 싶지 않았다. 연애 경험은 이십대의 체험으로 충분하다고 생각했다. 현주는 석하에 대한 기억만도 감당하기 어려웠다.

우울한 기분을 씻기 위해 현주는 집안 청소를 깨끗이 했다. 일주일 동안 밀린 빨래도 말끔히 해치웠다. 그러자 저녁이 왔다. 습관대로 밥을 했으나 이상하게 먹고 싶은 마음이 없었다. 할 수 없이 슈퍼에 가서 맥주 두 병을 사왔다. 저녁 대신 술을 마시고 잠들어 버렸으면 싶어서였다. 혼자서 술 마시는 것은 위험하다, 알코올 중독의 지름길이다라는 경고를 생각했다. 그러나 여럿이 마시는 것은 안전한가? 아니다, 여자가 다른 사람과 술 마시는 것은 더 위험한 일일 수도 있다. 특히 혼자인 여자가 남자와 함께 마실 경우…….

맥주를 한 잔 마시자 지난 일들이 둑 터지듯 밀려왔다. 현주는 도리질을 했다. 생각하지 말자, 기억하지 말자. 현주는 한 잔 더 벌컥벌컥 마셨다. 그러나 기억은 반란을 일으키려는 듯 점점 더 생생하게 떠올랐다. 현주는 깊은 한숨을 내쉬며 창 밖을 내다보았다. 짧은 겨울 해는 벌써 자취를 감추고 어둠이 짙게 드리워지고 있었다. 가로등이 창백한 빛을 뿜어내며 늙은 사람의 혈관처럼 뻗어 있는 헐벗은 단풍나무 가지들을 비추었다. 참, 거짓말 같지, 저렇게 볼품없이 메마른 나뭇가지들이 얼마 전만 해도 화려한 단풍을 달고 있었다니…… 멍하니 생각하던 현주는 삼지사방 뻗은 나뭇가지들이 든든한 밑동으로 떠받쳐져 있는 모양을 유심히 보았다.

그래, 사람도 복잡한 유기체여서 나뭇가지처럼 삼지사방 뻗어 있는 여러 부분들이 모여 하나의 밑동이 된다. 밑동 속에 나이테가 있는 것처럼 내 속에도 옛 기억의 자리들이 있다. 남자에 대한 기억, 친구를 위해 남겨놓은 마음의 자리, 운명을 만들어온 신의 간섭, 숨쉬는 한 포기할 수 없는 생존을 위한 노동, 시를 쓰며 추구하는 자아 실현의 꿈…… 등등 갖은 욕구의 제각각의 자리가 있다. 그런데 나는 석하가 죽은 후 오랫동안 생존을 위한 최소한의 노동만 나에게 허락해왔다. 그리고 석하가 좋아했던 시쓰기나 가끔 했다. 시만 쓰고 생존을 위한 일만 하면서 입시생처럼 살아온 후유증. 저 겨울 나무들처럼 잔가지를 쳐버리고 영하의 추위 속에서 결사적으로 살자니 빈자리들이 아우성을 친다. 친구들, 남자, 하느님이 모두 자기 자리를 달라고 요구한다. 귀찮게 굴지 말라고 잘라 말하지만 그들은 이미 다가와 있다. 그들을 거부하면 할수록 무서운 혼란이 온다. 빈자리들이 가져오는 공허감이다. 그런 공허감과 결핍, 고통의 밑바닥에선 창조력도 생명력도 생기지 않는다. 그러니, 놔두자. 빈자리들이 마음껏 아우성을 치도록, 나를 묶어왔던 오랜 긴장감을 풀고, 되어가는 대로 내버려두자. 그리고 좀더 풍요로운 마음의 여유를 갖자. 팽팽한 의식을 풀어놓자. 감상과 무의식이 어떤 얼굴을 하고 나타날지 그냥 지켜보자. 옛 기억들도 떠오르는 대로 내버려두자.

현주는 안방으로 들어와 벌떡 드러누웠다. 전신의 힘을 빼고 생각이 오가는 대로 내버려두었다. ……박종민 사장…… 그때는 종민 형이었다. ……1979년 여름방학, 성당 농활이 끝난 후 현주는 K대 앞에서 석하를 만났다. 정확히 얘기하면 K대 앞 서점에서였다. 서점 주인이었던 박종민 형은 시국 사건으로 감옥에 들어갔다 나온 '빵잽이'였다. 석하는 이미 종민 형을 잘 알고 있었던 듯싶었다. 현주가 서점으로 찾아갔을 때 석하는 미리 와 있다가 종민 형에게 인사를 시켰다. 종민 형은 여자 친구냐, 애인이냐 하는 흔한 질문을 하지 않았다. 다만 흐뭇한 미소를 지어 보였을 뿐이었다. 그러면서 술을 사주겠다고 했다.

K대 앞 단골 주점에서 그들은 막걸리를 마셨다. 종민 형은 별로 말이 없었다. 그러나 석하는 종민 형을 절대적으로 신뢰하는 태도를 보이며 자신의 야학활동과 농활 경험에 대해서 나직나직한 목소리로 보고했다. 주위에 종민 형을 따라다니는 짭새가 있었기 때문에 아주 조심스런 목소리였다. 그때 주점 문을 밀고 들어온 나이 지긋한 사람이 종민 형과 석하에게 눈인사를 한 후 다른 자리로 갔다. K대 노동문제연구소에 있는 L선생이라고 석하가 소곤거렸다. 걸어다니는 역사지. 걸어다니는 역사? 현주가 반문했다. 응, 4·19와 5·16을 몸으로 겪어낸 선배야. 밝혀지지 않은 현대사를 상세히 알고 있어. 민청학련 사건이 터졌을 때는 인혁당을 배후 세력으로 조작해서 쥐도 새도 모르게 사형시켜버렸다는 얘기도 해줬지. 인혁당? 민청학련? 현주는 어리둥절해서 또 물었다. 쉬, 나중에 말해줄게…….

  불길하고 음험한 이야기들이었다. 저항운동, 간첩, 사형…… 현주는 무언가 으스스해졌다. 그러나 석하는 생기발랄하게 빛나고 있었다. 돌이켜보면 그는 쉽게 도취되곤 했다. 선배들이나 동료, 후배들이 조금만 호감을 보이면 활활 불타오르곤 했다. 워낙 탄압이 심했던 시대라 목소리를 낮춘 상태였지만 겁없이 자기의 생각을 말했는데, 그 말들은 현주에게 매우 신선하고 건강하게 느껴졌다. 종민 형이나 L선생 같은 대선배도 내색은 안 했지만 석하를 무척 귀여워하며 기대를 걸고 있는 눈치였다.

  대학교 일학년 가을 학기가 시작된 지 얼마 지나지 않아서였다. 석하가 갑자기 I대로 찾아왔다. 장충동 국립극장에서 공연하는 뮤지컬 티켓 두 장을 내밀며 석하는 특유의 한쪽 입만 활짝 벌어지는 하얀 웃음을 웃었다. 웬 〈춘향전〉, 촌스럽게? 공짜 티켓이니까 새로 지었다는 국립극장 구경이나 가자. 그러지, 뭐. 현주는 가벼운 마음으로 따라 나섰다. 수십 명의 국립극단원이 출연하는 뮤지컬 〈춘향전〉은 뻔히 알고 있는 줄거리임에도 불구하고 흥미진진하게 전개됐다. 그러나 춘향의 순결과 정조가 승리하는 결말로 막을 내렸을 때 현주는 왠지 피곤한 기분이 들었다. 왜? 재미없어? 석하가 물었다. 아니, 괜찮아. 현주가 힘없이 대답했다. 7·4 남북공동성명 이후 북한에서 굉장한 인민 가무단을 보고 온 집권층이 경쟁적으로 만들었다는 국립극단 공연이야. 재미있을 리가 없지. 석하가 혼자말을 했다.

그뿐 둘은 말없이 국립극장을 나왔다. 어두운 비탈길을 수은등이 비춰주고 있었다. 나란히 걷고 있는 현주와 석하의 발 밑에 진한 그림자가 드리워졌다. 그 그림자를 무심코 바라본 순간 현주는 흠칫 소스라쳤다. 늘 청바지에 점퍼 차림으로 머슴애처럼 하고 나섰음에도 불구하고 현주의 그림자는 여자다웠다. 허리 곡선이 굴곡이 졌으며 특히 엉덩이 부근이 둥그렇게 보였다. 그에 비해 석하의 그림자는 일직선이었다. 그의 그림자는 남자다웠다. 그것을 느낀 순간 현주는 무척 당황했다. 심지어 자신의 엉덩이의 둥근 선을 깎아버리고 싶었다. 왠지 창피했다. 동시에 가슴 철렁이는 깨달음이 왔다. 우린 더이상 소년 소녀 철부지 친구가 아니다. 나는 여자고 그는 남자다. 현주는 새삼 마음이 떨렸다. 난감했다. 현주의 인생 계획에 남자는 포함되어 있지 않았다. 그런데 어느새 이석하라는 남자 없는 나날은 상상도 가지 않았다. 이 모순을 어떻게 한다?

그때 석하도 무슨 느낌이 있었는지 가만히 현주의 손을 잡았다. 현주는 깜짝 놀라 반사적으로 석하의 손을 뿌리쳤다. 매몰차게. 그렇게까지 심하게 뿌리칠 생각은 없었으므로 현주는 자신의 행동에 당황했다. 그러나 더욱 당황한 사람은 석하였다. 우뚝 멈춰 서더니 현주의 얼굴을 빤히 들여다보았다. 현주는 그 순간 어디론가 사라지고 싶었다. 민망했다. 어색하게 웃어 보일 수밖에…… 부끄럽니? 석하가 물었다. 현주는 얼굴을 붉힌 채 말없이 고개를 숙였다. 내가 싫니? 석하가 다시 물었다. 현주는 간신히 고개를 조금 저어 보였다. 그럼 좀 거북하더라도 남들처럼 연인 행세를 해줄 순 없겠니? 절대로 무례하게 굴진 않을게. 석하가 새끼손가락을 내밀었다. 현주는 약간 떨면서 손가락을 마주 걸었다. 따라와봐. 석하가 현주의 손을 잡아끌고 숲속으로 들어갔다.

숲속은 어두웠다. 석하는 인적이 없는 곳을 찾아 자꾸 안으로 들어갔다. 현주의 손에는 진땀이 흥건히 고이고 있었다. 괜찮아, 긴장하지 마. 됐어. 석하가 커다란 전나무 밑에 앉으며 손수건을 꺼내 현주의 손바닥을 닦아주었다. 놀라지 마, 저번에 니가 주점에서 보았던 K대 노동문제연구소 L선생이 연행됐어. 석하가 현주의 귀에 대고 속삭였다. 현주의 눈이 휘둥그레졌다. 종민이 형은? 현주가 떨리는 목소리로 물었다. 괜찮아. L선생하고는 다른 노선이니까…… 형사가 찾아오긴 했지만 잡아가진 않았나 봐. 넌 괜찮니? 괜찮아, 나 같은 피라미는…… 석하는 현주의 손을 잡아끌어 자신의 얼굴에 갖다 댔다. 현주는 어색함도 잊고 가만히 있었다. 도와줘, 만약 내가 형사한테 끌려가거나 너한테 형사가 찾아오면 오늘 있었던 일을 예사롭게 얘기해야 해. 공연을 보고 데이트만 했다고…… 특별한 얘기는 없었다고…… 알았지? 알았어, 걱정 마. 현주가 대답했다. 석하가 가방에서 두둑한 봉투를 꺼냈다. 이거 너하고 주고받은 편지야. 안전한 장소에 따로 잘 보관하도록 해. 현주는 편지들을 돌려받자 기분이 이상해져서 새초롬하게 물었다. 이런 것도 문제가 돼? 별문제는 안 되겠지만 만약의 사태를 대비해서 숨기는 거야. 석하의 대답에 현주는 아무 말도 할 수 없었다. 그럼, 잠깐 망 좀 보고 있어.

석하는 현주의 손을 놓고 전나무 밑의 땅을 파기 시작했다. 뭐 하는 거야? 없던 일로 하자니까, 모를수록 좋아. 석하는 굵은 나뭇가지로 제법 깊이 땅을 팠다. 그리고 가방에서 큼직한 양철 상자를 꺼내더니 정성들여 파묻었다. 나중에 세월이 좋아지면 다시 와서 꺼내보자. 석하는 땅 판 자국을 없애며 이마의 땀을 닦았다. 그리고 한참 멍하니 앉아 있더니 불쑥 내뱉었다. 널 안아보고 싶어. 난 너 머리 복잡할 때 갖고 노는 위안물이 아냐. 현주가 싸늘하게 말했다. 그 당시 현주는 석하라는 '남자'와 최초로 손잡는 일에 필요 이상으로 긴장했던 자신에게 화가 나 있었다. 알고 보니 석하는 현주가 알지 못할 일에 온통 마음을 빼앗기고 있지 않은가? 손잡는 일 따위는 석하에게 아무 일도 아닌 것이다. 현주는 뾰로통해 있었다. 그러나 석하 역시 현주의 싸늘함에 상처입은 것 같았다. 그렇게밖에 생각 안 되니? 석하가 구슬프게 웃었다.

그 구슬펐던 웃음…… 석하를 전혀 이해 못 했던 것은 아니었다. 다만 현주를 사로잡고 있던 성적 긴장감이 그토록 매정한 태도를 보였을 뿐이었다. 그리고 석하의 석연찮은 행동에 대한 소외감과 우려…… 얼마 후 L선생이 연행된 사건이 크게 신문에 났다. 고정 간첩으로 암약해온 L선생은 조총련으로부터 자금을 받고 국내에 침투해 지식인, 대학생들을 포섭, 사형된 인혁당의 복수를 하고자 피 묻은 내의를 모아 깃발을 만들고 광범위한 점조직을 만듦. 조직의 핵심 분자들은 김일성에게 충성을 약속, 자금 조달을 위해 강도질을 하며 폭동을 기도……

현주는 지금도 그 생각을 하면 아찔하게 현기증이 났다. 그 사람 좋아 보이는 L선생이 정말 그렇게 엄청난 일을 꾸몄을까? 어쨌든 그 사람들은 십 년 가까이 징역살이를 해야 했다. 그렇게 조금 다른 사상을 갖는 것도 집회를 하는 것도 허용되지 않았던 시절이었지만 여기저기서 지속적으로 저항운동이 일었고 부마 항쟁 후 드디어 10·26이 터졌다. 석하는 무슨 일이 그렇게 분주한지 점점 더 보기가 어려워졌다. 심지어 현주는 석하에게 다른 애인이 생긴 건 아닐까 불안해질 정도였다. 그러나 대학마다 민주화를 위한 몸살을 앓고 있었으므로 석하 역시 활동하느라 바쁘겠거니 여기고 있었다.

이학년 봄, 서울의 봄이었다. I대 학생들은 긴 데모 행렬을 이루며 시내로 진출하고 있었다. 현주네 학과 학생들도 그 무리 속에 끼여 있었다. 현주는 한영과 나란히 걸어갔다. 봄비가 부슬부슬 내리기 시작했다. 그러나 이탈하는 학생은 없었다. 동대문에 이르자 K대 학생들의 행렬과 만났다. 학생들은 환성을 올리며 얼싸안고 계속 전진했다. 누군가 현주의 어깨를 쳤다. 석하였다. 상쾌한 웃음. 닦어. 석하가 손수건을 내밀었다. 괜찮아. 현주는 비에 젖은 머리칼을 아무렇게나 쓸어넘기며 웃었다. 많이 젖었어. 닦아줄까? 나는 비에 젖은 여자를 보면 안아주고 싶더라. 석하가 대담하게 말했다. 남들이 봐. 현주가 눈을 흘겼다. 보면 어때? 석하는 현주와 한영 사이에 파고들어 어깨동무를 했다. 한영이 그러는 석하를 보고 마지못해 웃어 보였다. 석하가 현주의 어깨를 쥔 손에 힘을 주었다. 현주는 너무나 떨려서 걸을 수가 없었다. 됐어, 이젠 너네 학교로 가봐. 모두들 쳐다보잖아. 석하의 눈에 섭섭한 기운이 감돌았다. 내가 창피해? 현주는 말문이 탁 막혔다. 그때 현주의 가슴속에는 발레리의 시구가 퍼뜩 떠올랐다. '무얼 원해? 아무것도. 그러나 전부를.' 아아, 그 순간 그 시구를 말할 수 있었다면…… 그러나 현주는 끝내 아무 말도 못 했다. 섭섭한 얼굴로 돌아서는 석하의 어깨는 왠지 처져 보였다.

그리고 서울역 회군, 이어서 광주 의거…… 드러누워 추억을 곱씹던 현주가 벌떡 일어났다. 그리고 맥주를 한 병 더 땄다. 벌써 밤 한시가 되어가고 있었다. 그날…… 석하와의 마지막 만남…… 광주 의거 때 박종민 형을 비롯한 많은 민주 인사들이 미리 구속되었다. 전국적인 계엄령이 내려진 가운데 석하는 피해다니고 있는 중이었다. 학교가 문을 닫았기 때문에 현주는 집에서 구멍가게 일을 도와주고 있었다. 그런데 그날 석하가 가발과 안경을 쓰고 가게에 불쑥 나타났다. 미쳤어? 짭새들이 사방에 깔려 있는데, 어딜 나타난 거야? 현주가 질색을 하며 물었다. 괜찮아, 난 목숨 내놨어. 비굴한 내 목숨, 아무것도 아니야, 아무것도 아니라구! 석하가 충혈된 눈으로 중얼거렸다. 현주는 사방을 살피며 발을 동동 굴렀다. 왜 그래, 정말! 취했어? 석하는 안타까운 표정으로 현주를 보았다. 취하지 않았어, 단지 괴로울 뿐이야. 현주는 작은 소리로 꾸짖었다. 그렇다고 이렇게 충동적으로 행동하면 어떡해? 석하가 힘없이 말했다. 못 견디게 보고 싶었는걸.

아아, 그때, 석하는 차라리 잡히기를 원했던 게 아니었을까? 다가오는 죽음의 시간을 피하고 싶었던 게 아니었을까? 아니, 어쩌면 마지막 순간까지도 죽을 생각은 없었는지도 몰랐다. 현주는 머리칼을 쥐어뜯으며 술을 연거푸 마셨다. 그때 눈치챘어야 했다. 터놓고 얘기하게 하고 목숨은 건지게 했어야 했다. 그러나 현주는 엉뚱한 소리만 하고 있었다. 여기서 이러다간 잡히니까 버스 정류장에 가 있어. 내가 곧 나갈게. 석하를 내보낸 현주는 할머니에게 가게를 부탁하고 뒤따라갔다. 그들은 남남처럼 아무 버스에나 올라탔다. 한 강이 보였다. 석하가 내렸다. 현주도 멀찍이 따라 내렸다. 그리고 데이트하는 예사 남녀들처럼 한가로이 한강변을 거닐었다.

이윽고 강변에 자리를 잡고 앉았을 때 석하가 물었다. 위험한 자료나 책은 다 없앴지? 응. 현주가 간단히 대답했다. 편지도? 석하가 거듭 물었다. 그건 어떡해야 할지 모르겠어. 현주가 이마를 찡그리며 초조해했다. 땅에 파묻어, 나처럼…… 썩지 않는 상자 속에 비닐 포장을 단단히 해서 방부제와 습기 제거제를 넣고…… 석하의 충고에 현주가 되물었다. 그때 장충동에 파묻었던 게 책이야? 응, 금서들이야, 좋은 세월이 오면 다시 꺼낼 수 있어. 장소는 기억하고 있지? 현주가 고개를 끄덕였다. 응. 그런데 도대체 무슨 금서들인데? 석하가 짧게 대꾸했다. 여자가 알 필요 없어. 언제부터 너랑 나랑 남자 여자 갈랐니? 현주가 톡 쏘았다. 살다 보니 그렇게 되네. 석하가 피시시 웃었다. 그나저나 언제까지 피해다녀야 하는 거니? 현주가 답답해했다. 민주화가 될 때까지…… 석하가 먼 곳에 시선을 주며 막연히 말했다. 현주가 한숨을 폭 쉬었다. 넌 인간을 참 사랑하는구나. 인간의 삶을 사랑하는 사람들이 역사를 떠맡으려는 열정이 있지. 석하가 멍한 표정으로 되물었다. 넌 인간을 사랑하지 않아? 삶을 사랑하지 않아? 역사에 대한 열정이 없어? 현주가 잠시 머뭇거리다 솔직히 말했다. ……없지는 않지만 많이 모자라지. 사람들이 피 흘려가며 싸우는 걸 보면 이게 다 뭔가 싶어져. 석하가 놀라서 눈을 둥그렇게 떴다. 그럼, 넌 뭐 땜에 시를 쓰니? 인간의 삶과 역사에 대한 사랑 아니라면 뭐 땜에 문학을 하려는 거니? 이윽고 현주가 대답을 골랐다. ……문학은 내 실존의 유일한 희망이야. 살아가는 목표고 이유야. 석하가 퉁명스레 내뱉었다. 그게 그

소리지, 뭐. 삶과 사랑, 역사를 떠난 실존이란 게 있을 수 없으니까…… 현주는 아무 대답도 하지 않았다.

한참 만에 석하가 조심스레 물었다. 최한영이 너한테 잘해주지? 질투하는 거야? 현주가 까르르 웃었다. 석하도 모처럼 밝게 웃었다. 너 웃는 거 오랜만에 본다. 너도…… 석하와 현주는 잠시 명랑해져서 경쾌하게 말을 주고받았다. 뽀뽀하고 싶어. 웃기네. 석하의 눈에 아련한 슬픔이 고였다. ……사실은 오늘 밤에 너랑 같이 자고 싶어, 나 나쁜 놈이지? 그래, 나쁜 놈이야. 현주가 눈을 흘겼다. 도대체 넌 누굴 위해 그렇게 순결을 지키니? 몰라, 배운 대로 하는 거지, 뭐. ……맹목적인 순결이라…… 그럴 수도 있겠지. 석하가 맥빠진 얼굴로 중얼거렸다. 현주는 발 밑만 내려다보고 있었다. 이윽고 석하가 일어났다. 가자, 어두워지겠다.

강변을 걸어나오는 동안 석하는 아무 말이 없었다. 황혼이 그의 얼굴에 깊은 음영을 드리우고 있었다. 마치 조각을 보는 것 같았다. 현주가 홀린 듯 자신을 보고 있는 걸 의식했던지 석하가 쾌활한 척 콧노래를 부르기 시작했다. 운동권에서 전해지는 바에 의하면 그 노래를 가르치는 사람은 꼭 깨진다는 징크스가 있는 〈백치 아다다〉였다. 그러나 현주는 미련스럽게도 아무 눈치를 채지 못하고 석하의 청아한 음성에 귀를 기울였다.

초여름 산들바람 고운 볼에 스칠 때
검은 머리 은비녀에 다홍치마 어여뻐라
꽃가마에 미소짓는 말 못 하는 아다다여
차라리 모를 것을 젊은 날의 그 행복
가슴에 못 박고서 떠나버린 님 그리워

별 아래 울며 새는 검은 눈의 아다다여

헤어질 때쯤 석하가 말했다. 사흘 후 기독교 회관 앞 하늘다방에
서 보자. 하늘다방 알지? 응, 근데 거기 위험하지 않을까? 괜찮아,
변장해서…… 최한영도 델구 나올래? 석하가 예사롭게 말했다. 왜?
부탁할 게 있어. 무슨 부탁? 응, 은신처를…… 석하는 말을 흐렸다.
현주는 그가 보안을 고려해서 명쾌한 말을 못 하는 줄 알았다. 그
리고 특별한 예감도 없이 약속대로 하늘다방으로 나갔다.

왜? 도대체 왜? 사람이, 어떻게, 그렇게…… 깊은 밤 현주는 풀리
지 않는 응어리를 안고 잠을 못 이루며 흐느끼고 있었다.

환상 속의 그대

결코 시간이 멈추어질 순 없다 요!
무엇을 망설이나 끌리는 것은 단지 하나뿐인데
바로 지금이 그대의 유일한 순간이며
바로 여기가 단지 그대의 유일한 장소이다
환상 속에 그대가 있다
모든 것이 이제 다 무너지고 있어도
환상 속에 아직 그대가 있다
지금 자신의 모습이 진짜가 아니라고 말한다

마포에서 자유로로 차를 몰며 한영은 서태지의 노래를 크게 틀었다. 사십대의 중년 남자가 십대들이 열광하는 서태지의 음악을 듣는다는 게 좀 어울리지 않았으나 한영은 개의치 않았다. 한영의 생각으로는 서태지는 국민 가수라 해도 좋을 것 같았다. 모든 것이 학벌로 재단되는 사회에서 학력 없이 어려운 성공을 한 것도 그랬지만 그들의 음악성은 놀라운 데가 있었다. 그들의 음악을 듣고 있으면 한영은 아주 젊어지는 기분이 들곤 했다. 특히 요즘처럼 한 여자에게 이끌려 매일 전화를 하고 못 만나 그리워하고 애를 끓이다 보니 마치 철없는 십대라도 된 듯한 기분이었고 젊은이들의 노래가 절절히 가슴에 와 닿았다.

……시간은 그대를 위해서 기다리지 않는다…… 그대는 새로워야 한다…… 서태지는 한영에게 외치고 있었다. 사실 이 가사는 한영이 현주에게 해주고 싶은 말이었다. 그래, 우린 다시 태어나야 한다. 아직 늦은 건 아니다. 그 오래 전의 기억, 컴컴한 고뇌를 안고 시들어버리기에는 현주와 자신의 인생이 너무나 아까웠다. 그리고 억울했다, 잃어버린 젊음이.

잃어버린 젊음, 사소한 일로 오해하고 토닥거리고 싸우고, 하찮은 일로 풀어지고 감격하는 사랑 놀이를 하기에는 한영과 현주의 젊은 시절은 지나치게 거대한 힘에 눌려 있었다. 그 거대한 탄압 때문에 사소한 일은 무시할 수밖에 없었다. 그러나 알고 보면 인생은 얼마나 작은 일의 연속인가? 이제는 그 거대한 압박을 잊어버리고 조그만 일에 충실할 수는 없을까? 한영은 고개를 흔들었다. 전국민의 목줄을 조인 구제금융 시대, 구조 조정…… 이제는 전 세계적 차원의 억압이 우리를 짓누를 것이다. 개인들은 점점 더 무력해질 수밖에 없고…… 예전과 같은 저항운동도 힘들 테고…… 서태지의 노래를 따라 흥얼거리던 한영의 얼굴이 어느새 어두워지고 있었다.

100

그 시절, 한영은 두 통의 전화를 받았다. 먼저 전화를 건 사람은 석하였다. 가슴이 철렁했다. 현주를 통해 석하가 도피중이란 걸 알고 있었기 때문이었다. 내일 시내로 나오실 수 있을까 해서요. 현주가 전화할 겁니다. 침착한 목소리였다. 나가지요, 뭐. 근데 무슨 일이라도? 아니, 별일 없습니다. 단지…… 석하는 긴한 얘기를 차마 못 하는 눈치였다. 그러다 겨우 한마디 했다. 제가 없는 동안 현주를 잘 배려해주십사고…… 한영은 피식 웃고 말았다. 이 친구, 고양이한테 생선을 돌봐달라는군. 그러지 말고 기운 내쇼. 석하는 아무래도 무언가 할말을 못 하고 있는 것 같았다. 내일 만나서 말씀드리지요. 그뿐 전화는 끊겼다. 그리고 한 시간쯤 후에 현주에게서 전화가 왔다. 내일 하늘다방에서 만날래? 한영은 자기네들 연애하는데 왜 날 자꾸 끌어들이나, 마음 괴롭게…… 생각하면서도 그러마고 대답했다. 석하한테 이미 전화를 받았다는 얘기는 하지 않은 채였다. 그리고 이튿날 하늘다방으로 갔다. 난 현주가 정말 좋은데, 석하, 이 친구, 아예 사라져버릴 수는 없나 투덜거리면서…….

한영은 운전대를 잡은 손에 맥이 빠지는 걸 느꼈다. 석하, 그 친구, 정말 사라져버렸지, 망할 자식, 그렇게 목숨을 던지다니…… 그날 식하는 하늘다방에 나타나지 않았다. 대신에 기독교 회관 옥상에 나타났다. 훗날 상황을 종합해보니 석하가 죽을 생각까진 없었던 것 같았다. 그는 민주 인사들의 모임인 목요기도회에서 유인물을 나눠주고 광주 의거에 대해 보고한 후 감옥에 잡혀갈 각오를 하고 있었다고 했다. 그러나 그날 기도회장 입구에서 사전에 잡히게 되자 옥상까지 도망쳤던 것이다.

하늘다방은 기독교 회관이 잘 보이는 이층에 있었다. 기독교 회관 입구에서 사람들이 웅성이는 게 보였다. 경찰들이 회관 안으로 우르르 밀려들어갔다. 석하를 기다리던 현주가 발딱 일어났다. 석하야! 현주의 시선은 옥상으로 쫓긴 청년에게 가 닿았다. 옥상의 석하는 무언가를 휙 던졌다. 하얀 유인물들이 파르르 날렸다. 그리고 검은 새처럼 곤두박질치는 물체…… 현주는 핑그르르 의식을 잃고 쓰러졌다.

그 당시의 장면이 자세히 생각나지 않는다. 너무나 빨리 돌아가는 무성 영화의 흑백 필름을 본 것처럼 아득하면서도 아찔하다. 기절한 현주를 업고 어떻게 다방을 나왔는지 모르겠다. 병원을 가려고 했었다. 그러나 현주는 곧 깨어났다. 그러고는 아득바득 기독교 회관 앞으로 갔다. 회관 앞은 경찰들이 완전 봉쇄하고 있었다. 석하의 모습은 이미 보이지 않았다. 여기, 떨어진 사람, 어떻게 됐죠? 한영의 만류를 무릅쓰고 현주가 물었다. 경찰들은 로봇처럼 빳빳이 선 채 아무 말이 없었다. 살았나요? 죽었나요? 현주가 미친년처럼 물었다. 경찰들은 여전히 아무 말도 없었다. 눈이 날카로운 사복 차림이 다가오더니 현주를 유심히 살피며 말했다. 병원으로 실려갔어요. 어느 병원? 나도 몰라요. 가까운 병원 응급실로 가보쇼. 가까운 병원이라면 S대학 병원이었다. 현주와 한영은 서둘러 그리로 달려갔다. 응급실 앞에서 그날 목요기도회에 참석해서 사건의 전말을 알고 있던 석하의 학교 선배를 만났다. 석하의 선배는 고개를 흔들었다. 절명했어요. 현주는 휘청거렸다. 한영은 현주를 부축하면서 눈앞에 뿌연 안개가 끼는 것을 느꼈다. 망할 놈, 이럴려고 어제 전화했던가? 현주를 배려해달라고? 미친놈!

장례식은 보잘것없었다. 광주 의거라는 엄청난 사건을 겪은 직후라 시국 사건에 연루될 것을 두려워한 사람들이 발걸음을 삼갔기 때문이었다. 용감한 친구들과 일가족만이 석하의 영전을 지켰다.

현주는 끊임없이 울면서도 용케 묘소까지 따라갔다. 봉분이 올려질 때 조문객들은 모두 돌아갔다. 그러나 현주는 끝까지 남아서 산소가 완성되는 모습을 넋놓고 보고 있었다. 한영도 덩달아 현주의 옆을 지켰다. 현주는 홀짝홀짝 술을 마시며 가끔씩 눈물을 찍어냈다. 이윽고 어둠이 내렸을 때 완성된 무덤 가에는 현주와 한영만이 남아 있었다.

술에 취해 비칠거리는 현주를 억지로 끌고 산에서 내려왔을 때, 한영은 난감하기 짝이 없었다. 이미 서울로 가는 버스가 끊겨 있었다. 할 수 없이 시외 버스 터미널 부근의 여관으로 들어갔다. 여관에 들어가서도 현주는 계속 술만 찾았다. 그만 마셔. 한영이 참다 못해 말렸다. 아냐, 오늘 같은 날 안 마시면 언제 마시겠어? 현주는 겁도 없이 마셨다. 그러더니 밤 두시가 넘었을 때는 몸을 가누지 못했다. 이제 그만 자. 한영이 말했다. 현주는 갑자기 요염한 미소를 지으며 물었다. 자자고? 나 벗어? 그러더니 한영이 뭐라 할 사이도 없이 번데기가 껍질을 벗듯 홀홀 벗어던졌다. 한영은 너무나 놀라 멍청히 바라보고만 있었다. 그런데 홀딱 벗은 현주가 한영에게 다가와 입술을 비볐다. 사랑해, 같이 자자, 석하야. 너 나랑 자고 싶어했시? 석하의 이름을 들었을 때 한영은 현주가 제정신이 아니라는 걸 깨달았다. 정신차려, 현주야, 난 한영이야, 그만 자. 한영은 현주를 밀치며 참담한 기분이 들었다. 그러나 현주는 자꾸만 달라붙었다. 한영의 옷을 억지로 벗기고 전신에 키스하고……

따뜻한 입술이었다. 그리워하던 살갗이었다. 한영은 질끈 눈을 감았다. 그래, 내가 책임지지. 한영은 달라붙는 현주를 비로소 안았다. 부드러웠다. 달착지근했다. 매끄러웠다. 숨이 가빠왔다. 그리고 뻑뻑한 현주의 밀실, 커다란 파도…… 한영은 뜨거웠던 숨을 몰아

환상 속의 그대   103

쉰 후 곯아떨어진 현주를 자세히 보았다. 피! 숫처녀였나? 이럴 생각은 아니었다. 한영은 현주의 몸을 닦아주며 왠지 미안했다. 얼마나 잤을까? 낯선 여관방에서 눈을 떴을 때, 한영은 현주가 사라진 걸 알고 화들짝 놀랐다. 그러고 못 만난 지 근 이십 년. 그렇게 끝날 수는 없는 인연이었다.

한영은 현주의 집 앞에 차를 세웠다. 그리고 준비해온 꾸러미들을 꺼내들고 초인종을 눌렀다. 현주는 예상대로 집에 있었다. 잠을 제대로 못 잤는지 푸석푸석한 모습이었다.

"예고도 없이 찾아오면 어떡해?"

현주가 귀찮은 기색을 감추지 않고 불평했다.

"전화를 안 받으니까 찾아왔지. 혹시 혼자서 앓지는 않을까 걱정되잖아. 자, 이거 김밥하고 과일이야. 점심 아직 안 먹었지? 넌 끼니도 제대로 안 챙겨 먹을 것 같아서 사왔어."

한영이 꾸러미 하나를 내밀었다. 현주의 얼굴에 잠깐 미미한 감탄의 빛이 스쳐 지나갔다. 그 기회를 놓치지 않고 한영이 나머지 꾸러미를 풀었다.

"최근에 새로 나온 시집들이야. 신문사로 온 거 검토하고 기사 내보낸 뒤 모았다 가져왔지."

깊숙이 안으로 잠겨 있던 현주의 눈이 밖으로 나올 듯 반짝 빛났다. 됐다. 절대로 무감각한 상태는 아니야. 조금만 노력하면 마음을 잡을 수 있겠어. 한영은 손수건으로 이마의 진땀을 닦았다.

"니가 쓴 기사 봤어. 감각도 있고 의식도 있고, 제법 유능한 데가 있구나 생각했지."

현주가 시집들을 살피느라 고개를 숙인 채 말했다. 한영은 입시 점수를 채점받는 수험생처럼 조마조마한 기분으로 이 문제는 맞았구나 하고 속으로 외쳤다. 그러나 겉으로는 아무렇지도 않게 말을 받았다.

"기사야, 뭐, 리드만 잡히면 그냥 써내리는 거지. 데스크 재촉 받아가며 시간에 쫓겨 쓴 기사는 다시 안 보게 돼. 자괴감 생겨서……"

"그렇다면 넌 기자 일이 적성에 맞는 편인가 보다. 한 번에 그 정도로 써낸다면…… 난 시 한 편 쓸 때 열 번 이상 고쳐."

"시 쓰는 일은 예술이니까 그래야지. 아, 참 이거 들어봐."

한영이 주머니에서 시디를 한 장 꺼냈다. 호세 카레라스의 노래들이었다. 현주는 군말없이 시디를 틀었다. 악보를 정확하게 부르는 카레라스의 음성이 집안 가득 울려퍼졌다. 감정을 과장하지 않으면서도 호소력 있게 부르는 노래. 한영은 저 노래들을 통해 자신의 마음이 현주에게 전달될 수 있기를 바랐다. 그래서 근 이십 년 동안 현주가 어떻게 지내왔는지 말문을 터주기를 간절히 원했다. 다시 그 옛날처럼 자신의 품을 파고들며, 이제는 석하가 아닌 한영 그 자체를 사랑해주길 꿈꾸었다. 그러나 현주는 말없이 음악을 들으며 김밥을 조금씩 먹고 있을 뿐이었다.

호세 카레라스는 〈부정한 마음〉〈별은 빛나건만〉〈남몰래 흘리는 눈물〉 등 가슴을 저미는 열창을 했다. 현주는 김밥을 다 먹고 과일을 깎았다. 두 사람은 별말이 없었다. 한영은 이대로도 좋다고 생각했다. 이십 년 동안 각자 어떻게 지냈든 무슨 상관인가. 이렇게 다시 만나 함께 있을 수 있는 것만도 다행이다. 한영은 느긋하게 벽에 기대앉아 지금 이 순간을 즐기기로 했다. 현주가 과일 접시를 한영 쪽으로 밀어주었다. 한영은 사과 한 조각을 집으며 문득, 술이 마시고 싶다고 생각했다. 그러나 운전을 해야 하니 참아야 했다. 갈

증, 고질적인 목마름이 몰려왔다. 어느덧 아름다운 테너의 목소리
는 끝나 있었다.

"우리 야외로 드라이브나 갈까?"

한영이 먼저 말을 꺼냈다. 현주가 싫다고 고개를 저었다.

"그럼 영화 한 편 어때?"

"주말에는 나가기 싫어. 집에 있는 편이 좋아."

매일 출근해야 하는 직장인답게 현주가 게으른 소리를 했다. 한
영은 말이 막혔다. 잠깐 멍하니 있다가 화제를 하나 떠올렸다.

"너, 〈포레스트 검프〉 봤니?"

현주가 응, 하고 간단하게 대답했다.

〈포레스트 검프〉는 미국의 현대사를 재구성하면서 미국인들의
상처난 자존심을 위로하고 새로운 꿈을 펼쳐 보이는 영화다. 지능
이 모자라는 포레스트 검프라는 소년이 성장하면서 그 특유의 순
박함으로 성공하는 이야기인데, 검프가 끈질기게 사랑하는 여자의
이야기가 볼 만했다. 그 여자는 어릴 때 아버지로부터 상처를 입
고, 커서는 히피가 되어 반전운동에도 참가하나 프리섹스와 마약
을 즐기기도 한다. 나중에는 병들어 검프에게 돌아와 아이를 하나
낳고 건강한 재기를 꿈꾸나 결국은 죽는다. 그럴듯한 역사적 사건
들, 낭만적 사랑, 적당히 슬픈 비극적 결말 등이 흥행에 성공할 수
있는 요소를 모두 갖춘 작품이었다.

"난 〈포레스트 검프〉 보고 감명받았다. 우습지?"

한영이 물었다.

"아니, 안 우스워."

현주가 간단하게 대꾸했다.

"난 포레스트 검프가 마치 나 같다고 여겨졌어. 한 여자를 오랫

106

동안 순수하게 사랑하는 게…… 그리고 그 여자는 현주고……."

현주가 쓰게 웃었다.

"내가 그렇게 예뻐?"

응, 한영이 현주의 손을 가만히 잡았다. 그리고 조심스레 물었다.

"키스해도 되니?"

"안 돼, 이제 너 집에 가."

현주가 단호하게 말했다. 한영은 한숨을 내리쉬었다.

"너를 어떻게 대해야 할지 모르겠다. 나를 받아들이지 않는 이유가 뭐니?"

"이유? 난 남자가 싫어, 그뿐이야."

현주가 매몰차게 대답했다. 한영은 망치로 머리를 맞은 듯 멍청히 현주를 바라보았다.

"오늘 고마웠어, 이젠 가, 다시 오지 마."

한영은 또다시 내쫓겼다. 어처구니가 없었다. 여자가, 남자가 싫다니…… 한영은 거칠게 차를 몰았다. 그리고 집에 도착하는 즉시 단골 카페로 가 술을 들이켰다. 갈증이, 결코 충족되지 않는 목마름이 그를 휘어잡고 있었다.

미칠 것 같은 이 세상

구정 연휴였다. 현주는 어머니로부터 전화를 받았다. 어떻게들 사는지 궁금하지도 않니? 일 년에 한 번뿐인 날인데, 좀 오너라. 사실 현주는 의붓아버지와 의붓형제들이 어떻게 지내는지 조금도 궁금하지 않았다. 외할머니가 돌아가신 후로는 의식적으로 잊고 지냈던 가족들이었다. 가끔 시내에서 어머니를 따로 만나기는 했다. 환갑이 훨씬 지났는데도 어머니의 고생은 그칠 줄을 몰랐다. 만날수록 속이 상할 뿐이어서 이제는 온라인으로 용돈이나 넣어드리고 있었다. 그러나 어머니는 끊임없이 가족이라는 테두리 속으로 현주를 품어들이려 했다. 정말 가고 싶지 않은 집이었고 만나기 싫은 인간들이었지만 더이상 거절할 명분이 없었다.

구정 당일날 아침 일찍 현주는 원효로에 있는 집으로 갔다. 구멍가게를 발전시켜 의붓오빠 내외가 경영하고 있는 슈퍼는 연휴를 맞아 굳게 문을 내리고 있었다. 파란 페인트 칠을 한 쪽대문을 통해 집안으로 들어갔다. 나지막한 쑥색 기와 지붕과 시멘트를 입힌 마당, 세 칸 방들과 마루, 부엌이 개발 붐도 타지 않은 채 그대로였다.

"이제 오우?"

부엌에서 일하고 있던 큰올케가 못마땅함을 숨기지 않고 퉁명스레 말했다. 막내 올케도 고개만 까딱여 보였다. 그러나 어머니는 얼굴이 환히 펴지며 반색을 했다.

"잘 왔다. 일손이 딸리던 판에…… 어여 차례상부터 차려라."

"큰오빠하고 막내는?"

현주는 있을 법한 사람들이 보이지 않아 의붓형제들의 안부를 물어보았다. 의붓자매들은 명절상을 차리러 시집으로 가야 하니 내일이나 올까 말까 했고, 친동생은 남자랍시고 친아버지 제사를 먼저 모신 후 작은올케와 오후에나 올 것 같았다.

"큰오빠하고 막내는 작은방에서 아버지 지키고 있다. 요즘은 노망기가 더 심해져서 차례 지낼 음식을 마구 집어먹는구나, 글쎄."

현주는 부르르 진저리를 쳤다. 그 술주정뱅이가 노망기까지 더해졌으니 어느 정도 주책을 부릴지 상상이 갔다. 현주는 작은방에 가보기를 포기하고 제기를 꺼내 닦으며 차례상을 차리기 시작했다. 고소한 음식 냄새가 집안을 가득 채워서 제법 명절 분위기를 돋우고 있었다.

그러나 차례상을 다 차리고 남자들이 불려나와 절을 하기 시작했을 때 사고가 벌어지고야 말았다. 의붓아버지가 절을 하기 무섭게 술과 음식을 허겁지겁 먹기 시작한 것이다. 아귀가 따로 없었다.

"안 되겠다. 차례 끝날 때까지 아버지는 따로 모시자."

어머니와 큰올케가 의붓아버지를 억지로 끌고 다시 작은방으로 갔다. 의붓아버지는 끌려가지 않으려고 고래고래 고함을 질렀다. 막내 올케까지 가세해서 간신히 작은방으로 처넣을 수 있었다. 결국 제주 없이 큰오빠와 막내가 차례를 치렀다.

차례는 경황없는 가운데 대충 끝났다. 큰올케가 참지 못하고 표독스럽게 불평을 털어놓았다.

"정말 힘들어서 아버지 못 모시겠어요. 형제들이 번갈아 모신다면 몰라도…… 어때? 동서. 그 집이 핏줄을 제대로 나눠받은 자식이니……."

어머니가 재취해서 낳은 막내의 아내를 보고 하는 말이었다.

"아이구, 우리는 음식점 일이 얼마나 고된데, 모실 데도 없어요. 대학 나오고 편안히 사는 형제들 있잖아요?"

어머니가 데리고 들어온 현주와 친동생만이 대학을 졸업했다. 뒷바라지를 해주어서가 아니라 스스로들 고학하다시피 해서 졸업한 대학이었다. 그런데도 이복 형제들은 늘 억울해했다. 현주는 못 들은 척했으나 마음이 몹시 불편했다.

그때였다. 작은방에 갇혀 있던 의붓아버지가 후닥닥 뛰어나왔다. 완전히 홀딱 벗은 차림이었다.

"에구머니!"

올케들이 소리를 지르고 피했다. 현주는 너무 놀라 멍청히 서 있었는데 눈이 마주치자 의붓아버지가 헤헤 웃으며 고추를 만지작거렸다. 현주는 울컥 구토가 치밀어올라 가방을 들고 그 집을 뛰쳐나와버렸다.

원수! 인간이 아니다. 현주는 골목 끝에서 한바탕 토한 다음 씁

어뺄었다. 내가 이러고도 가족한테 질리지 않는다면 사람이 아니지. 현주는 의붓아버지 같은 인간하고 더불어 살아온 어머니조차 지겨웠다. 물론 어머니가 친아버지를 잃고 생존이 위태로운 상황에서 어쩔 수 없이 재혼을 해야 했고, 온갖 고생 다 한 것은 알고 있었다. 그러나 역겹기는 마찬가지였다. 괜히 왔어, 다시 오나 봐라. 현주는 토하면서 흘러내린 눈물을 닦으며 다시 한번 진저리쳤다.

집에 돌아오니 자동 응답기에 한영의 음성이 남겨져 있었다. 연휴 어떻게 지내니 하는 안부였다. 집요한 친구군, 남자가 싫다고 분명히 말했는데…… 현주는 기진맥진해서 자리에 누워버렸다.

석하와 나란히 잔디밭에 앉아 있었다. 현주는 그 동안 차마 못했던 가족 얘기를 낱낱이 고백했다. 석하야, 난 너무 지쳤어. 가족이 지긋지긋해. 날 어디론가 데려가줘. 석하는 하얗고 싱그러운 웃음을 머금으며 현주를 가만히 안았다. 그래, 괜찮아. 순결 따윈 아무것도 아니야. 현주는 허물을 벗듯 옷을 벗었다. 엉덩이가 축축했다. 피! 놀라서 일어나 보니 옆자리에 한영이 누워 있었다.

또 그 꿈이군. 현주는 얕은 잠에서 깨어 부스스 일어났다. 머리가 깨질 듯이 아팠다. 물을 한 잔 마시고 시계를 보니 밤 두시였다. 밖은 어둡고 적막했다. 멀리서 이따금 차 질주하는 소리만 들려올 뿐…… 현주는 담배를 한 대 피워물고 창 밖을 내다보았다. 창 밖은 마치 화면을 끈 텔레비전 같았다. 겉으로는 아무 영상도 움직이지 않는 잿빛의 꺼진 화면. 그러나 버튼 하나만 누르면 갖가지 프로그램이 진행될 때가 있다.

현주의 머릿속도 그와 같았다. 갖가지 번뇌들이 오가는 것이다.

그 번뇌를 억누르기 위해 아무 일 없는 것처럼 행동하고 있었지만 자신마저 속일 수는 없었다. 사건이 일어난 것이다. 아무 일도 아닌 듯 무시하고 있었지만 좀처럼 신경을 끊을 수 없는 남자. 최한영, 이 친구를 어떻게 한다? 현주는 담배 연기를 길게 내뿜었다.

물론 현주라고 해서 변함없는 사랑과의 달콤한 화해에 대한 환상이 없는 것은 아니었다. 못 이기는 척 한영의 구애에 마음을 맡길 수도 있었다. 그러나 현주는 환상의 달콤함보다는 현실의 쓴맛을 너무나 잘 알고 있었다. 열애 끝에 결혼한 사람들도 곧잘 헤어지게 만드는 것이 사랑이란 속임수였다. 현주는 손가락을 머리칼 깊숙이 쑤셔박았다. 지겨워, 또 연애야? 또 사랑이야? 이십대 초반에 엄청난 경험을 했고 수백 번의 절망을 했으면 됐지, 마흔이 다 된 지금 또 마음이 흔들려? 잘한다. 시 쓸 의욕도 잊고 사랑의 몽상에 빠지다니…… 그 끔찍했던 세월을 잘도 잊고서…….

정신차려, 김현주! 말려들지 마! 최한영에게 너무 마음 쓰지 마. 나의 휴머니즘은 여기서 끝나야 해. 생각해봐. 지난 시간들…… 외부적 사건과 사람들에 휘둘려서 근근이 살아왔잖아? 꼭 정치적 사건이 아니더라도 남녀관계에는 무수한 걸림돌들이 있어. 그 걸림돌들을 사후에 생각하지 말고 사전에 생각해봐. 나는 지금도 불면증 약을 먹곤 해. 한영은 알콜릭에 가까워. 이 상처 많은 두 사람이 만나면 뭐가 되겠어? 뭐? 고통은 나눌수록 작아진다고? 꿈 많은 소녀 같은 소리 하고 있네. 서로의 상처를 할퀴어서 더 큰 수렁에 빠질 수도 있어. 중요한 건 환상이 아니라 현실이야. 지금의 내 현실…… 작은 나만의 집, 안전한 직장, 자아 실현을 위한 시쓰기…… 이것을 이룩하려고 얼마나 힘든 싸움을 벌여왔는데…… 여기에 부족한 게 뭐가 있어? 남자? 남자가 꼭 필요한 거야? 너의 세계를 일시에 무너뜨릴지도 모르는데…… 그래, 문제는 환상이야. 환상이 적이야. 남자와 행복해질 수 있다든가 화목한 가정을 새롭게 일굴 수 있다든가 하는 마지막 환상을 버려야 현실의 실체를 볼 수 있어. 따지고 보면 가족이란 얼마나 허술한 울타리이며, 또 얼마나 무시무시한 족쇄야? 물론 행복한 가족에 대한 달콤한 희망을 버리기는 고통스럽지, 아쉽고…… 하지만 고통은 나의 힘이야. 외로움은 나의 에너지야. 남자에게 기대고 싶어하는 내 안의 뿌리깊은 의존심을 버려야 해. 정신차려, 김현주!

현주는 머리칼을 쥐어뜯으며 자신에게 소리지르고 있었다. 그러다가 벌떡 일어나 냉장고 문을 열어젖히고 맥주를 꺼내 마시기 시작했다. 아직도 해결 안 된 무수한 갈등들, 빚더미처럼 해결되기를 기다리고 있는 누적된 고통들은 얼굴을 숨긴 채 현주의 마음속을 박박 긁고 있었다. 한밤중에 혼자서 술을 마시면서 현주는 온몸을 흔드는 노랫소리를 듣는 것 같았다.

미칠 것 같은 이 세상 미칠 것 같은 이 세상
주여 내 기도 들으소서
세상 어딜 가나 슬픔뿐이오
먹고 자고 애써 일할 뿐
하느님의 뜻은 무엇입니까
주여 나는 무엇하리까

얼마나 마셨을까? 꽤 취한 것 같은데 잠이 오지 않았다. 벌써 새벽 다섯시였다. 이제는 좀 자고 싶었다. 현주는 불면증 약을 꺼내 꿀꺽 삼켰다. 아차, 술 마시고 약 먹으면 부작용이 나는데…… 에라, 모르겠다. 현주는 자리에 드러누웠다. 아니나다를까? 잠시 후 서서히 숨이 막혀왔다. 술과 약을 같이 먹으면 온몸이 뒤틀리면서 숨이 가빠온다. 현주는 어쩔 줄 모르고 몸을 비비꼬며 신음했다.

이건 삶의 덫이다. 헤어날 길 없는 수렁에 빠진 거다. 제발 그만 잠들 수 있기를…… 사람들은 모른다. 나름대로 직장생활을 하며 시인으로 행세하기도 하는 내가 술과 함께 약을 먹어야만 잠들 수 있음을…… 전신이 뒤틀리는 고통과 진땀 흘리기로 깨지도 잠들지도 못하는 이상한 몇 시간의 사투 끝에 간신히 잠이 들고, 아침이면 커피를 마시면서 억지로 깨어난다는 사실을 아무도 모른다. 약과 술이 가져오는 심장 압박. 전신 뒤틀림. 이러다 언젠가 죽겠지 하는 체념.

죽음을 생각하면 현주는 차라리 편안해졌다. 영원한 잠. 그것은 고통으로부터 벗어난 휴식이었다. 그 휴식에의 열망…… 현주는 모든 잡생각이 귀찮아졌다. 자고 싶을 뿐이었다. 다만 잠들어 깨지 않고 싶을 뿐…… 한동안 몸부림치던 현주는 드디어 깊은 잠 속으로 빠져들었다.

아침이 왔다. 어김없이 현주도 깨어났다. 구정 연휴 마지막 날, 샤워를 했다. 책상에 앉았다. 한영이 선물한 시집들을 들쳐보았다. 한눈에 들어오는 구절이 없었다. 컴퓨터를 켰다가 곧 꺼버렸다. 가계부를 정리했다. 계산이 좀처럼 맞지 않았다. 음악을 틀었다. 귀에 거슬렸다. 텔레비전을 켰다. 유치한 코미디들. 채널을 이리저리 돌려보았다. 재미없었다. 괜히 서랍장을 열었다가 하릴없이 닫았다. 오늘은 전화가 한 통화도 안 오는구나. 모두 가족들과 명절을 즐기나 보다. 산책이나 나가자. 에이, 관두자.

하루 종일 서성이던 현주는 밤 아홉시가 넘자 매우 지쳤다. 자리에 멍하니 누워 있는데 전화 소리가 났다. 한영이었다. 그제야 현주는 자신이 그의 전화를 기다리고 있었다는 걸 마음속으로 인정하지 않을 수 없었다. 조용한 일상의 밑바닥을 흔드는 한영의 음성. 귀찮기도 했고 반갑기도 했다. 난감하기도 했고 신선하기도 했다. 현주는 혼란스런 감정을 주체할 수 없어 짜증이 났다. 한영이 물었다.

"연휴 잘 보냈어?"

"그럼, 잘 보냈지."

현주가 퉁명스레 대답했다.

"그럼, 됐네, 또 전화할게."

한영이 전화를 툭 끊었다. 망할 자식. 현주는 신경질이 났다. 담배를 피웠다. 이미 너무 많은 담배를 피워 입 안이 깔깔했다. 에라, 생각하지 말자. 내 갈 길이 바쁘다. 더이상 한눈 팔지 말자. 현주는 슬며시 벌어지려는 마음을 꼭꼭 여몄다.

다음날부터 직장에 출근했다. 그런데 이상하게 전화 벨이 울릴 때마다 신경이 쓰였다. 현주는 한숨을 쉬었다. 파블로프의 개. 종이 울리면 침을 흘리는 조건 반사. 석하와의 연애 때도 그랬다. 그때는 우체통만 보면 가슴이 뛰었다. 이번엔 전화 벨만 울리면 가슴이 뛰나. 기나리는 일의 참혹함. 왜 스스로 진화하지 못할까? 한영과의 관계가 진전되는 것을 이성적으로는 원치 않기 때문이다. 그러나 감정적으로는 간절히 바라고 있다. 이 모순, 이 혼란. 현주는 약이 바싹 올랐다. 괜히 조용히 사는 사람 흔들어놓고……

한영은 하루에 한 번씩 전화해서 바빠? 하고 묻곤, 그래, 하면 알았어, 하고 끊었다. 현주는 이 상태를 견디기가 힘들어졌다.

목요일이었다. 현주는 전화 소리가 울릴 때마다 깜짝깜짝 놀랐다. 경리가 전화를 받았다. 혹시나 싶어 귀를 기울였다. 경리는 다른 직원의 책상으로 키폰을 연결했다. 한숨이 나왔다. 잠시 후 다시 전화벨이 울렸다. 또 신경이 쓰였다. 내가 왜 이럴까? 사무실에서 늘 오가는 전화 소리에 왜 이리 예민해졌을까? 한영 때문이다. 불쑥불쑥 걸려오는 한영의 전화. 나는 그의 전화를 기다리고 있는 걸까? 아아, 싫다. 한영이 연락할 수 없는 곳으로 떠나고 싶다. 집도, 사무실도 아닌 어딘가 드넓고 탁 트인 곳으로 탈출하고 싶다.

현주는 자신의 예민함에 지친 나머지 책상 위에 엎드리고 말았다. 얼마 동안 그러고 있었을까?

"어디 아파?"

박 사장의 따뜻한 음성이 들렸다. 현주는 흠칫 놀라 자세를 바로 잡았다. 박 사장은 걱정스러운 듯 현주의 안색을 살피더니 물었다.

"이번 달 월차 안 받았지?"

"예, 아직……."

"그러면 하루 쉬도록 해. 오늘이 목요일이니까 조퇴해서 병원에 가봐. 그리고 금요일은 월차 받고, 토요일은 격주 근무니까 안 나와도 되고, 내친 김에 일요일까지 푹 쉬고 월요일날 새로운 기분으로 출근하도록 해."

"괜찮아요."

현주는 민망해서 작은 목소리로 대답했다.

"아니야, 요즘 김 부장 안색이 무척 안 좋아. 잘못하면 쓰러질 것 같아. 남들이 보면 내가 아랫사람 모질게 부린다고 욕하겠어. 어서 병원에 가봐. 어디가 불편한지……."

"고맙습니다."

현주는 더이상 사양하지 않고 박 사장의 배려를 받아들이기로 했다.

지하철을 타라

　목요일 오후 세시. 현주는 회사의 현관 앞에 멍청히 서 있었다. 갑자기 얻은 여유 시간에 무엇을 해야 할지 가늠이 서지 않았기 때문이다. 병원에 가보라구? 현주는 박 사장의 말을 떠올리며 쓰게 웃었다. 내 병은 내가 안다. 병원에 가서 해결될 문제가 아니다. 현주는 가는 한숨을 길게 내쉬며 하늘을 우러러보았다. 뿌연 매연이 잔뜩 낀 도심의 회색빛 하늘이 무겁고 답답해 보였다. 어디로인가 멀리 떠나고 싶었다. 공해에 찌들지 않아 신선한 대기를 마음껏 들이마실 수 있는 대자연 속으로 탈출하고 싶었다. 그러나 아무 준비 없이 당장 무작정 떠날 수는 없었다. 산책을 하면서 생각해보자. 현주는 천천히 걷기 시작했다.

　잠시 걷던 현주는 이내 눈살을 찌푸리고 말았다. 서울이라는 도시는 산책하기에 적당한 한적한 거리가 아니었다. 러시 아워가 아닌데도 차도에는 승용차, 택시, 버스, 화물차 들이 뒤엉켜 서로 먼저 가려고 위험한 난폭 운전을 하고 있었다. 또 골목과 큰길을 가리지 않고 예기치 않은 곳에서 오토바이가 불쑥불쑥 튀어나왔다. 인도도 번잡하긴 마찬가지여서 걸핏하면 자전거와 손수레가 앞을 막았다. 왜들 이렇게 서두는가? 모두들 속도에 쫓겨 전쟁이라도 치르는 것 같구나. 현주는 빼곡이 들어찬 고층 빌딩들을 보며 현기증을 느꼈다. 저 많은 사무실에서 돈을 벌기 위해 눈을 부릅뜬 채 일에 쫓기고 있을 사람들. 도대체 무엇을 위해 그토록 필사적으로 일을 하고 돈을 모으는가? 하긴 나 역시 일 중독증에 걸린 사람들 가운데 한 명이지만……

현주는 복잡한 지상의 길을 피해 지하도로 숨어들었다. 그러나 지하도 역시 번잡하기는 마찬가지였다. 오가는 사람들이 가방쯤은 아무렇게나 치며 지나갔고, 어깨를 부딪쳐도 미안하다는 말 한마디 없이 예사로 지나쳤다. 걷기가 피곤해진 현주는 2호선 지하철에 올라탔다. 가장 먼 역까지 가리라. 낯선 동네, 낯선 거리로 달아나리라. 그러나 전동차 안에는 앉을 자리조차 없었다. 현주는 선 채로 출입구 위에 붙은 지하철 노선도를 보면서 어디서 내려야 가장 멀리 갈 수 있을까를 궁리했다. 그때 안내 방송이 들렸는데, 무심코 듣던 현주는 흠칫 놀랐다. '……남에게 불쾌감을 주는 행위를 할 때 법으로 처벌을 받을 수도 있습니다.' 하는 소리가 들려 왔기 때문이다.

아, 이게 바로 얼마 전에 시끄럽게 찬반 논쟁을 일으킨 지하철 성추행 경고 방송이구나. 지하철을 타면 흔히 성추행을 겪는 대부분의 여자들은 적극적으로 찬성하면서 좀더 강력한 말로 경고해주기를 원했고, 그렇지 않은 남자들은 우리를 모두 성추행범으로 보는 거냐고 불쾌해하며 항의했다는 방송. 여성 단체들과 여대생들이 애써 추진한 결과 시행하게 됐다는데, 무엇을 경고하는 건지 확실하지가 않네. 그나저나 참 대단한 여대생들이야. 대중 교통 수단이 생긴 이래 수십 년 동안 무수한 여자들이 말 못 하고 당해온 성추행을 명명백백하게 드러내고 여론화시킨 여대생들. 문득 현주는 여대생들이 보고 싶어졌다. 용기 있고 발랄한 젊음들.

현주는 이대 입구에서 지하철을 내렸다. 지하도에서 나오자 대뜸 인파와 마주쳤는데, 오가는 사람들을 보니 젊은 거리라는 실감이 났다. 앳돼 보이는 여자와 남자가 서로 어깨를 잡고 허리를 껴안은 채 걷는 모습들이 어색하지 않았다. 교복에 색(sack)을 맨 청소년들도 심심찮게 눈에 띄었고, 멋쟁이 아가씨들은 갈색이나 빨강, 금색으로 염색한 머리칼을 날리며 세련된 옷매무새를 뽐냈다. 현주는 새삼스레 자신의 옷차림을 내려다보았다. 유행을 타지 않는 검소한 정장이 꾀죄죄한 월급쟁이의 각박한 생활을 보여주었고, 더이상 젊지 않은 중년의 고단함을 드러내고 있었다. 내가 너무 낡은 사람일까? 현주는 초라해지는 기분을 애써 떨쳐내며 젊은 세대들의 거리를 느긋하게 구경해보기로 마음 먹었다.

십대 소녀의 체격에나 어울릴 것 같은 날씬한 옷을 파는 가게들, 실용성보다는 튀는 감각을 중시한 패션 구두들, 길가에 일이 미터 간격으로 늘어선 액세서리 좌판들…… 현주는 액세서리를 팔고 있는 손수레에 가까이 가보았다. 유명한 가수나 탤런트가 착용했던 장신구의 모방품들이 있는가 하면, 인도네시아나 필리핀 등에서 수입한 값싼 치장품들도 있었다. 좌판마다 아가씨들이 모여들어 반지를 껴보고 복걸이를 걸어보고 팔찌를 끼워봤다. 그러나 막상 사는 사람보다는 구경만 하는 사람이 더 많은 것 같았다. 가끔 남녀 커플들이 사랑의 징표로 서로에게 사주는 경우도 있었다.

그러고 보니 커플링을 파는 보석 가게들도 꽤 많았다. 사귄 지 백일이 되면 꽃과 초콜릿을 사주고, 조금 더 가까워지면 똑같은 커플링을 끼고 애정을 과시하는 모양이다. 남의 시선에 아랑곳없이 꼭 껴안고 걸어다니는 앳된 연인들을 보면서 현주는 쉽게 사랑하고 쉽게 헤어지는 젊은 세대의 관계 방식이 부럽기까지 했다. 그러고 보니 한영과 만난 지 백 일이 가까워온다. 그러나 그 동안 두 사람의 관계는 별로 나아진 것 없이 어렵게 진행됐다. 현주는 그 어려움이 자신의 탓인 걸 잘 알고 있었다. 나도 좀 쉽게 살 수는 없을까? 깃털처럼 가볍게, 철없는 젊은이들처럼…… 현주는 다시 젊은이들을 유심히 관찰했다.

빠른 음악을 크게 틀어놓은 상가들 사이로 젊은이들은 음표처럼 경쾌하게 오가며 번데기나 핫바, 소시지, 닭꼬치 따위를 사먹기도 했고, 카페나 오락실, 영화관으로 스며들기도 했다. 거리는 사방에서 터져나오는 음악과 휴대폰 소리, 재잘거리는 말소리로 한껏 소란스러웠고, 소비하는 쾌락과 연애하는 기쁨으로 가득 차 있었다. 사람들은 이렇게 마음껏 쓰고 사랑하기 위해 그토록 열심히 일하고 돈을 버는 걸까? 개같이 벌어 정승처럼 쓴다는 옛말처럼……

인파에 휩쓸려 걷다 보니 영화관 앞이었다. 현주는 간판을 올려다보았다. 〈처녀들의 저녁식사〉라는 제목 밑에 세 여자의 벌거벗은 다리가 곤두서 있었다. 얼마 전 신문에서 읽은 영화평이 떠올랐다. 여자들의 성욕구를 성공적으로 그려냈다던…… 현주는 즉흥적으로 표를 사고 극장 안으로 들어갔다. 세 명의 여자 친구들이 함께 사는데, 각기 다른 성생활을 한다. 한 여자는 아무하고나 자다가 간

통죄로 처벌받고, 다른 여자는 전혀 성관계를 갖지 않다가 우연히 한 번 가진 성관계에서 임신한 후 유산하고, 마지막 여자는 줄기차게 한 남자하고만 관계 맺다 불현듯 외도를 해보기도 한다. 어쨌든 그녀들의 최고의 관심사는 오르가슴을 느끼는 것에 있었는데, 영화의 마지막 장면은 드디어 오르가슴을 느낀 여자가 신선한 아침을 기쁨으로 맞이하며 끝났다.

대부분 커플이나 친구 사이로 둘이거나 서넛씩 모여든 관객 사이에서 현주는 혼자 그 영화를 보았다. 그러나 혼자라는 사실을 쑥스럽게 느끼기보다 생생하게 살아나는 의문 때문에 주위에 신경 쓸 겨를이 없었다. 과연 오르가슴을 느끼는 일이 그토록 중요할까? 사람들의 삶의 목표가 오르가슴일까? 여성들의 해방된 삶이란 오르가슴을 즐길 수 있는 생활을 말하는 걸까? 젊은 세대의 관심사는 온통 오르가슴에 쏠려 있을까? 정말 요즘 여자들이 이 영화에서처럼 성관계를 쉽게 맺고 아무 갈등이나 고통을 느끼지 않을까? 아무리 생각해도 남자 감독이 만든 영화는 여성들의 내밀한 심리를 제대로 보여주지 못하는 한계가 있는 것 같았다.

현주는 씁쓸한 기분으로 영화관을 나왔다. 연애나 사랑, 오르가슴만이 목표가 아닌 조금 다르게 사는 젊은이들을 보고 싶었다. 그때 문득 떠오르는 장소가 있었다. 해경과 함께 몇 번 가보았던 페미니스트 카페. 멀지 않으니 잠시 들렀다 가자. 현주는 기억을 더듬어 페미니스트 카페로 향했다. 거리가 벌써 어두워져서 카페를 찾는 일은 쉽지 않았다. 이리저리 헤매다 드디어 옷수선 가게 뒷골목에 있는 카페를 찾아냈다.

카페의 문을 밀자 현주가 좋아하는 이상은의 노래가 흘러나왔다. 좌석은 반쯤 차 있었는데, 손님들은 모두 여자였다. 현주는 편안한 마음으로 구석자리에 앉았다. 따끈한 매실차를 시킨 후 한쪽 벽면을 채우고 있는 자료들을 보았다. 각종 여성 단체에서 나온 회보들, 여성 전문 출판사나 잡지사에서 발행된 책들, 자생적인 문화 게릴라들이 낸 팸플릿들이 한눈에 보기 좋게 진열돼 있었다. 현주는 우선 여성 단체 회보들을 뽑아다가 훑어보았다. 이어 책과 잡지, 팸플릿들을 살펴보았다.

80년대와 달리 여성운동도 많이 변해서 일상 속에서 이슈를 찾아내고 이념보다는 생활의 변화를 추구하려는 흔적이 역력히 보였다. 역시 성문제가 큰 화두여서 팸플릿에 실린 만화를 보니 세월이 참 많이 변했구나 싶었다. 만화는 독신 여성의 생활을 그리고 있었는데, 독신이라면 무성적인 태도를 취해야 했던 시절은 지나간 듯싶었다. 만화 속의 여성은 독신으로 살면서도 당당하게 성적 쾌락을 누리고 있었다. 현주는 시대가 바뀌었음을 다시 한번 절감했다. 80년대 여성운동은 민주화 투쟁이라는 거대 담론에 휩쓸려서 성문제같이 개인적인 얘기를 할 분위기가 안 됐었다. 그때 현주는 혼자서 답답해했었는데, 막상 성에 관한 담론이 휩쓸고 있는 시대의 한가운데 놓이니 그때와는 반대로 사회에 대해 별다른 고민을 하지 않는 젊은이들이 답답해졌다.

월경 축제에 관한 기사를 읽고 난 후 고개를 들어보니 손님들이 거의 다 나가고 없었다. 황급히 시계를 보니 열두시가 가까워져 있었다. 현주는 눈여겨 골라낸 자료들을 카운터로 가져가 판매하냐고 물었다. 주인이 물론이라고 대답했다. 현주는 값을 치르고 카페 밖으로 나왔다. 그리고 신촌역 앞에서 집에 가는 심야 좌석 버스를 탔다.

버스에서 내려 집까지 걸어가면서 현주는 코트 깃을 단단히 여몄다. 아무리 푸근한 겨울이라 해도 밤바람은 매섭고 차가웠다. 고개를 숙이고 빨리 걸어 집 앞에 도착했을 때 짧은 클랙슨 소리가 들렸다. 현주는 깜짝 놀라 주위를 살폈다. 한영의 차가 와 있었다. 이 밤에 웬일일까? 현주는 천천히 한영의 차로 다가갔다. 한영은 차문을 열고 밖으로 나왔다. 그러더니 대뜸 소리를 질렀다.

"도대체 어디 갔다 이제 오는 거야?"

한영은 화가 단단히 난 모습이었다. 현주는 영문을 몰라 바보처럼 물었다.

"왜 그래?"

"왜라니? 회사에서 아파서 조퇴했다는 사람이 여태껏 뭐 하고 다닌 거야? 얼마나 걱정했는지 알아? 퇴근 후 곧바로 여기 와서 집에는 들어가지도 못하고 차 안에 웅크리고 앉아 오만 걱정 다 했다. 사고가 난 게 아닌가 초조해서 술도 한 방울 못 마시고……."

"덕분에 술 안 마셨으면 잘 됐네."

상황을 알아차린 현주는 마음이 놓여 느긋하게 대답했다. 한영은 한쪽 팔을 뻗어 가로수를 짚고 한동안 가만있었다. 그러더니 낮은 목소리로 한숨처럼 말했다.

"차라리 결혼하자. 이런 식으로는 도저히 못 살겠다."

"갑자기 무슨 결혼을 해?"

현주는 가볍게 웃음을 터뜨렸다.

"넌 왜 결혼에 대해 그렇게 부정적이니?"

한영이 피곤한 목소리로 물었다.

"넌 결혼 제도의 모순을 몰라서 그러니? 가족이 얼마나 무서운 족쇄인지 충분히 겪어봤을 텐데 그래."

현주가 조심스레 말했다.

"알아. 하지만 결혼은 인류 역사가 시행착오를 겪으면서 발명해 낸 최선의 방식이라는 생각도 들어."

한영이 아주 지친 음성으로 중얼거렸다.

"보수적인 할아버지처럼 생각하구 있네."

현주는 발랑 까진 십대 소녀처럼 빈정거렸다.

"우리 나이쯤 되면 보수주의로 회귀할 때도 됐잖아?"

"우리 나이가 어때서? 난 아직 늙지 않았어. 그리고 아무리 늙어도 보수주의자는 되지 않을 거야. 나는 살아남기 위해서 진보적인 생활을 택할 수밖에 없는 여자야."

"여자의 진보적인 생활이라는 게 도대체 어떤 거야?"

한영이 냉소적으로 물었다.

"적어도 결혼이라는 비극에는 빠지지 않는 거지."

현주는 추위를 느끼며 그만 집으로 들어가고 싶다고 생각했다. 그러나 한영은 오늘 무언가 결정을 내리고 싶은 모양이었다.

"일어날 비극이라면 어떤 식으로든 겪게 마련이야. 결혼을 피하고 혼자 산다 해도 말이야. 차라리 사랑할 수 있을 때 사랑하고 보는 게 현명해."

"그런 무책임한 말을…… 넌 사랑 중독증에다 결혼 중독증까지 겹친 거 아니니? 좀 색다른 대안을 찾아봐라."

"대안? 동거? 계약 결혼? 뭐 그런 거 말이야? 그런 거 같이할 여자는 얼마든지 있어. 난 너를 그런 여자 취급하자는 게 아냐. 난……"

현주는 한영의 말을 가로막았다.

"여자들 많으면 됐네. 그 여자들한테 가봐. 더이상 날 찾아오지 말구……"

현주는 잽싸게 돌아섰다. 한영이 재빨리 현주의 팔을 붙잡았다. 그리고 당황하는 현주의 눈을 정면으로 들여다보며 나직하게 물었다.

"너, 정말 나를 조금도 사랑하지 않니?"

현주는 아무 대답도 하지 않았다. 천천히 팔을 빼내고 몸을 추스른 다음 아파트 현관으로 들어갔다. 그 뒷모습을 보면서 한영은 확신했다. 현주는 분명히 날 좋아하고 있어. 다만 마음을 열 줄 모를 뿐이야. 너무 오랫동안 닫혀 있었으니까. 좋아, 마음을 열고 사랑한다고 할 때까지 기다려주지. 한영은 늦은 밤에 운전해야 하는 일이 원망스럽지만은 않았다.

비밀

한영을 뿌리치고 혼자 집 안으로 들어온 현주는 쓰러지듯 누워 버렸다. 한영의 접근을 막기 위한 방어적인 말대답에 스스로 지쳐 버린 때문이었다. 왜 나는 좀더 솔직해지지 못하는 걸까? 왜 피상적인 말장난이나 하고 있을까? 아아, 한영을 쉽게 사랑할 수 없게 하는 마음 깊숙한 곳의 고통을 있는 그대로 드러낼 수 있다면…… 현주는 베개에 얼굴을 파묻고 목놓아 울고 싶었다. 그러나 눈물은 나오지 않았고 머리가 깨질 듯 아파왔다. 할 수 없었다. 불면증 약을 먹고 잠들어버릴 수밖에…… 현주는 비칠비칠 일어나 약을 찾았다. 그러나 약봉지는 어느새 비어 있었다. 멀거니 빈 약봉지를 바라보던 현주는 찬장에서 독한 양주를 꺼냈다.

이튿날 오전, 만취해서 간신히 잠들었던 현주는 열시쯤에야 깨어났다. 간밤에 술을 얼마나 마셨는지 손가락이 저렸고, 눈이 충혈되어 있었다. 거울을 보던 현주는 빗을 내던졌다. 내가 도대체 이게 무슨 꼴이지? 자신을 어쩔 줄 모르는 벌레 같으니라구! 현주는 목욕탕으로 들어가 뜨거운 물을 세게 틀었다. 술기운이 빠져나갈 때까지 오래오래 샤워를 하자 제법 정신이 드는 것 같았다. 현주는 차분해진 마음으로 외출 준비를 했다.

우선 좌석 버스를 타고 신촌 전철역으로 갔다. 거기에서 전철을 타고 건대 입구에서 내렸다. 다시 택시를 타고 국립정신병원 못미쳐 사거리까지 갔다. 사거리에는 1980년에 현주가 입원했던 개인 정신병원이 있었다. 이십 년 전의 일이다. 강산이 변해도 엄청나게 변했을 세월이다. 그러나 현주의 병원 출입은 변함없었다. 이제는 친척처럼 익숙해진 의사가 현주를 반갑게 맞이했다.

"오랜만에 왔군요. 삼 개월 만이네. 그 동안 힘든 일은 없었어요?"

의사는 현주의 시시콜콜한 사생활을 누구보다도 잘 알았다. 현주는 가장 친한 해경에게조차 털어놓지 못하는 비밀을 의사에게는 이야기했다.

"문제가 생겼어요."

현주는 한영의 등장과 그로 인한 갈등을 털어놓았다. 의사는 현주의 얘기를 듣고 매우 심사숙고하는 눈치였다. 현주의 말만 듣고는 한영이라는 사람을 판단할 수 없었기 때문이었다. 그 남자가 이 허약한 여자에게 더 큰 상처를 안기면 어쩌나? 의사는 정말로 불안했다. 그는 한동안 생각하다가 조심스레 물었다.

"현주씨가 남자를 사귀지 않은 지 몇 년이나 됐죠?"

"대략 이십 년 됐을 거예요. 팔십년 이후에는 남자관계를 끊었으니까……."

"남자를 사귀고 싶기도 하겠군요."

"반드시 그렇지도 않아요. 선생님도 아시다시피 난 남자들에게 적개심을 품고 있으니까요."

의사가 빙그레 웃었다.

"나한테도 적개심을 품고 있어요? 나도 남잔데……."

"선생님은 남자가 아니라 의사지요."

"좋습니다. 그럼 그 적개심의 정체를 파악해봅시다. 현주씨의 경우 남자들이 자기의 생활을 방해한다고 생각하기 때문에 분노를 품는 것 아닌가요?"

의사가 넌지시 대화를 유도하자 현주는 몹시 흥분하며 빠르게 얘기했다.

"맞아요. 한영이라는 남자도 나를 구제해주겠다고 다가오고 있지만 사실은 내 생활을 방해하고 있을 뿐이에요. 도대체 누가 누구를 구해줄 수 있다는 건지 모르겠어요. 자신의 구원은 스스로 해결할 수밖에 없잖아요. 실존은 아무도 도와줄 수 없는 거 아녜요? 여자를 구제해주겠다고 나서는 남자들의 사고방식은 한마디로 너무 유치하고 역겨워요. 난 내 존재를 섣불리 남자에게 뺏겨버릴 수는 없어요. 내게는 꿈과 이상, 고통과 절망, 야심과 좌절, 즉, 나만의 인생이 있어요. 아무에게도 침범당할 수 없는 고유한 영혼과 생명력과 힘, 즉 나만의 세계가 있어요."

의사는 짐짓 태연하게 말했다.

"그럼 그 남자에게 그렇게 말하고 냉정하게 대하면 되겠군요."

"냉정하게 대하고 있어요. 그런데도 자꾸 전화를 하고 찾아와요."

"스토킹으로 고발하지 그래요?"

현주는 말문이 막혀 가만있었다. 의사가 대화의 초점을 슬쩍 바꾸었다.

"현주씨가 남녀관계에 대해 지레 절망하는 습관이 있는 거 아닐까요? 한번 실패했다고 해서 다음에 또 실패하란 법은 없는데⋯⋯ 그리고 관계가 반드시 방해만 되는 건 아니잖아요? 관계 자체가 새로운 힘을 줄 수도 있는데⋯⋯"

현주는 잠시 생각에 잠겼다. 그러더니 잠긴 목소리로 수긍했다.

"선생님 말이 맞을지도 모르죠. 관계에 절망해본 사람은 다시는 관계에 매달리지 않으니까⋯⋯ 사람들과 만날 때도 언제나 내부에 서늘하고 단호한 고독이 있어서 진정한 합일이 일어나지 않죠. 그렇다고 상대의 입장을 이해 못 하는 건 아녜요. 다만 인간은 혼자 당면해야 할 고통이 있다는 걸 알고 있을 뿐이죠."

의사는 잠시 고민했다. 현주는 지금 자신의 진정한 고뇌를 숨기고 있다. 이렇게 병을 숨기고 결혼하는 많은 환자들의 경우 대부분 파탄에 이르고 만다. 그렇다면 미리 털어놓고 얘기해서, 그럼에도 불구하고 관계가 지속된다면 뒤탈은 없을 것이다. 물론 고백함으로써 관계가 깨지기도 하지만⋯⋯ 의사는 다소 모험을 할 필요가 있다고 생각하며 예사롭게 말했다.

"고통은 나눌수록 가벼워진다는 말이 있잖아요. 나하고 상담하고 나면 마음이 가벼워지고 생각이 정리되지요? 그것처럼 그 남자에게 말을 하면 어때요?"

현주는 고개를 저었다.

"몇 번이나 말하려고 했어요. 하지만 지난 일에 관해서는 이상하게 아무 말도 못 하겠어요."

"뭐가 두렵죠? 어차피 그 남자는 방해밖에 안 되어서 떠나가줬으면 하는 중인데 더이상 잃을 것이 없잖아요. 무엇을 잃을까 봐 두려워서 말을 못하는 거예요?"

"모르겠어요. 그냥 두려워요."

"무엇이 두려운지도 모르면서 막연히 겁낸단 말예요?"

의사는 현주가 회피하고 있는 문제를 향해 집요하게 질문을 던졌다. 한참 만에 현주가 혼란스러운 듯 작게 대답했다.

"솔직히 말하면 그 남자가 떠나는 게 두려워요. 하지만 그 남자를 얻는 것도 두려워요. 그 남자를 잃든지 얻든지 한영이라는 존재 자체가 나에게는 두려워요. 그는 어쨌든 내 세계를 무너뜨리고야 말 것 같아요."

의사는 문제의 핵심을 차분하게 설명했다.

"지금 현주씨는 그 남자를 얻지도 잃지도 않았어요. 그런데 잃는 경우와 얻는 경우의 가상 현실을 상상하고 극심한 마음의 갈등을 겪고 있어요. 그 고통은 실제적인 현실에서 오는 게 아녜요. 상상에서 오는 거지. 그렇다면 한번 부딪쳐볼 수 있지 않을까요? 그 남자는 그 동안 현주씨가 어떻게 지냈는지 듣고 싶어하지요? 그러면 숨김없이 얘기하는 거예요. 그 얘기를 듣고 그 남자가 떠난다 해도 손해볼 건 없어요. 만나기 전의 원상태로 돌아가는 거니까요. 현주씨의 생활은 다시 예전처럼 조용해질 수 있어요. 또, 그 남자가 얘기를 듣고도 떠나지 않는다면 현주씨는 새로운 생활에 도전해볼 수 있어요. 반드시 독신으로 지내야만 자신의 세계를 구축할 수 있는 건 아니거든요. 남자와 함께 살면서 더 풍부한 작품세계를 만들어갈 수도 있어요."

현주가 조금 웃었다.

"그 남자의 반응이 어떻든 전 손해볼 게 없다는 말씀이군요."

"그렇죠. 아, 물론 감정이 좀 소모될 수도 있어요. 하지만 어차피 사건은 일어났고, 지금도 갈등을 겪고 있으니까, 어느 정도의 감정 소모는 감당할 수밖에 없어요. 그렇다고 덜컹 같이 자버리거나 하진 마세요. 우선 대화를 통해서 합리적으로, 신중하게 접근하세요."

의사는 물가의 어린애를 보는 것처럼 거듭해서 주의를 주었다.

"이렇게 마음이 복잡할 때는 약이 도움이 될 거예요. 한 달치 약을 삼 개월에 걸쳐 드문드문 먹지 말고 매일 꼬박꼬박 드세요. 그리고 약이 아니라도 마음이 괴로울 때는 상담하러 오세요."

"약을 끊을 수는 없을까요?"

"하루에 한 번 이 정도 소량의 약을 먹는 건 조금도 해가 되지 않아요. 끊지 마세요. 사막을 건널 때 낙타가 도움이 되는 것처럼 감정 처리가 어려울 때 도움이 될 테니까요."

현주는 병원을 나와 택시를 타고 건대 입구로 갔다. 그리고 전철을 타기 전에 한숨 돌리기 위해 단골 카페로 들어갔다. 창이 넓은 카페였다. 창가의 자리에 앉아 커피를 시킨 후는 담배를 한 대 피워물었다. 그리고 스스로의 처지를 돌이켜보았다. 정신이 위태로운 자, 고아보다 더 혼자인 자. 혼자 살아내기 위해서 해야 할 일은 태산 같은데 막상 해내는 일은 별로 없고…… 비참했지만 별로 고독한 기분은 들지 않았다. 고독은 이제 현주에게 안경만큼이나 익숙했다.

현주는 천천히 커피 맛을 음미하며 생각했다. 그러니까 의사는 진정한 만남의 가능성을 열어두라고 말한 것이다. 나같이 약점 많은 여자도 넉넉히 감싸줄 진정한 사랑에 대한 환상. 낭만적 사랑에 대해 대부분의 사람들이 갖고 있는 허튼 꿈. 그러나 환상 또한 현실이다. 나를 하루 종일 멍하게 만드는 환상적 현실. 그러나 과연 나의 비밀을 말할 수 있을까? 말한다면 이해받을 수 있을까?

현주는 고개를 저었다. 낭만적 사랑의 환상은 지배 담론이다. 이 사회의 많은 사람들의 무의식과 꿈을 지배하고 있는 권력, 무서운 마취제이다. 그 감상적이고 몽롱한 마약을 못 이기는 체 받아들인다면? 즉시 나의 영혼은 지순한 사랑에 목을 메게 될 것인데, 현실은 그와 반대로 사랑이 가차없이 거부당하는 비인간적이고 냉정한 파국에 이를지도 모른다. 남녀간의 사랑이란 따지고 보면 철저한 계약 관계가 아닌가? 결혼이라는 것도 건강한 남자와 여자가 물질적인 기반을 공유하기로 계약하고 성 역할을 분담하여 자손을 재생산하는 지극히 실리적인 의식이다. 그래서 사랑에 눈이 멀어 결혼했다가도 서로의 이해 관계가 맞지 않을 경우 부부싸움을 하게 되고, 이혼까지 가는 것이다. 사실 현대에 와서 결혼의 구속력은 아주 많이 약해졌고, 가족을 묶던 힘도 느슨해졌다. 결혼 제도는 낡고 부패했고 가족은 사랑의 공동체라기보다 갈등과 고통의 감옥이 되어가고 있다. 그런데도 이제 와서 내가 만약 낭만적 사랑에 빠져든다면? 나는 변화를 꿈꾸려는 시인이 되는 게 아니라 기존의 부패한 결혼 제도와 가족 문화를 답습하며 온갖 갈등 속에서 허우적대는 또하나의 중생이 될 수도 있다. 혹시 내가 결혼 못 한 변명으로, 높은 나무에 못 오르는 여우가 저건 신 포도야 하고 돌아서듯 사랑을 미리 거부하는 건 아닐까? 아니다, 그건 아니다. 제도의 중심에 들지 못하는 주변인, 나와 같이 소외된 자들은 모순을 똑똑히 파악하는 감수성이 있다.

그러니 깨어 있어야 한다. 맨정신으로 마지막까지 깨어 있어 부서지고 썩어가는 이성애 제도와 결혼 관습의 모순을 똑똑히 보면서 새로운 대안을 끊임없이 실험해봐야 한다. 그것은 무섭게 힘들고 고달프고 외로운 길일지도 모른다. 사랑하는 일은 쉽다. 그러나 더 큰 사랑을 위해 사랑을 거부하는 일은 끔찍스러울 정도로 고통스럽다. 아아, 쉽게 살고 싶다. 넋을 잃고 사랑에 빠져들고 싶다. 그것이 어떤 비극을 몰고 오든지 간에…….

한영의 말대로 비극은 어차피 일어나는 것일지도 모른다. 소멸해가는 남녀간 사랑의 제도 속에 몸을 던져버리고 싶은 이 강렬한 유혹. 해체되어가는 가족 제도로 회귀하고 싶은 이 안일함. 그러나 못 이기는 체 감상과 낭만에, 감각에 자기를 맡기는 자는 죽음을 선택하는 것이다. 죽음을 극복하려면 새로 탄생하는 것에 시선을 돌려야 한다.

무엇이 새로 태어나고 있는가? 희생당했던 여자들의 반란, 가족의 해체, 새로운 공동체의 실험. 거기에는 적어도 신선함이 있다. 그러나 그 신선함의 싹을 집요하게 뭉개버리려는 보수적 문화의 끈끈한 압력들. 이성간의 사랑을 우상시하는 지배 담론, 결혼 제도의 권력, 가족의 관습과 전통, 로맨스를 맹종하는 집단 무의식……가족 가운데서 온갖 고통을 받아오고, 남자 때문에 삶이 해체되는 극심한 고통을 겪은 나조차도 새로운 대안을 집요하게 추구하지 못하고 집단 세뇌의 끈끈함에 말려들고 만다면, 세상에서 주입하는 생각대로 살아가는 보통 사람들이야 오죽하랴?

그들은 허구의 행복을 신기루처럼 쫓다 불행을 마주치고는 어쩔 줄 모르고 파멸해간다. 누가 구원할 것인가? 아무도 없다. 불행한 사람 스스로가 자신을 구제해야 한다. 나처럼 파괴된 여성들 스스로 일어서야 한다. 끈질기게 자신을 치유하고 집단의 압력으로부터 스스로를 지켜내야 한다. 그렇다. 지금은 환상을 꿈꿀 때가 아니라 반란을 꿈꿀 때다. 여자들의 반란은 오래 전에 시작되었고, 점점 더 끓어오르고 있다.

생각을 다듬던 현주는 핸드백에서 수첩을 꺼내 시상을 메모하기 시작했다.

내 머릿속에는 적들이 산다
그들은 나를 노예로 부린다
내 심장 속에는 적들이 산다
그들은 나를 야금야금 핥아먹는다
내 자궁 속에는 적들이 산다
그들은 나를 어쩔 줄 모르게 한다
적들과의 싸움
내가 나이기 위한 싸움
여자의 싸움
당신들은 나를 함정에 빠뜨리고 짓밟았지만
나는 살아남으리라
하룻밤을 견뎌낸 마녀의 모가지처럼

마지막 행을 쓰다 말고 현주는 생각에 잠겼다. 친구가 쓴 논문에서 읽은 이야기인데, 「핸드 메이드」를 쓴 캐나다 작가 마거릿 에드우드가 미국의 하버드 대학에 초대되어 '마녀들'이라는 연설을 했다고 한다. 그 연설에서 에드우드는 자신이 제일 존경하는 사람이 메리 웹스터인데, 왜 존경하느냐 하면 마녀로 사형을 당했는데도 죽지 않고 하룻밤을 교수대에서 견뎌 결국은 살아남았기 때문이라

134

고 했다. 여성 작가가 글을 쓰려면 굉장히 강하고 끈질겨야 한다는 교훈인 셈이었다.

과연 나는 강하고 끈질긴가? 현주는 메모해놓은 시상을 훑어보았다. 유치해 보였다. 조용히 찢어버렸다. 그러면서 다시금 생각했다. 안 되겠다. 내일은 정말 어디론가 훌쩍 떠나자. 마음을 다잡은 현주는 카페를 나왔다.

집에 돌아오니 자동 응답기에 한영의 음성이 녹음되어 있었다. 퇴근 후에 너네 집으로 갈게. 저녁 한 끼 얻어먹을 수 있겠지? 어제와는 달리 명랑한 음성이었다. 현주는 마음이 갈팡질팡했다. 문을 잠그고 나가버릴까? 어떡할까? 현주는 갈등 속에서 미역국을 끓이고 생선을 굽고 나물을 데쳤다. 그러면서 의사의 충고대로 차분히 얘기해볼까, 아니면 오늘로 발걸음을 끊으라고 으름장을 놓을까 망설였다. 그러나 막상 한영이 들이닥치자 예기치 않은 상황이 벌어졌다.

한영은 소년처럼 상기된 모습으로 신이 나서 들어왔다. 그리고 대뜸 선물 꾸러미를 내밀었다.

"휴대폰이야. 너하고 연락하기가 너무 힘들어서 사주는 거야. 전화값은 매달 내 통장에서 빠져나가게 해놨으니까 넌 그냥 쓰기만 하면 돼. 야, 맛있는 냄새 난다. 근사한 저녁인데?"

철부지 사내아이처럼 티없이 행동하는 한영을 보자 현주는 그만 웃지 않을 수 없었다. 하루 종일 뇌리를 스쳐갔던 그 많은 생각들이 다 쓸데없는 것처럼 느껴지는 순간이었다. 현주는 덩달아 유쾌한 저녁을 보낸 후 한영이 묻지도 않은 자신의 일정을 얘기해주었다.

"난 내일 외할머니 산소에 가. 여행삼아 바람 좀 쐬고 올 거야."

"그래? 잘 갔다 오고 전화해."

한영은 아무 근심 없는 표정으로 현주의 손을 가볍게 잡았다 놓아준 후 마포로 향했다.

악몽

 어디선가 거친 숨소리가 들려왔다. 가슴이 거인의 발에 짓밟힌 듯 답답했다. 몸을 뒤척여보았다. 이상하게 몸이 움직여지지 않았다. 커다란 바위에 눌린 것처럼 꼼짝할 수가 없었다. 게다가 짐승의 숨결처럼 거친 호흡이 얼굴을 뜨겁게 했다. 간신히 눈을 떠보았다. 시커먼 물체가 현주를 깔아뭉개고 있었다. 이제 막 자라나기 시작한 가슴을 만지고 아랫도리에 무언가 뜨거운 살덩어리 같은 것을 비벼댔다. 역한 술냄새가 났다. 의붓아버지가 분명한 것 같았다. 왜 이래요? 물으려고 했다. 그러나 말이 나오지 않았다. 어린 나이였지만 직감적으로 아주 나쁜 일이 벌어졌다는 것을 알 수 있었다. 겁이 났다. 온몸이 빳빳하게 굳어버렸다. 의붓아버지는 나무 토막처럼 굳어버린 열세 살짜리 어린 딸의 몸에 제 몸을 한참 비벼댔다.

무서웠다. 헉헉대는 거친 숨소리······.

현주는 괴롭게 뒤척이다 벌떡 몸을 일으켰다. 전신이 진땀으로 흥건히 젖어 있었다. 머리맡에 늘 두는 티슈를 찾아 더듬거리던 현주는 퍼뜩 정신이 들었다. 안경을 찾아 쓰고 시계를 보았다. 밤 한 시였다. 현주는 가늘게 한숨을 쉬었다. 왜 이런 악몽을 꾸었을까? 이제는 거의 잊어버리고 지냈던 의붓아버지의 성추행. 같은 방을 쓰던 할머니와 의붓언니가 시골에 다니러 가 현주 혼자 잤던 한 달 동안에 벌어진 그 끔찍했던 일.

처음 그 일이 일어났을 때 현주는 나쁜 꿈을 꾼 건지 사실로 있었던 일인지 구분을 할 수 없었다. 그래서 아침식사 도중 간장 종지에 비친 의붓아버지의 얼굴을 유심히 보았다. 의붓아버지는 아무 일 없었던 듯 태연한 표정이었다. 역시······ 꿈이었어. 현주는 찜찜한 가운데도 그것이 악몽이었다고 결론지었다. 그러나 악몽은 매일 밤 거듭되었고 점점 심해졌다. 의붓아버지는 얼굴을 비비고 가슴을 빨고 성기를 문질렀다. 현주는 끔찍하게 싫고 두렵고 역겨웠다. 그러나 의붓아버지를 거역할 수가 없었다. 의붓아버지는 집안에서 제일 높은 사람이었다. 그에게는 맛있는 반찬이 먼저 돌아갔고 그가 소리를 지르면 모두가 벌벌 떨었다. 그는 왕이었고 현주는 비천한 장난감에 불과했다. 현주는 죽은 듯이 누워 자는 체하면서 의붓아버지가 자신을 주물럭거리는 것을 모른 척했다. 그러면서 자신이 바보 같다고 느꼈다. 왜 소리를 지르지 못하는가? 왜 꼼짝 못 하고 굳어버리는 걸까? 혹시 나쁜 피가 있어 그것을 원하는 것은 아닐까? 아니다, 아니다. 정말 싫다. 온몸에 소름이 끼치고 죽기보다 더 끔찍하고 징그럽다. 밤이 무섭다. 현주는 더이상 잠든 척하고 누워 있을 수가 없다고 생각했다. 그러나 어찌해야 할지 열세 살의 어린 나이로는 알 수가 없었다.

　결국 어린 현주는 몹시 앓았다. 높은 열이 나고 자꾸 토했다. 아이구, 애가 뭘 잘못 먹었나? 어머니가 등을 두드려주며 말했다. 열에 들뜬 현주는 참다 못해 소리쳤다. 아버지가 날 자꾸 만져, 무서워! 의붓아버지가 옆에서 느물느물 대꾸했다. 헛소리를 하는군. 악몽을 꾸었나 봐. 열이 많아. 현주는 토하다 말고 힘껏 소리쳤다. 참았던 분노가 화산처럼 폭발했다. 싫어! 싫단 말야! 날 만지지 마! 그 순간 어머니가 현주의 입을 황급히 막았다. 헛소리! 누가 들을라! 현주는 도리질을 치며 어머니의 손을 치웠다. 진짜야, 매일 밤…… 어머니는 현주의 입을 거칠게 쥐어뜯었다. 아, 주둥아리 닥치지 못해? 현주는 원통하고 억울했다. 울컥 뜨거운 눈물 덩어리가 솟구쳤다. 현주는 큰 소리로 악을 쓰며 울기 시작했다. 의붓아버지가 냅다 소리쳤다. 아, 처녀막은 건드리지도 않았어. 아무 일도 없었는데, 기집애가 엄살은…… 예쁘장해서 귀여워해줬더니…… 에이, 씨팔! 의붓아버지는 대문을 걷어차고 밖으로 나갔다. 어머니가 파랗게 질려 현주를 두들겨팼다. 이년, 이 기집년, 어디다 꼬리를 쳐? 현주는 기가 막혔다. 울음도 나오지 않고 숨이 컥컥 막혔다. 현주는 몸부림치며 기절하고 말았다.

　깨어났을 때는 어머니가 옆을 지키고 있었다. 어머니는 흥분이 가라앉은 듯 차분하게 말했다. 자세히 얘기해봐라. 어머니의 반응에 깊은 배신감을 느꼈던 현주는 차가운 눈으로 아무 말도 하지 않았다. 어머니가 다시 물었다. 피는 안 나왔지? 그럼, 됐다. 아무 일도 없었던 거야, 그만 잊어버려라. 내 다시는 못 하게 하마. 현주는 다시 한번 가슴이 꽉 막혀왔다. 처녀막, 처녀막이 도대체 뭔데, 그 꼴을 당하고도 아무 일 없었다고 하는가? 어떻게 그 끔찍한 기억을 잊어버리라고 쉽게 말하는가? 그러나, 현주는 살아남기 위해 입을 다물었다. 현주는 조용해진 대신 마음속에 원한을 차곡차곡 쌓아갔다. 아무도 이해해주는 사람은 없어. 어머니조차 가족을 유지하기 위해 날 버렸어.

외할머니가 시골에서 돌아오셨다. 위기가 지나간 것이다. 그러나 현주의 생활은 이전과 같지 않았다. 집안에서 매일 마주쳐야 하는 의붓아버지에 대한 증오가 마음의 평화를 앗아갔다. 현주는 늘 긴장된 상태에서 사소한 일에도 예민하게 반응했다. 가족과 함께 사는 한 일상 생활은 불안할 수밖에 없었다. 그 동안의 일을 모르는 외할머니는 계속해서 옛날얘기들을 해주었다. 그 순결 교육은 현주를 끊임없이 괴롭혔다. 지금처럼 성장한 현주였다면, 할머니에게 반발했을 것이다. 할머니, 옛날얘기들을 믿지 마세요. 옛날얘기들은 순결을 목숨과도 바꿀 수 있는 소중한 가치처럼 여기지만, 사실 목숨은 순결 따위보다 훨씬 중요한 거예요. 완벽한 순결이란 환상이에요. 남자들이 때묻지 않은 여자, 자신의 핏줄을 확실히 이어줄 여자를 갖고 싶어서 꾸며내고 강요한 거짓이라구요, 할머니.

그러나 그때 현주는 겨우 열세 살이었다. 여자는 순결해야 한다는 할머니의 말씀을 극복할 능력이 없었다. 그저 자신은 이미 더럽혀졌다는 생각으로 괴로워할 뿐이었다. 끝장이다! 내 인생은 망가졌다! 나는 결혼할 자격이 없다! 남자를 사랑할 자격도 없다! 나는 더럽다! 현주는 고개를 숙이고 가슴을 옴츠리고 다녔다. 어린 나이에 나쁜 비밀을 간직하고 살자니 모든 일이 힘겨웠고 조금만 긴장을 풀면 당장 미칠 것 같았다. 우울한 소녀, 비통한 소녀, 두려움에 떠는 소녀. 그것이 현주였다. 그러나 아무것도 눈치채지 못한 석하는 죽는 순간까지 현주의 순결을 배려했고 아꼈다.

어둠 속에 멍하니 앉아 있던 현주는 비실비실 몸을 일으켰다. 담배가 몹시 피고 싶었다. 주방으로 나와 담배를 핀 현주는 전화기를 들었다. 이 늦은 시간에 누가 전화를 받으랴 싶었지만 해경의 직장 번호를 눌러보았다.

"예, 여성 공동체입니다."

의외로 해경이 전화를 받았다.

"너 아직 퇴근 안 했니?"

"응, 오늘 밤샘하기로 했어. 근데 넌 아직 안 잤니?"

"깜박 잠들었다 깼어. 악몽을 꿨거든. 의붓아버지가 성추행했던 거…… 왜 새삼스럽게 옛날 일을 꿈꿨는지 몰라."

현주는 무심코 말한 후 깜짝 놀랐다. 이런 얘기를 아무렇지도 않게 하다니, 내가 왜 이럴까? 그러나 해경은 이미 알고 있었다는 듯 대수롭지 않게 받아들였다.

"낮에 의붓아버지 생각을 했었나 보지."

"그렇지도 않아. 근데 내가 야심한 밤에 느닷없이 이런 얘기를 해도 너는 놀라지도 않는구나."

"짐작은 하고 있었어. 니가 병원에 입원했을 때, 평소의 너의 행동과 말들을 돌이켜보았었지. 그러면서 어쩌면 내가 모르는 어릴 적의 상처가 있을지도 모른다고 생각했어. 근데 넌 끝내 말을 안 했지. 그래서 니가 병이 난 건지도 몰라. 이제 말하기 시작했으니 다행이다. 충분히 얘기하고 나면 다신 아프지 않을 거야."

해경이 낙관적으로 말했다. 현주가 잠시 망설이다 물었다.

"친족 성폭행이 꽤 흔한 일이지?"

"그럼. 영국의 버지니아 울프도 일찍이 사촌오빠에게 성추행당했지, 흑인 작가 앨리스 워커도 근친 강간의 경험이 있어. 그리고 한국에선 김보은, 김진관 사건이 있잖아. 평생을 성폭행한 의부를 찔러 죽인 거…… 성폭행의 삼십 프로 가량이 근친에 의해 일어나고 있어."

여성 단체에서 일하는 실무자답게 해경이 통계까지 말했다. 현주는 약간 더듬거리며 말을 받았다.

"성폭행에 관한 소설들은 나도 꽤 읽었어. 미국의 안드레아 드워킨이 쓴 『신에게는 딸이 없다』 같은 거…… 아홉 살 때 성폭행을 당했는데, 부모는 남자의 성기가 삽입됐는지 안 됐는지에만 관심을 갖지. 마음에 깊은 상처를 입은 주인공이 엄청난 방황을 하는 아주 극단적인 작품이야. 일본 사람 오치아이 게이코의 성폭력 소설이나 흑인 작가 사파이어의 『푸시』, 그리고 김형경의 『세월』도 읽어봤어. 그런데 뭔가 할말이 더 있을 거 같다는 느낌이 자꾸 드는 거야."

"그러면 너, 소설을 써보면 어떠니?"

"내가 소설을 어떻게 쓰니?"

"아니, 내 생각엔 누군가 써야 돼. 그리고 넌 쓸 수 있어. 생각해봐, 한국에선 성폭행 체험자들의 글이 많지 않아. 강간 범죄율은 세계 2위라는데…… 당한 여자들이 성폭행의 고통을 몰라서 그럴까? 왜 모두 침묵하는 걸까? 아니야, 침묵을 강요당하는 거야. 그러다가 김부남같이 병들 대로 병들어서 이십 년 전 자기를 성폭행한 동네 아저씨를 찔러 죽이는 극단적인 사건을 일으키는 거야. 영국보다 미국보다 일본보다 더 과격해. 왜? 감히 말을 할 수 없기 때문이야. 이래서는 안 돼. 말을 해야 해. 미치기 전에, 살인하기 전에 말로 해야 해."

해경은 그 동안 쌓여온 생각을 말하느라 약간 흥분하고 있었다. 숨을 한 번 크게 쉬더니 계속 얘기했다.

"우리보다 훨씬 성이 개방되어 있고, 순결 의식 따위는 아예 문제삼지 않는 서구에서도 성폭행당한 여자들은 미칠 듯이 괴로워해. 하물며 동양권 중에서도 중국이나 일본보다 훨씬 더 정절을 중시하는 동방예의지국, 한국에서 성폭행당한 여자들의 괴로움은 오죽하겠어? 더구나 어린이 성추행은 정말 너무해. 어린 시절의 충격이란 평생을 가는 거잖아. 생을 하나씩 발견해갈 때 끔찍한 경험을 하게 된다면 그 아이의 인생이 얼마나 일그러지겠어? 네가 그 고통을 써서 알려야 해. 침묵 속에, 어둠 속에 숨어서 괴로워하는 여자들의 이야기를 이제는 말해야 해."

현주가 담배를 피워물고 한숨과 함께 연기를 내뿜으며 말했다.

"그래야겠지. 하지만 소설은 석하가 잘 썼는데……."

"석하는 남자였잖아? 살아 있었다 해도 여자의 아픔을 이해하긴 힘들었을 거야."

"그럴까?"

현주는 한동안 깊은 생각에 잠겼다. 그러다 낮은 목소리로 물었다.

"내가 만약 그때 말했다면…… 그러니까 내가 어린 시절의 상처 때문에 성적 긴장감이 많고, 성관계를 두려워한다고 말했다면 어땠을까? 석하를 못 믿거나 처녀막을 잃을 것이 무서워서가 아니라, 내가 깨끗한 여자가 아니라는 자격지심 때문에 자꾸 성관계를 피한다고 고백했으면 어떻게 됐을까? 그리고 나도 석하 못지않게 껴안고 싶고 사랑하고 싶었지만, 거친 숨소리에 대한 나쁜 기억 탓으로 괴로워했고, 자꾸 망설이기만 했다고 얘기했으면 어떤 반응을 보였을까?"

해경이 깊은 한숨을 쉬었다.

"아무도 모르는 일이지, 석하의 반응은…… 하지만 그때 니가 말했으면 좋을 뻔했다. 그러면 괜찮다든가 실망했다든가 어떤 식으로든 반응이 있었을 거고, 너도 더이상 석하에게 연연해하지 않았을지 모르는데…… 안타깝고 미진하게 끝난 관계여서 그토록 오래 못 잊는 건지도 몰라."

"그럴지도 모르지. 어쨌든 밤늦게 얘기를 나눌 너 같은 친구가 있어 고맙다. 이만 끊을게."

"그래, 마음 편히 갖고 푹 쉬어."

해경은 밤샐 만큼 바쁜 와중에도 너그럽게 말했다. 전화를 끊은 현주는 한동안 멍하니 앉아 있었다. 한영의 얼굴이 자연스레 떠올랐다. 현주가 석하를 못 잊는 것처럼, 한영은 현주와의 관계가 안타깝고 미진해서 그렇게 연연해하는 걸까? 그렇다면 그에게 모든 걸 얘기하고 환상을 버리게 해야 하지 않을까? 사실 그 동안 현주는 많은 대화를 피하기만 했다. 왜? 속창까지 내보이고 버림받기보다 아무것도 들키지 않고 환상 속의 여자로 남아 있기를 원해서? 글쎄, 과연 그렇게 간교한 마음을 품었던 걸까? 아니다. 현주는 지나치게 오래 외롭게 살아왔을 뿐이다. 흔히 지나치게 외로운 사람은 타인을 사랑하는 법을 모른다. 자기 자신 속에 깊숙이 잠적해서 남을 배려할 틈이 없는 것이다.

현주는 어둠 뒤편을 꿰뚫어보며 생각했다. 그래, 사랑이 만약 다가온다면 더이상 회피하지 말자. 정면으로 부딪치자. 알몸으로 나를 드러내 보이고 결과를 주시하자. 석하와의 연애는 성적 콤플렉스를 꼭꼭 감싸안고 한 발 비켜서서 속으로만 앓는 식이었다. 정말로 사랑이 좋은지 나쁜지, 남자가 여자의 순수성만 따지는지, 아니면 고통과 상처가 있게 마련인 인간으로 대하는지 마주쳐보자. 남

144

자들은 다 그래 하는 과민한 속단이나 자기 암시가 아니라, 비껴서 삐딱하게 보기가 아니라, 똑바로 만나보자. 만약 또 한번의 상처를 받게 된다 해도 의연히 받아들이자. 진실, 그것이 필요하다. 지레 짐작이 아닌 진실 그 자체가.

현주는 용기를 내어 한영의 오피스텔 전화번호를 눌렀다. 보고 싶다고 말해야지. 현주는 마음이 바빴다. 그러나 한영은 전화를 받지 않았다. 자동 응답기가 '외출중이니, 메모를 남겨주십시오' 하고 말했다. 현주는 말없이 전화를 끊었다. 방금 전에 솟구쳤던 사랑하려는 마음이 일시에 사그라졌다. 자는 모양이지. 애써 스스로를 위로했으나 맥빠지기는 마찬가지였다. 현주는 다시 자리에 누워 어렵게 잠을 청했다.

신비한 경험

　외할머니를 꼭 만나야 해. 토요일 아침 어렵게 잠들었다 깨어난 현주는 방금 꾼 꿈을 생각하며 다짐했다. 꿈에서 외할머니는 현주와 등지고 앉아 매우 언짢은 표정을 지어 보였다. 생시의 외할머니는 웬만해서는 현주에게 싫은 기색을 보인 적이 없었다. 산소에 무슨 일이라도 생긴 걸까? 아니면 내가 외할머니의 지나친 순결 교육을 원망하고, 그 영향권에서 벗어나고 싶어하는 탓일까? 어쨌든 산소에 가서 바람이나 실컷 쐬고 오자.

　현주는 찬바람을 막을 수 있도록 두툼한 내의를 입은 다음 오리털 파카를 걸쳤다. 등산 배낭을 꺼내 돗자리와 향, 초를 넣었다. 그리고 창문을 열어보았다. 흠, 괜찮은 날씨군. 현주는 흡족해서 하늘을 올려다보았다. 겨울 날씨답지 않게 그리스 여신의 눈동자처럼 깊푸르고 투명한 하늘에는 황금색 태양이 사방으로 너그러운 빛을 뿌리고 있었다. 떠나기 좋은 날이야. 현주는 배낭을 메고 집 안을 다시 한번 둘러보았다. 가스 껐고, 전기 껐고, 담배 껐고, 창문 닫았고…… 됐다, 가자.

현주는 슈퍼에서 최신 상품의 매실주를 사고, 식품점에서 북어를 한 마리 장만했다. 사과와 배, 홍시를 조금씩 사고, 떡가게에 들러 외할머니가 좋아하던 백설기를 샀다. 배낭은 제법 묵직해졌다. 현주는 먼길 갈 사람처럼 배낭에서 벙거지를 꺼내 썼다. 그리고 껄렁한 십대처럼 껌을 씹으며 버스에 올라탔다. 현주의 집이 있는 북쪽 끝의 시외에서 서울 도심을 가로질러 다시 동쪽 끝의 시외까지 버스를 세 번이나 갈아타야 했다.

세번째 버스는 청량리에서 출발해 망우리를 지나 금곡까지 가는 노선이었다. 현주는 금곡 못미쳐 진안 삼거리에서 내렸다. 아직은 덜 개발된 동네였다. 낚시터 입구라는 팻말이 붙은 길목으로 접어들자 한적한 시골 풍경이 펼쳐졌다. 투명한 하늘 밑에 부드러운 곡선을 그리며 누워 있는 갈색 산들, 얼음 아래로 졸졸 흘러가는 시냇물을 따라 널찍하게 펼쳐진 논과 밭들, 벌거벗은 마른 가지가 현악기가 되어 바람 따라 오묘한 음악을 연주하는 나무들, 메마른 억새와 누런 잡풀들의 빗질하지 않은 모습들은 긴장을 풀고 한껏 느긋하게 휴식을 취하는 대자연의 여유로움을 보여주고 있었다.

현주는 질겅질겅 씹던 껌을 뱉고 깊은 숨을 들이쉬었다. 그리고 적막을 가로지르는 바람 소리, 메마른 풀잎들의 서걱이는 마찰음, 새들이 푸드덕 날아오르는 소리, 작은 짐승들의 빠른 달음질에 귀기울이며 천천히 걸었다. 대기는 차갑고 맑아서 걷기에 쾌적했다. 산소까지는 아직 한참 걸어야 했다. 그런데 어디선가 곡소리가 들려오고 있었다. 상여라도 지나가는 걸까? 현주는 주위를 둘러보았다. 그러나 아무것도 보이지 않았다. 끊겼다 이어지는 곡소리에 귀 기울이며 한참을 걷다 보니 블록 집이 십여 채 남짓한 빈한한 마을이 나타났다.

통곡 소리는 그 마을에서 터져나오고 있었다. 현주는 사람들이 모여들어 웅성거리고 있는 집으로 다가가 보았다. 대문께에 빙 둘러 울타리를 치고 있는 사람들 때문에 집 안은 보이지 않았다. 무슨 일인가 호기심이 생겼으나 낯선 행인 주제에 선뜻 물어볼 수도 없어 머뭇거리고 있는데, 의외에도 낯익은 얼굴이 보였다. 담 밑에 쭈그리고 앉아 담배를 빨고 있는 할머니는 분명 외할머니 산소가 있는 공원 묘지를 지키는 관리인의 어머니였다. 산소에 올 때마다 관리인의 집에 들러서 그 할머니를 보았고 말도 나눈 적이 있었다. 여든이 넘은 나이였는데도 불구하고 아직 정정해서 웬만한 살림은 도맡아 하는 씩씩한 할머니였다.

현주는 그 할머니에게 다가가 알은체를 했다. 할머니는 누군지 기억이 안 나는 눈치였으나 산소에 가는 사람이겠거니 짐작했는지 고개를 끄덕여 인사를 받아주었다. 현주는 가만히 물어보았다.

"무슨 일이 났나요?"

할머니는 쯧쯧 혀를 차더니 나지막하게 중얼거렸다.

"이 집 어린 처녀가 자진했다우. 고등핵교 댕기구 참 이뻤는데……."

현주는 슬그머니 궁금증이 생겼다.

"왜 그랬대요?"

현주의 물음에 할머니는 참고 참았던 말을 쏟아놓는다는 듯 흥분했다.

148

"아, 겁탈당했다구 죽어뿌렸지 뭐유. 그까짓 몸이야 한갓 껍데기인데, 좀 더러워졌다구 새파란 쌩목숨을 끊다니…… 지가 무슨 고관대작 양반집 규수라구…… 아, 남자들은 열녀 난 듯이 떠들 모냥으로 기자를 불러야 한다 어쩌구 하는데, 그게 가당한 일이오? 양반 좋아하시구 열녀 좋아하시네. 아, 옛말두 있잖우? 정승이 나오면 온 동네가 망한다구…… 상것들이 양반 흉내내구 양반 같은 생각을 하믄 살 수가 있나? 도덕군자처럼 살믄 굶어죽거나 미쳐 죽을 수밖에 없는 게 우리네 속된 세상살인데……."

할머니는 죽은 소녀의 모습이 선한 듯 눈을 가늘게 뜨고 혀를 끌끌 찼다. 그때 누군가 할머니를 불렀다. 아마 장례 절차를 의논하려는 모양이었다.

현주는 둔탁한 충격을 느꼈다. 언젠가 매스컴에서 강간당한 소녀가 자살한 사건을 정조를 지켰다고 미화해서 보도하는 바람에 여성계의 거센 항의를 받은 적이 있었는데, 그런 일이 아주 드물지는 않은가 보았다. 지금, 현주의 눈앞에서도 같은 사건이 일어나고 있지 않은가? 하긴 한국은 성폭력 범죄율이 세계 2위라니까 강간은 아주 흔한 사건일 수도 있다. 그러나 흔한 사건이라고 해서 피해자가 충격을 받지 않는 건 아니다. 아니, 충격을 받는 정도가 아니다. 저 소녀처럼 죽어버릴 정도로 치명상을 입는다.

현주는 소녀의 애통한 죽음을 생각하며 약간 멍한 상태에서 그 동네를 벗어났다. 왜 하필이면 이런 일을 보게 됐을까? 어디나 성폭력 사건이 널려 있기 때문일까? 아니면 복잡한 내 마음을 알고 외할머니가 길을 인도하는 것일까? 현주의 머릿속은 몹시 혼란스러웠고 많은 생각이 꼬리를 물었다. 특히 양반의 규율을 따르면 굶어죽거나 미쳐 죽을 수밖에 없다던 여든 넘은 할머니의 푸념이 가슴을 후려쳤다. 그런데 우리 외할머니는 왜 그토록 양반계급 여자들의 정조와 순결의식을 강조했던 걸까? 집안 배경이 보잘것없는 내가 좋은 가문의 남자를 만나 계층 상승을 할 수 있는 유일한 무기가 순결이라고 믿었기 때문이었을까? 순결을 잃으면 영원히 상것으로 머물면서 가난하고 속되게 살아야 한다는 두려움.

그 자살했다는 소녀도 순결을 무기로 가난을 벗어나 신분 상승을 할 희망을 잃어버렸기 때문에 절망한 걸까? 아니면 자기 몸이 자기 뜻과 상관없이 침범당한 경험에서 오는 혼란과 공포 때문에 더이상 살아갈 의지가 없어진 걸까? 아마 여러 가지 이유가 모두 뒤섞였을지도 모른다. 순결한 여자에 대한 사회적 기대로부터 이탈했다는 공포, 육체적인 혼란 등이 의식의 공황을 가져와 나는 이제 끝장났다는 좌절감에 빠뜨렸고, 자살까지 감행하게 했을 것이다. 그렇지 않았다면 그 소녀는 미쳐버렸으리라.

하지만 강간을 당하고도 정상적으로 살아가는 여자들이 얼마든지 있는데…… 가만! 얼마든지라고? 과연 강간당한 여자들이 얼마나 잘살고 있는가? 성폭력 상담기관에서 나온 자료들을 보면 젊었거나 늙었거나 성폭력을 당했던 여자들은 평생 그 상처를 떨치지 못하고 고통 속에서 살아가고 있음을 알 수 있다. 결혼을 하고 아이를 낳고 겉으로는 아무렇지도 않은 듯 살아가지만, 마음속으로는 가해자에 대한 증오와 자신에 대한 자책감, 그리고 남편과의 위선적 관계, 자식에 대한 지나친 보호 등 숱한 갈등과 후유증 속에서 불안하게 살아가기 십상이다.

상대적으로 성이 개방되고 자유로워졌다는 신세대의 여자들도 마찬가지다. 성폭력의 상처는 젊은이들을 몹시 방황하게 하고 병들게 한다. 물론 개중에는 당당하게 자신의 상처를 얘기하고 남성 중심 사회의 폭력성과 싸움을 시작한 여전사들도 있지만, 대부분은 상처를 끌어안고 괴로워하며 아프기까지 한다. 왜 그런가? 나처럼 한국의 여자들은 유교적 양반 윤리를 주입받고 자라서 정조 관념에 세뇌되어 있다고 보아도 무방할 것이다. 그래서 성폭력을 당했을 경우 유난히 갈등을 겪는 것이다.

그럼 양반계급의 윤리란 어떤 것인가? 양반이란 근본적으로 노동하지 않는 자본가계급, 유한계급이다. 그들은 재산을 증식시키기 위해 정략 결혼을 한다. 그리고 정략 결혼의 대상이 되는 규수들에게는 교양과 순결, 정조, 임신 능력 등이 강조된다. 그런 덕목들은 여자의 교환 가치를 증대시키는 것이다. 결국 양반계급의 정략 결혼을 위한 윤리가 일반 서민들에게도 확대되어, 비현실적인 갈등과 억압을 낳았는지도 모른다. 저 관리인 할머니의 말대로 양반 흉내 내다 가랑이가 찢어지는 것이다.

두서없는 생각을 쫓으며 걷던 현주는 벙거지를 벗고 이마의 땀을 닦았다. 겨울이었는데도 불구하고 정신없이 빨리 걷다 보니 땀이 배어났던 것이다. 오리털 파카를 벗어버릴까 하다가 감기에 걸릴까 봐 참기로 했다. 대신에 길가의 바위에 앉아 한숨 쉬어가기로 했다. 벙거지를 깔고 앉아 담배를 한 대 피워붙었다. 하얀 담배 연기가 공중으로 흩어지는 것을 보고 있자니 문득 얼마 전에 읽었던 책의 내용이 떠올랐다.

일본의 메이지 유신 때 얘기다. 일반 백성들의 결혼생활을 조사해보니 팔십 퍼센트 이상이 유교적 윤리를 벗어나는, 무사계급이 보기에는 비정상적이고 비윤리적인 생활을 하고 있었다고 한다. 그래서 일본식 가족 제도, 호주 제도를 만들었는데, 식민지 시대 때 그것을 조선에도 시행했다는 것이다. 이미 고유의 성을 갖고 가문을 이루어왔던 조선의 양반계급들은 유교식 호주 제도를 상민들에 게까지 적용하는 것을 반대하지 않았다. 일본은 조선 양반계급의 가부장적 풍속을 무작위로 추출해 일반 백성들에게 실시함으로써, 상대적으로 자유로웠으리라고 추측되는 민중들의 결혼생활과 성의 식은 양반 윤리에 완전히 압도당했다고 한다.

그 책의 논리가 어느 정도 타당한지는 모르겠다. 이미 조선 시대 에 상민에게까지 엄격한 성윤리가 적용된 것처럼 배워왔으니 까…… 어쨌든 양반계급의 유교식 성윤리는 민중들의 현실생활에 서 지켜지기 힘들었던 것 같은데, 어떻게 된 건지 현대에 와서도 그 억압이 사라지지 않고 있다. 호주 제도만 예로 들어봐도 본원지 인 일본은 벌써 폐기했는데, 우리는 식민지 때 제정된 그것을 굳세 게 지키고 있지 않은가? 그리고 남자 호주를 중심으로 한 가족 제 도는 여자가 시집가면 무조건 대를 이을 아들을 낳아야 한다는, 자 연에 위배되는 강박증과 이상한 풍속을 만들어내고 있다. 그와 더 불어 호주의 대를 이어야 하는 여자들은 정조를 지킬 것을 요구받 고 있다. 현대에 와서 성이 아주 자유로워지는 듯하지만 한편으로 는 유교식 가부장제 풍속이 점점 강화되어 가고 있다.

여성운동계에서 열심히 애써서 호주 제도의 내용이 조금 바뀌고, 성폭력 특별법이 제정되기도 했지만, 아직도 여자들의 인권은 보장 되지 않는다. 성폭력 범죄도 남자를 위해 보호해야 할 정조를 침해 한 죄로 규정되지, 여성이 자기 신체를 스스로 결정할 당연한 권리 를 침해당한 것으로 보지 않는다. 그래서 부부 강간의 경우 성폭력 범죄로 취급하지 않고 남자에게 소속된 여자의 성적 의무로 문제 시하지 않는 것이다.

그러고 보면 무엇보다 내가 문제다. 이십대에 여성해방 이론을 학습한 적이 있고, 십수 년 동안 진행된 여성 운동 자료들을 꾸준히 읽어온 나, 현주라는 여자는 끊임없이 의식을 갈고 닦지만, 그 마음속 깊숙한 곳을 들여다보면 외할머니로부터 세뇌당한 그대로 구태의연하고 고루하기 짝이 없다. 머리는 진보적이고 가슴은 보수적인 분열된 자아. 21세기를 맞이하는 현대, 대중의 시대를 살아가고 있지만, 19세기 고루한 양반의 의식으로 사고하기를 멈출 수 없는 전근대적인 여자. 조선 시대의 궁중 한복을 질질 끌면서 복잡한 용산시장 한가운데서 최첨단 컴퓨터를 만지고 있는 듯한 극심한 불균형.

생각에 잠겨 정신없이 걷던 현주는 어느새 외할머니 무덤 앞에 도착한 자신을 발견했다. 관리인이 잘 보살폈는지 무덤은 누렇고 짧은 풀들로 덮여 있어 정갈해 보였다. 한두 군데 두더지가 파들어간 구멍이 있었지만 크게 훼손되지는 않았다. 현주는 생시의 외할머니의 깔끔한 자태를 본 것 같아 일단 안심이 되었다. 상석 위에 가지고 온 음식들을 보기 좋게 펼쳐놓고 초와 향을 피웠다. 두 번 절하고 술을 따라 올린 다음 돗자리 위에 고즈넉이 앉아 묵념을 올렸다. 공동 묘역에는 아무도 없었고 고요하기 짝이 없었다. 바람조차 숨을 죽이고 지나가는 듯한 적막. 죽은 영혼들을 안쓰럽게 쓰다듬는 따뜻한 태양의 부드러운 빛.

"할머니. 저, 왔어요. 현주가 왔어요."

현주는 나지막하게 소리내어 할머니를 불러보았다. 그러자 꿈에서 본 할머니의 언짢은 표정이 떠오르며, 자신의 생각인지 할머니의 영혼이 시키는지 모를 말이 머릿속을 스쳐 지나갔다.

"망할 년! 왜 왔냐? 죽은 사람은 잊어야지. 할머니는 벌써 너를 까맣게 잊고 하늘나라에서 편히 쉬고 있어. 할머니의 생각도 가르

침도 이미 지나간 거야. 옛날 사람은 잊어버려야지. 만날 옛날 생각
에 사로잡혀 현재를 충실히 살지 못하잖아? 끊어! 다신 여기 오지
마! 할머니는 이미 죽었어!"

할머니의 영상은 모질게 돌아섰다. 현주는 다소 쓸쓸한 기분으로
숙였던 고개를 들었다. 그때 정말 할머니가 묘지에서 나와 현주로
부터 멀어지려는 듯 산등성이를 타고 급히 걸어가는 뒷모습이 보
였다. 이럴 리가? 현주는 깜짝 놀라 눈을 깜박였다. 그러자 묘지 사
잇길을 걸어 꼭대기로 가고 있는 관리인네 할머니의 모습이 보였
다. 그럼 그렇지. 저 할머니였구나. 현주는 외할머니에게 작별 인사
로 절을 올린 후 음식들을 싸들고 관리인네 할머니를 쫓아갔다.

관리인네 할머니는 묘역 꼭대기에 불쑥 튀어나와 있는 바위에
기대앉아 담배를 맛있게 피고 있었다. 가까이 가보니 그새 술을 얻
어 마셨는지 꽤 취해 있었다.

"할머니, 여기서 뭐 하세요?"

현주가 묻자 할머니는 흐릿한 눈길로 쳐다보더니 두서없이 주정
을 했다.

"기집들은 다 노리개야. 사람이 아니야. 우리 어릴 땐 징그럽게
가난했지. 온 식구가 한 방에서 한 이불 덮고 잤어. 남정네들이 이
불 속에서 장난질치는 건 예사였지. 숫처녀 좋아하시네. 말이 좋아
숫처녀지 성한 기집 드물었어. 그렇게 실컷 데리고 장난치다 웬만
큼 크면 양식 축낸다고 시집보내버리지. 다 그렇게 살았어. 시집가
면 그 고생이 또 오죽해. 머슴처럼 일하면서 짐승처럼 애를 낳았지.
애당초 며느리는 일 부려먹고 대 이을라고 들이는 거야. 그래 한
많은 며느리들이 어쩌다 아들 낳아 씨에미가 되면 우세를 부리고
모질게 굴지. 씨에미나 며느리나 불쌍한 기집들인 건 마찬가지야.

이놈의 세상은 사내들 세상이야. 거지로 태어나도 사내로 태어나야지. 기집은 사람도 아니야."

주절대던 할머니는 기대고 있던 바위를 힘껏 발로 차더니 침을 퉤, 뱉었다. 애꿎은 바위는 왜 자꾸 차나 싶어 자세히 보니 꼭 남성의 성기처럼 생겼다.

"할머니, 이 바위 이상하게 생겼네요."

현주가 재미있어하며 소리치자 할머니가 다시 한번 침을 뱉으며 말했다.

"남근 바위야. 기집처럼 움푹한 묘역에 이런 바위가 있어 여기가 명당 소리 듣지만 내 보기엔 망할 놈의 물건이야. 퉤!"

할머니는 다시 한번 남근 바위를 발로 찼다. 그러더니 기운이 빠졌는지 휘적휘적 팔을 저으며 내려가기 시작했다. 현주는 할머니 흉내를 내어 남근 바위를 힘껏 찼다. 침도 퉤 뱉었다. 속이 시원해져왔다.

현주는 할머니를 따라 공동 묘역을 내려왔다. 그리고 남은 음식물들을 공손히 드리며 진심으로 인사했다.

"할머니, 고맙습니다. 안녕히 계세요."

되돌아가는 길은 훨씬 어깨가 가벼웠다. 마치 외할머니가 관리인 할머니의 몸을 빌려 현주의 마음을 가뿐하게 해준 것 같았다. 오늘 하루 동안의 경험이 신비하기까지 했다.

그래, 의붓아버지에게 성추행당했을 때는 무척 괴로워했었지. 오랫동안 순결을 상실했다는 피해의식에서 벗어나지 못했어. 하지만 이젠 확실히 알 수 있어. 반드시 정조를 침해당했기 때문에 괴로웠던 것만은 아니야. 내 몸을 내 뜻과 상관없이 폭행당한 데서 오는 공포와 혼란도 문제였어.

현주는 버스 정류장까지의 긴 길을 걸어 나가면서 다시금 회상
에 잠겼다.

광포한 악행

현주는 천천히 걸었다. 겨울 나무들이 힘겹게 숨쉬고 있는 신작
로는 차갑고 메말라 있었다. 부서져버린 낙엽들을 밟으며 끔찍하게
괴로웠던 시절을 떠올렸다. 석하의 장례식을 치렀던 다음날 새벽,
지독한 갈증에 잠에서 깨어나니 옆자리에 한영이 자고 있었다. 그
리고 벌거벗은 자신, 피와 정액에 젖어 축축한 요. 아차, 실수했구
나. 현주는 부르르 몸을 떨었다. 내가 무슨 일을 저지른 거지?

간밤의 기억은 희미했다. 약간의 통증, 그리고 드디어 불완전한
순결이 밀려나는 순간의 시원섭섭함. 현주는 취한 김에 마음껏 몸
을 던졌다. 사실 현주는 석하가 죽은 것을 잘 알고 있었다. 만취한
가운데도 자신이 한영에게 달라붙고 있음을 자각했다. 그러나 현주
는 간절히 원했다. 석하가 살아 있기를, 이 남자가 한영이 아니라

석하이기를. 그리고 무엇보다 분노가, 석하의 죽음 이후 세상을 갈가리 찢어버리고 싶었던 파괴 욕구가 자신의 몸을 겨냥하고 있었다. 광란이었어. 현주는 속으로 중얼거리며 요에 묻은 아직 덜 마른 핏자국을 보았다. 세상을 찢어버린 광란의 흔적치고는 참으로 초라했다. 이 핏자국. 이 보잘것없는 핏자국 때문에 남자와 여자의 관계가 얽히고 설키고, 소유하고 빼앗고 독점하며 상처입는단 말인가? 이 핏자국 하나 때문에 여자들이 그 오랜 세월 목숨을 걸어왔단 말인가? 유년 시절부터의 내 해묵은 고통이 이 핏자국을 위해서였던가? 터무니없었다. 어처구니가 없었다. 그때 번개처럼 떠오르는 생각이 있었다. 사라지자! 현주는 서둘러 옷을 입고 한영이 깰까봐 조심하면서 그 여관을 빠져나왔다. 마치 우연히 죄를 저지른 범법자가 황급히 현장으로부터 멀어지듯이……

　돌이켜봐도 그때의 마음을 스스로도 이해할 수 없었다. 석하의 장례를 치르자마자 왜 그토록 황급히 자신의 성을 파괴했던 걸까? 그 동안 석하와의 사랑의 의식을 참아왔던 팽팽한 인내가 더이상 소용없어졌다고 절망하면서, 고무줄 끊기듯이 성적 긴장감이 끊긴 탓이었을까? 그렇다면 왜 첫날밤을 치르고 도망쳤을까? 이왕 처녀막이 파괴됐으면 한영과 지속적인 관계를 맺을 수도, 시치미 뚝 떼고 못 이기는 척 결혼할 수도 있었을 텐데, 왜 피했을까? 아니다, 석하의 장례식과 더불어 현주는 남자에 대한 희망을 묻어버렸다. 더이상 남자와 함께하는 미래는 없었다. 한영과의 일은 실수에 불과했다. 현주는 그 하잘것없는 핏자국에 얽매여 살고 싶지 않았다. 다시는 남자 때문에 인생을 흐트러뜨리고 싶지 않았다. 홀로 가리라. 당당하게 홀로 서리라. 현주는 혼자 집으로 돌아갔다.

　며칠 외박 끝에 집으로 돌아왔으니 난리가 날 거라고 짐작했는데, 식구들은 전쟁통에 죽었던 사람 살아온 듯이 놀라며 반겨 맞았다. 그 동안 경찰 두 명이 찾아왔었다는 것이다. 외할머니는 벌벌 떨면서 경찰이 또 찾아올 것이니 당분간 시골에 내려가 있으라고 했다. 시골에 내려가도 마찬가지예요, 연고지는 귀신같이 찾아서 오니까요. 현주가 대답하자 어머니가 말했다. 그럼 어디로든 피해라, 니 성당 친구들도 다 피했다더라. 난 죄지은 거 없어요. 현주는 갑작스럽게 폭발하는 어머니의 사랑이 부담스러워 냉랭하게 말했다. 어디 죄가 있어서 끌려가는 세상이냐? 한 번 끌려가면 무고한 사람도 병신이 된다던데, 어여 피해라. 어머니는 평소의 구두쇠답지 않게 두둑한 돈을 쥐어주었다. 현주는 이 참에 여행이나 하며 생각을 정리하자고 마음먹고 짐을 꾸려 그날로 집을 떠났다.

목적지가 있었던 건 아니었다. 서울역에 도착해서 기차 시간 되는 대로 아무 열차에나 올라탔다. 경부선 열차였던 것으로 기억난다. 창가 쪽 자리에는 나이 지긋한 비구니가 앉아 있었다. 왠지 푸근한 인상의 스님이었다. 현주는 안심이 되어 스님 옆에 편안히 앉아 눈을 감았다. 기차가 천천히 서울역을 벗어났다. 모든 것을 던져버린 홀가분함과 함께 깊은 상실감이 가슴을 후려쳤다. 마치 언제까지나 떠돌 방랑자가 된 기분이었다. 현주는 지나가는 수레에서 소주 한 병과 오징어, 사과를 샀다.

"스님은 못 마시지요? 사과나 드세요."

현주는 스님에게 사과를 주었다. 스님은 빙긋이 웃기만 할 뿐이었다. 현주는 혼자서 홀짝홀짝 소주를 마시기 시작했다. 어느덧 창밖은 어두워지고 있었다. 그러나 잠은 오지 않았고 신경이 예민하게 곤두서면서 온갖 잡생각이 났다. 현주는 소주 한 병을 더 샀다. 여태껏 무심하게 눈을 감고 있던 스님이 현주의 얼굴을 자세히 보았다.

"젊은 보살이 웬 번뇌가 그리 많으시오?"

따뜻하고 부드러운 음성이었다. 왜였을까? 그 음성을 듣는 순간 현주는 눈물을 주르륵 흘렸다. 스님이 커다란 손수건을 내밀었다. 현주는 한참을 울었다.

"손수건이 더러워져서 어쩌죠?"

이윽고 울음을 그친 현주가 물었다. 스님은 방그레 웃으며 더러워진 손수건을 서슴없이 받았다.

"무슨 일인지는 모르지만 눈물로 마음을 시원하게 닦아냈으면 됐어요."

"남자 친구가 죽었어요."

현주는 다시 홀짝홀짝 소주를 마셨다. 그러면서 석하의 죽음에 대해 스님에게 얘기했다. 이미 밤이 깊어 열차 안의 사람들은 대부분 잠들어 있었고 현주의 목소리만 울려퍼졌다. 하지만 소주를 두 병이나 마셔 잔뜩 취한 현주는 조심성을 잃고 있었다.

"12·12는 실질적인 군부 쿠데타예요. 5·18은 정권을 탈취하기 위한 양민 학살이구요. 전두환이 내 남자 친구를 죽인 거예요."

그때였다. 뒷좌석에 앉아 있던 머리가 짧은 젊은 남자 두 명이 벌떡 일어났다. 그들 역시 술을 마셨는지 얼굴이 벌겠다. 그들은 다짜고짜 현주의 겨드랑이 밑에 팔 하나씩을 넣고 단단히 붙잡았다.

"갑시다."

"아가씨가 하는 말 다 들었어. 지금 시국에 그런 유언비어를 퍼뜨리면 어떻게 되는지 알지? 가자구!"

스님이 벌떡 일어나 만류했다.

"아니, 거사님들, 왜 그러시오?"

청년 중의 하나가 퉁명스레 말했다.

"우린 경찰이오. 이런 불순 분자 때문에 얼마나 고생하는지 아쇼? 정식으로 체포하는 거니까 스님은 괜히 상관하지 마쇼."

왜 그때 아무도 신분증을 보여달라는 말을 못 했을까? 유언비어니 체포니 하는 말에 모두 겁부터 집어먹을 정도로 그 당시는 공포 정치 시대였던 것이다. 현주는 두 남자에게 이끌려 비칠비칠 좌석 사이로 끌려나왔다.

"원, 젊은 여자가 저렇게 엉망으로 취하다니……."

어떤 아낙네가 혀를 끌끌 찼다. 현주는 속으로 웃었다. 여자? 여자가 어쨌단 말이야? 여자는 괴로울 때 술도 못 마시나? 현주는 이를 악물었다. 난 취하지 않았어. 그러나 열차 천장이 빙글빙글 도는 듯했고, 발이 허공을 딛는 것 같았다. 어떻게 다음 역에서 내렸는지 몰랐다. 두 청년에게 이끌려 무작정 걸어가는데, 밤길이 흔들흔들거리고 시야가 오르락내리락했다. 그러더니 검회색 아스팔트가 갑자기 불쑥 솟구쳐올랐다. 기어코 현주는 길바닥에 쓰러진 것이다.

"에이, 씨팔, 업어야겠다."

청년에게 업혀서 까불까불 의식을 잃어가는데, 두 사람이 수군받는 말소리가 아득하게 들려왔다.

"야, 이 여자, 불쌍하지 않냐? 봐주자."

"상금은 어떡하구?"

청년 한 명이 현주의 어깨를 흔들었다.

"아가씨, 돈 있어?"

현주는 간신히 고개를 끄덕였다. 돈을 주면 풀어주겠지. 일순간 안심하면서 깜박 의식을 잃었다. 누군가 자신을 내동댕이치는 바람에 퍼뜩 정신이 들었다. 눈을 떠보니 여관방이었다. 현주는 안간힘을 쓰며 일어나려고 하였다. 청년 하나가 현주의 배낭을 뒤지고 있었다.

"아가씨, 돈이 이것뿐이야? 다 내놓으면 그냥 놔줄게."

배낭을 뒤지던 청년이 물었다. 현주는 집에서 떠나기 전에 돈을 세 군데로 나눠 넣어둔 것을 떠올렸으나 그저 힘없이 고개만 끄덕였다.

"에이, 돈도 많지 않네, 재수없어. 가자."

두 청년은 나가려고 하였다. 그러다 한 청년이 멈칫 서더니 낮게 속삭였다.

"야, 여대생이야. 따먹자."

"그래, 사창굴에 가느니 그게 낫겠다."

청년들은 방문을 잠그고 쓰러져 누운 현주의 하의를 거칠게 벗겼다. 안 돼. 현주는 필사적으로 소리질렀다. 한 놈이 현주의 입을 막았다. 현주는 정신이 번쩍 들어 빠져나오려고 몸부림쳤다. 그러자 한 놈은 현주의 윗몸을 꽉 누르고 다른 놈은 광폭하게 가랑이를 벌리고 사타구니 사이를 파고들었다. 현주의 몸은 순식간에 뻣뻣하게 굳었다. 헉! 현주는 숨이 멈추는 줄 알았다. 쇠붙이로 아래를 파헤치는 듯한 엄청난 이물감이, 극심한 통증이 왔다. 놔! 놔! 살려줘! 현주는 꿈틀거리며 소리쳤다. 곧 입이 틀어막혔다.

"맛있어?"

현주의 윗몸을 잡고 있던 청년이 조급하게 물었다.

"모르겠어!"

먼저 달려들었던 놈이 물러나면서 숨을 길게 쉬고 씹어뱉었다. 두번째 놈이 말했다.

"어디, 내가 해볼게."

현주의 가랑이는 정육점에 걸린 죽은 고기처럼 벌려졌다. 맙소사! 심한 아픔을 느끼는 순간 현주는 이것이 윤간이란 거구나 실감했다. 그리고는 완전히 의식을 잃고 기절하고 말았다.

새벽이 되어서야 현주는 정신을 차렸다. 두 놈은 이미 도망친 후였다. 낯선 고장의 낯선 여관방은 한마디로 아수라장이었다. 허물처럼 벗겨져 나뒹굴고 있는 청바지와 팬티, 아무렇게나 꺼내 던진 배낭 속의 물건들…… 현주는 멍하니 그 광경을 보았다. 벗겨진 아랫도리와 입을 벌린 배낭이 흉물스러웠다. ……세상에…… 이런 일이…… 있을 수 있는가? 현주는 급작스레 구역질이 났다. 황급히 옷을 꿰어입고 화장실에 가서 토했다. 간밤에 열차 안에서 먹은 것을 몽땅 토하고 나니 기가 막혔다. 여대생이라구, 따먹자구? 현주는 몽롱한 기억을 더듬었다. 자신들이 경찰이라고 자처하는 낯선 두 남자한테 꼼짝없이 집단 강간을 당하고 돈을 뺏겼다는 사실이 믿어지지 않았다. 그러나 아래가 마치 찢겨진 듯 몹시 아프고 쓰렸기 때문에 일어난 사실을 인정하지 않을 수 없었다.

현주는 대충 씻기 시작했다. 전신이 몰매를 맞은 것처럼 여기저기 멍이 들어 있었다. 의식도 넋든 섯처럼 어벙벙했다. 아무래도 현실감이 없었다. 꼭 끔찍한 악몽을 꾸고 아직 깨어난 것 같지 않았다. 씻고 난 후 현주는 배낭 밑에 감추어둔 돈을 찾아보았다. 삼분의 일의 돈이 그대로 있었다. 그놈들은 지갑만 뒤져보았던 것이다. 겉옷의 안주머니도 살폈다. 감춰둔 돈이 고스란히 있었다. 삼분의 이의 돈이 없어지지 않은 것이다. 현주는 길게 한숨을 내쉬었다. 돈을 다 뺏기더라도 몸이 성했더라면…… 돈 있는 곳을 가르쳐 주고 몸은 건드리지 말라고 애원했어야 하는데…… 그럴 겨를도 없었어. 술에 취해 정신을 못 차리고, 현명하게 처신하지 못한 게 탈이야. 아아…… 현주는 머리칼을 쥐어뜯으며 자신을 책망했다. 그 당시에는 여자가 술에 취한 틈을 타 강간을 하는 남자들의 잔인함, 또는 돈을 다 주었다 해도 집단 간강을 면할 수 없었으리라는 점은 머리에 떠오르지 않았다. 다만 술에 취하지 않았더라면 하는 자책감과 강간을 당하고도 가해자를 책망하기보다 오히려 자신의 잘못을 질책하며 깊은 죄의식에 사로잡혔다. 어쨌든 이 꼴로 집에 돌아갈 수는 없었다. 어디선가 마음을 가라앉혀야 했다.

간신히 배낭을 꾸린 현주는 여관을 벗어났다. 얼른 이 고장을 떠나고 싶었다. 그러나 역에 도착했을 때 현주는 또다시 구토를 했다. 몸의 기억, 아무런 분비물도 나오지 않은 고요하고 부드러운 음부를 칼과 송곳으로 아무렇게나 파헤친 듯한 통증, 온몸을 강타하던 역겨움과 극심한 불쾌감, 숨이 멎어버릴 것 같은 두려움, 그리고 마비된 듯한 무감각…… 현주는 그 모든 기억을 토해버리려는 듯이 꺽꺽거렸다. 그러나 토사물은 나오지 않고 누런 쓴물만 나왔다. 한참 토하고 난 현주는 대합실 벤치에 힘없이 앉아 어떻게 할 것인가 생각했다.

바다로 가자! 문득 떠오른 생각이었다. 그제야 이곳이 어디인가 살펴볼 마음이 났다. 영주, 내륙의 고장이었다. 현주는 다시 경부선을 타고 부산으로 갔다. 부산에 도착하는 즉시 해운대로 갔다. 유월의 바다는 번잡하지 않아 좋았다. 모래 사장에 멍하니 앉아 에라, 차라리 물에 빠져 죽어버릴까 생각도 해보았다. 그러나 강간당했다고 죽는다면 너무 어처구니가 없었다. 외할머니의 옛날얘기에 나오는 조선 시대의 여인들은 그랬지만, 지금은 여자가 결혼 안 하고도 살 수 있는 현대였다. 그리고 현주는 남자를 포기할 수 있었지만 시는, 문학은 포기할 수 없었다. 하루 종일 바닷가에 맥없이 앉아 있던 현주는 오후 늦게 민박을 잡았다.

민박집 방에 눕자마자 현주는 기절한 듯 잠 속에 빠져들었다. 깨어보니 밤 열한시 이십분. 물을 한 잔 먹고 조그만 창문 앞에 하염없이 서 있었다. 어둠을 먹은 유리창은 창 밖의 바다를 보여주지 않고 방 안만을 반사하고 있었다. 특히 형광등 빛을 받은 현주의 얼굴을 부조처럼 선명하게 드러냈다. ……아, 이 저주받은 육신, 아무런 의미도 아름다움도 담지 못한 더러운 껍질, 이것이 나일까? 현주는 중얼거렸다. 그 순간 끈끈하게 느껴지는 자신의 몸뚱어리가 몸서리쳐졌다. 현주는 속으로 외쳤다. 이것은 내가 아니다. 아니다. 그러나 아무리 외쳐보아도 거기에는 확실히 있었다. 현주 자신이 아닌 무엇인지 모를 존재가, 남겨진 낯선 생명이, 암담한 미래가…….

현주는 배낭에서 공책을 꺼내 자신만의 암호로 끼적거리기 시작했다. 현주는 어릴 때 의붓아버지로 인한 괴로움을 적기 시작하면서 행여 남이 볼세라 가나다를 숫자로 암호화해서 일기를 쓰는 버릇이 있었다.

도대체 내가 왜 이렇게까지 비참해졌을까? 마음을 가라앉히고 차분하게 생각해보자. 여자가 술을 마신 것이 그렇게 당할 만큼 큰 잘못일까? 그 잔인한 놈들이 과연 경찰이었을까? 왜 확인해보지도 않고 끌려갔을까? 어쩌면 맞을지도 모른다. 경찰들한테 여대생이 성추행당한 사례는 많으니까…… 하지만 이 정도로 엉망이진 않을 텐데…… 아니야, 공권력이 사람을 죽이기도 하는데, 성폭력을 못 저지르겠어? 하지만 그래도 명색이 경찰이 어떻게 집단 강간을 하나? 경찰을 사칭한 깡패들일 수도 있어. 아아, 사람들이 내가 정체불명의 괴한들한테 윤간까지 당한 사실을 알면 뭐라고 생각할까? 정숙하지 않은 여자, 더러운 걸레, 잡년, 화냥년······ 아아, 너무나 수치스럽고 끔찍하고 소름끼친다.

도대체 내가 무슨 죄를 저질렀기에 이 꼴을 당해야 한단 말인가? 아니, 정신을 차리고 냉정하게 생각해보자. 강간은 내가 좋아서 한 성교가 아니다. 그것은 살인 강도와 같은 폭력이다. 아니, 단순한 폭력보다 더 심각한 성폭력, 폭력이 가장 내밀한 성에 가해짐으로써 정신까지 파괴시키는 극악한 범죄다. 나는 지금 살인 강도보다 더한 성폭력을 당한 피해자다. 그런데 윤간의 가해자가 아닌 피해자인 내가 왜 이토록 심한 죄의식과 수치심을 느끼고, 끝없는 자책감에 빠져드는가? 정신차리자! 기운을 내자! 어떻게든 이 함정에서 빠져나가야 한다.

여기까지 갈겨 쓴 현주는 무릎 사이에 머리를 처박고 괴로워하다 다시 썼다.

하지만, 왜 내게만 이런 성적인 사고들이 자꾸 반복되는가? 내게 무슨 근본적인 결함이 있는 건 아닐까? 그렇다면 살아 있다는 이유만으로 사건들의 의미나 교훈을 찾아내고, 고통을 극복하려고 애쓰는 것도 이젠 지긋지긋하다. 아무리 생각해도 내 삶을 합리화시킬 방법이 없다. 차라리 누군가, 무엇인가, 나를 실질적으로 죽여주기를 바란다.

다시 죽음의 유혹에 빠져든 현주는 바다로 가기 위해 방문을 열었다. 그때 어디선가 술 취한 남자의 고함 소리가 들렸다. 무서웠다. 현주는 흠칫 몸을 떨고 방문을 닫았다. 다시는 강간당하고 싶지 않았다. 죽는 것보다 강간당하는 게 더 끔찍했다. 현주는 방구석에 쪼그리고 앉았다. 몸을 한껏 웅크리고 곰곰이 생각했다. 그래, 난 죽을 용기가 없다. 자살할 용기가 있으면 살아보자. 어쩌면 좋은 시를 쓸 수 있을지도 모르잖는가? ……시! 시라니! 이 꼴이 되어서도 시를 꿈꾸고 있는가? 내가 언제부터 이토록 시에 매달렸는가? 아아, 이제 나는 나를 감당할 수가 없다. 병적인 예술 충동, 성적인 부도덕, 답답한 가족의 족쇄…… 미칠 것 같다!

현주는 엎드려서 울부짖었다. 하느님, 당신이 정말 '있다' 면 저를 좀 도와주십시오. 사실 저는 한 번도 진심으로 당신이 있다고 믿어본 적이 없습니다. 당신이 있다고 가정하더라도, 지구라는 실험실에서 인간을 흰쥐들처럼 실험하는 존재일 것이라고 생각했습니다. 중학생 때 해경에게 했던 제 말을 엿들으셨습니까? 신이 나를 얼마든지 불행하게 하라지, 나는 실험에 실패하는 쥐들, 즉 멸망하는 인간들과 함께 신에게 대적할 테니까…… 아아, 그런 오만을 용서하소서. 그때만 해도 전 진짜 불행이 무엇인지 몰랐습니다. 이토록 가혹한 괴로움을 미처 몰랐습니다. 이제 비로소 악과 불행의 정체를 깨닫습니다. 악이란 제가 쉽게 빠져들었던 오만이요, 부정이요, 절망이며, 자포자기입니다. 또한 저를 윤간한 남자들과 같은 무지막지함이요, 가난이요, 원한이며, 운용할 능력을 잃은 동물적 충동입니다. 하느님, 당신이 있다면 저의 죄를 용서해주시고 이 사악한 삶에서 구원해주소서.

현주는 드디어 신을 불렀다. 인간의 궁지가 신의 기회라는 말이 있듯이, 깊은 불행감과 죄의식에 빠져든 현주는 어릴 때부터 흐릿

하게 배워온 하느님께 무작정 매달렸던 것이다. 서울로 가자, 성당
으로 가자, 가서 회개하고, 신부님을 만나보자. 그 당시 죄의식으로
부터 벗어나 구원받으려는 의지는 현주를 움직이게 한 유일한 힘
이었다.

제2의 강간

회상에 잠겨 정신없이 걷다 보니 등줄기에 땀이 배어났다. 잠시 쉬어가기로 하고 현주는 큼직한 바위 위에 걸터앉았다. 음울한 태양이 지친 듯 서쪽으로 기울어지고 있었다. 현주는 등을 구부리고 가슴 위에 손을 얹었다. 무거운 우울의 응어리가 호흡조차 곤란하게 했다. 숨이 멎어버릴 것 같은 강간당한 기억. 그러나 하느님은 거기서 시련을 그치지 않으셨다. 아니, 신은 인간들의 일에 더이상 개입하지 않았다. 신은 사람의 문제는 사람이 해결하도록 놓아두었다. 현주의 깊은 고통과 쓸데없는 죄의식은 더 많은 극복의 단계를 거쳐야 했는지도 몰랐다.

그때, 서울역에 도착한 현주는 곧장 성당으로 갔다. 성수로 성호를 긋고 무릎을 꿇었다. 그러나 막상 십자가와 맞닥뜨리니 이상하게도 기도가 나오지 않았다. 머릿속은 혼돈뿐이었고, 가슴은 들끓는 용광로 같았다. 온몸이 마치 터지기 직전의 화산 같았다. 몸 전체에 불이 숨어 있었다. 뜨거운 불, 분노, 증오. 그러나 그것은 폭발하지 못하고 날카로운 비수가 되어 현주의 내면을 들쑤셨다. 차라리 눈물이라도 나왔으면…… 현주는 마음껏 울고 싶었다. 그러나 성당 안은 무섭도록 정결하고 고요했고, 십자가의 예수는 무심하기 짝이 없었다. 이거였단 말인가? 그토록 간절하게 구원해주십사 매달렸던 신이 저 무심한 석고상인가? 하느님은 도대체 어디 있단 말인가? 현주는 상상 속의 다정한 하느님과 엄숙한 현실 종교의 간격 사이에서 메마른 눈을 끔벅이며 멍하니 앉아 있었다.

누군가 현주의 어깨를 가만히 만졌다. 현주는 흠칫 놀라 뒤를 돌아보았다. 신부였다. 신부는 대학생들이 모두 피해 있는 상황에서 불쑥 나타난 현주를 보고 매우 놀란 모양이었다. 왜 피하지 않았습니까? 자신의 방에서 차를 끓여주며 신부가 물었다. 피할 데가 없습니다. 어딜 가나 마찬가지예요. 현주가 대답했다. 내가 안전한 곳을 알아볼까요? 신부가 걱정스레 말했다. 현주는 가만히 고개를 저었다. 차라리 감옥에 갇히는 게 맘 편할 거 같아요. 신부가 가늘게 한숨을 쉬었다. 마음의 준비가 되어 있다면 그것도 좋지요. 하지만 주위 사람들한테 피해가 가지 않게…… 현주가 신부의 말을 막았다. 저는 잡혀가더라도 이석하와 친했다는 것 외에는 아무 혐의가 없습니다. 차라리 치열한 저항운동이라도 했을 걸 하는 마음입니다. 신부가 그 마음 알겠다는 듯 고개를 끄덕였다. 정 그렇다면 할 수 없지요.

한동안 침묵이 흘렀다. 현주는 심하게 망설이다 지나가는 말처럼 물었다.

"신부님, 여성 잡지 본 적 있으세요?"

신부가 고개를 끄덕였다.

"여성 잡지나 주간지 상담란을 보면 혼전에 순결을 잃은 여자들의 고민이 많이 나오잖아요? 고백을 해야 할지 어쩔지 망설이는……."

신부는 순간적으로 석하를 떠올렸다. 젊은 친구, 여자에게 상처를 입히고 가버렸는가? 신부는 지그시 눈을 감고 말을 골랐다.

"그런 고백은 안 해도 됩니다. 흔히 자기 양심의 괴로움을 덜기 위해 고백을 하지만 오히려 상대방의 마음에 부담만 주게 되지요. 관계를 생산적으로 발전시키는 데 도움이 되지 않는 말은 하지 않는 편이 낫지요. 그러나 더 바람직한 상태는 스스로 사소한 고뇌의 영역에서 빠져나오는 겁니다."

사소한 고뇌라니! 목숨조차 버리고 싶은 성 정체성의 혼란이 사소한 문제라는 말인가? 현주는 신부가 석하와 관련된 일인 줄로 잘못 짚고 있다는 것을 눈치챘다. 그러나 차마 윤간당한 사실을 말할 용기가 나지 않았다. 현주는 더듬더듬 물었다.

"신부님은 그런 문제를 사소한 고뇌라고 생각하십니까?"

신부는 현주에게 용기를 주려는 듯 힘있게 고개를 끄덕였다.

"하느님은 인류를 선한 목적으로 창조하여 남과 여를 가르고 생식과 번영의 축복을 내려주셨습니다. 물론 어떤 사람들은 하느님의 축복을 저주로 바꾸고 남녀의 아름다운 성을 혐오스러운 것으로 타락시키기도 하지만, 근본적으로 남녀가 서로 사랑하는 것은 죄가 아닙니다."

현주는 신부가 자신에게 일어난 끔찍한 일을 짐작조차 하지 못하는 게 안타까웠다. 석하와의 사랑 문제라고 미리 단정짓지 말고 사실을 물어봐주었으면, 이 꽉 막힌 가슴을 털어놓을 수 있게 틈을 주었으면 생각하며 입술을 잘근잘근 깨물다가 용기를 내어 말했다.

"만약에 죄악을 저질렀다면 어떻게 합니까?"

그제야 신부는 현주의 표정을 유심히 보았다. 그러나 이 어린 처녀가 쓸데없는 죄의식에 시달리고 있지 않은가 하는 염려를 떨칠 수가 없었다. 신부는 부드럽게 말했다.

"물론 실수는 저지르지 않는 것이 중요합니다. 그러나 어쩔 수 없이 실수하게 되었을 때에는 빨리 반성하고 다시 죄짓지 않아야죠. 또 사소한 실수를 지나치게 확대 해석해서 죄악감을 심화시키지 말고 거기서 벗어나야 합니다."

현주는 속마음을 시원스레 털어놓을 수 없어 답답했다. 그러자 십자가 앞에서는 나오지 않던 눈물이 신부라는 '인간' 앞에서는 참을 수 없이 펑펑 쏟아졌다. 신부는 현주가 실컷 울도록 내버려두었다. 이윽고 울음을 그쳤을 때 신부가 말했다.

"도대체 죄가 뭔지 알고 있어요? 죄를 지은 사람은 무척 고민하지만, 그 번민이 하느님 나라에 무슨 도움이 되겠어요? 자기 죄를 탓하고 부끄러워할 시간이 있다면, 그 시간에 차라리 하느님 나라가 이 땅에 임하도록 애쓰십시오. 어쨌든 죄를 범했다고 생각하면 완전히 악에서 벗어나십시오. 그리고 선을 행하십시오. 자기 죄를 오랫동안 구질구질하게 후회하지 마십시오. 차라리 하늘의 환희에 대비해서 진주를 꿰는 일이 현명합니다. 과오를 범했다고 느껴지면 올바른 일을 해서 그것을 지우도록 하십시오."

신부가 흥분해서 하는 말이 끝났을 때 현주는 깊은 숨을 들이켰다. 차라리 하느님 나라를 준비하라니! 이 만신창이가 되어버린 몸을 아무 일도 없었다는 듯이 무시하란 말인가? 현주는 더이상 대화가 불가능하다고 판단하고 냉정을 되찾았다.

"잘 알겠습니다, 신부님. 마지막으로 한 가지 더…… 저에게 죄 지은 남자를 용서할 수 없는데 어떡하면 좋겠습니까?"

신부는 다시 한번 가늘고 긴 한숨을 내쉬었다. 그리고 여전히 민주 열사 석하를 떠올리며 이 옹졸한 여자에게 해줄 말을 찾았다.

"성경에 죄가 없는 자는 저 여인에게 돌을 던지라 하는 예수님 말씀이 있지요? 그 장면을 거꾸로 상상해보십시오. 죄지은 남자에게 돌을 던져야 하겠습니까? 여자든 남자든 인간은 근본적으로 모두 죄인입니다. 서로 용서해야 합니다. 그리고 마음이 괴로워 혼란스럽거든 기도를 열심히 하십시오. 묵주 신공을 하루에 백 번씩 하고 성경을 틈틈이 읽으십시오."

현주는 인간 세상에서 일어날 수 있는 험악한 일들을 상상조차 못 하는 순진한 신부에게 그만 작별 인사를 했다. 아무도 알아주지 않는 괴로움을 안고 허청허청 집으로 가면서 현주는 죄악감을 심화시키느니 선한 일로 지워나가라, 용서하라, 다시는 죄짓지 말라, 기도하라는 말을 곰곰 되새겨보았다. 지켜서 나쁠 일은 없을 것 같았다. 그렇게 해서 이 진흙탕 같은 마음을 깨끗이 할 수만 있다면, 일단 실천하기로 노력해보자, 현주는 마음을 굳게 먹었다.

구멍가게에 도착하자 어머니가 화들짝 놀랐다.

"어떡허려구 벌써 오니?"

"더이상 갈 데가 없어요. 잘못한 일 없으니 경찰이 찾아온대도 조사만 하고 말 거예요. 그리고 학교도 가야 하구요. 일주일만 쉬었다가 학교 갈 거예요."

"난 모르겠다. 너 알아서 해라."

어머니가 체념하고 말았다. 현주는 집 안으로 들어갔다. 의붓아버지가 대청 마루에 큰대자로 뻗어 있었다. 술을 마신 모양이었다. 짐승! 한 마리 들개처럼 본능에 따라 움직이는 인간 이하의 동물. 현주는 소름이 끼쳐 얼른 방 안으로 들어갔다. 외할머니는 부엌에 계신지 방 안에는 아무도 없었다. 현주는 옷을 갈아입으며 깊은 한숨을 쉬었다. 어째서 남자들은 성충동을 참을 수 없는 걸까? 상황도, 상대방의 처지도, 혈연의 금기도 무시할 만큼 성욕에 눈이 머는 걸까? 의붓아버지나 윤간한 남자들이나, 자신들이 저지른 악행에 대해 별다른 죄책감을 느끼지 못하는 것 같다. 아아, 그들을 싸그리 죽여버리고 싶다. 나를 이 꼴로 만든 짐승들 모두 죽여버리고 싶어! 현주는 칼을 들고 마루로 뛰쳐나가 의붓아버지를 찌르고 싶은 살의에 몸을 떨며 집에 온 것을 후회했다. 그러나 더이상 어디론가 떠날 힘이 없었다. 현주는 그대로 쓰러져 잠들고 말았다.

의붓아버지와 윤간한 남자들이 잡혀서 질질 끌려왔다.
여자 군중들이 빽빽이 둘러서서 돌로 쳐죽이라 외친다.
여자 예수가 말한다.
너희들 중에 죄없는 자가 먼저 돌을 던지라.
순간 여자 군중들이 갑자기 사라지고 남자의 무리가 나타난다.
잡혀온 피해자는 현주다.
그러나 가해자인 남자들은 매몰차게 돌을 던진다.
현주는 죄없이 몰매를 맞고 피 흘리며 쓰러진다.
예수는 나타나지 않는다.

새벽녘 현주는 잠에서 깨어났다. 비몽사몽간에 꾼 꿈이었다. 그럴듯한 꿈이었다. 여자들은 용서하기를 좋아한다. 남자들이나 신학자들이 좋아할 여자들의 아량. 그러나 남자들은 그런 아량을 모른다. 그들은 끝내 돌을 던진다. 성경에서 남자와 여자의 입장이 바뀐 상황은 일어나지 않는다. 예수는 여자가 아니다. 군중도 여자가 아니다. 여자들은 오늘날도 단죄되고 돌팔매질당한다. 울부짖는 여자들, 돌 던지는 악마 같은 남자들. 현주는 깊은 분노를 느꼈다. 도저히 남자들을 용서할 수 있을 것 같지 않았다. 아직도 남자들은 강자이고 여자를 성폭행하고 있지 않은가? 용서할 수 없다. 싸워야 한다.

현주는 미칠 듯이 울화가 끓어오르는 마음을 가라앉히려고 아침부터 성경을 읽고 기도를 해보았다. 그러나 구약을 관통하고 있는 여성 억압의 구절들이 자꾸만 눈에 거슬렸다. 성경 자체가 남자들의 경전 같았다. 피해자인 여자가 가해자인 남자를 용서하려면 자포자기적인 체념과 자기 비하밖에 할 수 없을 것 같았다. 현주는 결국 성경을 집어던졌다. 구원받으려는 욕구는 간절했지만 구원은 좀처럼 오지 않았다.

현주는 다시 시쓰기를 생각했다. 그래, 시를 쓰자. 성경이나 외할머니의 옛이야기나, 사회적 편견에서 벗어나 자유로운 상상력으로 시를 쓰자. 시인이 되고 직업을 얻어 자립하자. 그래서 이 갑갑한 집을 떠나자. 용서할 수 없는 남자들과 어울려 살려 하지 말고 혼자 독립하자. 시쓰기의 충동에 사로잡힌 현주는 책상 서랍을 가득 채운 잡기들을 꺼내보았다. 책을 읽다 발견한 좋은 문구들이나 창조적으로 떠오른 생각의 단편들. 지금은 한참씩 들여다봐야 비로소 이해가 되는 고뇌의 잔해들. 그것들은 새로운 사상이나 정서, 지식이나 언어가 순간적으로 현주를 충만케 했다가 곧 물러난 흔적이었다.

또 늘 현주를 감싸고 돌던 절망과 불안의 끈적거림을 보여주는 것으로 퇴고되고 처분되기를 기다리는 과거의 누적들이었다. 인간 본능에 대한 부정으로 일관된 감성, 시를 써보겠다는 몸부림, 죽음을 공상함으로써 생존을 견뎌낸 시간의 유예…… 현주는 그것들을 소중히 챙겼다. 시를 쓰는 일만이 남은 희망이었기 때문이다. 그 당시 현주에게는 깊은 고통만큼 그것을 극복하려는 강한 의지가 차오르고 있었다. 그런데 그 일이 일어났다. 아픔을 승화시켜가며 간신히 무너진 자신을 추스르려는 현주를 가차없이 후려친 사건이.

건강한 보통 사람이라면 무난히 극복하고 넘어갈 수도 있는 자그만 사건이었다. 그러나 현주의 쇠약해진 마음은 그 사건이 준 충격을 극복할 수가 없었다. 이른 아침, 두 명의 남자가 구멍가게로 찾아왔다. 그들은 아주 짧은 시간 신분증을 보여주었다. 대공과 형사였다. 어머니가 필사적으로 막아섰다.

"우리 애는 집에 없어요."

"있는 거 알고 왔소. 안으로 들어가도 되지요?"

형사들은 막무가내로 현주가 있는 방으로 쳐들어왔다. 현주는 침착하게 그들과 마주 앉았다.

"이석하의 애인이지?"

"네."

현주는 곧이곧대로 대답했다.

"이석하의 행적을 잘 알고 있겠군."

"잘 몰라요. 그런 얘긴 전혀 안 했어요."

두 남자는 날카로운 눈빛으로 현주를 쏘아보았다. 현주는 괜히 가슴이 떨려오는 걸 느끼며 긴장했다. 형사들이 말했다.

"이석하 사건의 배후가 문제야. 수사에 협조해줘야겠어. 잠깐 집안을 둘러봐도 되지?"

그들은 대답도 듣지 않고 멋대로 움직이기 시작했다. 그들은 현주의 책꽂이를 함부로 뒤적거렸다. 그리고 책상 서랍을 열고 잡기들을 드르륵 훑어보았다. 그러다 갑자기 동작을 멈추고 긴박하게 물었다.

"이게 뭐야?"

그 노트는 현주의 일기였다. 그 암호로 씌어진 일기는 현주의 온갖 비밀과 치부를 낱낱이 기록한 것이었다. 따라서 현주는 형사가 비밀 일기의 암호를 문제삼는 것을 보고 크게 당황했다.

"아무것도 아니에요. 낙서장이에요."

"이 암호는 어디서 배운 거야?"

"내가 장난삼아 만든 거예요. 별거 아니에요."

그러나 형사는 의심을 풀지 않았다. 정색을 하며 방 안을 샅샅이 뒤지기 시작했다. 라디오를 틀어보고 외할머니의 옷장 속까지 뒤졌다. 그러더니 일기를 통째로 압수한 뒤 현주에게 말했다.

"안 되겠어. 가볍게 생각하고 왔는데 여간내기가 아냐. 우리와 함께 가야겠어."

"어디로요?"

"옷 두툼하게 입고 따라와."

두 형사는 현주를 연행했다. 현주는 얼떨결에 경찰서로 끌려갔다. 대공과에서는 간첩이 아니냐고 암호의 비밀을 말하라고 다그쳤다. 현주는 아무 말도 할 수 없었다. 성추행, 윤간, 그런 것들을 어떻게 내놓고 밝히겠는가? 현주는 입을 꾹 다물고 묵비권을 지켰다. 그럴수록 형사들은 독이 올랐다. 간첩과 연루관계가 있음에 틀림없다고 했다.

그들은 현주를 고문하기 시작했다. 반복해서 신문하고, 때리고, 잠을 못 자게 했다. 그러나 현주는 아무 말도 하지 않았다. 개인적인, 지극히 내밀한 비밀. 그것이 간첩이나 데모와 무슨 상관이 있단 말인가 항의조차 못 했다. 그저 바보처럼 때리면 맞을 뿐이었다. 이틀째 되던 날, 대공과 형사가 일기를 던지며 웃었다.

"암호를 풀었어. 순 지저분한 얘기야. 근친상간에다 돌림빵까지…… 여대생이 왜 이렇게 난잡해? 창녀 같군."

흐읍! 현주는 마치 총알을 가슴에 맞은 것처럼 둔탁한 충격을 느끼며 숨을 크게 들이쉬었다. 그 모습을 본 형사들은 잔인한 웃음을 흘리며 저마다 한마디씩 쏘아붙였다.

"여자들은 사실 마음 속으로 강간 당하기를 원하는 거 아냐? 강간 당할 때 쾌감이 제일 크다며? 어땠어?"

"여자가 끝까지 저항하면 강간은 불가능한 거 아냐? 강간은 여자도 원해서 일어나는 거고, 전적으로 여자 책임이야. 평소에 품행이 나빴으니까 그런 일을 당해도 싸지."

"이석하고도 재미 많이 봤지? 그러다 이석하가 죽으니까 딴 남자하고 놀아나고 말이야."

"말세야, 말세, 아버지와 붙어먹구…… 가정 교육이 이 꼴이니까 사회에서도 불만 분자가 된 거야. 니가 석하를 꼬셔서 데모하게 한 거 아니야? 이 정도 암호를 만들 실력이라면 북한 방송도 들었을 거야."

"야! 말을 해봐. 경찰들이 미쳤다구 너같이 더러운 년을 먹니? 깡패들하고 어울려 놀아난 거지. 좋았겠네, 둘씩이나 꿰차고……."

형사들이 번갈아가며 느물느물 이죽거렸다. 그것은 강간당한 여자를 더럽게 여기고 모욕을 가하는 제2의 또다른 강간이었다. 현주는 기관총 사격이라도 맞은 것처럼 비칠거렸다. 마음속으로는 아니야! 아니야! 결사적으로 맞받아치고 있었으나 겉으로는 아무 말도 하지 않았다. 그들은 상대해봤자 더 심한 수모만 당할 것 같았기 때문이다. 한마디로 비밀은 없었다. 권력은 개인의 사생활을 함부로 들춰내어, 수치심과 모욕감을 주며 짐승 이하의 존재로 전락시켰다.

삼 일 후, 경찰에서 풀려나와 집에 돌아온 현주는 멍청히 앉아 있기만 했다. 외할머니가 움직이라고 채근을 하였으나 가만히 있었다. 그리고 먹지도 자지도 않았다. 그저 벽을 쳐다보며 우두커니 앉아 있었다.

"애가 왜 이래? 넋이 나갔나? 아휴, 얼마나 당했으면……."

집안 식구들은 걱정을 하기 시작했다. 현주는 비시시 누워버렸다. 어머니가 현주를 흔들었다.

"무슨 말이든 좀 해봐라."

현주가 고개를 설레설레 흔들며 귓속말로 속삭였다.

"말을 하면 도청이 돼요."

어머니가 놀라서 반문했다.

"도청?"

현주는 겁먹은 눈으로 고개를 끄덕인 후 입을 완강히 다물었다. 그리고 다시는 입을 열지 않았다.

"탈이 나도 단단히 났구나."

외할머니가 긴 한숨을 내쉬었다.

현주는 방 밖으로 나가기를 겁냈다. 화장실을 갈 때도 바싹 긴장하여 주변을 두리번거리고 덜덜 떨면서 갔다 왔다. 그리고는 진땀을 흘리며 드러누웠다. 드러누워서는 이불을 뒤집어쓰고 꼼짝도 안

했다. 그렇다고 잠을 자는 것도 아니었다. 현주는 심한 불면에 시달렸다. 그렇게 보름쯤 지났을까? 아침이 되자 현주는 벌떡 일어났다. 그리고 벌벌 떨리는 손으로 시가 씌어진 노트, 원고들을 끌어모았다. 그것들을 들고 안절부절못하더니 찢기 시작했다. 마구 찢어댄 후 그 잔해를 멍하니 보고 있던 현주는 부엌으로 갔다. 부엌에서 그 잔해들, 평생 써온 시와 잡기들을 모두 태워버렸다. 활활 타오르는 불을 물끄러미 바라보는 현주의 표정은 마치 시체 같았다.

불이 완전히 사그라들었을 때 현주는 부엌에서 나왔다. 그리고 걷기 시작했다. 하늘이 무너지고 있었다. 땅이 갈라지고 있었다. 길이 사라지고 있었다. 현주는 자신이 어디로 가고 있는지 몰랐다. 공포 영화의 화면처럼 풍경은 일그러져 보였다. 하늘과 땅과 건물과 길이 지진 난 것처럼 무너지는가 하면 하얗고 막막한 사막이 펼쳐졌다. 사람들이 우르르 몰려와 무섭게 달려드는가 하면 싸악 씻겨 물러났다. 무서웠다. 세계가 무너지고 있었다. 끝이었다. 죽는구나, 현주는 허우적거렸다. 허우적거리면서도 무언가 알 수 없는 힘에 이끌려 앞으로 앞으로 나아갔다.

그날 밤, 자정이 넘은 시각이었다. 해경의 어머니는 난데없는 초인종 소리에 덜컥 가슴이 내려앉았다. 해경이 몸을 숨기고 있는 이즈음, 누군가 찾아오면 괜스레 긴장하는 어머니였다. 해경의 어머니는 떨리는 목소리로 물었다.

"누구세요?"

"저예요."

현주의 목소리였다.

"웬일이냐? 이 늦은 밤에⋯⋯."

해경의 어머니는 깜짝 놀라 문을 열었다. 현주가 집에서 입는 옷

차림으로 퀭한 눈을 하고 부들부들 떨고 있었다.

"사람들이 쫓아와요, 손가락 하나만 움직여도 욕을 하면서 쫓아와요."

해경의 어머니는 즉각 현주에게 이상이 생겼음을 알았다.

"어쨌든 들어와라, 해경이는 시골에 갔다. 넌 어디서 오는 길이니?"

"걸었어요. 차를 탈 수가 없었어요. 사람들이 떼지어 달려들어요. 무서워. 날 감시해. 고문하고 비난하고 욕해, 욕을 한다구."

중얼거리던 현주는 현관 입구에서 푹 쓰러지고 말았다. 놀란 해경의 부모는 현주를 방 안으로 옮기고 집으로 연락을 취했다.

"아니, 아침에 나가서 어딜 갔나 했더니……."

현주의 어머니와 해경의 어머니는 사태의 심각함을 깨닫고 긴 시간 전화로 의논했다. 이튿날 아침, 현주는 정신병원으로 실려갔다.

이상한 여행

현주의 머릿속에는 언제나 문장 하나가 떠돌았다. 그 문장은 오래도록 현주를 따라다녔다. 그러나 현주는 아직 그 문장을 쓰지 않았다. 시로도 일기로도 쓸 수가 없었다. 다만 그 맴도는 문장을 따라가다가 두번째 시집 제목을 '버지니아 울프가 결혼하지 않았다면'이라고 붙였을 뿐이었다. 시집과 아무 상관이 없어 보이는 이 제목의 의미를 현주만이 알고 있었다. 사실 그 시집의 서문에서 현주는 이 문장을 쓰고 싶었다. 그러나 감히 쓰지 못했다. 강간당한 여자, 게다가 미치기까지 한 여자에게 가해지는 사회의 비난이 두려웠던 것이다. 현주가 머릿속으로만 쓰고 있는 문장, 감히 발표하지 못하는 글, 그러나 늘 따라다니는 한마디.

……그래, 난 미친년이다. 나는 겨울 논둑길을 몇 겹의 옷을 줄

레줄레 걸치고 산발한 채 허우적허우적 하염없이 걸어간다. 또는 골방에 틀어박혀 먹지도 자지도 않는다. 그래, 내 속에는 미친년이 살고 있다. 그러나 그 미친년은 정상으로 살기 위해 약을 먹고 일을 하고 시를 쓴다. 그러나 내가 정작 쓰고 싶은 이야기는 따로 있다. 내가 미친년이 될 수밖에 없었던 이야기. 상처입고 파괴된 이야기. 강간, 질병, 사회적 억압을 뚫고 혼자서 또는 다른 여자들과 함께 기어코 일어서는 이야기. 미친년의 힘에 대한 이야기.

나는 이 이야기의 제목을 '버지니아 울프가 결혼하지 않았다면'이라고 붙이려 한다. 왜? 버지니아 울프는 내가 좋아하는 작가니까…… 왜 좋아하는데? 나처럼 미친년이었으니까, 또 글을 잘 썼고 자살했으니까…… 나도 글을 잘 쓰고 싶고 언젠가 자살하고 싶으니까…… 물론 울프는 나와는 엄청나게 다르다. 우선 그녀는 세계의 중심인 영국인이었고, 부자였으며, 천재였고, 결혼을 했다. 그녀의 남편은 울프의 신경증을 헌신적으로 돌봐주었다. 그러나 나는 변방에서 우짖는 한국인이고, 하루하루 일을 하지 않으면 살 수 없는 서민이고, 둔한 머리를 갖고 있으며, 결혼도 하지 않았다. 울프에게는 남편이라는 후원자가 있었다. 나는 단 한 명의 후원자도 없다. 나 혼자 생계를 유지하고 책임투성이의 일을 해야 한다. 울프는 얼마나 사치스런 천재인가? 그러나 내 삶은 초라하기 짝이 없다.

하지만 울프는 미친년이었고 나 역시 미친년이다. 울프는 돌멩이를 주머니에 넣고 자살했지만, 나는 여자를 강간한 남자들의 성기를 주머니에 가득 넣고 물 속으로 뛰어들 것이다. 언제부터 미친년이 되어 자살을 꿈꾸었나? 열세 살? 스물한 살? 그래, 난 그때도 잠재적인 미친년이었다. 열세 살에 성추행당한 여자, 스물한 살에 윤간당한 여자가 미치지 않을 수 있겠는가? 그러나 노골적으로 의식을 잃은 건 형사들에게 끌려갔을 때였다.

창피한 일이었다. 경찰 조사를 받았다고 정신병에 걸리다니……
남자 형사들은 성폭력에 대한 그릇된 통념을 가지고 있어서, 가해
자를 잡을 생각을 하기보다 피해자인 나에게 엄청난 비난을 퍼부
었다. 아마도 피해자가 비난받는 범죄는 성폭행 뿐일 것이다. 그러
나 내게 있어 문제는 단순히 취조나 모욕에 있었던 것이 아니다.
형사들은 나의 생의 의미를 송두리째 빼앗았던 것이다. 그 당시 내
가 극도로 쇠약해진 상태에서도 버틸 수 있었던 건, 문학이, 시가,
인생의 목표가 있었기 때문이었다. 글, 그것은 모든 고통을 견디게
해주고, 그 고통을 통해 성숙할 수 있다는 희망을 주고, 삶의 진실
을 마주치게 하는 힘이었다. 그런데, 그 글을, 가장 내밀한 일기를,
정신과 영혼을 압수하고, 신문하고, 모욕하고, 조롱한 것이다. 글은
이제 더이상 힘이 아니었다. 글은 국가 권력에 의해 산산이 찢겨진
휴지 조각에 불과했다. 그토록 소중하게 여겨왔던 시는 정말로 아
무것도 아니었다.

집에 와 스스로 시를 불태운 후 나는 피를 뽑힌 것처럼 무너졌
다. 이제 나는 지저분한 육체의 소유자에 불과했다. 영혼은 맥없이
빠져나갔다. 그리고 공포가 왔다. 존재를 위협당하는 인간의 불안,
두려움, 공포. 그 공포는 아주 집요하다. 머릿속에 형사 한 마리가
상주하여 언제나 감시당하고 있는 꼴과 같다. 형사는 늘 감시한다.
내가 밥을 먹을 때, 똥을 쌀 때, 일을 할 때, 가만히 보고 있다가 컹
컹 짖어대며 신문한다. 내가 과거를 회상하거나 시를 쓸 때도 끊임
없이 검열한다. 덕분에 나는 마음껏 글을 쓰지 못한다. 석하의 죽음
에서 받은 충격도, 시라는 인생의 목표를 빼앗긴 절망도, 나를 강
간한 짐승들에 대한 증오도 마음껏 쓰지 못한다. 문장은 언제나 가

슴속에서만 맴돌 뿐, 쓸 수가 없다. 솔직하게, 감히, 쓸 수가 없다.

  마음속에 맴도는 문장을 따라가던 현주는 감정이 격해지는 걸 느꼈다. 담배를 한 대 피워물었다. 차가운 공기를 깊이 들이마시며 천천히 연기를 뱉고 나자 열화가 가라앉으며 비로소 추위가 느껴졌다. 현주는 바위에서 일어나 다시 걷기 시작했다. 그러면서 정신병원에 입원했던 시절을 떠올렸다. 80년 여름의 일이었으니까 벌써 이십 년 전이다. 그때 친하게 지냈던 여자 환자들로부터 들었던 얘기들. 특히 그들의 성적 고뇌는 매우 치열했다. 아직도 정신병원에는 그런 고뇌를 가진 여자들이 입원할까? 그때는 첫날밤을 지낸 신랑이 신부가 숫처녀가 아니면 옥상에 올라가서 담배를 피웠다 한다. 그러나 지금은 신부가 숫처녀이면 신랑이 놀라서 담배를 핀다 한다. 세월이 흘렀고 그만큼 정조 관념도 바뀌었다. 그런데도 정신병원에는 성적 갈등을 안은 환자들이 넘쳐나는 건 웬일일까? 또 멀쩡한 여자들이 성폭행당한 경험을 괴롭게 토로하는 이유는 무엇일까?

  늘 가게 일에만 매달려 있던 어머니가 시간을 내어 해경의 집으로 왔다. 그리고 거기서 하룻밤 신세를 진 현주를 데리고 어디론가 갔다. 현주는 어머니와 같이 타고 있는 택시가 곧 폭발해버리고 말 것 같은, 아니면 커다란 트럭과 부딪쳐 뒤집어지고 말 것 같은 위태로운 느낌에 사로잡혀 있었다. 초조한 마음으로 택시 기사의 뒤통수만 불안하게 보았다. 그러나 택시는 무사히 멈춰 섰다. 어머니가 현주를 데리고 내렸다. 하얀 사층짜리 타일 건물 앞이었다. 신경정신과라는 간판이 보였다. 그런데 그 간판이 곧 떨어질 것같이 아슬아슬했다. 아니, 그 흰 건물 자체가 폭삭 무너져내릴 것만 같았다.

어머니는 현주를 데리고 흰 건물 속으로 들어갔다. 현주는 안 들어가려고 버티며 안간힘을 썼다. 어머니가 진땀을 흘리며 사정했다. 현주는 할 수 없이 머뭇머뭇 따라 들어갔다. 어머니는 대기실의 소파에 현주를 앉혀놓고 병원 원장실로 들어갔다. 혼자 남은 현주는 안절부절못하며 식은땀을 흘렸다. 한참 후 어머니가 나타나 현주를 원장실로 데려갔다.

　녹색 양탄자가 깔린 널따란 방이었다. 사십대의 남자가 흰 가운을 입고 커다란 책상 뒤에 앉아 있었다. 그의 등뒤에는 책들이 빼곡 박힌 책장이 있었다. 현주는 그 책장이 갑자기 무너져 흰 가운의 원장을 덮칠 것 같아 조마조마했다. 원장이 현주에게 웃으며 말을 시켰다. 그러나 현주는 들리지 않는 듯 아무 말 없이 가늘게 떨고 있었다. 양탄자 한구석에서 연기가 솟구치며 불이 치솟을 것만 같았다. 지나친 긴장과 위기감으로 현주의 눈자위는 충혈되어 있었다. 모든 것이 위태롭고 공포스러웠다. 현주는 몸을 웅크리고 숨도 제대로 못 쉬었다. 유심히 관찰하고 있던 원장이 인터폰을 눌렀다.

　몸집이 큰 청년이 역시 흰 가운을 입고 나타났다. 간호사였다. 그는 현주 모녀를 데리고 이층의 철문 앞으로 갔다. 현주는 겁이 나서 어머니의 팔을 꼭 붙잡았다. 두꺼운 철문이 열렸다. 간호사가 현주를 어머니로부터 떼내어 철문 안으로 밀어넣었다. 순식간의 일이었다. 현주는 깜짝 놀라 비명을 질렀다. 철문이 등뒤에서 철컥 잠겼다. 어머니는 들어오지 않았다. 어머니는 잠긴 철문 뒤에 있었다. 엄마! 현주는 당황하여 소리질렀다. 대답이 없었다. 속았다! 여기는 수사기관이다. 다시 고문당할 거야. 현주는 절망에 빠져 털썩 주저앉았다.

　청년 간호사가 현주를 부축해 일으켰다. 현주는 남자의 손이 닿자 진저리를 치며 부르르 떨었다. 그러나 청년은 힘주어 현주를 끌고 간호사실로 데려갔다. 남자 간호사들이 세 명 있는 작은 방이었다. 간호사들은 현주를 소파에 앉히고 가방을 달라고 한 후 소지품을 검사했다. 뒤진다! 또 뒤지고 있어! 이들은 형사가 변장한 거야. 현주는 가슴이 오그라붙었다. 그러나 현주의 망상을 짐작 못 하는 간호사는 자상하게 설명했다.

"위험한 물건이 있나 살펴보는 거예요. 볼펜이나 칼, 바늘, 손톱깎이 같은 뾰족한 물건을 병실로 가져가면 사고를 일으키는 수도 있으니까 사전에 방지하는 거죠."

현주는 무슨 소리인지 잘 이해하지 못했다. 다만 두려움에 얼굴이 흙빛으로 질려 있을 뿐이었다.

"안 되겠어요. 가방을 잠시 우리가 보관해야겠어요. 성냥, 바늘, 손톱깎이, 볼펜, 면도칼, 도무지 없는 게 없이 위험한 것부성이니……"

간호사가 가방을 압수했다. 현주는 깊이 낙담했다. 도망칠 수가 없어. 차비도 없이 모두 빼앗겼으니…….

"그 청바지 혁대도 푸시죠."

간호사가 현주의 허리띠에 손을 댔다.

"싫어요! 내 몸에 손대지 말아요!"

현주가 날카로운 저항을 보이며 몸부림쳤다. 간호사가 어이없어하며 해명했다.

"손대려는 게 아녜요. 끈 같은 건 위험하니까 사고가 생길까 봐 미리 보관하는 거예요. 나, 원, 참. 누가 보면 잡아먹기라도 하는 줄 알겠네. 자, 이젠 따라오세요."

간호사의 부드러운 해명에 현주는 더욱 몸을 도사렸다. 속지 마.

저러다 언제 덤벼들지 몰라. 창녀 같군, 걸레야 하면서 세 명이 한꺼번에 달려들 거야. 조심해야 돼. 현주는 재빨리 간호사실을 빠져나왔다. 간호사는 현주를 병실로 데려갔다.

흰 페인트 칠을 한 사방의 벽에서 독한 소독약 냄새가 나는 커다란 방이었다. 입구와 맞은편에 창문이 하나 간신히 뚫려 있었는데, 그나마 철창을 빈틈없이 박아서 햇빛조차 으스스한 빗금을 그으며 비춰지고 있었다. 방 안에는 흰 시트를 덮은 열 개의 침대가 두 줄로 마주 보고 있었는데, 젊거나 늙은 각양각색의 여자들이 이불을 덮고 아무렇게나 누워 있었다. 침대 위 벽면에는 널빤지로 널찍널찍하게 책꽂이처럼 짜붙인 사물함이 죽 붙어 있었다. 또 바닥에는 실내화들이 나뒹구는데다 여기저기 타월과 속옷, 양말 들이 널려 있어 한마디로 집단 수용소 같았다.

"머뭇거리지 말고 들어가요. 저기 빈 침대가 김현주씨 자리니까…… 자, 가서 누워요."

간호사가 현주에게 말했다. 그러나 현주는 겁에 질려 빳빳이 서 있었다. 여긴 정신대다. 누우면 꼼짝없이 당할 거야.

"어허, 누우라니까요."

간호사 둘이 강제로 현주를 뉘었다. 현주는 눕지 않으려고 발버둥을 쳤다. 그러나 남자들의 힘을 당할 수는 없었다. 간호사들은 현주의 팔다리를 붙들고 팔에 정맥 주사를 놓았다.

죽는구나. 현주는 눈을 감았다. 주사약이 혈관으로 들어오자 전신이 나른해지면서 스르르 잠이 왔다. 여자 환자들 몇이 새로 온 현주에게 흥미를 보이며 우르르 몰려와 빙 둘러서서 구경하는 가운데, 현주는 슬며시 잠이 들었다. 공포도 놀람도 잊고 오랜만에 깊디깊은 잠의 세계로 빠져든 것이다.

"저녁 먹어요. 저녁. 일어나 먹고 자요."

간호사가 수면 치료를 받아 축 늘어져 잠든 현주를 흔들어 깨웠다. 현주는 부스스 일어났으나 주사 기운 때문에 정신을 차리지 못하고 멍청히 앉아 있기만 했다.

"어허, 정신차리고 밥 먹으라니까……."

간호사가 현주의 턱밑에까지 식반을 들이댔다. 밥, 국, 반찬 들이 넓적한 스테인리스 한 판에 담겨 있는 식반이었다. 그런데 숟갈만 있고 젓가락이 없었다. 뾰족한 젓가락은 위험하기 때문에 안 준다고 했다. 현주는 밥이 먹고 싶지 않다고 조그맣게 말했다.

"안 돼요. 이 병원에선 밥을 먹지 않으면 억지로 먹여요. 코에다 고무줄을 박고 죽을 부어넣는단 말예요. 얼마나 아픈 줄 알아요?"

간호사가 호통을 치며 숟갈에 밥을 퍼서 현주의 입 안에 넣으려 했다. 지나치게 친절한 형사군. 현주는 잠을 쫓으며 제 손으로 먹겠다고 숟갈을 받아 쥐었다. 그리고는 뭘 먹는지도 모르면서 습관적으로 음식을 씹었다.

"됐어요. 그렇게 먹어요. 오늘은 식반을 갖다 줬지만 다음부턴 직접 타다 먹어요. 알았죠?"

현주는 순하게 고개를 끄덕였다. 남자 형사가 줄곧 존댓말을 쓰는 게 마음에 들었기 때문이었다. 직급이 낮은 힘없는 형사인가 봐. 불쌍해라, 어쩌다 수사기관에서 심부름이나 하고 있을까. 현주는 몽롱한 의식으로 생각했다. 그러나 간호사가 병실을 나가자 현주는 슬그머니 숟갈을 놓고 말았다. 겨우 사분의 일가량 먹은 식반을 어떻게 해야 할지 몰라 잡고만 있는데, 누군가 옆에서 손을 내밀었다.

"내가 갖다 놓을 테니 이리 줘요."

눈길을 들어보니 파마 머리에 주름 치마를 입은 삼십대의 얌전한 여자가 서 있었다. 여자 형사군. 현주는 말없이 식반을 내주고 다시 쓰러져 잠들고 말았다.

"투약! 투야악!"

저녁 먹은 지 얼마나 지났을까? 누군가 약 먹으라고 깨우는 바람에 현주는 다시금 단잠을 힘들게 쫓으며 일어나야 했다.

"빨리 나가요. 약 시간에 늦으면 야단맞아요."

아까 식반을 옮겨주었던 그 여자가 현주를 깨우고 있었다. 현주는 무슨 소린가 얼떨떨해하며 다른 환자들을 따라 꾸물꾸물 홀로 나갔다. 넓은 홀에는 여자들뿐만 아니라 남자들도 많았다. 간호사가 탁구대 위에 약 상자를 내려놓고 무게 실은 음성으로 호명했다.

"박영미씨!"

"네에에."

이름을 불린 여자가 큰 소리로 대답하며 탁구대 앞으로 나갔다. 조금 전에 현주를 깨웠던 바로 그 주름 치마의 여자였다. 저 여잔 형사가 아닌가? 우리 같은 포로인가? 현주는 의아해하며 그 여자가 하는 양을 유심히 바라보았다. 박영미는 물을 한 모금 머금은 다음 간호사 앞에 바싹 다가가서 입을 벌렸다. 간호사가 그 입 속으로 약을 털어넣었다. 박영미는 약을 삼킨 다음 다른 간호사 앞에 가서 입을 벌려 보였다. 아아! 에엘! 하고 혀 밑까지 드러내며 약을 먹었음을 확인받는 것이었다.

투약하는 간호사는 환자들의 이름을 연달아 불러댔다. 그러자 탁구대 앞으로 긴 줄이 늘어섰다. 현주는 그 줄에 가 서지 않았다. 약을 먹고 싶지 않았기 때문이었다. 소련은 정치범을 정신병원에 수용한다더니, 우리나라도 그런가 보다. 저 약을 먹으면 안 돼. 천천히 바보가 되어가는 극약일지도 몰라. 나는 바보가 되고 싶지 않아.

아아, 여기서 도망치고 싶다. 현주는 사방을 조심스레 살펴보았다. 그러나 주위는 빈틈없이 막혀 있고 유리창마다 촘촘한 철창이 쳐 있었다. 아무리 보아도 빠져나갈 구멍이 없었다. 그때 간호사가 버럭 소리를 질렀다.

"안 먹을 테야?"

어떤 남자 환자가 고집스레 약을 뱉어버렸던 것이다. 화가 난 간호사가 그 환자의 가슴을 밀쳤다. 아야! 남자 환자가 숨넘어가는 소리를 냈다. 때리고 맞는 장면을 보자 현주는 전신이 부들부들 떨려왔다. 참지 못하고 슬그머니 홀을 빠져나왔다. 견딜 수가 없었다. 현주의 뺨을 후려갈기며 위협하던 형사들. 바른 대로 말해! 말하지 못하겠어? 이 암호는 북한에서 지령받은 것이지? 너 같은 거 하나쯤은 휴전선에서 쥐도 새도 모르게 죽여버릴 수도 있어. 현주는 기억나는 위협을 막을 양 귀를 막고 도리질을 쳤다. 그런데도 느글느글한 형사의 목소리가 계속 들리는 것 같았다. 암호를 풀었어. 거물인 줄 알았더니, 형편없는 걸레 아냐? 이어 많은 사람들이 한꺼번에 외치는 듯한 소리가 들렸다. 야, 더럽다, 추잡해! 화냥년!

현주는 안절부절못하며 아무도 없는 병실 안을 걸어다녔다. 그때 간호사 한 명이 들어왔다.

"모두 밖에서 약 먹고 있는데, 현주씨 혼자 여기서 뭐 해요? 자, 약 먹어요."

순간 현주는 심한 갈등을 느꼈다. 약을 먹으면 바보가 될 테고, 안 먹으면 매맞을 텐데 어떡하나? 아아, 난 살고 싶다. 살아서 무사히 이 모진 수모에서 빠져나가고 싶어.

"빨리 약 먹으라니까!"

간호사가 재촉했다. 에라, 모르겠다. 죽기 아니면 까무러치기지,

뭐. 현주는 조용히 약을 받아 먹었다. 그러자 또다시 전신이 노곤해지며 잠이 왔다.

그렇게 의사와 간호사들이 시키는 대로 밥과 약을 먹고 잠만 자기를 보름쯤 했을까? 현주는 어느 정도 정신이 들었다. 혼란이 가시며 여기가 어딘가 싶었다. 흰 가운의 간호사들은 아무리 보아도 형사 같지 않았고 환자들도 정치범 같지 않았으며, 병원이 수용소나 정신대 같지도 않았다. 어느 날 점심때 잠에서 깨어난 현주는 주위를 둘러보다가 박영미와 눈이 마주쳤다.

"여기가 어디예요?"

현주가 묻자 영미가 곱게 웃었다.

"이제 좀 정신이 드나 보죠? 여긴 병원이에요. 정신병원."

정신병원이라…… 현주는 어리둥절하여 새삼스레 병실 안을 둘러보았다.

"어때요? 약 먹고 푹 자고 나니까 훨씬 개운해지지 않았어요?"

영미가 물었다. 그러고 보니 현주의 머리는 한결 가벼워져 있었다. 뒷골이 띵하고 몸이 무거우며 눈이 쑤시던 증세가 깨끗이 사라졌다. 게다가 사람을 긴장시키고 초조하게 만들던 감시당하는 것 같은 불안이 한결 줄어들어 비교적 평화로운 마음이 들었다.

"정말 그러네요. 여기가 병원은 병원인가 봐요."

대답하는 현주의 눈에서 경계의 빛이 슬그머니 사라지는 것을 보며 영미가 자기 소개를 했다.

"난 자살 미수로 이 병원에 온 후 이 년 가까이 됐어요."

"이 년이나요?"

현주가 크게 놀라 물었다.

"오래 있었죠? 하지만 전 약과예요. 사오 년씩 있거나 평생 있는

192

사람도 있는걸요, 뭐."

현주는 입을 벌린 채 다물지 못했다.

"하지만 일주일이나 열흘, 또 한두 달 만에 나가는 사람도 많아요. 심지어 하루 만에 퇴원하는 환자도 있어요."

영미의 말에 현주가 비로소 안심한 듯 가늘게 숨을 내쉬었다.

"나처럼 오래 있는 환자들 중에 상태가 좋은 사람은 실장으로 뽑혀요. 저도 이 년씩 있다 보니까 여자 실장이란 감투를 쓰게 됐는데, 별거 아녜요. 그저 새 환자가 병원생활에 익숙해지도록 돕고, 싸움이나 말썽이 일어나지 않도록 환자들을 통솔하라는 건데, 별로 힘들지 않아요."

여실장 박영미는 머리에 화장 모자를 쓰며 씽긋 웃어 보이고는 대야를 들고 목욕탕으로 갔다.

현주는 비칠비칠 일어나 병원 안을 살금살금 돌아다녔다. 커다란 홀을 사이에 두고 한쪽 복도에는 남자 병실 세 개가, 반대편 복도에는 여자 병실 세 개가 있었다. 그리고 독방인 특실도 다섯 개 있었다. 또 환자들과 숙식을 같이하는 남자 간호사실, 남녀가 따로 쓰는 목욕탕, 화장실도 보였다. 현주는 여자 목욕탕 앞으로 가서 빼꼼히 열려 있는 문 속을 기웃거렸다. 오랜만에 씻고 싶었던 것이다. 안에 있던 박영미 실장이 기웃거리는 현주를 발견하고 배시시 웃으며 물었다.

"정신병원에 처음 입원한 거죠?"

"네."

"그러면 갑자기 입원하느라 목욕 도구를 준비 못 했겠네요?"

현주가 고개를 끄덕였다.

"그러면 우선 내 걸 빌려드릴 테니까 면회 될 때까지 쓰세요. 환자가 정신을 차리면 가족과 면회하는 게 허락돼요. 그때 넣어달라고 하세요."

"고맙습니다, 정말……."

현주가 진심으로 말했다.

"인상이 차분해서 특별히 빌려드리는 거예요. 여기 환자들은 하도 미친 짓을 해서 절대로 빌려주지 않지만……."

영미는 쌩긋 웃으며 목욕탕을 나갔다. 현주는 저렇게 멀쩡한 사람이 왜 이런 병원에 오래 있나 이해가 가지 않았다.

오랜만에 깨끗이 목욕한 현주는 개운해진 기분이었다. 병실로 돌아와 비로소 주위의 환자들을 자세히 보았다. 벽 쪽의 구석자리에 기혼인지 미혼인지 알 수 없는 여자가 하마처럼 비대한 몸으로 엎드려서 제 손을 들여다보며 낄낄 웃고 있었다. 그 옆에는 오십대로 보이는 아주머니가 끊임없이 무어라 종알거리며 담배 꽁초를 쪽쪽 빨았다. 그 맞은편에는 청바지를 입은 소녀가 이맛살을 잔뜩 찌푸리고 발을 동동 구르면서 혼자 신경질을 내고 있었다. 그런가 하면 문 가에는 삼십대의 여자가 길다란 바바리에 단추를 목 밑까지 잠그고 우두커니 서서 꼼짝 않고 앞만 노려보았다. 한마디로 환자들은 저마다의 세계에 함몰되어 다른 누구에게도 관심을 보이지 않았다. 남에게 관심을 보이고 활발히 대화를 나누는 사람은 영미 같은 회복기의 환자들이었다.

"회진! 회진 준비!"

간호사들의 고함이 들려왔다. 그러자 환자들은 저마다의 침대에 얌전히 앉았다. 이부자리도 깨끗이 정돈했다. 어떻게 해서든 정신 차린 것으로 보여 빨리 퇴원하고픈 염원 때문이었다. 처음에 현주가 녹색 양탄자가 깔린 방에서 만났던 원장이 병실로 들어왔다. 원장을 따라 간호사들도 줄줄이 들어왔다. 원장은 침대마다 차례로 돌아다니며 환자들의 안색과 상태를 살피고 몇 마디 얘기를 주고받았다. 현주의 침대 앞에 온 원장이 환자가 나아진 것을 반기는 표정으로 물었다.

"어때요? 이젠 무섭거나 불안한 느낌이 좀 가셨지요?"

"네. 하지만 금방이라도 무슨 일이 터질 것 같아요."

현주가 솔직하게 말했다.

"그건 마음의 불안이 외부에 투사돼서 사물이 붕괴될 것처럼 느껴져서 그래요. 마음이 편안해지면 그런 느낌도 가실 거예요."

원장이 친절하게 설명해주었다. 현주는 진지하게 물었다.

"제가 미친 건가요?"

"미쳤다기보다는 많이 놀란 거지요. 고문을 당하셨다구요?"

원장은 민주 시민인 듯 약간 분개한 표정으로 말했다.

"그 사람들이 제 일기를 압수했어요."

"저런, 일기에는 나만의 비밀이 있을 텐데, 사생활을 함부로 침범하다니……."

원장은 현주의 억울함을 안다는 듯 맞장구를 쳤다.

"그늘은 내 애인을 죽이고, 내 희망을, 시를 빼앗았어요."

"현주씨가 반정부활동을 한 게 죄가 아니라 그들이 현주씨의 꿈과 희망을 빼앗은 것이야말로 커다란 죄악이죠."

비록 정신병원이어서 아무 얘기를 해도 상관없었지만, 그 당시와 같은 탄압 시국에서 원장이 그렇게 말하는 것은 무척 용기 있는 행동이었다. 현주는 원장에 대해 일단 안심했다. 그래서 가늘게 미소지으며 말했다.

"제가 그럴듯한 데모를 한 것도 아녜요. 그저 참고인 조사를 받은 거죠. 그나저나 언제 집에 갈 수 있을까요?"

"내가 왜 여기 왔나 싶지요? 그 원인을 깨닫고, 조금 더 정신이 들면 퇴원할 수 있을 거예요."

원장 역시 미미하게 미소를 지으며 대답했다.

원장이 병실을 나간 후 현주는 곰곰 생각에 빠졌다. 원인? 미친 원인? 정말, 왜? 왜 내가 미쳐야 했지? 뭐가 미칠 만큼 중요했지? 유년기의 성추행? 사랑의 상실? 순결의 상실? 윤간? 표현의 자유의 침해? 도대체 뭐가 넋을 잃고 혼을 앗길 만큼 소중했단 말인가? 내 인생에서 미쳐가면서까지 놓치지 않고 지켜야 할 게 도대체 뭐였단 말인가? 내가 결국 못 견딘 것이 무엇인가? 돌이켜보면 현주의 생애는 참기 힘든 일의 연속인지도 몰랐다. 그러나 막상 의식을 잃고 미쳐보니, 미칠 만큼 참기 힘든 일은 또 무엇이었던가 의아해지기도 했다.

현주는 조용히 마음을 가라앉히고 자신의 광기에 대해 성찰했다. 그러면서 다른 환자들을 둘러보았다. 저들은 왜 미쳤는가? 무엇이 미칠 만큼 괴로웠을까?

주부의 병

회진 때 원장과 몇 마디 얘기를 나눈 직후, 가족과의 면회가 허락되었다. 폐쇄 병동 바깥의 외래 병동에 있는 깔끔한 면회실에서 어머니를 만났다. 어머니는 현주의 얼굴을 보자 눈물을 참느라고 안면 근육을 씰룩였다. 늘 일하느라 바빠서 현주가 어떤 진창 속을 헤매는지도 몰랐던 어머니. 가족을 유지하기 위해 현주가 성추행당한 것쯤은 애써 무시해야 했던 어머니. 그래서 오랜 세월 현주의 냉담하고 반항적인 태도를 참아내야 했던 어머니. 그러나 과외 한 번 안 받고 대학에 들어간 현주를 마음속으로 한없이 자랑스러워했던 어머니. 그 어머니는 이제야 참고 참았던 통한의 눈물을 흘리며 현주가 왜 이 지경까지 됐는지 애통해하는 얼굴이었다. 현주는 그런 어머니가 비로소 불쌍하게 여겨졌다. 생계에 허덕이느라 평생 고생해왔으며 많은 자식들을 위해 당신의 인생을 희생했지만 정작 자식들에게는 좋은 소리 못 들을 것이 뻔했기 때문이었다. 현주는 어머니가 안쓰런 마음이 들어 짐짓 명랑하게 웃어 보였다. 현주의 표정이 밝은 것을 보자 어느 정도 안심이 되는지 어머니는 가져온 보따리를 풀어놓았다. 통닭, 과일, 사탕, 과자, 옷가지, 목욕 도구 등 어머니 특유의 자상한 마음이 밴 물건들이 푸짐했다.

"의사 선생님이 너는 정신병이 아니래더라. 그저 충격을 받아서 신경 쇠약에 걸린 거래. 무슨 검사를 해보니 그렇대더라."

어머니는 당신 자신과 현주를 동시에 격려하려는 듯 간곡히 말했다.

"네, 심리 검사 비슷한 것도 하고 뇌파 검사도 했어요. 가벼운 증상이래요. 잠시 쉰다고 생각하죠, 뭐."

현주 역시 어머니를 위로하고 싶었다.

"그래, 그래. 니가 얼마나 당찬데, 아주 쓰러지기야 하겠냐? 아휴, 망할 놈의 형사들이……."

세세한 내막을 잘 모르는 어머니는 경찰들의 가혹 행위를 탓하며 손수건에 코를 팽 풀었다.

"해경이는 이제 그만 피신하고 집으로 돌아왔다더라. 곧 약혼한다더라."

"약혼이오? 누구랑?"

현주는 깜짝 놀랐다.

"아, 그 김 뭐래더라, 성당 선배라더라. 대학 졸업하면 결혼식 올린대더라. 너도 이젠 그 뭐냐, 활동이니 운동이니 하는 것 다 관두고 결혼이나 해라."

해경이가 김 선배와 결혼을 해? 현주는 도통 어떻게 된 일인지 짐작이 가지 않았다. 해경을 만나 그간의 이야기를 들어야 할 것 같았다.

"어머니, 해경이보고 한번 면회 오라 하세요. 제가 무척 보고 싶어한다고……."

"그래, 그래, 그러잖아도 오고 싶어하더라."

어머니는 연신 통닭을 뜯어주며 말했다. 현주는 어머니가 권하는 대로 꾸역꾸역 먹었다. 그래도 통닭이 많이 남자 어머니가 말했다.

"몰래 숨겨뒀다가 다 먹어라, 알았지?"

"네에."

현주는 시원스레 대답했다. 면회 시간이 끝났다. 현주는 보따리를 들고 폐쇄 병동으로 돌아갔다. 철문 안으로 들어서자 남녀 환자들이 우르르 따라오며 먹을 것을 나눠달라고 손을 내밀었다. 현주는 영미가 미리 일러준 대로 재빨리 여자 병실로 도망쳤다.

여자 병실에서 영미가 기다리고 있다가 함빡 웃으며 맞아주었다. 그리고 현주의 보따리를 살펴보더니 속삭였다.

"사탕하고 과자만 나눠주고 나머지는 뒀다 먹어요."

"언니가 나눠주실래요?"

현주가 사탕과 과자 봉지를 영미에게 건넸다. 영미는 간호사들 몫을 따로 떼고 여자 환자들에게만 아주 공평하게 나눠줬다. 그 모양을 지켜보던 현주는 저렇게 사리 밝은 사람이 왜 자살 기도를 했을까 다시 한번 의아스러워졌다.

사탕과 과자의 분배가 끝난 후 현주와 영미는 비어 있는 특실에서 통닭과 과일을 남몰래 먹었다.

"어머니만 오셨어요? 아버지는 안 오고?"

영미가 물었다. 현주는 말없이 고개만 끄덕였다.

"아버지랑 살갑지 않은가 보죠?"

영미가 현주를 꿰뚫어보며 다시 물었다. 현주는 아무 대답도 안 했다. 그러자 영미가 피식 웃었다.

"아아, 알겠다. 아버지한테 당했구나!"

현주는 흠칫 놀라서 영미를 흘끗 보았다.

"놀랄 것 없어요. 여기 들어오는 환자들은 대부분 그런 사연 하나쯤 갖고 있으니까…… 나도 어릴 때 친오빠한테 당했는걸, 뭐."

칼이 없어서 사과를 껍질째 먹으며 영미가 자기 얘기를 스스럼없이 털어놓았다.

"근친 강간이었어요. 근친 상간이 아니라 강간이오. 당하고 나서 부모에게 말도 못 하고 엄청나게 괴로워했어요. 같이 살며 매일 얼굴을 마주 보는 오빠를 증오하면서 사춘기를 힘들게 보냈어요. 고등학교 졸업하고 지긋지긋한 집을 탈출하려고 빨리 결혼했어요."

영미는 긴 한숨을 쉬었다.

"난 참 어리석었어요. 결혼을 탈출구로 생각했으니까요. 하지만 결혼생활은 친정에서보다 더 끔찍한 악몽이었어요. 첫날밤부터 나는 성관계가 이상하게 싫었어요. 나무 막대기처럼 뻣뻣하게 굳어서 멍하니 누워 있곤 했지요. 남편은 아직 처녀여서 그런가 보다고 여러 가지 노력을 했어요. 하지만 나는 계속 그런 행위들이 싫었어요. 그뿐만 아니라 평상시 남편의 손길이 조금만 닿아도 진저리를 쳤어요. 왜 그런 반응이 일어나는지 나 자신도 알 수가 없었어요. 남편은 내가 자기를 싫어한다고 오해하고, 혹시 마음속에 숨겨놓은 딴 남자가 있는 건 아닐까 의심했어요. 그건 아닌데…… 어쨌든 불행은 그렇게 시작됐어요. 남편은 나를 멸시하고 걸핏하면 화를 내고 때리기 시작했어요. 그래도 난 어떻게든 살아보려고 발버

둥을 쳤어요. 남편이 가져다 주는 얄팍한 월급 봉투를 요리조리 쪼개가며 옷 한 벌 해입지 않고 아득바득 살림을 했죠. 그런데 남편은 뭉텅이째로 술값을 써서 살림을 빵꾸내곤 했어요. 그래도 난 아무 말도 못 했어요. 내가 반병신이니까 데리고 사는 것만 해도 감지덕지해야지 하고 참았어요. 그러다 덜컥 임신을 했어요."

영미의 얼굴이 점점 어두워지며 눈빛이 음울하게 가라앉았다.

"이상했어요. 임신을 했는데 하나도 기쁘지 않고 왠지 우울하기만 한 거예요. 아니나다를까? 남편은 마음대로 바람을 피웠어요. 그러더니 임신중인 나한테 성병을 옮겼어요. 기가 차더군요. 아이를 떼버리고 이혼할까 고민했어요. 생각해보세요. 임신중인 아내, 아니 아내가 아니더라도 좋아요. 임신중인 여자한테 어떻게 성병을 옮길 수가 있어요? 남자들이 너무나 끔찍스럽고 만정이 떨어졌어요."

현주는 영미가 임신중에 남편한테 당한 일을 듣자 덩달아 소름이 끼쳤다. 영미는 그 당시의 공포가 생생히 되살아난다는 듯 이마를 찌푸렸다.

"산부인과에 갔었죠. 그랬더니 낙태시키기에는 너무 늦었다고 웬만하면 그냥 낳으라고 하더군요. 성병이 미약해서 곧 고칠 수 있다고…… 치료를 받고 아이를 낳기로 했지만 정말 불안하더군요. 아이가 병신이 된 건 아닌가 싶고…… 다행히 아이는 건강하게 나왔어요. 그런데……."

영미는 눈이 붉게 충혈되며 울음을 참는 눈치였다. 한참 말을 끊고 있던 영미가 물었다.

"내 얘기, 재미없죠?"

"아니오. 아주 유익해요. 만약 내가 결혼했으면 어땠을까 상상해볼 수도 있고……."

"웬만하면 결혼하지 말아요. 대학까지 나오면 혼자 벌어먹고 살수 있잖아요? 나처럼 무작정 결혼했다가 더 불행해지지 말고…… 하여간 팔자 센 년은 어쩔 수 없더라고요. 아들을 낳았는데 애가 친정 오빠랑 똑 닮은 거 있죠? 왜 그렇게 미운지…… 어린애는 아무 죄가 없고 오빠와 다른 존재다 생각은 하면서도 저절로 손이 올라가더군요. 나도 모르게 걸핏하면 때리게 되는 거예요. 아무것도 아닌 일인데도 오빠와 닮았다는 이유만으로 모질게 팼어요. 코피가 나오고 상처가 날 정도로 두들겨팬 적도 있어요. 내가 반병신이 된 것도 남편한테 매맞고 사는 것도 따지고 보면 오빠 때문이에요. 이렇게 내 팔자를 불행하게 만든 오빠에 대한 증오감과 복수심이 오빠를 닮은 아들을 때리게 한 거죠. 패고 나면 또 아무 잘못도 없는 아이에 대한 죄책감 때문에 괴로웠어요. 아이를 붙들고 목놓아 울곤 했죠."

영미의 눈에서 물기가 배어나왔다. 영미는 눈물이 사그라지기를 기다렸다가 다시 말을 이었다.

"그러다 남편이 직장에서 쫓겨났어요. 사내 여직원이랑 바람이 나서 말썽을 일으키니까 잘라버린 거죠. 쥐꼬리만한 수입마저 없어졌어요. 할 수 없이 변두리의 단칸방으로 살림을 줄이고 내가 파출부 일을 나갔어요. 그래도 고등학교는 졸업했는데 파출부 일을 하자니 자존심이 많이 상했어요. 근데, 왜 그렇게 잘살고 팔자 좋은 여자들이 많은지, 정말 속이 뒤집히더군요. 나도 오빠한테 당하지만 않았으면 저렇게 시집 잘 갈 수도 있었는데 하는 생각이 들면서 더 속이 끓었어요. 그런데 남편은 돈을 못 벌게 되자 더 자주 술을 마시고 때리기 시작했어요. 실컷 때리고 나선 강제로 성관계를 하는 거예요. 정말 끔찍하고 지긋지긋했어요. 나는 점차 속병이 들기 시작했어요. 넋이 나가서 멍하니 맥놓고 앉아 있는 시간이 많아졌죠. 기억력도 감퇴되어 늘 무언가 잊어버리곤 했어요. 한심하죠?"

현주는 고개를 흔들며 말했다.

"한심하다뇨? 누구라도 그런 상황에서는 정신이 혼미해질 거예요."

"그래요. 정말 힘들었어요. 특히 제삿날 같은 때 가끔 친정에 가면 속이 뒤집히곤 했어요. 친정에는 늙으신 부모님과 함께 오빠 가족이 살고 있었어요. 나를 이렇게 만든 오빠를 마주치는 일은 끔찍했지만 아예 안 갈 수는 없었어요. 그런데 오빠는 나의 불행은 자기와 아무 상관 없다는 듯 잘사는 거예요. 부인과도 금슬 좋고 자식들과도 화목하고 부모님한테는 효자 소리를 들었어요. 날 이 꼴로 만들어놓고 자기는 보란 듯이 행복하게 사는 거예요. 나는 정말이지 오빠의 그 혈색 좋은 낯짝을 칼로 찔러 죽여버리고 싶었어요. 어떨 땐 오빠한테 차려주는 음식에 독이라도 넣고 싶었어요. 하지만 부모님과 아이들을 생각하면 그런 끔찍한 일을 저지를 수야 없었죠. 속이 생선 썩듯 상하고 마음이 냄비처럼 부글부글 끓었지만 꾹 눌러 참고는 했죠."

영미는 더이상 생각하기도 괴롭다는 듯 얼굴을 감싸쥐었다. 현주는 조용히 그녀의 다음 얘기를 기다렸다. 한참 만에 영미가 나지막한 소리로 말했다.

"친정 어머님 환갑날이었어요. 일가 친척들이 모두 모여 시끌벅적하게 놀았죠. 하지만 난 부엌에서 일만 하고 있었어요. 친정 부모님이 오빠가 효자라고 입이 마르게 칭찬하는 소리가 부엌까지

들렸어요. 그리고 맛난 음식은 전부 오빠를 주는 거예요. 내가 뼈 빠지게 일해서 저 원수의 배를 채워주는구나 생각하니 울화가 치밀었어요. 나도 모르게 그릇을 깨뜨리고 도마질을 쾅쾅 해댔죠. 아무것도 모르는 부모님은 시끄럽게 굴지 말고 살살 해라 하고 주의를 주셨어요. 원 계집애가 저렇게 사나우니 가정생활이 그 꼴이지 혀를 차면서…… 나는 속이 뒤집어지고 눈이 돌아버릴 것만 같았어요. 그때 마침 우리 아들이 눈앞에서 알짱거렸어요. 난 나도 모르게 아이를 세게 밀쳐버렸어요. 아이는 문지방에 머리를 찍히면서 크게 울었어요. 어머님과 남편이 달려왔죠. 아이의 머리에서는 피가 흐르고 있었어요. 일가 친척들이 모두 놀라서 애 엄마가 너무하지 않냐고 했고, 어머님은 기집년이 심통이 사나워서 내 환갑 잔치를 끝내 망친다고 노여워하셨어요. 난 정말이지 미쳐버릴 것 같았어요. 모든 것이 엉망진창이 되어간다는 절망감…… 그날 난 집으로 돌아와서 남편한테 모질게 맞았어요. 정말 살고 싶지 않았어요. 모두가 잠든 후 맞아서 퉁퉁 부은 눈을 간신히 뜨고 아들을 봤어요. 그 불쌍한 아이는 머리에 붕대를 감고 쪼그린 채 자고 있었어요. 그때 순간적으로 결심했어요. 내가 죽자. 그 길밖에 없다. 그래서 부엌에 가서 식칼로 손목을 북북 가르고 쓰러졌죠."

영미는 조그맣게 덧붙였다.

"팔자가 모진 년은 죽는 것도 뜻대로 안 되더군요. 때마침 남편이 깨어나서 발견하고 병원으로 옮겼어요. 하지만 난 정신 분열증 진단을 받고 이리로 실려왔죠. 이 참에 남편은 옳다구나 하고 이혼을 요구했어요. 그리고 아들을 데리고 가버렸죠. 지금은 친정에서 내 병원비를 대주고 있어요. 하지만 너무 질렸는지 아무도 나를 보고 싶어하지 않아요. 면회도 안 와요. 이 병원에서 언제 나갈 수 있을지, 나간다면 또 어떻게 살아갈 수 있을지 막막해요. 난 처치 곤란한 인간이에요. 위험한 폭발물, 아무짝에도 쓸모없는 쓰레기!"

영미의 눈에 눈물이 핑 돌았다. 그러더니 긴 소매를 걷어 자신의 팔뚝을 보여주었다. 거기에는 담뱃불로 지진 흉측한 상처들이 수없이 있었다.

"이것 보세요. 이건 내 스스로 지진 거예요. 어머니로서 아들을 그렇게 학대했다는 사실을 용서할 수가 없었어요. 아무리 정신 분열 상태에서 의식을 잃고 한 일이라고 해도 여자로서 모성까지 저 버리다니…… 너무나 죄책감이 들고 괴로워서 미쳐버릴 것 같을 때가 있어요. 그러면 남자 환자들한테 슬며시 담뱃불을 빌려서 화장실에 가서 팔뚝을 지지죠. 살이 타들어가는 육체의 고통을 느끼면 정신의 고통이 좀 사라지면서 마음이 후련해져요. 어때요? 이렇게 멀쩡해 보여도 정말 미친년이죠?"

현주는 영미의 고통의 흔적을 보자 가슴이 찌르르 저려왔다. 현주가 아무 말도 못 하자 영미가 물었다.

"현주씨도 내가 무서워요? 미치광이 자살 미수자, 자해자라서?"

현주는 천천히 고개를 저었다. 그리고 영미를 부드럽게 안아주었다. 영미는 인간의 체취가 그리웠던 듯 현주의 품에 안겨 흐느껴 울었다.

"사실 난 현모양처가 되고 싶었어요. 훌륭한 어머니가……."

그날 밤 현주는 오래도록 잠들지 못했다. 영미는 어릴 때 성폭행의 경험을 당하고 자신의 자식에게 나쁜 영향을 물려주었다. 그 아이가 커서 여자를 어떻게 대하겠는가? 만약 어머니에 대한 증오심과 복수심으로 다른 여자를 괴롭히면 어떻게 될 것인가? 그리고 그 괴롭힘을 당한 여자는 또다시 증오를 터뜨리고…… 현주는 불행의 악순환을 생각하자 골치가 아파왔다. 도대체 왜 남자들은 성폭행을 해서 여자의 삶을 파괴하는가? 또 여자들은 왜 성폭행의 상처에서 헤어나지 못하는가? 성폭행을 당한 여자들은 모든 불행의 원인을 성폭행 탓으로 돌리고 피해의식에 젖어들어 상황을 점점 악화시키며 결국은 파멸에 이른다. 도대체 그들의 마음을 그렇게 주눅들게 하고 비뚤어지게 하며 고통을 확대해서 느끼도록 하는 피해의식의 정체는 무엇일까?

불을 모두 끈 병실 안은 깜깜했다. 그 어둠처럼 현주의 머리와 가슴속도 깜깜했다. 그러나 그것은 완전한 암흑, 정지된 상태의 밤이 아니었다. 무언가 움직이고 있었다. 새벽을 향해 밤이 달려가듯 어떤 실마리를 향해 현주의 혼란스런 사고가 몸부림을 치고 있었다.

이튿날 원장이 외래 병동으로 현주를 불러냈다. 현주는 간호사의 인도를 받아 원장실로 들어갔다. 처음에 입원할 때 보았던 녹색 양탄자가 깔린 넓은 방이었다. 원장은 책과 서류들이 복잡하게 흐트러져 있는 커다란 책상 뒤에 앉아 있었다. 그리고 책상 맞은편에 있는 상담용 의자에 현주가 앉기를 권했다. 현주가 자리에 앉자 원장이 물었다.

"병원생활은 어때요?"

"괜찮아요."

현주가 간단히 대답했다. 원장은 속으로 약간 의아했다. 대부분의 환자들은 기다렸다는 듯 병원생활에 불만을 털어놓기 일쑤였는데, 현주는 아무 불평이 없었기 때문이다. 원장이 다시 물었다.

"아직도 고문받은 기억 때문에 괴롭습니까?"

"많이 잊어버렸어요."

역시 현주의 대답은 간단했다. 원장은 이 환자에게 정신 분석 요법을 쓸 것인가, 정신 치료 요법을 쓸 것인가 잠시 망설였다. 신경증 환자의 경우는 오랜 기간을 두고 정신 분석을 실시해서 자기 병의 원인을 찾아내게 하는 게 좋지만, 정신 분열적인 환자의 경우에는 지나친 자기 해부로 괴로움에 직면하게 하느니 상처를 위로해주고 그의 능력이나 가능성을 지지해주는 편이 나을 것이다. 그러나 현주는 정신 분열이라기보다 심한 신경증 쪽에 가까운 것 같았다. 원장은 조심스럽게 분석을 시도해보기로 작정했다.

"히틀러 치하에서도 끝까지 정신을 잃지 않은 사람들이 있습니다. 물론 정신적 장애를 일으킨 사람들도 많지만요. 고문을 받고도 이겨내는 강인한 정신력과 역경에 무너지고 마는 허약한 정신력이 있습니다. 이 차이가 어디에서 비롯될까요?"

현주는 말없이 원장의 얼굴을 빤히 바라보았다. 원장이 부드럽게 말했다.

"오늘부터 시간나는 대로 상담을 해봅시다. 현주씨가 왜 고문을 못 이겨내고 쓰러졌는지…… 어릴 때부터 발병할 때까지 있었던 일을 떠오르는 대로 자유롭게 얘기해보십시오. 환자의 비밀은 절대로 보상되니까 안심하고 말해도 됩니다."

현주가 피식 웃었다.

"프로이트 식 분석인가요?"

원장이 고개를 저었다.

"나는 프로이트 맹신자는 아닙니다. 하지만 프로이트를 무시할 수는 없죠."

"그렇다면 어릴 때의 성경험부터 얘기해야겠네요. 저는 열세 살 때 의붓아버지에게 성추행당했어요. 근친 상간이 아니라 근친 강간이오."

현주는 코를 바싹 세우고 냉소적으로 말했다.

"저런, 성에 대해 전혀 모르는 나이에 아무런 준비도 안 되어 있는 상태에서 그런 일을 당했으니 충격이 매우 컸겠군요. 사회와 가족간의 금기를 어겼다는 윤리적인 죄의식도 있었겠구요."

현주는 두 손으로 얼굴을 쓸어내리며 피곤한 듯 말했다.

"그래요. 그건 끔찍한 경험이었어요. 그때부터 내 인생에 그늘이 드리워졌죠."

원장은 잠시 생각에 잠겼다. 이런 종류의 성적 콤플렉스를 가진 환자들은 꽤 많다. 이런 환자들은 성적인 면에 고착된 심리를 가져 매사를 성적으로 해석하고 피해의식에 매몰되어 있기 십상이다. 이런 여자들은 크게 두 가지 부류가 있다. 하나는 대개 히스테리컬한 성격으로 크기가 쉬운데, 변덕이 심하고 청년기가 되면 성적으로 허랑방탕해지기 쉬우나 막상 그 자신은 오르가슴을 못 느끼는 경우도 있다. 남성들에게 매혹적인 요소를 많이 풍겨 인기가 있는데, 한 남자에게 일정하게 정착하지 못하며 나이가 들면 신경 쇠약이나 정신 분열 증상을 보이는 수가 많다. 또다른 경우는 다행히 자신이 금욕적인 생활을 하면서 정열을 사회적으로 돌려서 훌륭한 지적 여성으로 성공하는 수도 있다. 따라서 치료 방법도 그 능력 개발에 주안점을 두어야 할 것이다. 현주는 이미 자신의 이성을 어느 정도 계발해왔고, 더 발전할 소지도 충분하니까 우선 자신의 지성에 자신감을 갖도록 해보자. 이렇게 생각한 원장이 말했다.

"어릴 때 그런 충격을 받았다면 사실 그때 적절한 소아 정신 치료를 받고 극복해야 했어요. 그렇지 않으면 많은 소녀들이 비행 청소년이 되기 쉽지요. 그런데 현주씨는 아무 치료도 받지 않고 어른들의 도움도 안 받은 상태에서 나쁜 길로 빠지지 않고 대학까지 무사히 진학한 걸 보면 매우 지성적이고 강한 여성이에요. 물론 그런 갈등을 안고 성장을 계속해왔다는 건 대단히 고달픈 일이었겠지만……."

그러나 현주는 원장의 칭찬을 귀담아듣지 않고 푸시시 헛웃음을 날렸다.

"지성이란 것도 별거 아녜요. 정상인들이 인생의 가치나 자신의 존재 의미를 찾아 이상을 향해 노력하는 것과 달리, 저는 분노나 허무감에 대한 반작용으로 복수라도 하듯 학업과 시에 매달렸거든요? 어릴 때부터 평범한 여자로서의 인생이 불가능해졌다고 미리 낙심하고 전혀 다른 삶의 양태를 찾아내려고 몸부림쳤고, 모든 욕구 불만을 시쓰기에서 보상받으려고 했으니까요. 따지고 보면 제 지성도 정상적인 것 같지 않아요."

원장이 정색을 하며 반박했다.

"그건 지나치게 비관적이고 자기 비하적인 생각 같은데요. 사실 신경증 환자와 정상인이 크게 다르지는 않아요. 단지 한 가지 점에 약간 병적인 요소가 있는 건데, 현주씨는 그것을 지나치게 확대 해석하는 것 같군요. 오히려 현주씨는 스스로 반작용적인 힘이라고 표현하고 있는 사이킥 에너지의 정체를 파악하고 있으니 치료가 의외로 잘 될 것 같아요. 그 사이킥 에너지를 긍정적인 방향으로 승화시킬 수 있으면 치료는 일단 성공했다고 볼 수 있으니까요."

현주의 눈빛이 아주 잠깐 반짝였다.

"사이킥 에너지라구요? 그래요. 사실 내 안에는 박영미씨처럼 칼이라도 휘두르고 싶은 분노가 있어요. 그 분노는 전 세계라도 파괴할 수 있을 정도의 힘이에요. 더구나 어릴 때부터 계속 남자들한테 당해왔다는 생각이 들면 모든 남자를 살해하고, 거세시켰음 좋겠어요. 솔직히 말하면 나는 남자들이 멸종했으면 해요."

남자 원장이 웃음을 참지 못하고 고개를 약간 옆으로 돌리며 말했다.

"남자들이 멸종하면 인류는 어떻게 유지되고요?"

"인간 복제 기술이 발달하면 여자들끼리 과학적으로 단성 생식을 할 수 있을 거예요."

현주가 진지하게 대답했다. 원장은 참지 못하고 하하 웃음을 터뜨렸다. 현주가 정색을 했다.

"아주 불가능한 얘기가 아니라구요."

"그럴 수도 있겠죠."

원장이 간신히 웃음을 그쳤다.

"그런데 문제는 전 세계를 파괴하고 남자들을 멸종시키고 싶다는 현주씨의 분노가 밖을 향하는 게 아니라 안을, 자신을 겨냥한다는 데 있어요. 분노가 자학으로 변해서 자기를 갉아먹고 끊임없이 불안해하고 문제를 일으키는 거죠."

"그러면 이 분노를 어떻게 하면 좋죠?"

현주가 간절히 물었다.

"자, 일어나보십시오."

원장은 방구석에 놓여 있는 커다란 쿠션을 가리키며 말했다.

"저 쿠션이 의붓아버지라고 생각하고 주먹으로 실컷 때리십시오. 마음이 풀릴 때까지……."

현주는 시답잖다는 듯 그냥 서 있었다.

"장난 같지만 해보면 효과가 있습니다. 한번 해보세요."

현주는 마지못해 쿠션을 치기 시작했다.

"정말로 나를 괴롭힌 의붓아버지, 죽이고 싶은 사람이라고 생각하세요."

원장이 옆에서 계속 훈수를 두었다. 현주는 에라, 모르겠다 생각하며 점차 세게 내려치기 시작했다. 원장이 계속 감정을 부추겼다. 현주는 미친 듯이 쿠션을 내리쳤다. 이윽고 현주는 숨을 헐떡이며 기진맥진하고 말았다.

"자, 이제 감정이 좀 가라앉았나요?"

원장이 물었다. 한참 만에 현주가 대답했다.

"운동은 됐지만 이게 무슨 소용이 있나 싶네요. 차라리 인간 이하의 의붓아버지가 사는 집에서 독립할 방법을 찾는 게 낫지…… 그리고 이런 방법은 분노를 임시 방편으로 발산하기만 하지 근본적인 해결책이 못 되잖아요?"

원장이 고개를 끄덕였다.

"그렇죠. 근본적인 해결책은 이렇게 자신의 분노의 힘을 확인한 후, 솔직한 자기 분석을 통해 분노를 일으킨 온갖 욕구와 좌절들을 승화시키는 거죠."

"승화! 또 승화! 시쓰기라는 승화 방법을 빼앗겨버렸는데, 어떻게 승화를 시키라는 거죠?"

현주가 대들듯 물었다.

"병이 회복되고 나면 다시 시쓰기를 할 수 있잖아요? 지금은 잠시 쉬는 거예요."

원장이 힘주어 말했다. 현주는 지금과 같은 탄압 시국에서는 시 쓰기가 불가능하다는 절망적인 표정으로 가만있었다.

"너무 절망하지 마십시오. 반드시 다시 쓸 수 있을 겁니다. 오늘 상담은 이만 합시다."

원장이 시계를 보며 말했다. 현주는 다시 간호사의 안내를 받아 폐쇄 병동으로 돌아왔다. 그리고 쿠션을 치는 과격한 운동을 한 탓인지 이내 깊은 잠에 곯아떨어졌다.

창녀의 꿈

　폐쇄 병동의 철문 밖에서 시끄러운 소리가 들려왔다. 홀의 창가에 앉아 해바라기를 하고 있던 현주는 철문 쪽으로 시선을 주었다. 곧 남자 간호사 세 명이 한꺼번에 달려들어 한 여자를 끌고 들어왔다. 사십대의 그 여자는 머리를 노랗게 염색했는데, 간호사들을 물어뜯고 발로 차면서 광란을 부리는 통에 산발이 되어 있었다. 그 여자는 간호사들에게 붙잡힌 팔다리를 끊임없이 버둥거리며 고래고래 소리를 질렀다.

　"이 새끼들아, 그래, 난 술집 여자다. 얼마든지 덤벼봐. 다아 덤비라구! 난 끄떡없다!"

　현주 옆에 앉아 있던 영미는 저 술집 여자가 또 들어왔네, 하면서 이맛살을 찌푸렸다. 현주와 영미는 그 야단스런 여자를 쫓아가며 보았다.

병실로 끌려온 그 여자는 침대 위에 올라서더니 블라우스와 치마를 홀렁 벗어던졌다.

"왜 그래요? 얼른 옷 입어요."

남자 간호사들이 당황해서 말렸다.

"뭘 그래? 내가 홀딱 벗길 바라는 거 아냐? 일개 사단이 몰려와도 괜찮아. 난 얼마든지 할 수 있다구. 얼마든지!"

그 여자는 발악을 하며 브래지어를 휙 벗어던졌다.

"안 되겠군."

간호사들이 일제히 달려들어 억지로 옷을 입혔다. 그리고 그 여자의 팔다리를 헝겊 띠로 묶어 침대의 철제 손잡이에 위아래로 고정시켰다. 이어 진정제 주사를 놓았다.

"날 죽여라, 죽여! 이 개새끼들아! 차라리 죽이라구!"

그 여자는 한참 소리를 지르다 주사 기운에 못 이겨 잠들고 말았다.

"한동안 시끄럽게 생겼어요. 저 여자 벌써 여기에 몇 번 들어왔었어요. 증세가 아주 심해요."

영미가 현주에게 말했다. 현주는 잠든 여자를 유심히 살펴보았다. 시들긴 했으나 예쁘장한 얼굴이었다. 창녀. 오죽하면 창녀가 됐을까? 현주는 그 여자가 안쓰러웠다.

그 여자의 이름은 성춘자였다. 춘자는 이삼 일간 그렇게 소동을 피웠다. 그러나 약기운 때문에 점차 조용해졌다. 이제 더이상 침대에 묶여 있지 않게 되었다. 그러자 춘자는 빨래를 시작했다. 블라우스와 치마, 브래지어와 팬티를 벗고 가족들이 들여 보내준 새옷으로 갈아입었다. 그런데 옷을 벗을 때 보니, 팬티를 몇 겹으로 껴입고 있었다. 노란 팬티를 벗으니 분홍 팬티, 분홍색을 벗으니 하늘색 팬티, 하늘색을 벗으니 흰색…… 적어도 다섯 장은 되는 것 같았다. 영미와 현주는 그 모습을 보고 웃음을 참지 못했다. 그러나 곧 얼마나 자기를 지키고 싶었으면 저렇게 겹겹이 입었을까 하는 안쓰런 생각이 들었다.

춘자는 그 많은 빨래를 빨아 널고는 마르기도 전에 또 빨았다. 특히 팬티는 빨고 또 빨며 하루 종일 빨았다. 그리고 틈만 있으면 수건으로 만든 걸레를 들고 병실 안과 홀을 끊임없이 닦았다. 그 모습을 유심히 지켜보던 현주가 어느 날 물었다.

"왜 그렇게 하루 종일 빨고 닦아요?"

"더러워, 모두 더러워."

춘자가 대답했다.

"뭐가 그렇게 더러워요?"

현주가 웃음을 참으며 물었다.

"세상 꼬라지가, 내 꼴이, 전부 더러워."

"어디가 더럽다 그러세요? 내 보기에는 깨끗한데……."

현주가 짐짓 못 알아듣는 척 물었다.

"아니야, 더러워. 숱한 놈들한테 당했어."

"자세히 얘기해봐요."

춘자는 아직 혼란스런 정신 상태였으나 자신의 생애에 중요한 사건들은 지나치게 또렷이 기억하고 있었다.

"내 고향은 전라도야. 냇물이 맑았지. 대밭도 있었어. 우수수 댓잎이 흔들렸지. 부모도 다 있어. 형제는 모두 일곱이야. 난 셋째 딸이야. 보지도 않고 데려간다는 셋째 딸. 알아? 젤 예쁘고 얌전하고 공부도 잘했지. 알아? 공부도 잘했어. 우리집은 가난했어. 큰언니가 서울 가서 공장에 취직했어. 결혼도 했어. 나도 서울로 왔어. 큰언니네 단칸방에서 살면서 공장에 나갔어. 미싱 시다로 일했지. 열심히 일했지. 돈 벌면 학교 갈려고. 알아? 열심히 일했다구. 언니랑 형부랑 나랑 단칸방에서 살았어. 근데 언니하고 형부하고 싸웠어. 난 밖으로 피했어. 놀이터에 앉아 있었지. 밤이었어. 깡패들이 다가왔어. 세 놈이었어."

현주는 가슴이 써르르해졌다.

"그놈들한테 당했군요."

춘자가 고개를 끄덕였다.

"강간당했어. 윤간당했어. 난 숫처녀였어. 숫처녀!"

춘자의 얼굴이 아픔으로 일그러졌다. 현주는 자신도 모르는 새 춘자의 손을 잡았다. 그 아픔을 잘 이해할 수 있었기 때문이었다. 손을 잡힌 채 춘자는 가슴속의 봇물이 터진 듯 줄줄 자기 고백을 했다.

"어떻게 집에 왔는가 몰라. 형부가 보더니 옷도 찢어지고 그러니까 더럽다고 나가래. 그냥 있었어. 무서워서. 공장도 안 갔어. 언니가 이젠 다 틀렸다고 고향으로 내려가래. 그럴 순 없다고 집을 나왔지. 걸었어. 하염없이 걸었지. 군인 초소가 보였어. 밤이었어. 거기서 잤어. 그놈들한테도 또 당했지. 아침에 미친 여자라고 경찰에 넘겼어. 경찰서에서 언니한테 연락했어. 형부가 국립정신병원에 넣었어. 한 달 만에 돈이 없어 나왔지. 길이 없었어. 더럽혀졌고 미쳤으니까 시집도 못 가고 술집밖에 갈 데가 없었어."

현주는 춘자의 손을 꼭 잡고 위로조로 물었다.

"순결을 잃었다고 시집도 못 가고 술집밖에 갈 데 없는 건 아니잖아요? 순결은 아무것도 아닌데…… 너무 일찍 포기한 거 아네

216

요?"

옆에서 듣고만 있던 영미가 말했다.

"아니에요. 여자들은 순결이 아무것도 아니라고 스스로 위로하고 싶어하지만 세상은 그렇지 않아요. 세상은 한 번 버린 여자는 영원히 버려요."

세상. 세상이란 무엇일까? 세상으로부터 버림받았다고 괴로워하는 박영미와 성춘자를 보며 현주는 생각했다. 여자들이 성폭력의 상처를 극복하지 못하고 미치기까지 하는 건 강간이라거나 윤간이라는 사건 그 자체보다 그 사건을 해석하는 세상 사람들의 왜곡된 시각과 편견 때문인지도 몰랐다. 또 여자는 순결해야 한다, 정절을 지켜야 한다는 가르침이 무의식 깊숙이 뿌리를 내리고 마음속 깊이 각인되어, 그 가르침을 지킬 수 없는 상황이 벌어졌을 때, 정신석인 갈등을 일으키고 무서운 죄의식을 느끼게 하며 나아가 미치게까지 한다. 강간이나 윤간이라는 성폭행 그 자체가 주는 모멸감과 수치심, 자존심의 파괴에 덧붙여 정절을 지키지 못했다는 사회적 비난이 무서운 족쇄가 되어 피해자인 여자들을 헤어날 길 없는 절망과 자책감 속에 밀어넣는 것이다.

춘자는 걸레질을 계속하며 중얼거렸나.

"첨엔 다방에 나갔어. 남자랑 자진 않았어. 무서웠어. 싫었어. 근데 아주 잘해주는 아저씨가 있었어. 살림을 차렸지."

춘자의 얼굴이 갑자기 환해졌다.

"임신을 했어. 좋았어. 나같이 더러운 몸에서도 새 생명이 생기는구나. 아기. 예쁜 아기. 난 아기를 낳고 싶었어."

춘자의 입술이 비참하게 일그러졌다.

"아저씨가 아기를 떼랬어. 안 뗀다고 마구 두들겨팼어. 너무 맞았어. 유산했지."

춘자는 깊은 한숨을 쉬었다.

"또 미쳤어. 정신병원에 갔지. 아저씨는 도망갔어. 나와서 갈 데
가 없었어. 다행히 괜찮은 놈씨를 만났어."

춘자는 걸레질을 멈추고 멀리 시선을 던졌다. 짙은 그리움과 외
로움이 배어 있는 눈길이었다.

"깡패였어. 약하고 착했지. 깡다구로 먹고 살았어. 싸움하다 밀리
면 병조각으로 자기 배를 북북 그었어. 남을 때릴 힘은 없었어. 보
상금을 받아서 날 줬어. 허구한 날 병원에 들락거렸어. 몸뚱어리가
재산이야. 우린 사랑했어. 이해했어. 우린 몸밖에 없었어. 놈씨 덕분
에 맥주 홀에 취직했어. 삐까뻔쩍한 데야. 난 예쁘고 날씬했어. 엉
덩이를 흔들면 사내들이 오줌을 찔찔 쌌어. 돈도 벌었어. 시골집에
도 부쳐줬어. 식구들이 좋아했어. 놈씨가 결국 죽었어. 뒈졌어. 난
또 미쳤어. 정신병원에 들어갔어. 시골에서 식구들이 올라왔어. 농
사를 망친 거야. 나만 보고 올라온 거야. 병원에서 나왔어. 앞이 깜
깜했어. 그 많은 식구들."

춘자는 쥐고 있던 걸레를 비틀었다.

"술집이 지긋지긋했어. 놈씨를 죽였거든. 식구들이 나만 바라봤
어. 돈을 벌어야 돼. 마음을 잡았지. 인천으로 갔어. 새벽에 일어났
어. 생선을 받아다 왜식집에 돌렸어. 돈을 받았지. 계란도 받아다
가게마다 풀었어. 힘들었어. 왜식집에서 일본놈 눈에 띄었어. 첨엔
싫다고 했어. 남자가 지긋지긋해서. 술집 주인이 꼬셨어. 현지처 하
면 돈방석이다. 일본놈 돈에 넘어갔어. 돈, 돈이 웬수야. 집을 장만
했어. 식구들이 신났어. 난 몸을 망쳤어. 일본놈이 변태거든. 하고
나면 아팠어."

218

춘자는 진저리를 쳤다.

"당하다 못해 또 미쳤어. 정신병원에 들어가기 싫었어. 집에서 도망쳤어. 아는 사람들 집을 찾아다녔어. 돌았다고 싫어했어. 거리를 정처없이 헤맸어. 한뎃잠을 잤어. 남자들은 다 죽일 놈이야. 굴다리 밑에서 잤어. 다섯 놈이 덤볐어. 돌림빵당했어. 걷지도 못했어. 또 택시 운전사한테도 당했어. 차비 안 냈다고. 경찰이 행려병자라고 잡았어. 가족들한테 연락했어. 다시 정신병원에 갔어."

"수용소에 끌려가지 않은 게 다행이네요."

영미가 너무 끔찍한 얘기에 소름끼쳐하며 말했다. 춘자는 투덜거리며 또 걸레질을 해댔다.

"난 걸레야. 세상 더러운 것 다 빨아들이는 걸레. 걸레도 사람은 사람이야. 살아야 했어. 악착같이 살아야 돼. 퇴원하고 미군 기지촌으로 갔어. 한국놈, 일본놈 다 징글징글했어. 미군은 돈이 많아. 동양 여자 나이를 잘 몰라. 나처럼 늙은 여자도 화장을 진하게 하고 헬로 하면 미국놈 따라와. 미국놈 겪어보니 똑같애. 개 같은 놈들. 걸핏하면 빨아달래. 때리고 한국 여자 무시해."

"이번에는 왜 입원하셨어요?"

현주가 조심스레 물었다.

"몰라. 가끔 미쳐. 병원에 들어와 쉬는 거야. 난 이 병원 단골이야. 아무리 지랄해도 무시 못 하지. 돈을 내는데…… 돈! 돈이 최고야. 돈 벌어 가게 차릴 거야. 돈 있으면 병원 원장도, 국회의원도 꼼짝 못 해. 두고 봐. 돈 벌 거야."

춘자의 눈빛은 집요한 광기로 번뜩였다. 현주는 남몰래 깊은 한숨을 쉬었다. 춘자의 기구한 이야기 속에는 빈농의 자식이라는 계급 문제, 남성들에 의한 성적 착취, 제3세계 매춘 여성 문제 등등 무수한 골치 덩어리들이 얽혀 있기 때문이었다. 현주는 춘자와 영미를 고통스럽게 바라보았다. 저 여자들은 나의 분신일 수도 있다. 내가 적당한 교육을 받지 않았다면 저들처럼 되지 않았으리라는 보장도 없다. 영미처럼 어릴 적의 상처를 치유하지 못하고 결혼을 했다면 불행을 악화시킬 수도 있고, 춘자처럼 빈민이었다면 윤간 끝에 자포자기하여 술집에 발을 들여놓을 수도 있었을 것이다.

현주는 새삼스레 병실 안을 둘러보았다. 약을 먹은 환자들이 침대마다 곤히 잠들어 있었다. 몇몇만이 깨어 있었는데, 춘자처럼 정신없이 왔다갔다하거나, 멍하니 앉아 있다가 갑자기 낄낄대는 심한 증상이 아니면 영미와 현주처럼 서로를 위로하려는 이야기를 나누었다. 현주는 갑자기 병실 안이 답답하게 느껴졌다. 어쩔 수 없이 병든 여자들. 현주는 후닥닥 자리에서 일어나 병실 밖으로 나왔다. 그리고 홀의 창가에 서서 촘촘한 창살 틈으로 바깥을 내다보았다.

사람들과 차들이 오가는 활기 찬 거리에는 서울시 변두리답게 나지막한 빌딩들과 주택들이 자리잡고 있었는데, 유독 현주의 시선을 끄는 곳이 있었다. 쓰레기 하치장. 길 건너편에 쓰레기를 가득 실은 손수레들이 빽빽이 서 있었다. 쓰레기장, 정신병원. 어쩐지 어울리는 것들이다 생각하는데, 쓰레기 터 뒤편에 서 있는 사층짜리 건물이 눈에 띄었다. 그 건물 모퉁이에는 암산, 주산, 독서실이라고 씌어진 붉고 푸른 간판이 보였다. 순간 현주의 머릿속에서는 암산이란 말의 의미가 비약하기 시작했다. 암산, 거리의 암산. 정신병원과 쓰레기 터를 마주 보게 설치할 것.

그렇다. 이곳은 오래 전부터 누군가에 의해 은밀히 계산된 음험한 함정인지도 모른다. 누구에 의해? 아마도 나를 조사한 형사들을 총지휘하는 독재 권력처럼 어떤 힘있는 세력에 의해. 어떤 힘있는 세력? 그때 현주는 얼마 전부터 암흑 속에서 번민해온 고뇌의 실마리가 퍼뜩 불을 밝히는 걸 느꼈다. 왜 남자들은 성폭행을 할까? 힘이 있기 때문이다. 그래, 남자들의 힘, 남자들의 세력. 남자들은 그들의 힘을 이용해서 여자와 아이들을 지배하면서 가장이 된다. 남자 가장들이 모이면 사회가 되고 국가가 된다. 그들은 법을 만들고 기업을 경영하고 정치를 하면서 남자들 중심의 사회 제도를 만든다. 남자들 중심의 역사를 만든다. 흔히 말하는 가부장 제도이다. 가부장 제도 속에서 남자는 돈과 힘을 가지고 여자를 선택해 결혼하고, 대를 이어줄 아이를 낳고 기르게 한다. 일부일처 제도다. 그러나 사실은 여자에게만 순결과 정절이 강요된다. 남자들은 얼마든지 바람피울 수 있다. 성폭행을 하든지 매매춘을 하든지 남자의 성욕은 큰 죄가 되지 않고 오히려 자랑거리, 힘의 과시가 된다. 그러나 그 남자들에게 결혼 이외의 관계에서 성폭행당한 여자들은 제도권 밖으로 밀려난다. 더럽게 취급받는다. 또한 남자 중심 세계에 반항하여 성적 자유를 찾으려는 용감한 여자들도 방탕하게 취급된다. 내가 중학교 때 감각으로 쓴 노란 나라의 여자들이다. 그러나 가부장 제도에 순응하는 얌전하고 운종은 여자들은 순결과 정절을 지키며 양갓집 규수, 현모양처가 된다. 정결 부인이 된다. 하얀 나라의 여자들이다. 그러나 그 행복해 보이는 여자들의 호적은 남편에게 속해 있다. 남자의 소유물인 것이다.

국가는 이 가부장 제도, 일부일처제 결혼 제도를 이용해서 사회를 효과적으로 통제하고 유지한다. 특히 여자들을 남자의 구미에 맞게 얌전하게 길들인다. 사실 여자들이 일제히 정절을 지키지 않는다면 남자들은 자신만의 핏줄을 확인할 수가 없고 가부장 제도는 무너지게 되어 있다. 그것을 방지하기 위해 남자 중심의 사회는 여자들에게 악착같이 순결과 정절을 강요하는 것이다. 그런 줄도 모르고, 아니, 알아도 할 수 없이 여자들은 남자들이 강요하는 관습과 도덕을 지킨다. 왜? 남자들이 힘있는 세상이니까. 그 세상에서 살아남아야 하니까. 가장 개인적으로 보이는 남녀관계나 가족 제도 조차도 사실 이 보이지 않는 힘에 의해 교묘하게 조종받고 있다. 연애를 할 때조차 상대방 남자에게 매력을 느끼는 이유는 그가 사회적으로 인정받는 힘을 갖고 있기 때문이다. 지성이든, 돈이든, 외모든, 성품이든, 능력이든, 배경이든 상관없이 그것은 힘의 일종이다. 국가와 사회를 유지하도록 그물망처럼 짜놓은 일상의 권력이다. 이 일상에서의 남성들의 힘, 즉 가부장제 권력의 횡포가 나를 성폭행하고 고문하고 정신병원까지 몰아넣은 건지도 모른다. 나뿐만 아니라 박영미, 성춘자 등등을 미쳐버리게 해서 쓰레기 처치하듯 사회로부터 격리시키고 쫓아낸 것이다.

그렇다면 여자들이 성폭행당했다고 미쳐버리는 이유는 보다 분명해진다. 결혼 제도에 들어갈 가능성이 희박해졌기 때문이다. 이 사회에서 행복한 여자로 살 가망이 없어졌기 때문이다. 남자에게 사랑받을 희망이 사라졌기 때문이다. 성폭행은 그 자체로도 난폭한 폭력이지만 한 여자의 꿈과 희망을 말살하고 평생 그 영혼을 갉아 먹어 폐인이 되게 한다는 의미에서 순간적인 살인보다 더 오래가고 지독한 범죄이다. 창녀가 될 수밖에 없거나 아니면 결혼을 했더라도 결국은 파탄을 맞이하고 제도권 밖으로 밀려나게 된 여자들의 괴로움. 이것은 정당한가? 아니다. 부당하다. 사실은 피해자일 뿐인 여성이 더럽게 취급되고 욕을 먹고 조롱당하고 죄인시되어, 주눅들고 옴츠리고 미쳐버리기까지 하는 것은 너무나 부당하다. 더구나 성폭행을 당하지 않은 여자들조차 늘 성폭행의 위험 속에서 몸조심하고 살아야 하는 것도 말이 안 된다. 겁나면 까불지 마. 남자들의 협박! 아아, 여자들은 왜 이리 힘이 없는가?

현주는 창가에서 떨어져 벤치에 털썩 앉았다. 무력감이 전신을 엄습했다. 한참 가만히 앉아 있던 현주는 문득 한 가지 생각을 해 냈다. 그래, 검은 나라! 내가 그 생각을 왜 못 했을까? 의붓아버지한테 성추행당하고 꿈과 희망을 모두 잃어버렸던 어린 시절, 내 인생의 대안으로 찾아냈던 검은 나라! 그때는 감각으로 어렴풋이 감지할 뿐이었지만 이제는 또렷이 실체가 잡힐 것 같다. 그것은 가부장 제도의 힘에, 일부일처제 결혼 제도에 굴복하지 않는 생활이다. 남자에게 잘 보이려고 애쓰지도 말고 결혼하려고 아득바득하지도 않으면서 혼자서 당당하게 살아가는 생활. 결혼생활 이외의 제3의 길을 가는 것. 아, 내가 왜 그 대안을 잊어버리고 있었을까? 석하를 만나 사랑하게 되면서 나도 모르게 결혼을 꿈꾸었던 걸까? 아니, 결혼 자체를 꿈꾸었던 건 아니다. 결혼 자체를 꿈꾸었다면 한영과 지속적인 관계를 맺었으면 되니까…… 나는 석하와 기존의 결혼 제도 속으로 들어가기를 원했다기보다 제3의 길, 가부장적이지 않고 남녀가 평등하며 자립적인 대안의 삶을 살아가는 동반자가 되기를 꿈꾸었던 건지도 모른다. 문학이라는 매개체를 통해…… 석하가 살아 있었다면 그 꿈이 이루어졌을까? 모를 일이다. 어쨌든 나는 석하의 죽음으로 인해 또다른 삶에 대한 꿈조차 빼앗겼다. 남자들의 권력 다툼으로 인한 독재 정치 세력에 의해 시도, 석하도 몽땅 뺏긴 것이다.

이제 어떻게 할 것인가? 모든 희망을 포기당한 여자의 광기, 인간 이하의 취급을 당한 자존심 센 여자의 발광! 이해할 수는 있지만 참아줄 수는 없는 문제다. 아아, 나는 왜 이리 어리석은가? 미친다는 것은 사태를 더 악화시킬 뿐인데…… 현주는 얼굴을 감싸쥐고 괴로워하며 한동안 가만있었다. 그때 원장의 부드러운 음성이 들렸다.

"김현주씨, 무슨 생각 하고 있어요?"

현주는 얼굴을 들었다. 원장이 간호사도 대동하지 않고 병동 안을 둘러보는 참이었다. 현주는 기운없이 웃어 보였다. 원장도 약간 웃음을 머금고 물었다.

"아직도 남자들을 멸종시키고 싶습니까?"

"네."

현주가 단호하게 대답했다.

"그렇게 강한 적개심은 앞으로 세상살이를 어렵게 할 텐데요. 아직 한창 젊은데, 연애나 결혼, 또 원만한 사회생활을 하기 힘들게 될 수 있어요."

"전 결혼할 생각 없어요."

현주가 잘라 말했다.

"그렇다 하더라도 사회에선 남녀가 어울려서 일을 하고 공동으로 살아가게 되어 있는데, 속으로 적개심을 품고 있다면 꽤 고될 텐데요?"

"힘들어도 할 수 없죠."

"할 수 없는 일이 아니에요. 적당한 선에서 타협을 해야 해요. 타협이란 반드시 비굴한 것이 아니에요. 폭이 넓고 건전한 자아를 가진 사람만이 해낼 수 있는 어려운 일이기도 해요. 그러니 타협을 시도해보기도 전에 극한 투쟁을 하는 것은 좋지 않아요. 그런 의미에서 남자에 대한 적개심을 풀도록 노력해봐요."

현주가 입매를 끌어당기며 말했다.

"난 나를 폭행한 남자들을 도저히 용서할 수가 없어요. 미친 건 내가 아니라 그들이에요. 남자들은 난폭한 미치광이들이에요."

원장이 정색을 했다.

"남을 탓하는 건 치유에 도움이 안 돼요."

"그게 아니에요. 내가 왜 미쳤나 곰곰 생각해보니, 무언가 부숴 버리고 싶었는데, 나를 억누르고 있던 그 무언가를 부술 능력이 없으니까 소극적으로 나 자신을 부쉈던 거예요. 하지만 지금은 나를 억누르고 있던 게 무엇인가, 그리고 나 스스로를 부수는 대신 진짜로 부숴버려야 할 것이 무언가 알 거 같아요."

현주는 더듬더듬 힘주어 얘기했다. 원장이 물었다.

"그게 뭔데요?"

"가부장제!"

현주가 단호하게 대답했다.

"가부장제?"

원장이 좀 의외라는 듯 되물었다.

"남자들을 위해, 남자들 중심으로 짜여 있는 이 사회의 남녀 차별적, 여성 억압적 정치, 경제, 사회, 문화 제도 모두를 얘기하는 거예요."

"그러면 여자들은 가부장제의 희생자다 이 말이죠? 가부장제의 억압에 의해 병든다 이런 뜻이죠?"

"네. 이 병원에서 여자 환자들을 보면서 마음속 깊이 실감했어요."

원장이 고개를 끄덕였다.

"일리가 있는 말이에요. 성적 억압이 얼마나 아까운 여자들을 매몰시키는지 저도 늘 느껴왔어요. 하지만 생각을 약간 바꾸어봅시다. 그렇다면 남자들은? 여자 환자들은 가부장제의 희생자라 하지만 남자 환자들은 무엇의 희생자인가요?"

원장의 반론에 현주는 잠시 말문이 막혔다. 대답할 말이 빨리 떠오르지 않았다. 머뭇거리고 있는데 원장이 말했다.

"남자들에게 당한 생각만 하지 마세요. 나쁜 남자들도 있지만 좋은 남자들도 많지 않아요? 사랑스러웠던 남자들을 생각해보세요. 그리고 남자 환자들과도 얘기를 나눠보세요."

원장은 다른 환자를 향해 멀어져갔다. 현주는 꿀 먹은 벙어리가 되어 가만히 있었다. 왠지 불쾌했다. 역시 원장도 남자다, 기득권자인 남자다, 결코 피지배자인 여성들의 억눌린 경험과 심리를 이해할 수 없다 라는 생각이 들었다.

어디에 있었는가, 그때에……

　정신병원 시절을 기억하며 한 시간가량 걷자 드디어 진안 삼거리에 도착했다. 현주는 청량리로 가는 버스에 올라탔다. 창가의 자리에 앉아 밖을 내다보며 버스의 흔들림에 몸을 맡기자니 퇴원 후에 있었던 일들이 불쑥 떠올랐다. 가부장제와의 싸움을 결심했던 정신병원 시절. 그러나 현주는 퇴원 후 변변한 싸움을 해보지 못했다. 그저 가슴 가득 분노의 응어리만 안은 채 겉으로는 태연하고 담담한 일상을 꾸려나갔다. 그러나 그 응어리는 기회만 있으면 뛰어나와 일상을 뒤엎으려고 해서 그때마다 힘들게 억눌러야 했다.

　1986년이었던가? 권인숙이 부천서에서 성고문을 받은 사실을 용감하게 폭로하며, 노동운동과 인권 탄압에 저항해 싸움을 시작했을 때였다. 대학 동창 중에 데모를 하다 감옥까지 갔다 온 후 여성운동에 뛰어든 친구가 해경과 함께 현주를 찾아왔다. 셋은 명동성당 부근의 술집에서 오붓하게 마주 앉았다. 동동주에 파전을 시켜놓고 그 동안 지낸 얘기를 나누다가 그 친구가 물었다.

"너희들은 권양 사건을 어떻게 생각하니?"

"정말 감탄할 만큼 용감한 여자야. 여태껏 성고문에 대한 뒷소문은 많았지만, 그 사실을 세상에 폭로한 사람은 권양이 최초야. 대부분의 여자들은 사람들의 눈이 무서워서 입을 꽉 다물어버리거든."

해경이 진심으로 권양을 존경한다며 대답했다. 친구가 말을 받았다.

"우리는 이 사건을 단순한 성폭력이 아니라 공권력에 의해 저질러진 여성노동운동가 탄압, 즉 민중민주운동의 탄압으로 규정하고 있어. 권양이 앞서서 싸우는 데 힘이 되도록 모든 여성 단체들이 가열찬 민민 투쟁을 전개하려고 해."

그 친구는 가방에서 종이를 꺼냈다. 권양 사건에 항의하는 여성 운동 단체들의 요구가 담긴 성명서였다. 해경은 즉석에서 서명을 했다. 현주도 따라했다. 해경이 자신의 의견을 덧붙였다.

"이 사건을 민중민주운동의 관점에서만 볼 것이 아니라 남성 중심 가부장제 권력에 의해 저질러진 여성 탄압으로 생각할 수도 있지 않을까? 즉, 남성들은 힘이 없는 여성들을 마음대로 해도 된다는 남녀 차별의식이 가져온 성폭력 사건으로 말이야. 그런다면 일반 시민들의 광범위한 지지를 얻을 수 있을 것 같은데……."

해경의 말이 끝나기도 전에 친구가 반박했다.

"너의 의견은 여전히 순진하구나. 그건 전체 숲을 못 보고 나무한 그루만 보는 거야. 남녀 차별 문제는 아직 민주화가 되지 않았기 때문에 생기는 거 아니니? 해방된 세상이 오면 남녀 불평등도 사라질 거야. 안 그러니? 현주야. 넌 왜 아무 말도 안 하고 있니?"

현주는 아무 대답도 하지 않았다. 가슴속에서 뜨거운 응어리가 용솟음치고 있어 입을 열면 사나운 불이 뿜어져 나올 것만 같았다. 무언지 모를 이 감정을 자제하고 있으려니 머리가 어질어질했고, 귀가 먹먹해서 곧 정신을 잃어버릴 것 같았다. 그러자 그 친구가 은근한 목소리로 물었다.

"현주, 너도 경찰에서 고문을 당하지 않았니? 혹시 성고문을 당했다면 이 기회에 폭로하는 게 어떠니? 그러면 권양을 도와주는 증언을 하는 셈이고, 여성 단체들의 민민 투쟁에 힘을 실어주게 될 텐데…… 나는 그런 마음은 굴뚝 같지만 성고문을 당하지는 않았거든. 두들겨맞기만 했지."

현주의 얼굴이 핼쑥하게 질렸다. 잠시 호흡을 고르던 현주는 차가운 말투로 내뱉었다.

"난 성고문당하지 않았어. 아마 성고문당했다고 주장하는 애들은 이미 허랑방탕한 생활을 해왔거나, 아니면 수단 방법을 가리지 않고 성을 이용해서까지 여론을 환기해 민민 투쟁을 하려는 부류들일 거야."

그 친구의 눈이 놀라움으로 크게 벌어졌다. 해경 역시 마찬가지였다. 잠시 경악의 침묵이 흐른 후 그 친구가 외쳤다.

"너, 그거 진심으로 하는 말이니?"

현주 역시 자신의 입에서 튀어나간 냉소적인 말에 놀라고 있었다. 이것이 과연 내 생각인가? 가슴에서 들끓고 있는 이 뜨거운 응어리에서 튀어나간 말인가? 아니다, 이건 내 마음의 혼란을 한사코 감추려는 영악한 반어적인 표현이다. 이런 말은 반정부활동을 비난하는 기득권자들의 험담을 아무 생각 없이 흉내낸 것에 불과하다.

도대체 내가 왜 이런 말을 했을까? 정말 이건 아니다, 아니다……
현주는 당황한 채 친구의 물음에 아무 대답도 못 했다. 그러자 그
친구는 흥분하여 술잔을 들더니 현주의 핼쑥한 얼굴에다 확 뿌렸
다.

"너는 사람도 아니야. 다신 상종 못 하겠다. 절교하자."

그 친구는 벌떡 일어나 술집을 나가버렸다. 현주의 눈에는 뜨거
운 물이 괴었다. 현주는 술을 뚝뚝 흘리며 간신히 눈물을 감췄다.
해경이 말없이 휴지를 꺼내 주었다. 현주는 술에 젖은 얼굴과 옷을
닦으면서 부들부들 떨었다. 그때, 나를 윤간한 그놈들이 정말 경찰
이었을까? 아니면 단순한 폭력배들이었을까? 형사들은 깡패랑 어
울려 놀았다고 비웃고 조롱했다. 이런 사실을 어떻게, 누구에게 말
한단 말인가? 나를 강간한 놈들이 경찰인 것이 확실하다면, 이 지
독한 수치심이 사라질 것인가? 증거만 댈 수 있다면 나도 권양을
도와 싸울 용기가 있다. 그러나 아니다, 아니다. 공권력을 위장해서
라도 간단히 여자를 성폭행해버리는 남성들의 폭력성이 민주화만
되면 씻은 듯이 사라질 것이란 말인가?

한참 만에 해경이 가라앉은 목소리로 물었다.

"너 왜 진심도 아닌 말을 했니? 니 생각이 정말 그런 건 아니잖
아?"

"모르겠어. 난 아무것도 말하고 싶지 않아. 아무것도……"

현주는 자기를 감추기 위한 변명을 더이상 하고 싶지 않았다. 그
날 현주와 해경은 아무 말 없이 헤어졌다.

세월은 가슴 밑에 쌓인 앙금을 고스란히 놔둔 채 재빨리 흘러갔
다. 90년대는 문민정부가 들어서고 사회주의권이 붕괴되면서 민중
민주운동도 빛을 잃어가고 있었다. 그때 신문의 사회면을 떠들썩하

게 한 김부남 사건이 터졌다. 김부남은 아홉 살의 어린 나이였을 때 자신을 성폭행한 동네 아저씨 송백권을 21년 만에 살해해버렸다. 언론은 어린이 성폭행의 후유증이 한 여자의 일생을 어떻게 망가뜨렸는지 경쟁적으로 보도했다. 김부남은 성폭행을 당하고 성장한 후 결혼생활도 제대로 할 수 없었고 정신 질환 상태에 빠졌다고 한다. 여성 단체들은 김부남을 위해 법 제도와 싸우기 시작했다. 현주는 해경이 내미는 김부남 후원 용지에 떨리는 마음으로 서명하고 정성껏 후원금을 냈다. 김부남의 처지가 남의 일 같지 않았고 그 여자가 오랜 세월 동안 겪었을 고통과 정신 착란이 생생하게 느껴지기까지 했다. 김부남은 재판에서 역사에 남을 말을 했다. 나는 사람을 죽인 게 아니라 짐승을 죽였노라고……

이어 근친 강간의 피해를 충격적으로 보여주는 김보은, 김진관 사건이 발생했다. 사람들이 오랜 세월 한사코 숨기고 부인해온 근친 성폭행의 피해 사례가 더이상 감출 수 없게 극단적인 살인 사건으로 연속해서 터져나온 것이다.

현주는 해경과 함께 이 사건을 극화한 연극을 보러 갔다.

연극에서 의붓아버지 김영오는 법조인이라는 사회적인 권력과 경제력을 독점하고 있는 가부장이라는 권력을 난폭하게 휘둘러 온 가족을 꼼짝 못 하게 한다. 김보은은 아주 어린 시절부터 의붓아버지로부터 지속적으로 성폭행당한다. 그러나 공포와 불안 때문에 저항하지도 못한다. 김보은의 어머니조차 딸이 성노리개가 되는 것을 어쩌지 못한다. 온 가족이 김영오의 비위를 거스르지 않으려고 전전긍긍하며 그의 난폭한 힘에 굴복해 산다. 견디다 못한 김보은은 대학에 들어간 후 사랑하게 된 김진관과 함께 김영오를 살해한다.

구석자리에서 연극을 보던 현주는 걷잡을 수 없이 눈물이 흘러나왔다. 암울했던 어린 시절, 그 신경증적인 공포와 무기력감……
무대 위의 김보은은 곧 현주 자신이었다.

연극이 끝나고 주최측과 관객들 사이에 열띤 토론이 벌어졌다.
성폭력은 더이상 80년대처럼 민주화운동의 일부분으로 얘기되지
않았다. 사람들은 남녀간의 힘의 불균형, 가부장제 권력의 문제를
확실히 인식하며 여성들간의 연대를 강조하고 있었다. 토론이 마무
리되어가고 있을 때였다. 사회자가 문득 현주를 지목하며 한마디했
다.

"저기, 연극을 보면서 내내 울고 계셨던 분, 굉장히 감동받으신
거 같은데, 무슨 할 말 없습니까?"

현주는 깜짝 놀라 몸을 움츠리며 황급히 고개를 저어 보였다. 마
음속으로는 이제야 남성들의 권력이 얼마나 집요하고 지독한지 얘
기되는군요, 나는 성폭력의 피해자로서 그 동안 성폭력의 성격이
정확하게 분석되지 않는 게 안타까웠어요 하는 말이 맴돌고 있었
다. 그러나 동시에 이 많은 사람들이 내가 성폭력을 당한 경험이
있다는 것을 알아차리면 어쩌나 하는 엄청난 공포가 밀려왔다. 공
개석상에서 나쁜 경험과 신경증이 폭로된다면 더이상 정상적인 사
회생활을 할 수 없을 것이다. 현주는 겁에 질려 성급히 그 자리를
빠져나왔다. 자신의 경험을 털어놓고 대안을 찾고 싶다는 욕구와
나쁜 경험을 드러냄으로써 이상하게 보이면 결코 안 된다는 방어
의식 사이에서 정신이 갈가리 찢기는 것 같았다.

그후 유치원 어린이 집단 성추행 사건, 장애인 성폭행 사건, 교수
가 조교를 성희롱한 사건 등 크고 작은 성폭행 사건들이 끊임없이
폭로되었다. 여자들은 몹시 분노하였고, 여성 단체들의 투쟁에 따
라 성폭력 특별법이 제정되어가고 있었다. 현주는 촉각을 곤두세우

고 그러한 움직임을 주시했으나 여전히 자신을 꼭꼭 감춘 채 아무 활동도 하지 않는 주변인으로 머물러 있었다. 그러면서 마음속으로 엄청난 갈등을 겪었다. 성전쟁에서 여자들이 속수무책으로 쓰러져 가는 이때, 너는 어디에 있는가? 왜 너 자신을 드러내지 않는가? 한사코 너의 경험을 부인하는 이유가 무엇인가? 무엇이 그토록 두려운가? 현주는 끊임없이 자신에게 묻지 않을 수 없었다.

고대생이 이대생의 축제 때 캠퍼스를 점유하고 난동을 부린 사건이 일어났을 때였다. 현주는 해경과 함께 페미니스트 카페에 갔다. 카페에서는 고대생 난동 사건에 대한 토론회가 열리고 있었다.

"이건 단순 난동 사건이 아닙니다. 여자 대학이라는 여성들만의 공간을 만만하게 여겨서 남성들이 강제로 힘을 행사한 성폭력이라고 규정해야 합니다."

"그렇습니다. 여성을 열등하게 여긴 나머지 마음대로 지배하려는 남성들의 작태는 성폭력이 분명합니다."

고대 난동 사건은 성폭력으로 규정되어가고 있었다. 여대생들은 향후 대책에 대해 격론을 벌였다.

"고대에 요청해서 난동을 부린 학생들에게 제적 처분을 내리도록 해야 합니다."

강경한 의견이 우세한 분위기였다. 그때 사회자가 조용히 한구석에 앉아 있던 현주를 지목하며 물었다.

"여기 참석자들 중에 제일 나이드신 분 같은데, 어떤 생각을 갖고 계신지 일반 사회인의 의견을 듣고 싶습니다."

현주는 당황했다. 현기증이 나며 머릿속에서 위잉 울림이 이는 것 같았다. 그러나 아무 말도 안 할 수는 없었다. 그러자 누군가 시키기라도 한 듯 의도하지 않은 말이 튀어나왔다.

"젊은 학생들의 장래를 생각하면, 한 번의 실수로 제적시키는 건 너무한 것 같은데요. 차라리 고대에 여성학 강좌를 개설하도록 압력을 넣는 게 어떨까요? 여성학 공부를 통해 학생들을 계몽하고 다시는 이런 일을 저지르지 않도록……."

현주는 말을 하면서도 이게 정말 자신의 의견인가 의심하지 않을 수 없었다. 사회 일반인의 상식적인 발언을 앵무새가 따라하듯이 내뱉고 있지 않은가? 의견을 발표하면서도 그 말 속에 현주의 진심은 담겨 있지 않았다. 진정한 의견을 말하라면 그 학생들 모두 퇴학시켜라, 그리고 다른 일반 성폭력범들은 거세형을 시켜야 한다고 외치고 싶었다. 그러나 현주는 끝까지 자신을 자제하고 소위 평균인의 통념만을 얘기했다. 그러자 젊은 여대생의 즉각적인 반발이 있었다.

"기성 세대의 의견은 고려할 필요가 없다고 봅니다. 기성 세대는 이미 남성과 여성이 사랑하며 함께 살아야 한다는 이성애 제도를 받아들이고, 그 이성애 제도 뒤에 숨겨진 남성 중심의 통념에 물들어 있어요. 우리는 젊은 세대의 새로운 시각으로 이 사건을 바라봐야 합니다. 이성애 제도는 어차피 성폭력을 야기할 수밖에 없습니다. 이성애 제도를 거부하고 여성들만의 문화를 존중하는 급진적 운동이 필요합니다."

"그렇습니다. 여자들은 좀더 과격해질 필요가 있습니다. 각 대학 여학생회에서 연대하여 성폭력 추방운동에 나섭시다."

현주는 자신이 감히 못 하는 얘기를 당당하게 말하는 젊은 여대생들이 부럽고도 믿음직스러웠다. 변화의 힘은 이 젊은 세대로부터 나올 것 같았다. 그때 사회자가 제지를 했다.

"그 문제는 오늘의 주제가 아니니까 뒤풀이에서 말하기로 하고,

고대생 성폭력 현장을 녹화한 비디오를 보여드리겠습니다."

이어 이대 캠퍼스에 오백 명 가까운 남학생들이 무리 지어 몰려와 고대 응원가를 신나게 부르는 모습이 화면에 나타났다. 그들은 여학생들의 행사를 방해하며 안하무인격으로 기차놀이를 했고 말리는 여학생들을 난폭하게 밀쳤다. 넘어지고 팔이 부러지며 다친 여학생들의 일그러진 표정이 클로즈업됐다.

현주는 몹시 충격을 받았다. 상황이 생각보다 더 심각했기 때문이다. 남자들은 도대체 왜 저렇게 거칠까? 현주는 도무지 남자들을 이해할 수 없었다.

남자 환자들

　회상에 잠겨 있는 사이 버스가 청량리에 도착했다. 전철을 타려고 인파 속을 헤치고 걸어가는데, 초등학교 사오학년쯤 되어 보이는 남자 아이들이 한 무리 지나가는 것이 보였다. 그들은 아직 어린데도 남성들만의 거친 '패거리' 모습을 보였다. 대장을 선두로 우르르 몰려가면서 세상 겁날 것 없다는 듯이 떠들어댔다. 여자가 여자로 태어나는 것이 아니라 길러지는 것처럼 남자도 키워지기 나름이라는 생각이 스쳐갔다. 동시에 정신병원에서 만났던 남자 환자들이 떠올랐다.

　그날, 여자들이 가부장제의 억압으로 미친다고 하자 그럼 남자들은 왜 미치냐던 원장의 반문을 생각하며 홀에서 병실로 돌아온 현주는 불쾌한 기분을 떨칠 수 없었다. 얼굴을 잔뜩 찌푸리고 있는 현주를 보고 영미가 물었다.

"왜 그래요? 무슨 일 있었어요?"

"원장하고 얘길 했는데, 원장도 어쩔 수 없는 남자라는 생각이 들었어요. 걸핏하면 승화시키라고나 하고…… 승화! 말이라서 간단하지, 당하기만 한 여자들의 깊은 분노가 그렇게 쉽게 승화돼요? 난 차라리 분노를 터뜨리고 싶어요. 여자를 함부로 폭행하는 남자들의 횡포에 대해 반란을 일으켰으면 해요. 인간 이하의 취급을 받은 여자들의 무서운 분노를 모아 전투를 시작하는 거예요. 성폭행당한 여자들끼리 힘을 모아 남자들을 때려눕히고 멸종시켰으면 좋겠어요."

현주는 숨도 쉬지 않고 폭포처럼 말을 내뿜었다.

"남자들을 때리고 싶단 말이죠? 뭘 그렇게 어렵게 얘기해요? 가서 때립시다!"

영미가 갑자기 광기를 내뿜으며 말했다. 그 번뜩이는 눈빛을 보자 현주는 약간 주춤해지며 내심으로 오그라들었으나 에라, 내친김에 말썽이나 부리자 싶어 순순히 동조했다.

"그래요, 남자들을 때려눕힙시다! 그런데 뭘로 때리죠? 주먹으론 오히려 우리가 당할 거고……."

영미가 씽긋 웃으며 슬리퍼를 벗었다.

"이거예요. 이 슬리퍼를 등뒤에 숨겨가서 남자들한테 가까이 다가간 순간 갑자기 덤벼들어 때리면 돼요."

"그거 좋은 생각이네요."

영미와 현주는 실내화를 숨기고 시치미를 뗀 채 생글생글 웃으며 홀로 나갔다. 홀에는 남자 환자들이 햇살 잘 드는 창가의 벤치에 앉아 한가로이 잡담을 하고 있었다. 그들의 등뒤에 도착했을 때

영미가 눈짓을 했다. 현주는 한껏 용기를 내어 슬리퍼를 번쩍 치켜 들고 한 남자의 등짝을 세게 내려쳤다. 영미 역시 마찬가지였다.

"아이구, 아야, 왜 이래?"

"어어, 이 여자들이 돌았나?"

남자들이 벌떡 일어섰다. 영미와 현주는 필사적으로 슬리퍼를 휘둘렀으나 곧 빼앗겼고, 팔다리를 꼼짝 못 하게 붙잡히고 말았다. 현주는 분해서 눈물이 났다.

"어허, 실컷 치고 나서 되레 울어?"

"어디, 얘기 좀 들어봅시다. 여자 병실에서 무슨 일이 있었수? 왜 남자 환자들을 때려요? 다같이 불쌍한 또라이들끼리……."

영미가 날카롭게 소리를 질렀다.

"너네 남자들은 걸핏하면 여자를 두들기고 강간하고 그래서 우리도 한번 때려봤다, 왜?"

남자 환자들이 맥빠진 듯 다시 자리에 앉으며 저마다 한마디씩 했다.

"그거야 여자가 맞을 짓을 하니까 때리는 거지. 북어와 마누라는 두들겨팰수록 부드러워지는 거 아니야?"

"강간이야 한강에 배 지나간 자리지, 여자도 사실은 즐기면서 뭘 그래?"

그 말을 듣는 순간 현주는 가슴이 콱 막히는 것 같았다. 어쩌면 이렇게 말이 안 통할까? 여자가 강간을 즐기다니…… 성폭행당하는 어린이가 행복해한단 말인가? 윤간당하는 처녀가 쾌락을 느낀단 말인가? 피해자들의 극심한 고통을 결코 이해하지 못하는 이 남자들은 얼마나 자기 위주로 그릇된 상상을 하고 있는 걸까? 그때 어떤 남자가 한술 더 떠서 말했다.

"엄밀히 말하면 강간이란 없어. 여자가 먼저 꼬리를 쳐서 남자를 유혹하고 나중에 뒤집어씌우는 수작이지."

그 말을 듣는 순간 현주는 눈이 확 뒤집히는 것 같았다. 자신도 모르게 그 남자의 따귀를 치려는데, 누군가 현주의 손을 꽉 잡아 말렸다. 남자 환자들 중 비교적 정신이 맑아 보이는 중년의 사내였다.

"자, 진정하고 인사나 합시다. 난 합판 사업을 하던 마용구라고 합니다. 대통령이 될 거라구 설치다 여기에 끌려왔죠."

그러자, 키가 크고 생김새가 길쭉하며 복장이 지저분한 남자가 히히 웃으며 한마디 했다. 강간은 여자도 즐긴다던 남자였다.

"마용구씨는 출마하라고 성도 마써여. 천상 대통령감이지. 난 채소 장수 허씨유. 도사가 되겠다고 도를 닦다 잘못돼서 들어왔수. 여기선 가짜 도사로 통해요."

말을 마치기가 무섭게 허씨는 현주의 발치에 가부좌를 틀고 털썩 주저앉더니 독경을 읊기 시작했다.

"반야바라밀다심경 관자재보살……."

현주가 발 밑에 다가앉은 가짜 도사의 행동에 질겁하고 있는데, 강간은 여자가 유혹해서 생기는 거라던 청년이 이가 빠져 분명치 않은 말투로 소릴 질렀다.

"듣기 싫어! 가짜 도사! 불교는 이제 한물갔어. 기독교도, 천주교도 한물갔어. 보라구, 내 예언이 틀리나? 세상의 종말이 가까워오고 있어. 두고 봐, 틀림없이 멸망이 갑자기 지구를 덮칠 테니까……."

머리를 빡빡 깎은 그 청년은 노스트라다무스 예언집을 펼쳐 보였다. 펼쳐진 예언집에는 태양과 지구, 달 등이 십자가형으로 배치된 그림이 나타났다. 청년은 홀의 맨바닥에 그 그림을 놓고 엎드려서 키스를 했다.

"이놈은 불쌍한 놈이죠. 공장에 잘 다니고 있었는데, 갑자기 교통 사고를 당해서 뇌수술을 받은 후부터 저렇게 됐대요. 운전사가 뺑소니를 쳐서 치료비도 못 받고, 국립정신병원에 있다가 만기일이 지나서 이 병원으로 왔어요. 척추가 안 좋은지 매번 오줌을 싸요. 별명이 오줌싸개죠."

마용구가 설명을 해줬다. 아닌게 아니라 그 청년에게서는 심한 지린내가 났다. 자라 보고 놀란 놈 솥뚜껑 보고도 놀란다더니, 갑작스런 교통 사고를 당한 충격이 세상 종말까지 믿게 한 모양이구나 현주는 생각했다. 이때 또 한 청년이 불쑥 나타나 눈을 부라리며 질문을 던졌다. 하현달처럼 창백한 청년이었다.

"담배 있어요?"

"없어."

영미가 짧게 대답했다. 그 청년은 두말없이 확 돌아서더니 무언가 계속 중얼거리며 홀 안을 빙글빙글 돌기 시작했다.

"저 친구는 소설가예요. 하루 종일 중얼거리는데, 그게 바로 소설이래요. 볼펜이 없으니 입으로 글을 쓰는 셈인데, 지독한 또라이예요."

역시 마용구가 설명했다. 그러자 영미와 현주를 둘러싸고 있던 남자 환자들이 서로를 가리키며 한바탕 웃어댔다.

"우린 모두 또라이야, 너도 또라이, 나도 또라이……."

진짜 미친놈들이군. 현주는 악의에 차서 강간을 대수롭지 않게 생각하는 남자들을 저주했다. 그러자 한 가지 의문이 떠올랐다. 정말로 여기 있는 남자들은 왜 미친 것일까? 집에서 왕처럼 떠받들여질 귀한 아버지, 아들, 남편, 지배자, 기득권자 들이 뭐가 모자라서 정신병자가 된 걸까? 여자들처럼 성적 억압 때문에 괴로워하지 않아도 될 기고만장한 위치에 있는데…… 현주는 슬그머니 그들을 떠보았다.

"아까 강간 얘기를 할 때……."

그러자 허씨가 손을 내저으며 말을 잘랐다.

"아, 시시한 얘기 맙시다. 그런 성문제는 살아가는 데 그리 중요한 게 아니우. 동식물들도 다 접붙는데, 그게 뭐 그리 새삼스럽소? 길을 막고 물어봐요. 남녀관계란 다 그렇고 그런 거지."

현주는 말문이 막히며 더욱 화가 났다. 내가 이 병자들을 상대로 대화를 하려 하다니…… 남자들은 성문제를 심각하게 고민하는 법도 없이 세상에서 주입받아온 통념을 그저 지나가는 말로 툭툭 내뱉을 뿐이었다. 그러면서 중요한 문제는 따로 있다고 했다. 그러면 남자들한테는 도대체 뭐가 중요한가? 현주는 홀 안의 남자들을 새삼스레 살펴보았다.

그래도 영미와 현주에게 말을 붙였던 환자들은 비교적 증세가 가벼운 편이었다. 아예 정신 빠진 사람들은 저마다의 세계에 골몰하여 괴상한 모양으로 여기저기 앉거나 서 있었다. 칠판에 끊임없이 대걸레질을 하는 메마른 중년 남자, 다리를 꼬고 발끝을 건들거리다가 문득 폭소를 터뜨리는 남자, 창가에 우두커니 서서 벽만 노려보며 뻣뻣이 굳어 있는 남자, 그 외에 병실에서 나오지도 않고 종일 빈둥거리는 남자들.

그때였다. 우와아아악! 갑자기 괴성을 지르며 한 남자가 병실에서 홀로 뛰쳐나왔다. 몸집이 무척 큰 남자였는데, 그는 두 손으로 검은 물체를 번쩍 들어올리더니 홀 바닥에다 세게 내팽개쳤다. 딱딱한 바닥에 부딪친 검은 라디오는 단번에 산산조각이 났다. 그는 눈을 부릅뜨고 숨을 몰아쉬며 깨진 라디오를 노려보았다. 놀란 사람들이 구석에 몰려 선 채 그 무서운 환자를 멍하니 구경만 하고 있었다. 그러자 뒤늦게 뛰어온 간호사들이 당황해서 소리쳤다.

"왜 그래요? 임광훈씨. 이 라디오 누구 건데 깨뜨렸어요?"

"내 거요."

임광훈이라는 사내가 무뚝뚝하게 대답했다.

"왜 내팽개쳤어요?"

"아, 이놈의 라디오가 날 시험해보려고 자꾸 동무, 동무 하지 않아요?"

"무슨 소리예요?"

간호사들이 영문을 몰라 물었다.

"이래뵈도 내가 특공대로 원산까지 올라갔다 온 사람이라구요. 68년도에 김신조 일당이 서울까지 침범했었잖아요? 그래, 그 보복을 하려고 우리 특공대가 북으로 쳐들어갔어요. 하도 경비가 철통같아 허탕치고 왔지만……."

"무슨 헛소릴 하는 거예요?"

간호사들이 당치 않은 말이라고 투덜댔다.

"근데 아군 하나가 해안에 제일 먼저 상륙했다가 수류탄을 맞고 부상을 당했어요."

임광훈의 얼굴은 심한 고통으로 보기 싫게 일그러졌다. 그는 더 듬더듬 말했다.

"나는 그 친구를 안락사시킬 수밖에 없었어요. 팔다리가 다 떨어져나가 어차피 살지도 못할 지경이었지만, 버리고 오면 놈들에게 고문당하고 이용당할까 봐 처치한 거예요."

임광훈은 부르르 몸을 떨었다.

"그게 이 라디오하고 무슨 상관이 있어요?"

간호사가 훨씬 누그러진 목소리로 물었다.

"그 지경을 당했던 내가 혹시 마음이 변해 딴 생각을 품지 않았나 하고 이 라디오가 자꾸 시험을 걸어요."

"라디오가 시험을 해요?"

"라디오뿐 아녜요. 모두가 날 의심해요. 정부가, 온 국민이, 남한 전체가! 봐요. 라디오조차 동무, 동무 하면서 날 떠보지 않아요? 난 전향 안 해요. 난 절대로 북한은 싫다니까!"

임광훈은 필사적으로 소릴 질렀다.

"반공 프로에서 동무 소리가 나오는 거예요. 임광훈씨보고 뭐라 하는 게 아녜요."

간호사들이 좋은 말로 달랬다.

"어쨌든 난 동무 소리가 듣기 싫어요. 북한놈들이라면 지긋지긋하다구요."

"알았어요. 임광훈씨는 진짜 애국자예요. 아무도 의심하지 않아요. 우린 임광훈씨를 믿어요. 이제 병실에 들어가 누우세요."

간호사들이 임광훈을 진정시켰다. 그리고 인터폰으로 외래 병동의 원상에게 일어난 일을 보고했다.

잠시 후 외래 병동의 여자 간호사가 들어와 임광훈에게 안정제를 놓아주었다. 임광훈은 곧 잠이 들었다. 소동이 일단 가라앉은 것이다. 한숨 돌리려는 간호사를 붙잡고 현주가 물었다.

"임광훈씨가 하는 말이 사실일까요?"

"헛소리예요. 망상이 심해서 하는 말이니 신경 쓸 거 없어요."

간호사는 다른 환자들이 영향을 받을까 봐 단호하게 잘라 말했다. 그러나 경찰 조사를 받으며 국가가 행사하는 폭력을 겪어본 현주로서는 그렇게 쉽게 임광훈의 말을 무시해버릴 수 없었다.

"왜 그렇게 엄청난 망상을 하게 됐을까요?"

"어떤 환자들은 자기 생활의 중심에 자신이 해결할 수 없는 거대한 문제를 끌어들이고, 자기 인생의 실패나 과오를 그 때문이라고 변명하거나 합리화해요. 저 사람도 그럴 거예요, 아마……"

간호사가 조심스럽게 설명했다. 그 말에 현주는 가벼운 충격을 느꼈다. 자기 생활에 거대한 문제를 끌어들여 실패를 합리화한다…… 현주는 병실로 돌아와 침대에 누웠다. 그리고 눈을 감고 깊은 생각에 잠겼다.

나의 일그러진 성적 경험들에서 오는 고통과 실패감을 합리화하기 위해 나는 가부장제라는 거대한 권력 구조를 상상한 걸까? 과연 가부장 제도는 실재하는 힘인가? 알고 보면 남자들은 모두 저 환자들처럼 힘없고 나약한 존재들인가? 남성들, 가부장제에 대한 나의 적개심과 분노는 여자들이 힘을 모아 투쟁해나가야 할 문제가 아니라 개별적이고 내적인 수양으로 승화시켜야 할 문제일까? 아니, 아니다. 남자들은 현실적으로 호주가 되어 여자와 아이들을 거느리며 살게 되어 있다. 그들 중의 일부는 남자의 권력을 남용해서 여자를 마구 학대하고 강간도 한다. 남성 문화의 폭력성을 직접 겪어보지 않았는가? 그러면 저 남자 환자들의 존재는 어떻게 이해해야 하나? 가부장제에서 기득권자인 그들이 왜 미치는 걸까? 남자들에게 분노할 게 아니라 그들을 알고 이해하려고 노력해야 하지 않을까?

현주는 한참 생각하다 이마를 탁 치며 스스로를 꾸짖었다. 야, 넌 마음도 좋고 심지도 약하다. 남자들한테 그렇게 당하고도 이해하려 하다니…… 그래, 어쩌면 남자들도 가부장제의 희생자인지 모른다.

가부장제의 역사는 매우 오래 되었다. 아득한 옛날부터 지금까지, 가부장제는 씨족이나 부족 국가 형태를 띠기도 했고, 왕정이나 봉건제와 결탁하기도 했고, 자본주의나 사회주의와 결합하기도 했다. 우리나라는 근대에 와서 자본주의 국가를 형성하면서, 전통적인 가부장제를 이용했다. 즉 남성 노동자에게 가족 대표 임금을 주고, 여자는 집안에서 가사노동에 종사하게 함으로써 노동력의 재생산을 해내는, 가능한 한 적은 비용으로 자본주의가 굴러가게 하는 사회 구조를 만든 것이다. 이렇게 국가와 자본주의와 가부장제의 결합은 결혼과 가족과 자녀 양육의 형태를 결정하고, 모든 국민의 일상생활을 지배한다. 따라서 남자들은 좋은 아버지나 남편, 아들이 되기 위해서 반드시 성공해야 한다는 강박 관념을 주입받으며 자란다. 그러나 최고의 자리는 극소수만 차지할 수 있기 때문에 남자들의 세상에서는 끊임없이 세력 다툼이 일어난다. 권력을 쥐기 위해, 돈을 벌기 위해, 명예를 얻기 위해, 수없이 싸우고 서로 헐뜯고, 자연을 정복하고, 전쟁을 일으키고…… 그런 경쟁적이고 폭력적인 남성 문화에서 밀려나고 상처입은 심약한 남자들은 범죄자가 되거나 미칠 수밖에 없다. 자기보다 약한 여자들을 강간하는 범죄도 남성 문화 전반에 닐리 퍼져 있는 병적인 폭력성 때문이다. 이렇게 남성 문화가 안고 있는 병적인 요소들은 남자 광인들을 만들어낼 수밖에 없다. 정신병이란 따지고 보면 사회적 기대치와 현실적 자아를 통합시키지 못하는 데서 발생하는지도 모른다. 즉, 여자나 남자나 자기가 사회에서 어떤 인물이 되어야 한다고 공상하는 정도에 비해 자신의 실제 능력이나 현실이 너무 뒤떨어지고 비참하게 느껴질 때 괴로워하다가 망상을 하고 분열을 일으키는 것이다. 그렇다면 정신병이란 근본적으로 사회적인 병이다. 결국, 국가와 가부장제와 자본주의의 결탁은 남자와 여자 전부를 끝이 없는 경쟁 상태에서 수시로 좌절하게 하며, 온 국민을 효과적으로 통제하고 동원하고 옥죄는 보이지 않는 그물망을 형성한다. 그 그물망을 조금만 벗어나려 하면 감시와 탄압, 처벌이 이루어진다. 반항아와 이탈자는 감옥으로, 정신병원으로 격리되는 것이다.

그때 현주의 머리를 강하게 치는 생각이 있었다. 그런데, 왜 하필 몸일까? 약자와 반항아와 이탈자를 처벌할 때 왜 몸을 강간하고, 몸을 때리고, 몸을 가두는 걸까? 대답은 쉽게 나오지 않았다. 현주는 요모조모로 생각해보다 그만 잠이 들고 말았다.

이튿날 회진 시간이었다. 남자 병실들을 먼저 둘러보고 온 원장이 현주에게 물었다.

"어제 남자 환자들을 때렸다면서요? 왜 그랬어요?"

현주는 적당히 대답했다.

"하도 불쌍해서 정신 좀 차리라 그랬어요."

"적개심 때문에 그런 건 아니고?"

원장이 현주의 변화를 수상쩍어하며 되물었다.

"남자들도 결국 자본주의적 가부장제의 희생자인데요, 뭐."

원장은 현주의 대답을 가만히 듣다 차트에 무언가를 적었다. 그날부터 현주와 영미의 약은 배로 강해졌다. 두 사람은 얘기를 나눌 사이도 없이 약기운에 곯아떨어져 정신없이 잠만 잤다.

그렇게 며칠이 지났을 때 해경이 면회를 왔다. 현주는 너무나 반가워서 활짝 웃었지만, 해경은 주르륵 눈물부터 흘렸다. 현주는 그동안 해경에게 일어난 김 선배와의 사건을 자세히 들었고 왜 약혼을 했는가도 알게 되었다.

"너무 부당해. 성관계를 했다는 이유만으로 사랑도 없이 결혼한다는 건⋯⋯."

현주가 투덜거렸으나 해경은 이미 많은 갈등을 겪은 후에 내린 결정이어서 그런지 무덤덤하게 말했다.

"사랑이 뭐, 별거니? 인연이 되면 같이 사는 거지. 부모님 의사도 거역할 수 없고⋯⋯."

말은 그렇게 하면서도 해경은 매우 쓸쓸한 표정이었다.

"그보다 넌 전혀 아파 보이지 않는구나. 내 생각엔 니가 석하 사건으로 너무 놀라서 잠시 혼란스러워졌던 것 같은데, 누구라도 그런 일을 당하면 정신을 잃는 게 당연하지 않니? 병 같지도 않은 병을 끌어안고 여기서 허송세월을 할 게 아니라, 그만 퇴원하고 복학해서 나랑 여성학 스터디나 하자."

해경이 시원스레 말했다.

"여성학 공부?"

현주가 되물었다.

"그래, 최근에 각 대학 여학생들이 모여서 여성해방 이론을 공부하는 팀이 생겼어. 나도 거기에 참여하는데, 자기 합리화나 변명을 위해서가 아니라, 여자 자신의 생존을 위해서, 이 어려운 시대에 살아남기 위해서 열심히 공부하자는 거야. 너도 같이하면 큰 힘이 될 거야."

해경은 가방을 열고 책 네 권을 꺼냈다. 이효재의 『여성해방의 이론과 현실』, 스트럴과 재거의 『여성해방의 이론 체계』, 밀레트의 『성의 정치학』, 그리고 일본어로 된 메리 데일리의 책이었다. 지금 돌이켜보면 여성해방 이론의 고전에 해당하는 아주 초보적인 책들이었지만 그 당시는 여성학이 널리 소개되기 이전이어서 아주 귀한 자료들이었다. 현주는 기쁜 마음으로 그 책들을 받으며 자신이 가부장제에 대해 얼마나 고민하고 있었는가를 해경에게 얘기했다. 해경은 주의깊게 들은 후 말했다.

"나는 이론을 통해 가부장제 모순을 깨달았는데, 너는 자신의 체험 속에서 그 모순을 파악했구나. 거듭 말하지만 빨리 퇴원해서 같이 공부하자."

면회를 끝낸 후 현주는 해경이 많이 변했다는 생각을 했다. 해경은 더이상 명랑하기만 한 소녀가 아니었다. 자신의 고민을 스스로 감당하고 해결하려는 성숙한 어른의 냄새가 났다. 배워야 할 성장이었다. 현주는 곧바로 해경이 주고 간 책을 읽기 시작했다. 그러면서 해경이 했던 말을 소중하게 간직했다. "여성해방은 자기의 합리화나 변명을 위해서가 아니라, 생존을 위해서, 살아남기 위해서 하는 투쟁이라는 걸 잊지 말아!" 현주는 여성해방 이론의 다양한 사조들을 열심히 살펴보았다. 마르크시스트 이론은 여자의 경제적 종속을 강조하고 있었는데, 현주의 어머니가 의붓아버지에게 꼼짝 못하고 매여 사는 것을 해명해주어서 흥미로웠다. 그러나 가장 관심을 끄는 것은 메리 데일리의 분리주의 이론이었다. 여자들은 너무나 오랜 세월 남자들에게 괴롭힘을 당해왔기 때문에, 일단 남성들을 떠나 여성들만의 공동체에서 힘을 회복해야 한다, 그리고 여성 스스로의 문화를 만들어가야 한다는 주장이었다. 현주는 송곳을 갈듯 의식의 촉수를 갈았다.

그래, 결혼하지 말고 혼자 살자. 남자들에 의해 망가진 자신으로부터 살아갈 힘을 끌어내기 위해서는 무엇보다 남자에게 의존하지 않는 혼자만의 힘이 필요하다. 애초의 생각대로 이 거대한 가부장제의 반항아가 되자. 남자도 따지고 보면 가부장제의 희생자라는 동정심을 내세워 못 이기는 척 타협하지 말자. 그들은 어차피 기득

248

권자로 실질적인 힘을 갖고 있다. 급진적인 여성해방 투사가 되자. 남녀관계를 조종하고 있는 세상의 관습을 그대로 내면에 받아들이지 말자. 외할머니로부터 세뇌당한 봉건적 집단 무의식과 끊임없이 싸우자. 세상의 보수적 통념과 여성해방의 진보적 의식 사이의 싸움. 그 사이에서 나는 살아남기 위해 진보를 택하겠다. 그래, 과격해도 좋다. 진보적 여성해방론자가 되자.

모질게 마음을 다잡은 현주는 퇴원하기 위한 전략을 세웠다. 우선 의사와 간호사에게 잘 보일 것, 그들의 남성 위주 사고에 순응하는 체할 것. 둘째, 어머니를 안심시킬 것, 퇴원하여 얌전히 시집갈 것처럼 말을 잘 들을 것. 현주의 전략은 적중했다. 의사와 어머니는 퇴원에 합의했다. 퇴원을 앞두고 현주는 원장과 마지막 상담을 했다. 그날 원장은 여느 때처럼 책상에 앉아 있지 않았다. 그는 창가에 서서 뒷모습을 보이고 있었다. 현주가 방 안에 들어서는 기척을 느끼자 원장이 돌아보며 말했다.

"이리 오십시오."

원장은 창 밖에 오가는 사람들을 가리키며 말했다.

"저 사람들을 보세요. 다 멀쩡하지요? 하지만 자세히 살펴보면 병적인 요소를 지닌 사람들이 너무나 많습니다. 유년기부터 건전한 자아를 형성할 행운을 지닌 사람은 그렇게 많지 않아요. 랭보의 시구를 잘 알죠? 흠없는 영혼이 어디 있으랴 하는……"

현주가 빙그레 웃었다. 원장이 시구를 인용하는 게 재밌었기 때문이다. 원장이 계속 말했다.

"하지만 모두들 바쁜 생활에 밀려 허겁지겁 살 뿐이지요. 대부분의 사람들에게는 자신을 점검할 계기가 그렇게 많지 않아요. 그저 자신이 정상이거니 믿고 많은 것을 억누르고 살 뿐이지요. 그러다가 참을 수 없는 충격을 받거나 한계 상황에 부닥치면 정신 이상을 일으키지요. 얼마나 많은 신경 정신병 환자들이 있는 줄 아십니까? 게다가 놀라운 추세로 점점 더 늘어나고 있죠. 일단 발병해서 입원한 환자들을 고치는 일은 정말로 쉽지가 않습니다. 환자들이 오랫동안 억누른 왜곡되고 고착된 갈등을 바르게 편다는 것은 매우 힘들어요. 또 환자들은 흔히 자신을 괴롭히는 억압의 정체가 무엇인지 인식하지 못하고 있고, 그것을 무의식적으로 숨기고 있어요. 하지만 현주씨 경우는 치료가 아주 용이했어요. 스스로 갈등의 원인을 밝히려고 노력했으니까요."

원장은 비로소 의자에 앉았다. 현주도 상담용 의자에 마주 앉았다.

"이렇게 퇴원하는 것을 보니 의사로서 매우 기쁩니다. 마지막으로 몇 가지 주의를 드리겠습니다. 정상인과 환자의 차이는 환자에겐 인생을 도 닦듯이 살아야 할 숙제가 하나 더 있다는 것입니다. 언제나 수양하는 자세로 살아가십시오. 자기의 감정과 불안에 걷잡을 수 없이 끌려들 때는 명상을 하려고 애쓰면서 자제력을 발휘해보십시오. 절대 행복이란 오직 고난을 이겨내는 건강한 정신의 승리품일지도 모릅니다. 고통을 통해 강인한 내성을 기르는 거지요. 명심하십시오. 외적인 시련에 흔들리지 않을 주체적 인격을 형성해야 합니다. 주체적 인격의 힘이 형성되지 않은 자아는 뿌리가 없는 인공의 나무와 같아 생명력이 없습니다."

원장은 주체적인 힘을 몇 번씩이나 강조했다. 그러더니 힘주어 덧붙였다.

"잘 들으십시오. 쾌락은 절대 금물입니다. 만약 쾌락에 흔들리게 되면 무의식의 실타래가 다시 얽히고 맙니다. 쾌락과 광란은 사태를 악화시킬 뿐이지요. 늘 자신의 병적인 요소를 발견해내고 겸손한 수양의 자세로 살아야 합니다."

원장은 같은 내용의 말을 표현만 바꾸어 거듭거듭 간곡하게 부탁했다. 현주는 그가 하는 말이 인생을 오래 산 할아버지의 지혜 같아서 나름대로 의미가 있다고 생각하며 다소곳이 대답했다.

"네, 잘 알겠습니다."

원장은 현주의 반응에 흡족한 표정을 지었다. 의사로서 보람을 느끼는 순간 같았다.

"퇴원하더라도 내가 지어주는 약은 꼭 먹어야 합니다. 불면증을 치료하는 효과도 있고, 재발을 예방하는 약이니까요."

"약을 끊으면 안 될까요?"

현주가 조심스레 물었다.

"끊지 마십시오. 재발하면 고치기가 세 배나 힘듭니다. 정신병이란 반드시 마음의 병만은 아닙니다. 뇌의 화학 물질에 이상이 생겨 발병하는 수도 있습니다. 그러니까 생체학적으로 약물 치료를 해주어야 합니다. 제 말을 흘려듣지 마십시오."

"네."

현주는 순순히 대답하고 퇴원했다.

해방이다! 육 개월 만에 세상으로 나온 것이다. 처음에 현주는 의사의 말을 무시하고 약을 먹지 않았다. 그러자 이상하게 잠이 오지 않았다. 게다가 전에는 없었던 병적인 불안감과 공포심이 생긴 걸 인정하지 않을 수 없었다. 집에 있으면 갑자기 화재가 날 것 같았고, 길을 가면 돌발적인 교통 사고가 일어날 것 같았으며, 밤에는 강도가 들어와 성폭행을 할 것 같았다. 내가 왜 이럴까? 의사에게 물어보니 외상 후 증후군이라고 했다. 큰 사고를 체험한 사람에게서 흔히 볼 수 있는 강박 증세라는 것이다. 당황한 현주는 심약한 사람이 술을 마시듯 약을 먹기 시작했다. 두세 달에 한 번씩 병원에 가서 원장을 만나고 약을 받아왔다. 약을 끊어보려고 무수히 노력했으나 그때마다 재발 직전에서 다시 약을 먹어야 했다. 아무래도 약물 중독이 된 것 같았다. 현주는 현대 의학에 대해 의구심을 품지 않을 수 없었다.

어쨌든 지속적으로 약을 먹게 되자 현주의 생활 태도는 굉장히 조심스러워졌다. 의사의 충고대로 쾌락과 광란에 빠지지 않도록 과음을 삼갔고, 남자들을 피했으며, 무엇에든지 지나치거나 무리하는 일이 없도록 자기 조절을 하며 금욕적인 생활을 했다. 남성들의 강간 문화가 여자들을 통제하는 수단이라는 말대로, 현주는 다시는 강간당하지 않도록 지극히 절제된 삶을 살며 조신하게 지냈던 것이다.

그러나 복학한 후 그 동안 못 했던 공부는 매우 열심히 했다. 여성 서클에도 적극 참여했다. 그러나 80년대의 여성운동은 민주화 투쟁에 경도돼서 현주의 여성해방에 대한 생각을 과격한 분리주의라고 비판했고, 현주는 그 때문에 많은 상처를 받기도 했다. 어찌어찌 대학을 졸업하고 박종민 선배와 함께 일하게 되면서 돈벌이를 할 수 있었고, 방을 얻어 집으로부터 자립했다. 그리고 유월 항쟁을 거치면서 일종의 해방감을 맛보았고, 다시 시를 쓰기 시작했다. 시를 다시 쓰게 되었을 때의 감격은 대단했다. 잃어버렸던 희망을 되찾은 현주는 시를 쓰지 못했던 그 동안의 세월이 얼마나 절망적이었던가를 새삼 깨달았다. 그후 꾸준히 노력하여 지금의 집을 장만했고 일하고 시 쓰는 생활을 하면서 나름대로 안정을 찾은 셈이었다.

성혁명

  아침 일찍 출발했는데도 외할머니 산소에서 집으로 돌아왔을 때
는 이미 어두워져 있었다. 성묘를 하고 온 건지, 끝없는 기억과 생
각의 미로를 헤매다 온 건지 구별이 가지 않았다. 그러나 충분히
사색한 결과 약간은 솔직히 자신을 성찰할 수 있었다. 문제는 어떻
게 해야 의식과 상관없이 작용하는 집단 무의식, 피상적인 말들로
부터 자유로울 수 있을까였다. 고단한 몸과 마음으로 현주는 곧바
로 자리에 누웠다. 불면증 약을 먹지 않았는데도 피곤한 몸은 잠
속으로 까부라져 들어갔다.

  석하다. 석하가 기독교 회관 옥상에서 떨어져내린다. 현주는 황
급히 달려간다. 가까이 가보니 땅바닥에 피를 흘리며 널브러져 있
는 사람은 현주 자신이다. 사람들이 우우 몰려든다. 누구야? 누가

투신했어? 사람들이 웅성거린다. 현주는 일어나려 한다. 그러나 몸이 꼼짝도 않는다. 현주는 죽었다. 그러나 의식은 또렷이 살아 있다. 현주는 죽지 않았다고 생각한다. 기절한 거야. 깨어날 수 있을 거야. 이 여자가 누군지 아는 사람 없소? 누군가 크게 소리친다. 그때 권인숙이 나타난다. 이 여자는 내 친구예요. 성폭력을 당해 죽었어요. 사람들이 동요한다. 여자들이 특히 흥분한다. 장례를 거대하게 치릅시다. 억울한 죽음을 만천하에 알리고 성폭력 반대 데모를 합시다.

현주의 시신은 널 위에 얹혀 기독교 회관 강당으로 옮겨진다. 여성 단체에서 성폭력 반대 집회를 연다. 연사들이 흥분하여 '성폭력을 뿌리뽑자' '정조에 관한 법이 아닌 성적 자기 결정권 침해에 관한 법률로 성폭력법을 개정하라' '현주를 죽인 성폭력범을 거세형에 처하라'고 외치며 성토를 한다. 성토가 끝난 후 현주를 얹은 널을 앞세워 시위 대열이 행진을 시작한다. 회관 앞을 꽉 막고 있던 남자 전경들이 여자들의 기세에 눌려 길을 조금 터준다. 여자들은 구호가 적힌 피켓과 플래카드를 들고 행진한다. 행렬의 뒤에는 풍물패들이 징과 꽹과리를 울리며 따라간다.

탑골공원 앞이다. 시위 행렬은 잠시 멈추어 서서 대열을 가다듬는다. 그러자 탑골공원에 진치고 있던 노인들이 내다본다. 노인들 중의 한 사람이 화를 낸다. "신성한 순국 선열들이 모셔진 곳에 와서 성폭력같이 더러운 문제로 시끄럽게 굴다니……" 노인들은 데모 행렬을 내쫓으려 한다. 그때 박카스 아줌마 한 명이 나선다. "저 할아버지 혼자 깨끗한 척하네. 나랑 자고 화대 오천 원을 그냥 떼먹은 주제에……" 사람들이 와그르르 웃는다. 박카스 아줌마는 신이 나서 입심 좋게 말한다. "나도 처녀 적에 성폭력만 안 당했으면 좋은 데 시집가서 잘살았을지도 모른다구…… 오늘날 내 팔자가 이렇게 기박하게 된 거는 여자의 값어치를 성적인 기준으로 저울질하는 남자들 때문이라구……." 와, 아줌마 한마디 했어, 근사한데! 여자들이 환호성을 지른다. 정신대 할머니들도 소리친다. "우리가 일제에 끌려가 유린당하고 있을 때, 너희 민족주의자 남자들은 무엇을 했었냐?" 그러자 노인들이 슬금슬금 사라지고 할머니와 아줌마들이 여기저기서 모여든다. 행렬의 숫자는 삽시에 불어난다. 늙고 젊은 여자들이 목청을 높여 '밤길을 되찾자' '성폭력을 물리치자' 소리지르며 행진을 계속한다.

종로에 도착하자 소식을 듣고 나온 주부들과 어린이들이 모여 있다. '우리 아이들을 성폭력으로부터 보호해주세요' 라고 씌어진 피켓을 든 학부모들이 아이들과 함께 행렬에 가세한다. 여자들의 수는 점점 늘어난다. '원조 아빠는 싫어요' 라는 피켓을 든 십대 여학생들, '직장 내 성희롱을 물리치자' 라는 플래카드를 든 근로자들이 여기저기서 합세한다. 광화문에 이르자 매춘 여성들이 '우리는 매일 성폭행당한다'고 외치며 행렬에 끼여든다. '부부 성폭행을 인정하라'고 외치는 주부들도 있다. 행렬은 엄청나게 불어나서 마치 6·29 항생 때 같다. 전투 경찰늘은 감히 제지하지 못하고 멀거니 바라보기만 한다.

널 위에 누워 있는 현주는 가슴이 벅차오른다. 일어나서 데모에 뛰어들고 싶다. 무언가 크게 외치고 싶다. 그러나 몸을 꼼짝할 수 없고 목소리는 나오지 않는다. 내가 정말 죽었나? 현주는 자신의 몸을 쳐다본다. 몸은 피범벅이 되어 있고 상처투성이다. 내가 정말 죽었구나. 그래서 지금 이 성혁명의 기폭제가 되고 있구나. 그렇다면 잘 죽었다. 보람 있는 죽음이다. 그러나 나는 아직 말하지 못한 것이 있는데…… 뭐지? 죽은 현주는 골똘히 생각한다. 뭘 말하고 싶어 이렇게 가슴이 답답할까?

시위 행렬은 마포에 이르렀다. 엄청난 수의 여대생들이 기다리고 있다가 환호성을 울리며 합류한다. 그들은 '개인적인 것은 정치적인 것이다'라고 쓴 알록달록한 풍선들을 나누어준다. 그러자 시위의 열기는 한층 고조된다. 데모대는 가다 서다를 반복하며 틈틈이 자유 연설과 성토를 하고 노래를 불러댄다. 시위대가 멈춰 서 잠시 쉴 때 현주는 즉석에서 열린 성폭력 추방 행사를 본다. 대학생들은 자궁 모양의 설치물을 전시하고, 꽃 같은 음부를 그린 걸개 그림을 내건다. 아줌마들은 포르노 테이프를 모아 태우며 외친다. '포르노는 이론이고 강간은 실천이다! 포르노를 추방하라!' 한편에서는 여성의 육체를 상품화한 콜라병 깨뜨리기 시합이 벌어진다. 여기저기 대자보가 나붙고, 자유 발언대가 열린다.

한 여대생이 단 위에 올라가 자신이 대학 내에서 강간당한 경험을 폭로하며 시위대를 독려한다. 현주는 깜짝 놀란다. 강간당한 경험을 서슴없이, 조금도 머뭇거리지 않고 솔직하게 말하는 저 젊은 여성은 얼마나 당당한가? 강간은 여자가 행실이 단정치 않아 불러들이는 화라는 통념을, 당할 소지가 있었으니까 당했지라는 비뚤어진 세상의 시각을 단번에 깨뜨리는 여대생의 단아함과 강건함. 그렇다. 죄인은 강간당한 피해자가 아니라 강간한 남자다. 현주는 강간당한 여자를 색안경 끼고 보는 사회의 통념에 조금도 주눅들지 않는 해방되고 씩씩한 젊은 세대가 놀랍고 미더울 뿐이다.

다음으로 십대 소녀가 단 위에 올라간다. 그 소녀는 유치원 때 성폭행을 당하고 비행 청소년으로 지낸 얘기를 고백한다.

"결국은 정신병원 신세를 졌는데, 정신과 의사가 어릴 때 성폭행

256

당한 경험이 있는 사람은 커서 성적으로 문란한 행동에 빠지는 경우가 있다고 하더군요. 그때 참 어이가 없었어요. 내가 그토록 고통스러워했던 그 많은 갈등이 한마디의 증세로 요약되면서, 나는 그저 그렇고 그런 환자가 돼버린 거 있죠? 정신병자, 그게 저였어요."

현주는 그 소녀의 불안정한 태도를 유심히 본다. 성폭력의 상처를 극복하지 못하는 성격적 결함이 있었던 건 아닐까? 아니다, 그런 식으로 생각하는 것은 피해자인 여자를 비난하고 열등한 죄인으로 만들면서 가해자인 남자들을 옹호하는 사회의 그릇된 통념이다. 정상적이었던 한 어린이가 성폭행으로 인해 어떻게 파괴되었나, 그 여성 억압적인 현실의 실체를 이 자리에서 똑똑히 봐야 한다. 그때 마침 군중 중의 한 명이 그 소녀에게 소리친다.

"당신은 타고난 정신병자가 아녜요. 남자들이 한 멀쩡한 어린이를 정신병자로 만든 거예요."

"맞아요. 난 타고난 환자가 아니에요."

소녀가 고마워하며 두 손을 마주쳤다.

다시 여대생 한 명이 단상에 섰다.

"우리 모두 성폭행의 상처를 드러내고, 치유하고, 함께 힘을 모아 싸우는 게 중요합니다. 이제 모두 그 끔찍한 경험을 얘기할 수 있을 만큼 강해졌으니, 다함께 기뻐합시다. 여러분도 잘 아시겠지만 어릴 때 무사히 자랐어도 언젠가는 성폭력에 노출되는 게 우리 사회입니다. 여자들은 태어날 때부터 죽을 때까지 성폭력의 위험 속에서 살아간다 해도 지나치지 않습니다. 일단 결혼을 해도 부부강간이나 아내 구타가 일어나는 경우도 많지요. 또 성폭력은 단순히 육체적인 것만이 아니라 음란 전화, 음흉한 시선 등을 통해 끊임없이 여자들을 위협하고 있어요. 이 사회가 여자들 스스로 힘이 없다고 느끼게 만들고 매사에 조심하도록 효과적으로 통제하는 수단이 강간이에요. 강간은 남성 문화 전반에 퍼져 있어서 여자들에게 보이지 않는 억압과 폭력을 가합니다. 우리는 이 왜곡된 강간 문화에 대항해야 합니다! 여자들끼리 굳게 뭉쳐 외칩시다! 남자들아, 이제 세상이 바뀌었다, 너네 남자들 멋대로 강간할 수 없다!"

와아! 군중들이 찬성의 박수를 보낸다. 군중들의 환호가 가라앉자 여대생은 다시 차분한 목소리로 말한다.

"남성들 사이에서는 성폭력이 남성다움을 상징하는 자랑거리로 여겨지기도 합니다. 남자라면 다소 거칠더라도 여자를 밀어붙이고 꺾어야 한다고 생각합니다 또 여자들이 싫다고 해도 내숭을 떠는 거라고 자기 멋대로 해석하고, 자기 하고 싶은 대로 합니다. 이렇게 성폭력은 남자 위주의, 폭력적 성문화에서 생겨납니다. 그러니 우리 여자들은 분명하게, 똑똑히 말해야 합니다. 자, 여러분, 따라하십시오. 나는 싫다고 말할 수 있다!"

군중들이 크게 외친다.

"나는 싫다고 말할 수 있다!"

여대생이 다시 외친다.

"아니다! 싫다!"

군중들은 고함친다.

"아니다! 싫다!"

여대생은 계속 선동한다. 군중들은 크게 화답한다.

"남성들은 말합니다. 대부분의 여성들은 속으로 성폭력을 당하고 싶어한다. 그렇습니까?"

"아니다! 싫다!"

"성폭력은 품행이 나쁜 여성의 잘못입니까?"

"아니다! 싫다!"

"남성들은 성충동을 억제할 수가 없고 억제할 필요도 없다. 그렇습니까?"

"아니다! 싫다!"

"강간만이 성폭력입니까?"

"아니다! 싫다!"

"여자가 끝까지 저항하면 강간은 불가능합니까?"

"아니다! 싫다!"

"성폭력범은 특별한 사람입니까?"

"아니다! 싫다!"

여대생의 선동과 군중의 고함이 점점 고조되어 무슨 말을 하는지 잘 들리지 않을 정도가 된다. "아니다! 싫다!" 소리만 크게 들린다. 이윽고 여대생은 쳐들었던 팔을 내린다. 군중이 조용해진다. 여대생은 쉰 목소리로 비장하게 마지막 정리를 한다.

"여러분! 누구라도, 나이, 직업, 계급에 상관없이 인권이 있습니다. 이 세상에 성폭력을 당할 만한 행동을 했거나, 성폭력을 당해도 좋을 만한 여성이란 존재하지 않습니다."

군중들은 격렬한 박수를 친다. 여대생은 물러난다.

그때 매춘 여성 한 명이 단 위로 올라온다. 그녀는 수줍어하면서도 또렷하게 말한다.

"여성들끼리 뭉치자고 하는데 우리는 때때로 같은 여자들한테 장벽을 느낄 때가 있어요. 어떤 여자들한테는 너네가 곱게만 자라서 뭘 알아? 하고 내뱉고 싶을 때가 있어요. 너네들은 그래도 대학 나오고 할 거 다 하지 않았냐, 뭐 그렇게 엄살이 심하냐 그런 생각도 들어요. 매춘 여성들은 대부분 어릴 때 성폭행을 당한 경험이 있는데다, 가난하고 가족간의 갈등이 심해서 가출하여 이리저리 떠돌다 결국 매춘에 발을 들여놓거든요. 우리들의 생활은 매일매일이 성폭행을 당하는 거예요. 우리가 성폭행을 당할 때 우리의 선택권이 없듯, 매춘을 시작하는 여성들을 보면 더이상 선택할 기회들이 없었어요. 매춘이라는 한 가지 길밖에 안 보이는 상황에서 그 길로 간 게 과연 선택이랄 수 있을까요? 매춘을 시작하는 여성이 인신매매 광고를 보고 찾아왔든 제 발로 걸어왔든 간에 그건 피치 못할 일이었죠. 여러분들은 아니다! 싫다!고 외쳤어요. 우리도 그러고 싶어요. 남자들이 온갖 추잡한 짓을 요구할 때, 우리도 아니다! 싫다! 인간답게 외치고 싶어요. 하지만 우리는……"

매춘 여성은 말을 맺지 못하고 울음을 터뜨린다. 광장의 분위기가 숙연해진다.

이어 짧은 휴식이 있다. 레즈비언 모임에서 여자들 대여섯 명이 우르르 나와 춤을 추며 노래한다.

"하나, 난 결혼할 거야, 둘, 난 안 해, 셋, 난 여자를 사랑할 거야, 셋 중에 무엇을 선택하든 관계는 선택. 선택할 때 중요한 건 나 자신, 내가 중심, 그리고 결단하는 거죠. 나를 이루는 것, 계급, 성향, 자의식, 충분히 생각했으면 이젠 선택해. 선택이란 정치적 결단. 결혼하냐 안 하냐 남자를 사랑하냐 여자를 사랑하냐 선택에 따라 사회적 지위가 달라지죠. 사회적 지위는 정치와 무관한 것이 아냐. 관계의 선택에 따라 정치적 지위가 달라지죠. 관계의 선택은 정치적 결단!"

군중들은 함께 일어나 춤을 추며 외친다. 관계는 선택, 선택은 정치적 결단!

그때 여성 단체에서 일하는 실무자가 단 위로 올라온다.

"지금 여러분은 정치적 결단에 대해 노래했습니다. 그렇습니다. 성폭행은 개인적인 문제이자 정치적인 문제입니다. 오늘날 성폭행은 전 세계에서 자행되고 있습니다. 나치 치하에서, 일제 치하 정신대에서, 그리고 최근 보스니아와 르완다에서…… 개인적이고 심리적인 성욕이 정치적인 조작의 기반이 되고 있는 것입니다. 그런데 위정자들은 여성이 강간당하고 성폭행당할 때, 정치학보다는 개인적인 치료법으로 해결하라고 합니다. 모든 것은 마음 안의 문제라는 거죠. 여러분! 강도를 당하고 목숨을 잃는 게 자기 수양이 안되서 그렇습니까? 어린이들이 성폭행당하는 게 마음을 갈고 닦지 않아서 그렇습니까? 이건 문제의 본질을 외면하는 겁니다. 우리는 일상에서의 저항을 통해 성폭력의 문제를 끊임없이 제기하고 정치적인 해결을 촉구합시다!"

그러자 군중들이 외치기 시작한다.

"국회로 가자! 성폭력을 정치적으로 해결하자! 가자! 국회로!"

국회로! 국회로! 외침은 넓게 퍼져나간다. 행렬이 급히 움직이기 시작한다. 그러자 위기를 느낀 남자 전투 경찰들이 최루탄을 쏘아댄다. 여자들은 우르르 흩어지며 물러난다. 그러다 다시 전열을 가다듬고 전진한다. 한동안 지속되는 전투. 현주는 매캐한 최루탄 냄새 때문에 가슴이 더 답답해온다. 그때 여자들이 소리치기 시작한다.

"흩어집시다! 흩어져서 여의도로 갑시다! 여의도에서 다시 모입시다!"

여의도로! 여의도로! 외침이 번져나간다. 그러자 여자 기사들이 모는 차량 행렬이 나타난다. 엄청난 차량 행렬이다. 버스, 봉고, 승용차, 택시, 트럭…… 갖가지 차량들은 시위대를 나눠 싣고 여의도로 달리기 시작한다. 재미있는 것은 이때 페미니스트임을 자처하고 여자들의 시위에 합세하려는 남자들이 대거 등장한 것이다. 어린아이들에게까지 최루탄을 쏘는 건 용서할 수 없어요. 내 딸들을 성폭행하는 것은 참을 수 없어요. 남자 페미니스트들은 말한다. 여자들은 그들을 시위에 끼워준다.

드디어 시위대는 국회 앞에 집결한다. 여자들은 모두 흥분해 있다. 국회로 쳐들어갑시다! 여자들이 외친다. 남자 국회의원들은 어디로 숨었는지 한 명도 나와보지 않는다. 대신에 여자 국회의원 한 명이 연설대에 올라선다.

"여러분! 저는 오늘 이 순간을 얼마나 기다려왔는지 모릅니다. 그 동안 국회에서 아무리 싸워봤자 소용이 없었습니다. 이렇게 여자들의 뭉친 힘을 보여줄 수 있어 얼마나 다행인지 모릅니다."

여자 국회의원은 군중들에게 비밀 하나를 폭로한다.

"지금 국회 안에는 거대한 남근 조각물이 세워져 있습니다. 남자 국회의원들은 이 남근 조각물을 우상시하고 받들어 모시고 있습니다. 그래서 모든 국정을 남근적인 사고방식으로 처리하고 있습니다. 성폭력 특별법이나 호주 제도의 모순이 해결되지 않는 것도 이 남근 숭배 때문입니다. 여러분의 단결된 힘으로 이 남근 우상을 제거합시다."

와아! 남근을 뿌리뽑자! 여자들은 함성을 지르며 국회로 돌진한다. 전경들이 필사적으로 막아선다. 최루탄이 터지고 다시 격렬한 전투가 벌어진다. 전진하고 물러서기를 반복하다 누군가 외친다.

"이런 식으로 싸우는 건 무리예요. 우리 여자들은 힘도 없고 무기도 없어요. 여자들의 방식으로 싸웁시다."

"그럽시다."

여자들은 일단 물러난다. 그리고 손에 손에 꽃을 들고 노래를 부르면서 전열을 가다듬는다. 여성 록커들이 아름다운 음악을 연주하기 시작한다. 음악은 가슴 밑바닥까지 파고들며 사방으로 퍼져나간다. 무장한 전경들은 전의를 상실하고 하나둘 자리에 주저앉는다. 방패를 떨구고 몽둥이를 던지고 총을 버린다. 여자들은 더욱 정성껏 아름다운 자장가를 부른다. 전경들은 잠이 든다.

여자들은 저항을 포기한 전경들을 넘어 노래를 부르면서 국회 안으로 들어간다. 국회 안의 남자들은 음악 소리에 취해 모두 곤히 잠들어 있다. 국회의사당 한가운데는 남근 모양을 한 거대한 조각물이 서 있다.

"저거예요. 저걸 없애야 우리 여성들이 평등권을 쟁취할 수 있어요."

누군가 외친다. 여자들은 와르르 달려들어 남근을 뽑는다. 남근은 얼마나 뿌리깊이 박혀 있는지 좀처럼 움직이지 않는다. 죽었던 현주는 자신도 모르게 벌떡 일어난다. 그리고 많은 여자들과 함께 남근 조각물을 드디어 무너뜨린다.

"해냈다! 우리 여자들이 해냈다! "

여자들은 환호성을 울리며 넘어진 남근을 타고 앉아 목청껏 합창을 한다. 여성해방을 상징하는 보라색 깃발이 올라간다. 현주는 환희에 들떠 마음속 깊숙이 오랫동안 들끓고 있던 말, 누가 시킨 말이 아니라 자신의 언어로 크게 외친다.

"내가 술에 만취했어도, 내가 비록 길거리에 벌거벗고 있어도, 너네 남자들은 나를 강간할 권리가 없어! 내 몸은 내 거야!"

현주의 목소리는 얼마나 크고 우렁찼던지 국회의 높은 천장을 울리며 사방으로 메아리친다.

"내 몸은 내 거야아아아아⋯⋯."

현주는 소리를 지르며 깊은 잠에서 깨어났다. 새벽이었다. 꿈이 얼마나 신났던지 속이 다 시원했다. 현주는 곧바로 책상으로 가 꿈을 시로 쓰기 시작했다. 내가 술에 만취했어도, 비록 길거리에 벌거벗고 있다 해도, 너네 남자들은 나를 강간할 권리가 없어! 그것은 오랫동안 말 못 해온 현주 자신의 생각, 자신의 언어였다. 그 말을 뱉어내고 나니 오랜 체증이, 우울증이 일시에 사라지는 것 같았다.

얼마나 오랫동안 시를 썼을까? 휴가의 마지막 날, 일요일 점심때가 되어 있었다. 현주는 가뿐한 기분으로 점심을 차려 맛있게 먹었다. 그러자 슬그머니 웃음이 났다. 신나는 꿈이었지만 비현실적인 환상이었어. 성혁명은 데모를 통해서가 아니라 일상생활의 밑바닥부터 서서히 구체적으로 변화됨으로써 일어나는 건데⋯⋯ 나는 80년대 운동적 사고방식에 너무 물들어 있나 봐. 이제는 새 천년이 되었는데⋯⋯ 현주는 늘어지게 기지개를 켰다. 나도 어서 과거로부터 벗어나 변해야 할 텐데⋯⋯ 그나저나 한영은 뭐 하고 있을까?

마음의 여유를 되찾은 현주는 한영을 떠올렸다. 차라리 결혼하자고 말했었지. 그러나 결혼을 하고 안 하고는 나중 문제이다. 우선 나 자신이 성적 억압에서 자유롭게 해방되어 자기 관리를 얼마나 주체적으로 할 수 있느냐가 문제다. 성폭행의 경험은 내 몸의 주인이 되어 성을 경험한 것이 아니라 성적 대상물로 억울하게 당한 경우였다. 엄밀히 말해서 그건 성경험이 아니다. 그건 강도를 당한 것 같은 폭력이다. 진정한 성경험은 내가 원해서, 능동적으로, 서로 동등하게 애정을 나누는 게 아닐까? 성에 대한 피해의식을 완전히 극복한 후 남자와 평등하게 성관계를 나눌 수 있다면 결혼을 하든 안 하든 크게 상관이 없다. 다시 말하지만 성적 주체성이 문제다. 오히려 결혼관계에선 남자가 권력을 잡고 여자를 지배할 수도 있으니까 결혼을 안 하는 게 더 자유로울지도 모른다. 하지만 결혼하지 않은 성이 사회적으로, 또 제도적으로 보장받지 못하는 게 불안하다면 결혼하는 것도 괜찮겠지.

현주는 자신의 생각이 정리되어가는 것을 느꼈다. 나의 첫번째 연애는 자의식 때문에 실패했지만 이번만큼은 자유로운 정신으로 성적 즐거움을 찾을 수 있지 않을까? 하지만 나에게 가해졌던 성폭력은 성적 억압뿐 아니라 시대적 탄압도 얽혀 있어 문제가 단순치 않다. 왜 여자에게는 시대적 억압이 성적인 형태를 띠고 나타나는 걸까? 풀리지 않는 문제다. 어쨌든 군부 독재를 물리친 지금은 정치적 중압감 없이 성적 억압으로부터 자유로워지려고 노력해볼 수 있지 않을까?

현주는 눈을 감고 생각했다. 내가 왜 그렇게 한영의 접근을 피하기만 했을까? 피해의식 때문이다. 다시는 사랑으로 상처입고 싶지 않아 잔뜩 움츠린 옹졸한 마음 때문이다. 그리고 죄의식 때문이다. 한영을 버리고 여행에 나섰다가 윤간당했던 끔찍한 기억. 한영이 그 모든 것을 이해하고 받아들인다 해도 내가 나를 용서하고 받아들일 수 없었던 쓸데없는 결벽증 때문이다. 사실 친구들의 윤간 얘기를 듣기만 했다는 한영에 대한 나의 분노는 강간범들 모두에 대한 분노이다. 한영은 강간범이 되기에는 너무 착한지도 모른다. 그리고 세상에는 착하고 좋은 남자들도 있을지 모른다. 마지막으로 두려움이 문제다. 나의 병에 대한 두려움. 남자들은 두려움을 느끼면 남을 공격하지만 여자인 나는 두려울 때 몸을 사린다. 정말로 나의 불면증은 고칠 수 없는 것일까? 마치 우연히 교통 사고를 당한 사람이 멀쩡하던 다리를 다쳐 영원히 절름발이가 되는 것처럼…… 현주는 느릿느릿 점심상을 치웠다. 그때 간밤에 약을 먹지 않고도 잘 잤다는 데 생각이 미쳤다. 그래, 산소를 갔다 오면서 충분히 걸었기 때문이야. 난 건강해질 수 있어. 현주는 앞으로 자신의 몸을 위해 적당한 운동을 해주어야겠다고 결심했다.

벽

현주가 없는 토요일은 적당히 우울했다. 하지만 허탈하거나 불안하지는 않았다. 한영에게는 현주가 자신에게 돌아오고 말리라는 터무니없는 확신이 있었다. 이 믿음은 어디에서 근거하는 걸까? 한영 자신도 알 수 없는 수수께끼였다. 하지만 현주가 아무리 냉랭하게 굴어도 한영은 현주와의 관계를 낙관하고 있었다.

퇴근을 하려는데 국제부 여기자를 복도에서 만났다. 홍씨 성을 가진 똑똑한 후배였다. 오래 전부터 한영에게 은근히 호감을 내비치는 독신 여성이었다. 건강하고 예쁘고 당당하고 지혜로운 여자. 흠잡을 데가 별로 없었다. 그런데도 이상하게 끌리지가 않았다. 왜일까? 홍 기자가 아무리 접근해와도 덤덤한 동료의식 이상은 생기지 않았다. 집안이나 학벌도 좋고 신부감으로 만점인데도 만나면 부담스럽기만 했다. 적당히 인사하고 스쳐 지나려는데 홍 기자가 한영을 잡았다.

"최 선배, 술 한잔해요. 얘기할 게 있어요."

홍 기자의 말에는 간절함이 담겨 있었다. 한영은 잠시 망설이다 고개를 끄덕였다. 애매한 태도를 보일 게 아니라 어떤 식으로든 맺고 끊어서 감정 정리를 하도록 해주어야 마땅할 것 같았기 때문이다.

신문사 근처의 경양식집으로 갔다. 홍 기자는 포도주를 시켰고 한영은 묵묵히 술잔을 기울였다. 한영의 침묵을 깨고 싶은지 홍 기자가 명랑하게 대화를 이끌어갔다.

"얼마 전에 보수 우익 계열의 사람을 만날 일이 있었어요. 그 사람은 북한의 독재 정권이 아이들을 굶주리게 한다고 매우 분개하면서, 포용 정책을 쓰고 남북 대화를 추진할 게 아니라 쳐들어가서라도 굶주리는 동포들을 구해야 한다고 비분강개했어요. 전 무척 놀랐어요. 쳐들어가다니, 어쩜 그런 극단적인 생각을 할까요? 그런데 마음속으로 그런 생각을 하는 사람들이 적지 않은 것 같았어요."

한영은 할 얘기가 있다는 게 이런 화제는 아닐 텐데 짐작하면서도 잠자코 듣기만 했다. 홍 기자가 다시 말을 이었다.

"지금 정권이 경제 위기 극복에 실패한다면 그런 극우 보수 세력이 다시 집권하게 될지도 모른다는 우려가 생기더군요. 경제적 실패로 불만에 찬 대중들이 극우 보수 세력에 표를 던지면서 새로운 파시즘이 대두할지도 모르고, 사태가 걷잡을 수 없이 악화될 수도 있을 것 같아요."

위기 상황을 우려하는 홍 기자의 표정은 말의 내용과 상관없이 초등학교 반장 선거에 나온 어린이처럼 밝고 생생했다. 동그란 눈을 데굴데굴 굴리며 아빠에게 애교를 부리듯 교태 섞인 몸짓을 하는 홍 기자를 보고 있자니 문득 현주의 어두운 눈동자가 떠올랐다. 그때 퍼뜩 머리를 스치는 깨달음이 있었다. 그래, 홍 기자에게 이끌리지 않는 것은 상처가 없기 때문이다. 현주에게는 핏빛 상처의 냄새가 난다. 그럴 때 한영은 강한 동지의식을 느끼곤 했다. 상처 많은 자가 남의 상처를 이해하고 사랑할 수 있기 때문일까? 한영은 잠시 회의했다. 혹시 내가 고통에 대한 편집증이 있는 것은 아닐까? 남들처럼 고통과 상처를 적당히 잊어버리고 즐거움을 찾을 수는 없는 걸까? 행복해지기. 그러나 현주는 행복한 여자가 아니다. 그런데도 한영은 현주에게서 마음을 거둘 수가 없었다. 나는 행복을 원하고 있지 않은 걸까? 아니야, 나도 행복해지고 싶어. 그러나 다른 누구가 아닌 현주와 함께, 현주가 활짝 웃는 모습을 보면서…… 그때 홍 기자가 한영의 상념을 흔들었다.

"최 선배, 무슨 생각을 그렇게 열심히 해요? 제 말은 듣지도 않고……."

한영은 길게 한숨을 내쉬었다. 그러면서 순간적으로 기회를 포착했다. 지금이 자연스럽게 홍 기자를 물리칠 때다. 한영은 덤덤한 표정으로 입을 열었다.

"여자 생각을 하고 있었어. 내가 좋아하는 여자 생각."

홍 기자의 얼굴이 눈에 띄게 일그러졌다. 그러나 자존심 강한 그녀는 재빨리 표정을 수습하고 아무렇지도 않은 척 물었다.

"어떤 여잔데요?"

"대학 시절부터 오랫동안 좋아해온 여자야."

"그런데 왜 결혼 안 하세요?"

태연한 척하는 홍 기자의 목소리가 약간 갈라져나왔다. 한영은 깊은 미안함을 느끼며 조심스레 대답했다.

"그 동안 피치 못할 사정이 있었어. 이젠 결혼해야지."

홍 기자는 말문이 막혔는지 가만히 있었다. 한영은 그녀의 빈 잔에 포도주를 따라주었다. 그렇게 고고한 척 가장하지 말고 욕을 하든지 화를 내든지 해보라고 속으로 말하면서. 잠시 침묵이 흘렀다. 그때 구원의 신호라도 되는 것처럼 홍 기자의 휴대폰이 울렸다. 홍 기자는 재빨리 전화를 받더니 기회를 놓치지 않고 말했다.

"최 선배, 어떡하죠? 저 급한 일이 생겨서……."

"괜찮아, 나가봐. 난 마저 마시고 갈게."

홍 기자는 서둘러 자리를 떴다. 그러나 한영은 그리 급한 일이 아님을 알고 있었다. 홍 기자는 이 불편한 자리를 벗어나서 남몰래 울든지 아니면 욕을 하든지 나름대로 헝클어진 자존심을 회복할 것이다. 어쨌든 본의 아니게 상처를 줬군. 한영은 편치 않은 마음을 달래며 혼자 술을 마셨다.

살아가는 일이 왜 이리 상처투성이일까? 끊임없이 상처를 입고 상처를 주고…… 상처투성이의 자아를 숨기고 세상의 속도를 쫓아 정신없이 달려온 세월. 직장에서 살아남으려고 아침부터 밤까지 이리저리 뛰어온 지난 십오 년은 강의 모래 바닥에 고층 빌딩을 쌓아올린 것처럼 불안하기 짝이 없었다. 상처와 불안을 끊임없이 술로 마비시키면서 높이높이 실적을 쌓아올리는 데만 몰두한 것. 그래서 성수대교가, 삼풍이 무너지고, 경제 위기가 온 거야. 모두들 자기를 돌아볼 새도 없이 허겁지겁 사느라고…… 최한영, 이젠 너도 마음을 정리하고 다질 때가 됐어. 넌 너무 헝클어져 있었어. 한영은 스스로를 타이르며 술값을 치르고 경양식집을 나왔다.

공해에 찌든 서울의 밤하늘은 탁했다. 그래도 노란 달이 고층 빌딩 사이에서 말갛게 웃고 있었다. 현주가 보고 싶었다. 우리는 지난 시대의 죽음의 상처를 함께 나눴지. 우리를 연결시키는 데 그것보다 더 강한 결속력은 없어. 그 시절의 아픔을 함께 겪어냈다는 것. 이제는 그 아픔들을 극복해낸 강건한 모습으로 행복해져야 할 때야. 경제 위기라는 엄청난 파도가 숨돌릴 틈도 없이 우리를 몰아치고 있긴 하지만 이제야 되찾은 행복의 가능성을 빼앗길 순 없어. 한영은 현주를 그리워하는 마음으로 가늘게 휘파람을 불며 집으로 향했다. 휘파람의 곡조는 양희은의 〈못다 한 노래〉였다.

저녁 해 지는 산은 슬프도록 아름다운데
저만치 멀어지는 친구의 뒷모습은
왜 그리 쓸쓸해 보일까

아픔은 아픔으로 어루만져질 수 있다면은
친구의 그 쓸쓸한 마음을 위한 노래
내 아픔 다해서 노래하리

지금 생각하면 너무 초라한 노래
다시 불러보고도 싶지만
작은 아픔으로 감싸안을 수 없어

부르지 못한 노래가 남아 있네
못다 한 노래가 남아 있네

오피스텔에 도착한 한영은 대청소와 시트 빨래를 했다. 어머니나 누나가 가끔 와서 치워주긴 했지만 마음을 정리할 겸 자신이 직접 집안을 치운 것이다. 학교 때, 또 군대에서 청소하는 법을 충분히 배웠기 때문에 남자들이 살림을 못 한다는 건 엄살이었다. 다만 하기 싫은 것일 뿐이었다.

　냉장고 청소를 하면서 한영은 끊임없이 쓸고 닦으며 살림을 윤기 있게 하려던 이혼한 아내를 생각했다. 돌이켜보면 옛날 아내에게는 잘못한 점도 많았다. 애정을 가지고 살뜰하게 대하기보다 그저 생활하는 데 필요한 편리한 도구의 하나처럼 무심하게 대했었다. 그러니 아내가 인간 취급을 해달라며 시끄러운 반란을 일으켰던 것이다. 이혼하면서 꽤 복잡한 감정의 혼란이 있긴 했지만 미련은 없었다. 그렇게 의존적인 여자들은 어디서나 만날 수 있었기 때문이다. 스쳐 지나간 여자들은 결국 한영에게 기대려고 했는데 한영은 그것이 버거웠다. 아마 자신의 유약함을 이해해주는 독립적인 여자와 전면적인 관계를 맺을 수 없었던 것이 한영이 갖고 있는 허전함의 원인일지도 몰랐다. 여자들은 한영의 갑옷일 뿐인 남자다움을 좋아했다. 그러나 사실 한영의 마음속에는 그 남성다움으로부터 자유롭고 싶다는 갈망이 쉴새없이 꿈틀거리고 있었다.

　자유로움. 그러나 그 자유는 쫓으면 쫓을수록 멀어져갔다. 그리고 한영은 가면을 쓴 채 이 세상에서 자신의 존재가 조각나는 듯한 느낌에 빠지곤 했다. 직장에서는 일만 하는 존재로, 여자를 대할 때는 성적인 존재로, 가족을 대할 땐 자라지 않는 어린이 같은 존재로, 혼자 있을 때는 술만 홀짝거리는 무기력한 존재로…… '자유로운 인간'이 된다는 것은 헛된 환상이었다. 전 존재로 인간적인 관계를 맺는다는 것도 망상이었다. 한영은 사는 일에 충분히 넌더리가 나 있었다. 그때 현주를 다시 만나게 되었다.

처음에는 현주에 대한 끌림이 청춘 시절에 대한 향수가 아닌가 의심했다. 그러나 한영의 젊은 시절은 아련한 그리움으로 남을 만큼 아름답지 않았었다. 오히려 안정되지 않고 불안하며 방황을 많이 한 돌이키고 싶지 않은 시절이었다. 그러니 낭만적인 추억 속으로 도피하려는 것은 아니었다. 그렇다면 성적인 끌림일까? 단 한 번 같이 자긴 했지만 현주는 그렇게 능숙한 여자가 아니었다. 그렇다고 순결을 무기로 족쇄를 채우지도 않았다. 다만 그날 밤 석하의 죽음으로 상처입은 현주를 진심으로 위로하고 싶어 보듬었던 그 따뜻하고 안타까우며 진실했던 자신의 여린 마음이 오히려 기억에 더 남았다. 다시금 그런 진실한 마음으로 서로의 상처를 위로해주고 싶었다. 어쩌면 도구가 아닌 인간으로서의 전면적인 사랑을 할 수 있을 것 같기도 했다. 그런 사랑을 할 수 있다면 마음이 넉넉해지고 비로소 참자유를 느낄 수 있을 것 같았다. 현주야, 제발 마음의 문을 열어라. 한영은 간절히 되뇌었다.

일요일 오전, 한영은 아무도 모르는 자기만의 행사를 치렀다. 한두 달에 한 번씩 교회에 가는 일이다. 한영은 크리스천이 아니었다. 그런데도 가끔씩 구로동 구석에 있는 한 교회에 나갔다. 그 교회 목사는 한영의 고등학교 동기였다. 신학대학 시절 데모를 열심히 해서 감옥까지 갔다 오더니 민중 신학에 심취해 노동자들을 대상으로 하는 목회를 시작한 친구다. 한영은 이혼 후 마음이 착잡할 때 그 친구를 우연히 만났다. 그리고 민중 교회를 구경갔다가 눈물을 흘릴 뻔했다. 석하와 같이 정의감에 불타는 청년들을, 해방되기를 원하는 찌들린 노동자들을 만났을 때 울컥 치밀어오르던 울음덩어리. 한영은 자신이 운동권이라고 생각해본 적이 한번도 없는 사람이지만 석하와 현주를 앎으로써 본의 아니게 시대의 상처를 보았고 그것이 응어리가 되어 가슴에 남아 있었던 모양이었다. 그 울컹이는 응어리를 확인하며 80년대 중반부터 남몰래 친구의 교회를 가끔 들렀고 가난한 그 교회에 헌금함으로써 위안을 얻곤 했다. 하긴 독재 정권 시절 기자 노릇을 하면서 숨죽여야 했던 양심을 그런 식으로라도 풀지 않으면 견딜 수 없었을지도 몰랐다.

목사 친구는 오랜만에 나타난 한영을 반가워하며 말했다.

"이젠 세례를 받지, 그래."

"하느님이 장가보내주면 세례 받지."

한영은 진담 반 농담 반으로 대답했다. 한영을 속속들이 꿰뚫고 있는 목사는 빙긋 웃었다.

"결혼하고 싶은 여자가 나타난 모양이군. 한번 모시고 오게."

"아직 그럴 단계는 아니네. 때가 되면 데리고 오지."

"잘 되기를 바라네. 내 특별히 기도하겠네."

목사의 특별 기도를 약속받은 한영은 유쾌한 마음으로 현주네 집을 향해 차를 몰았다.

초인종을 누르자 현주가 문을 열어주며 활짝 웃었다. 오랜만에 웃는군. 한영은 기분이 좋아졌다. 가까이 보니 얼굴이 맑아진 게 음울한 독기가 싹 빠진 것 같았다.

"성묘가 좋았었나 보군."

한영이 과일 봉투를 건네며 웃었다.

"응, 무척 좋았어. 근데 한밤중에 너네 집에 전화했더니 안 받더라."

"자고 있었겠지. 근데 한밤중에 전화를 다 해주시고 웬일이야?"

"응, 그냥. 문득 보고 싶었어."

보고 싶었다는 말에 한영은 마음이 단번에 환해져서 벙긋 웃었다. 현주는 긴장을 풀고 약간 상기된 표정으로 속마음을 털어놓았다.

"그 동안 인터넷으로 여성 사이트들을 돌아다녀보니 여성운동이 엄청나게 변했어. 예전엔 민주화 투쟁의 한 수단으로 여성운동을 하려는 사람들이 많았는데, 이젠 여자들 생활에서 일어나는 구체적인 문제들을 중심으로 일상의 변화를 꾀하는 거 같애. 난 이제야 페미니스트가 될 수 있을 거 같애."

"페미니스트가 되어 뭐 하려구?"

한영은 무심코 말해놓고 아차, 싶었다. 아니나다를까 현주의 생기찬 표정이 금세 굳어졌다. 한영은 실수를 만회할 셈으로 다시 풀어 말했다.

"내가 너한테, 남자가 여자한테 이렇게 꼼짝 못 하고 절절매는데, 여성해방을 얘기하는 거 좀 안 어울리잖아?"

현주는 아무 대답도 하지 않았다. 한영은 막다른 벽에 부딪친 느낌이었다. 아, 뭐가 잘못되고 있는 거 같은데, 어떻게 내 진실을 전해야 되나? 한영은 마음속으로 갈팡질팡했다. 그러다 에라, 모르겠다 생각하며 그 동안 조심해온 말을 터뜨렸다.

"넌 우리의 상처를 페미니즘으로 해결할 수 있다고 생각하니?"

한영은 우리라는 말을 특히 강조했다. 그러나 현주는 묵묵부답이었다. 한영은 자포자기하는 심정으로 덧붙였다.

"석하의 죽음을 페미니즘으로 해명할 수 있냐구? 넌 세상의 반쪽밖에 못 보는 거야."

한참 만에 현주가 무겁게 입을 열었다.

"석하의 죽음은 그 당시의 파시즘에 의해 저질러진 거야. 정치적 독재, 경제적 노사 협조주의, 대외적 민족주의를 표방하는 파시스트 권력이 자기와 다른 의견을 가진 반대 세력을 죽인 거지. 그런 파시즘의 특성은 자기와 다른 세력을 증오하고, 다르다는 것 자체에 대해서 공포를 느낀다는 거야. 그 증오와 공포심은 결국 약한 자를 폭행하거나 죽이게 돼."

현주는 논리적으로 설명하기가 힘든 듯 띄엄띄엄 얘기했다.

"그런 파시즘이 발생하게 되는 근본 원인은 남성 문화의 모순에 있어. 남성 문화는 적극적인 공격성을 강조해서 끊임없이 남을 정복하고 지배하며, 자연을 파괴하고, 집단의 힘이나 권력을 우상시하잖아? 다시 말하면 석하는 남성 문화의 모순이 빚어낸 파시즘에 의해 죽임을 당한 거라고 할 수 있어. 따라서 석하의 죽음을 극복하려면 남성 문화의 모순을 극복해야 하고, 여성 문화의 부활이, 페미니즘이 요구되는 거야."

한영은 고개를 끄덕이기로 했다. 나름대로 상처를 극복하기 위해 현주가 힘들여 쌓아올린 페미니즘 논리를 가지고 시비를 걸었다가는 관계가 결렬되고 말리라는 예감이 들었기 때문이었다. 그냥 페미니즘이라는 신흥 종교를 믿게 내버려두자. 살다 보면 그런 믿음이 대수롭지 않다는 걸 깨닫게 되겠지.

그보다 한영은 오늘 현주를 안아보고 싶다고 생각했다.

커피를 다 마시자 현주가 과일을 깎았다. 그러나 한영은 먹는 일에 관심을 보이지 않고 은근히 현주의 손을 잡았다. 현주는 가만히 있었다. 한영은 용기를 내어 그녀를 꼭 안아주었다. 포근한 느낌이 좋았다. 천천히 그녀의 입술을 찾았다. 현주의 입술은 차가웠다. 그 차가움이 안타까워서 더욱 꼭 껴안고 애무를 시작했다. 그러자 현주가 한영을 가볍게 떠밀었다.

"그만 가."

한영은 현주의 말이 진심이 아니라고 생각하며 더 힘있게 끌어안았다. 그러자 현주가 신경질을 내며 한영을 밀쳤다. 한영은 어안이 벙벙해졌다. 현주가 화난 표정으로 말했다.

"난 장난감이 아냐. 니 기분에 따라 맘대로 갖고 놀려 하지 마."

한영이 얼굴을 찡그리며 투덜거렸다.

"너 참, 피곤한 여자다."

현주가 발끈했다.

"너야말로 날 피곤하게 하지 좀 마라. 넌 나의 평화로운 일상을 깨뜨리고 있어. 내가 너 땜에 얼마나 불필요한 갈등을 겪는지 아니? 너야 남자니까 기분 내키는 대로 사랑해보고 지치면 물러설 수 있지. 너한테 연애는 오락이고 장난이야. 하지만 여자는 그럴 수 없어. 난 관계를 가지고 장난치지 않아."

이번에는 한영이 버럭 화를 냈다.

"그래, 넌 관계를 소중하게 여겨서 날 하룻밤 갖고 놀고 그만이었니?"

현주는 말문이 막힌 듯 얼굴이 하얘졌다. 그 모습을 보자 한영은 자신이 지나쳤음을 깨달았다. 그날 얘기는 하는 게 아니었다. 그러나 한영에게도 풀리지 않는 응어리가 있었던 것이다. 한영은 한번 신나게 싸우는 것도 괜찮겠다 싶었다. 남자끼리라면 주먹 싸움을 하면 통쾌할 것이다. 하지만 여자니까 말로 싸운다. 시시하다. 말꼬투리로 싸우는 것은. 한영은 마음을 누그러뜨리고 말했다.

"너, 화내니까 더 이쁘다."

현주가 감정을 폭발시켰다.

"너, 우리집에서 나가! 다신 오지 마. 꼴도 보기 싫어."

"왜? 난 니가 좋기만 한데……."

한영이 이죽거렸다. 현주가 분노에 떨리는 목소리로 말했다.

"넌 내 전 존재를 위협하고 있어. 내 신념, 생활 방식을 뒤흔들고 해체시켜. 이건 부당해. 난 침범받고 싶지 않아."

"니 신념과 생활 방식이 뭐야? 니가 정말 해방된 여자라면 그렇게 요모조모 따지면서 사랑하진 않을 거야. 넌 페미니스트도, 자유로운 여자도 아냐. 넌 자신을 꽁꽁 묶고 있어."

한영이 기어코 페미니즘을 들먹이고 말았다. 현주가 피식 웃었다.

"누구 좋으라는 여성해방인데? 남자들이 마음껏 즐기라고 여성해방 하는 줄 알아?"

한영은 아무 말도 하지 않았다. 그러자 현주는 탈진한 듯 벽에 기대앉았다.

한영은 조심스레 다가앉아 현주의 머리칼을 정성스레 쓰다듬었다.

"제발 나를 건드리지 마. 고통스러워."

현주가 호소했다.

"뭐가 그렇게 고통스러운지 말해봐. 괜찮아. 정말 괜찮아. 난 다 이해할 수 있어. 그 동안 너한테 무슨 일이 있었든지 간에, 난, 난……."

한영은 적당한 말을 찾을 수가 없었다. 자신의 진심을, 속깊은 마음을 고백하기가 무척 힘들었다.

"난 상처 많은 사람들을 사랑해. 난 진실을 원한다구…… 진실의 교류를 통한 진정한 사랑 같은 거…… 그런 사랑이 우리 시대에도 아직 가능하다면……."

278

현주는 한숨을 쉬며 간단히 말했다.

"건강이 좋지 않아."

그 말을 듣는 순간 한영은 현주를 와락 끌어안았다. 매번 부딪쳐야 했던 두터운 벽이 와르르 무너진 느낌이었다. 두 사람이 하나로 용해될 것 같기도 했다. 한영은 내면에서 솟구치는 기쁨을 느끼며 간절히 말했다.

"걱정 마, 건강? 어차피 살 수 있는 데까지만 사는 거야. 니가 아프면 내가 돌봐줄게."

한영은 정성껏 키스했다. 현주가 약간 감동한 목소리로 말했다.

"넌 좋은 남자 같애. 이 살벌한 세상에서 좋은 남자를 알게 돼서 다행이야. 하지만 오늘은 너무 고단해. 다음에 다시 만나자."

현주가 진심으로 따뜻하게 입맞춤을 했다. 한영은 기분이 날아갈 듯했다. 현주를 다시 한번 꼭 안았다가 놓아준 후 그 집을 나왔다.

알튀세르의 철없음

한영을 보낸 현주는 문을 잠그자마자 자리에 쓰러졌다. 갔다. 그냥 갔다. 얼마든지 덤벼들 수 있는 상황이었는데도, 한영은 억지로 강간하지 않고 여자의 의사를 존중해서 그냥 돌아갔다. 그는 적어도 나쁜 남자는 아니다. 현주는 자신도 모르게 눈물이 쏟아졌다. 오랜만에 남자로부터 인간 취급을 받았다는 느낌이었다. 현주는 베개를 끌어안고 뿌듯한 눈물을 흘렸다. 마음이 한결 부드러워지는 것 같았다.

그때 전화 벨이 울렸다. 천천히 수화기를 들었다. 해경이 대뜸 물었다.

"혼자 있니?"

"응, 한영이 왔다가 커피만 마시고 돌아갔어."

"그런데 목소리가 왜 그렇게 잠겼니? 울었니?"

현주는 한영과 있었던 일을 숨김없이 털어놓았다. 흥미롭게 듣고 있던 해경은 현주의 말이 끝났는데도 아무 반응 없이 가만히 있었다.

"얘, 너 뭐 하니? 듣고 있니?"

현주가 물었다. 한참 만에 해경이 눈물 젖은 목소리로 대답했다.

"응, 듣고 있어."

"근데 왜 그래?"

"니가 너무 불쌍해서 그래. 남자들한테 얼마나 당했으면······."

해경이 다시 울먹였다.

"왜, 왜 그래?"

현주가 당황해서 물었다. 해경이 답답하다는 듯 말했다.

"그 남자가 그냥 돌아간 것은 지극히 정상적이고 상식적인 행동이야. 집주인이 그만 가라고 눈치를 줄 때 일어서는 게 당연하잖아? 그런데 넌 그 평범한 행동에 필요 이상으로 감격하고 있어. 그 남자가 억지를 부리고 너를 강간하지 않았다는 사실 때문에 감격하다니······ 얼마나 나쁜 남자들한테 당하기만 했으면 니가 그렇게 평범한 반응에 감동하나 싶어서 기가 막혀. 우리 사회의 강간 문화 속에서 평소 필요 이상으로 긴장하고 살아야 하는 여자들이 새삼 불쌍하고······."

해경의 설명에 현주는 할말이 없었다.

"얘, 너 내 말 듣고 있니?"

"응. 말해봐."

"너, 그 남자한테 감격한 것까진 좋은데, 판단력이 무뎌질까 봐 걱정이다. 그 남자 술을 너무 좋아한다며?"

"어차피 맨정신으론 살 수 없는 세상이잖아."

현주가 넉살 좋게 대답했다.

"얘 좀 봐. 아주 홀딱 반했구나. 너, 알콜릭이 얼마나 골치 아픈지 아니? 결혼생활이 엉망이 될 거야."

"나도 문제가 많은 여잔데, 뭐. 그리고 결혼은 아직 생각할 단계가 아니야."

"얘, 과년한 남녀가 사랑에 빠졌는데, 결혼을 고려 안 할 수 있니? 미리 생각해둬야 할 거야."

해경은 요것조것 자상한 충고를 하고 전화를 끊었다. 현주는 정신이 얼떨떨해졌다. 결혼? 결혼이라고? 내 인생에 결혼 계획은 없었다. 그런데? 한영이 내 생활에 침범한 것이다. 그것도 마음 깊숙이. 현주는 곰곰 생각했다. 주위에서 보아온 바로는 행복한 결혼생활보다는 갈등 많은 가족들이 더 많았다. 나만은 바람직한 결혼생활을 하리라고 장담할 수 있을까? 아니, 정말로 결혼하기를 원하는가? 결혼할 준비가 되어 있는가? 현주는 한참 궁리해보다 잠이 들었다.

꿈을 꾼다. 아름다운 꿈을 꾼다. 달콤한 꿈을 꾼다. 영화 〈포레스트 검프〉의 한 장면이다. 히피들이 반전 데모를 하기 위해 엄청나게 모여든 광장이다. 포레스트 검프와 그의 여자 친구가 오랜 세월 만에 극적으로 만나 분수대 한가운데서 포옹한다. 꼭 껴안을 때 보니 포레스트 검프는 최한영이고 그 애인은 현주 자신이다. 꿈을 꾼다. 끔찍한 꿈을 꾼다. 현주는 만취해서 쓰러진다. 낯선 남자 둘이 번갈아 달려든다. 윤간이다. 무서운 통증. 아랫도리에서 피가 흘러내린다. 다시 〈포레스트 검프〉의 한 장면. 검프의 여자 친구가 마약을 먹고 고층 빌딩 꼭대기에서 뛰어내리려고 한다. 다리가 후들후들 떨린다. 뛰어내리려는 여자는 현주 자신이다. 끔찍한 꿈은 계속된다. 숨소리, 거친 숨소리. 의붓아버지다. 어린 검프의 여자 친구는 자기 아버지에게 당한다. 찢어진 옷을 입고 숨어서 어린 소녀는 기도한다. 새가 되어 날아가게 해주세요. 그러자 무수한 새들이 날아온다. 해경과 여자들이다. 그 여자 새들은 어린 현주를 업고 하늘 높이 날아오른다. 자유로운 비상.

현주는 상쾌한 기분으로 꿈에서 깨어났다. 가슴이 두근거렸다. 좋은 사람들이야. 나의 친구 해경이, 여자들…… 세상은 어쩌면 더불어 살 만한 곳일지도 몰라. 현주는 가만가만 일어나 출근 준비를 했다. 소중한 사람들의 영상을 흐트러뜨리고 싶지 않았기 때문이다. 현주는 행복한 마음으로 직장에 갔다. 사무실에서는 또다른 소중한 사람들, 박종민 사장과 동료 직원들을 만날 것이다.

그러나 식상에 나가보니 현주에게 소중한 사람들은 아침부터 엉뚱한 논쟁에 골몰해 있었다. 며칠 전 뉴스에서 폭로된 시민운동가 J씨의 성추행 사건을 놓고 남자 직원들과 여자 직원들 사이에 격론이 벌어진 것이다. 의견은 크게 세 갈래로 나뉘었다. 남자 직원들은 대부분 신망있고 존경할 만한 시민 운동가를 성적인 문제로 매장시킨다면 너무 이끼우니까 여자들이 너그러이 용서해주어야 한다는 의견이었다. 여자 직원들은 두 갈래로 나뉘었다. 온건파는 부인이나 딸 등 가족의 입장을 고려해서 벌금을 물리는 정도로 가볍게 처리하는 편이 낫겠다고 했다. 그러나 강경파는 소위 사회적으로 책임 있는 위치에 있는 저명 인사가, 더구나 사회를 정화시켜야 할 시민운동가가, 어린 여성을 성추행했다는 건 도저히 용서할 수 없다고 주장했다. 이런 현상은 대부분의 남성들이, 특히 지도층 남성들이 그 동안 성적으로 얼마나 비윤리적이고 느슨한 생활을 해왔는지를 보여주는 빙산의 일각에 불과하다, 이런 기회에 부패한 우리나라 남성들의 성문화를 변화시키기 위해서 본보기로라도 엄중한 처벌을 해야 한다는 의견이었다.

현주는 조용히 들으면서 박종민 사장의 표정을 보았다. 박사장은 몹시 난감하고 괴로운 기색이었다. 그는 J씨와 친분이 있었고 그를 적극적으로 후원한 적도 있었다. 그래서였는지 격론이 끝나갈 즈음, 박사장은 서둘러 결론을 내렸다.

"모두들 일리가 있는 의견인데, 아무래도 큰일을 이루기 위해서는 작은 일을 참고 넘어가는 아량이 있어야 하지 않겠어요? 우리 모두 J씨를 너그러이 용서해줍시다."

토론은 끝났다. 제자리로 돌아온 현주는 좀처럼 일이 손에 잡히지 않았다. 무슨 일이 큰 일이고, 어떤 일이 작은 일인가? 시민사회를 위한 J씨의 일은 큰 일이고, 한 남자에게 성폭행당해 일생을 괴로움 속에서 살아갈 수도 있었을 피해 여성의 문제는 작은 일인가? 도대체 남자들은 성폭력 피해자의 괴로움은 안중에도 없단 말인가?

그때였다. 현주는 단전 깊숙한 곳에서 화르르 불길이 치솟더니 뜨거운 기운이 전신으로 골고루 번져나가는 것을 느꼈다. 깊고 강렬한 분노였다. 그러나 광기와 우울을 동반했던 예전의 혼란스런 분노가 아니라 조용하고 차분하면서도 아주 명료한 힘있는 분노였다. 현주는 단호하게 마우스를 잡았다. 그리고 인터넷을 통해 여성 포탈 사이트로 들어갔다. J씨 사건에 대한 여성단체들의 의견을 두루 읽어보고, 피해 여성을 지지하는 서명을 메일로 보냈다. 그리고 게시판에 들어가 '회사에서의 토론을 듣고'라는 제목하에 간단한 소감을 올렸다.

······저는 평소에 사장님을 몹시 존경하고 믿었기 때문에 그만큼 실망감도 아주 컸어요. 정말, 남자들은 어쩔 수 없다, 기득권자의 한계가 있다라는 생각, 이해하시죠? 아울러 남자의 권위에 더이상 기대지 않겠다는 결심이 섰어요. 사실 그 동안 내 능력의 한계를, 나의 모자람을 남자들의 권력으로 보충하려는 의존심을 은근히 가지고 있었거든요. 그러나 그런 의존심은 결국 여자들을 영원히 제2의 성으로, 열등 인간으로, 피해자로 묶어놓을 수밖에 없다는 것을 깨달았어요. 이제는 정말 스스로의 힘으로, 그리고 다른 여자들과 더불어 여성 공동체를 이루어가야겠어요. 내 남자 친구도 우리 사장님처럼 남자로서의 특권을 주장하고 피해 여성을 무시한다면 열심히 싸울 생각이에요.

게시판에 글을 올린 후 얼마 지나지 않아 누군가 현주에게 메일을 보내왔다. 받아보니 '성폭력 추방과 치유, 극복을 위한 여성 연대'로부터 온 메시지였다. 게시판에 올라온 글을 보고 깊은 감명을 받았다. 이 주일 후에 캠프를 개최할 예정인데, 같이 가지 않겠냐는 내용이었다. 현주는 첨부 파일을 열어 프로그램을 확인한 후 참가하겠다고 답장을 보냈다.

그럭저럭 바쁘게 일주일이 지났다. 그리고 토요일 저녁때 한영을 시내에서 만났다. 둘 다 저녁을 안 먹었기 때문에 술과 밥을 같이 먹을 수 있는 민속 주점으로 갔다. 민속 주점에는 손님이 별로 많지 않았다. 젊은 여자 둘이 한 테이블을 차지했고, 삼십대 남자 두 명이 또다른 자리에서 술을 마시고 있을 뿐이었다. 현주와 한영은 배가 고팠기 때문에 한동안 먹는 일에 열중하고 있었다. 그때 옆자리에서 작은 소란이 벌어졌다. 두 여자가 술을 마시면서 진지하게 얘기를 나누는 상황에 갑자기 삼십대 남자들이 끼여든 것이다.

"어이, 여자들끼리 무슨 재미로 마셔요? 우리랑 같이 어울립시다."

불량기가 있어 보이는 남자들의 수작에 여자들은 날카로운 반응을 보였다.

"싫어요. 우린 우리끼리 마시는 게 좋아요."

"에이, 그러지 말고 같이 놉시다."

"참견 말아요."

"어허, 우리가 좋은 말벗이 될 수 있는데……."

"이 사람들이 왜 이래, 증말, 짜증나게……."

여자들이 자리를 박차고 일어났다.

"아니, 이 기집애들이?"

남자들 역시 벌떡 일어나더니 여자들을 잡아끌었다. 짧은 실랑이가 벌어졌다. 그러나 여자들은 잽싸게 몸을 빼내 문 밖으로 달아났다. 남자들이 뒤쫓아 나갔다. 한영은 슬그머니 일어나더니 문 밖으로 나가보았다. 잠시 후 한영이 돌아왔다.

"어떻게 됐어?"

현주가 물었다.

"여자들이 택시를 잡아타고 피했어."

"남자들은?"

"닭 쫓던 개 지붕 보기지, 뭐."

현주는 안도의 한숨을 쉬었다.

"아휴, 잘 됐다. 난 무서워서 혼났어."

"무서웠어?"

한영이 웃으며 물었다.

"응, 싸움이 나면 어떡하나 싶었어. 달리 피할 데도 없고……."

"피할 생각을 했어? 그건 페미니스트답지 않은데?"

한영이 놀랍다는 듯 눈을 둥그렇게 뜨고 놀렸다. 현주는 아차 싶어서 얼굴이 빨개졌다. 자신의 나약함이 정말 창피스러웠다. 하지만 솔직해지기로 했다.

"난 다른 페미니스트들처럼 씩씩하지 못해. 한 번 앓고 난 후 병적으로 겁이 많아졌지. 이건 앞으로 내가 극복해야 할 약점이야."

"반드시 극복하려고 애쓸 필요 없잖아? 여자가 겁이 많을 수도 있지."

중얼거리던 한영이 무릎을 탁, 쳤다.

"야, 남자랑 여자가 이렇게 다르구나!"

"어떻게?"

"나는 여자들 편을 들어서 저 남자들과 싸워야 하나 망설이고 있었거든. 상대는 둘인데 나는 혼자니까 불리하지만 싸우지 않을 수도 없고 해서 조마조마한 마음으로 바라보고 있었지."

"어머, 싸울 생각을 한 거야?"

"그럼, 그게 남자야. 경우에 따라선 싸워야 하는 게……."

한영이 약간 으스대며 말했다. 현주는 잠시 할말을 잊었다. 그렇구나, 남성이 되기 위한 투쟁이라는 게 구체적으로 이런 거구나. 한영의 말대로 남자와 여자가 정말 다르구나. 남자는 옳다고 생각하는 것을 위해서는, 같은 남자들과 싸우기도 한다. 그런데 여자인 나는 약자의 편에 서서 힘센 자와 싸울 생각은 감히 못한다. 여자는 싸움보다는 피하고 참는 게 체질화되어 있기 때문이다. 좋게 말하면 여자는 투쟁보다 평화를 지키고자 하는 것이다. 그러나 이런 경우에는 다투기도 할 줄 알아야 하지 않는가? 어쨌든 이렇게 다른 남자와 여자가 함께 살면서 서로를 이해하기란 얼마나 어려울 것인가? 한참 생각하던 현주가 중얼거렸다.

"그나저나 그 남자들은 왜 여자들한테 시비를 걸었지?"

"남자들이 다 그렇지, 뭐. 여자만 보면 괜히 집적대고……."

"너도 그러니?"

한영이 빙그레 웃었다.

"어린 시절에는 그런 적도 있었지."

한영은 본격적으로 술을 마시며 자기 얘기를 시작했다.

"사실 난 유년 시절에 그렇게 씩씩한 사내애가 아니었어. 오히려 기집애 같다는 말을 많이 들었지. 소심하고 섬세하고 유약했지. 하지만 자라면서 남자들 세상에 적응하지 않으면 안 된다는 것을 알았어. 거친 세상에서 도태되지 않으려면 공부도 잘해야 하지만, 싸움이나 오입질에서도 뒤떨어지지 말아야 한다는 걸 깨닫고 안간힘을 쓰며 살아왔어. 하지만 아직도 그 유약한 심성이 완전히 사라지지 않아 괴로움을 많이 겪지. 나도 모르게 술을 많이 마시게 되고……."

현주가 조심스레 물었다.

"오입질도 해봤어?"

"그건 기본이야. 그 외에도 여자 경험이 많아."

현주는 마음속으로 한탄하고 있었다. 남자들은 이렇게 성경험을 서슴없이 말한다. 그러나 여자들은 한사코 숨기려 한다. 아니, 감히 말을 못 한다. 남자들에게는 성적인 자유가 주어져 있지만, 여자들은 그렇지 않기 때문이다. 내가 남자들처럼 성에 대해 자유롭게 살수 있었다면 과연 끔찍한 성경험을 했다는 이유만으로 미치기까지 했을까? 그때, 현주의 머리에 또다시 떠오르는 의문이 있었다. 하지만 성적으로 걸리적거릴 것이 없는 남자들도 정신병에 걸리지 않는가? 현주는 정신병원에서 본 남자들을 기억해냈다. 권력의 장에서, 생존의 싸움터에서 패배한 사람들…… 현주가 오래된 의문을 떠올리고 있을 때 한영이 말했다.

"재수 시절에는 성적인 방황을 많이 했지. 군대 시절에도 그랬고…… 결혼을 하면서 제일 시원했던 건 이제 이 지저분한 성문화에서 벗어나는구나 하는 거였어. 그런데 유부남이 돼도 별수가 없더라구. 남자들이 모이면 처음엔 시국에 대해서 비분강개하고, 정의와 개혁을 얘기하지. 그러다 2차, 3차 가게 되면 나이 지긋한 사람들이, 이제껏 사회 정의를 말하던 사람들이 제일 먼저 영계 없어? 하면서 자기 딸 같은 여자애를 찾는 거야. 그러니까 십대 매매춘이 기승을 부리는 거지."

한영은 넌더리가 난다는 듯 눈을 감고 말했다.

"한국의 성문화, 특히 남성들의 성문화를 그림으로 그린다면 이럴 거야. 넓은 광장에 남자들끼리 몰려다니고 있어. 남자들은 팬티를 벗어 장대 끝에 깃발처럼 높이 쳐들고 성기를 곤두세우고 술병을 들고 사방으로 여자들을 쫓아다니지. 여자들은 이리저리 노망다니고 움츠려. 그러나 개중에는 그런 남자들한테 짝 달라붙는 여자들도 많아. 나는 그 광장 한구석에 웅크리고 앉아 있어. 거친 남자 친구들은 나를 발길로 차면서 놀리지. 야, 이 고자야, 뭐 해? 그러면 나는 할 수 없이 다른 남자들 흉내를 내. 하지만 곧 다시 구석자리로 돌아와 술이나 마시지. 술을 마시면서 광장의 수라장을 무료하게 쳐다봐. 그러면서 꿈을 꾸지. 어디 나같이 소외된 여자 없나? 진짜 사랑을 하고 싶은데……."

한영이 현주의 눈을 똑바로 쳐다보며 손을 잡았다. 그러면서 낮게 속삭였다.

"다시는 날 내버려두고 사라지지 마."

현주는 한영에게 손을 내맡긴 채 얼마 전에 읽은 알튀세르의 자서전 『미래는 오래 지속된다』를 생각했다. 부인을 살해한 저명한 철학자. 결혼생활의 어떤 억압이 아내를 죽이게까지 했을까 의아해하며 그 책을 읽었던 현주는 알튀세르가 원래 정신 질환을 앓고 있었음을 알았고, 스스로를 분석한 저자의 글을 흥미롭게 읽었다. 특히 알튀세르의 어머니에 대한 기억을 보면서, 남자들의 성장 과정에 이런 갈등이 있구나 고개를 끄덕였다. 여자들은 어린 시절부터 어머니와 친밀한 관계 속에서 어머니와 자신을 비슷하게 생각하며 자랄 수 있지만, 남자들은 자신과 제일 친한 어머니를 배반하고 아버지의 질서에 편입돼야 남자로서 성장할 수 있는 것 같았다. 그래서 남자들은 어릴 때 어머니로부터 떨어져나오는 불안감을 남성이 우월하다는 자기 확신으로 끊임없이 대체해가면서 잘난 척하는지도 몰랐다. 그렇게 일찍부터 어머니의 보호로부터 떨어져나와 남자가 되기 위한 길고 고단한 투쟁을 하다가 그것에 실패하면 지나치게 폭력적이 되거나 신경증에 걸리는지도 몰랐다. 현주는 자신도 모르게 조그맣게 중얼거렸다.

"남자들도 안됐군. 오로지 남자답게 되기 위해서 스스로의 인간성을 억누르고 난폭하고 거칠게 싸우면서 살아가야 하다니…… 그래서 그렇게 비인간적인 폭력도 서슴없이 저지르나 보지."

현주는 잠시 성폭력 가해자들의 심층 심리를 알 수 있을 것 같기도 했다. 한영이 큰 소리로 물었다.

"뭐라 그랬어?"

민속 주점에서 김덕수 사물놀이패의 연주가 나오고 있어 중얼거림이 들리지 않았던 것이다.

"아무것도 아냐. 남성도 해방돼야 한다고 했어."

　현주 역시 큰 소리로 외쳤다.

"남성해방?"

　한영이 웃었다.

"그래, 남자다워야 한다는 강박 관념에서 벗어나 인간다워져야 한다구. 해방이라는 말이 싫으면 성숙이라구 말해도 돼."

"성숙?"

　한영이 머리를 약간 기우뚱했다.

"응, 알튀세르의 책을 보면서 생각했어. 팔십이 다 된 노인이 자신의 신경증을 분석하면서 어릴 때 어머니로부터 받았던 마음의 상처, 상징적 거세 경험을 되살리는 걸 보면서 어쩜 이렇게 철이 안 들었을까 생각했지. 그는 죽음을 앞둔 노인이었지만 그의 마음속에는 어린애가 자라지 않고 그대로 살아 있었던 거야. 유년 시절의 자잘한 상처가 하나도 치유되지 않고 고스란히 쌓여서 균형 있는 어른으로서의 성장을 방해한 거지. 그는 겉으로는 훌륭한 이론가이고 교수였지만, 속으로는 성숙하지 못한 철부지 그대로였어."

　한영이 비로소 납득이 간다는 듯 고개를 끄덕였다. 현주가 계속 말했다.

"어쩌면 우리도 그런 어린애를 마음속에 갖고 있는지도 몰라. 나이는 마흔이 다 됐지만…… 아아, 마흔 살 된 어린애라니, 상상만 해도 끔찍해. 이젠 정말 나이에 걸맞게 성숙하고 싶어."

　한영이 정색을 하고 말했다.

"우리들 마음속에는 어린애와 어른이 다 있어. 그래서 상황에 따라 아이같이 반응하기도 하고 성인답게 판단하기도 하는 거지. 마음속의 아이가 반드시 나쁜 것만은 아냐. 세파에 때묻지 않은 순수한 면을 보여주기도 하니까……"

한영이 현주의 어깨를 따뜻하게 감쌌다. 그리고 볼에 가볍게 입을 맞추었다. 그의 입김이 뜨거웠다. 순간적으로 현주는 자신의 불면증이 낫지 않으면 어떡하나 걱정이 들었다. 현주는 다소 서글퍼져서 한영의 까칠한 턱을 만지며 종알거렸다.

"사실 난 뱃사람이 되고 싶어. 시시하게 펜대나 굴리면서 선병질적으로 사는 건 이제 지겨워. 배를 타고 먼 바다를 거침없이 항해하고 싶어."

한영이 껄껄 웃었다.

"여자가 배를 탈 수 있을까?"

"요샌 탈 수도 있대. 어쩌면 요리사나 주방 아주머니가 되면 태워줄지도 몰라. 뚱뚱한 주방 아줌마. 그래, 그거야. 뚱뚱한 아줌마가 돼서 프라이팬을 휘두르면서 말썽부리는 젊은 뱃놈들 엉덩이를 두들겨패고, 걸직한 농담도 하고, 가끔 가다 먼 바다를 바라보면서 쭈그리고 앉아 옛사랑이 어쩌고 넋두리도 하는, 그런 거침없는 아낙네가 되고 싶어. 난 사실 뱃사람이 되고 싶다구……"

한영은 비죽비죽 웃으며 현주의 넋두리를 듣고만 있었다. 현주가 술을 꽤 마셨고 취했기 때문이었다. 밤늦게 한영은 현주를 집까지 바래다주고 돌아갔다. 좋은 놈이야. 현주는 중얼거리며 잠자리에 들었다. 한영의 따뜻한 입김과 부드러운 손길이 아직도 곁에 있는 것 같았다. 그때였다. 현주의 온몸 가득 뜨거운 열기가 차오른 것은. 현주는 깜짝 놀라 몸을 뒤척였다. 성욕, 그것은 즐거운 성욕이었다. 불쾌하고 짐승같이 음험한 성욕이 아니라 사랑을 느끼는 데서 오는 자연스런 성충동이었다.

남자들이 이런 성욕을 못 참아서 강간도 하는 것일까? 현주는 고개를 저었다. 아니다. 남자들은 못 참는 게 아니라 안 참는 거다. 따라서 참지 않고 함부로 행동하는 남자들은 용서할 수 없다. 남의 몸을 빌릴 때는 신중해야 한다. 자신의 성욕을 참지 않고 남을 망가뜨리고 장기적인 살해를 하는 행위는 죄악이다. 남성 심리와 성충동을 이해한다고 해서 성폭력을 용서할 수는 없다. 생각이 뾰족해지자 뜨거운 열기는 이내 사라졌다. 그러나 사랑하는 사이의 아름다운 성에 대한 환상은 계속되었다.

돌이켜보면 현주는 남자와 긍정적인 성관계를 해본 적이 없었다. 실수, 아니면 강간이었을 뿐이다. 사랑하는 사이의 성관계는 기분이 어떨까? 현주는 공상을 했다. 한영과 함께 배를 타고 바다로 간다. 시시한 펜대나 굴리는 생활이 아니라 바다와 함께 호흡하며 물고기를 잡아 생활하고 남자와 자연스레 몸을 섞는다. 신나는 공상이었다. 진정한 성이란 어쩌면 바다 물결이 햇살을 받아 결이 하나하나 빛나는 것처럼 온몸의 세포가 생생하게 살아나는 자연의 회복이 아닐까?

다음 순간 현주는 실소를 하고 말았다. 우리는 어차피 아득한 옛적부터 에덴 동산에서 쫓겨난 존재들이다. 낙원을 잃어버린 남녀에게 순수한 자연으로서의 성이란 존재할 수가 없다. 이 문명사회에서 남녀간의 성이란 단순히 육체적이고 생물적인 자연이 아니라 문화 구조와 사회 제도에서 따로 떨어질 수 없는 행동 양식이다. 그러니 성관계를 인정받으려고 결혼 제도 속으로 들어가는 것이다. 그리고 결혼 제도는 아이를 재생산하고 가족이라는 경제적인 최소 단위의 공동체를 이루면서 이 사회를 존속시킨다. 그 촘촘한 그물망. 그 속으로 들어가야만 할까?

하긴 요즈음의 젊은 세대들은 쾌락으로서의 성을 당당하게 누리면서 성적 주체성을 외친다. 그들의 용기가 부러울 지경이었다. 그러나 현주는 사회적으로 인정받지 못하는 성관계에 가해지는 억압을 감당할 자신이 없었다. 그래서 오랫동안 금욕적인 생활을 해온 건지도 몰랐다. 쾌락을 위해 사회적인 비난을 감당하느니 금욕생활을 하는 편이 오히려 자유로웠던 것이다. 금욕생활이 가져다 주는 평화와 자유. 그것을 젊은이들은 이해할 수 있을까? 여성의 성이 억눌려 있던 구시대의 불행한 생활 양식이라고 일축하지는 않을까?

현주는 서서히 졸음이 몰려오는 걸 느꼈다. 그러나 약을 먹지 않아서인지 잠의 깊은 밑바닥까지 쉽게 닿지 못했다. 희미한 의식이 잠의 표면 위를 끈질기게 떠돌고 있었다. 이럴 때 누가 마사지라도 해주면 좋겠는데…… 정말 건강을 위해서 무슨 운동이든 시작해야겠어. 현주는 간신히 잠 속으로 빠져들며 생각했다.

분노를 넘어서

일주일 뒤 주말에는 성폭력 추방 연대 캠프에 갔다. 일박이일의 프로그램이 진행되는 동안 현주는 감격과 흥분을 누를 수 없었다. 우선, 성폭력을 겪은 여성들이 너무도 많은 데 놀랐고 같은 처지에 깊이 공감했다. 그리고 성폭력의 상처를 극복하는 치유 프로그램에서는 마음이 탁 뚫리는 해방적인 경험을 했다. 특히 성폭력 예방을 위한 호신술 강의를 들을 때는, 몸을 직접 움직여 치한을 퇴치하는 동작을 해보면서 힘과 자신감이 생기는 걸 느낄 수 있었다. 그래, 마냥 당하지만 말고 이렇게 몸으로 싸워야 하는 거야. 현주는 이 기회에 자신의 몸과 마음의 건강을 위해서 무술을 배워야겠다고 결심하고 호신술 강사의 연락처를 알아두었다. 현주는 끝까지 남아 뒤풀이까지 참석했는데, 뒤풀이에서는 주최측 멤버들이 여성운동의 대중화 방법을 놓고 격론을 벌였다.

"그 동안 페미니즘이 상당히 대중화된 건 사실이에요. 하지만 결과적으로 미시족같이 영악한 여자들이 등장해서 남자들의 경제력을 이용해서 살면서 내 아이는 최고로 기른다는 가족 이기주의를 강화시켰고 가부장제를 더 악화시켰어요. 남자와의 타협으로 여자들의 진정한 힘이 왜곡되어버린 거죠. 따라서 남자와 야합하지 않는 여자들만의 문화를 보여줄 수 있어야 하지 않을까요?"

분리주의를 주장하는 발언이었다. 그러자 곧바로 반박이 있었다.

"여자들만의 문화, 여성성의 장점, 여성만의 공동체를 시도해서 남은 게 뭐죠? 페미니스트 대부분이 다같이 가난해졌다는 거밖에 없지 않아요? 사실을 사실대로 보면 남자들도 인간이고 나름대로의 장점도 가지고 있어요. 남자들을 무조건 공격하면서 여성성의 장점만을 강조하는 것은 또하나의 우상화예요. 여성과 남성이 힘을 합해 인간해방의 길을 갈 때 위기는 극복될 수 있을 거예요. 그런 의미에서 제도권 밖의 운동도 중요하지만 제도 속으로 들어가 누룩처럼 변화를 일으키는 끈덕짐이 필요하다고 봐요. 미시족 주부들의 영악함을 나무랄 것이 아니라 그들과 숨김없이 대화하고 이면에 있는 갈등들을 풀어가야 한다고 봐요."

그러자 이내 급진론자 한 명이 열변을 토했다.

"남자들과 타협한 여자들에게는 어차피 갈등이 있을 수밖에 없어요. 남성을 중심으로 짜여진 사회 구조 속에서 애초에 불평등한 계약을 맺은 거니까 끊임없이 자신을 양보하고 살 수밖에 없지요. 그리고 남성도 인간이다, 나름대로 장점이 있다고 하는 논리는 마치 노예가 우리 주인도 좋은 점이 있다고 말하는 것과 똑같아요. 성폭력당한 무수한 여자들의 고통을 생각해보세요. 이건 한마디로 성 전쟁에서 여자들이 속수무책으로 죽어나가는 거예요. 이럴 때 남자들을 이해하기보다 그들과 싸우는 일이 더 급하지 않나요? 그리고 엄밀한 의미에서 보면 남성과의 관계는 모두 강간의 요소를 포함하고 있다고 봐요. 권력이 강한 자가 권력이 없는 자와 관계를 갖는다는 것 자체가 폭력적일 수밖에 없으니까요. 따라서 남자와 타협하면서 지배받기를 택하기보다 지배의 틀 자체를 깨고 독립하는 길을 보여줘야 해요."

곧 온건론자의 이의가 제기됐다.

"남성과의 관계를 모두 강간으로 보는 건 무리가 있어요. 자발적인 동의에 의한 평등한 관계도 있지 않아요?"

"그건 환상이에요."

"환상도 우리 생활 속에서 빼놓을 수 없는 요소로 실천 가능한 것이라는 의미에서 엄연한 현실이죠. 그리고 결혼 제도 밖에서 독립적인 삶을 산다 해서 결혼 제도를 벗어날 수 있는 건 아녜요. 결혼이란 기준을 놓고 안과 밖을 가르고, 끊임없이 결혼 안 한 여자로 규정당한다는 것 자체가 결혼 제도의 영향권 안에 놓여 있다는 증거죠."

논쟁은 밤을 새도 끝날 것 같지 않았다. 급진론자의 입장도 일리가 있었고, 온건주의자들도 나름대로 옳은 소리를 하는 것 같았다. 현주는 내일의 출근을 위해 잠을 좀 자두어야 했으므로 화장실에 가는 척하고 그 자리를 빠져나왔다. 결국 혼자 살든 결혼하든 어려움이 있긴 마찬가지야. 현주는 버스 정류장으로 천천히 걸어가며 생각을 가다듬었다. 그래, 삶의 방식이란 책꽂이에 분류된 책들이나 서류들처럼 일목요연하게 나누고 이름붙일 수 있는 게 아냐. 잘 정리된 이론은 삶의 해명에 도움이 되지만, 그 이론이 곧 삶의 전부를 설명하는 건 아니지. 내 경험을 정리해주고 분노를 대변해주며 상처의 극복에 도움을 주는 여성해방 이론들은 더없이 소중하지만, 그것이 전부는 아닐지도 몰라. 여성주의 이론에 내 경험을 꿰어맞추려는 시도는 어쩌면 또하나의 식민주의인지도 몰라. 앞으로 페미니스트들과 열심히 만나고 배워야겠지만, 내 생활을 여성주의 이론틀에 꼭 맞추려고 애쓸 필요는 없겠어. 그냥 내 상황 그 자체를 받아들이고 인정해야 해. 그리고 내 경험을 해석하고 극복해온 사고의 모험도 그냥 그대로 지켜보자. 그 모험은 아직 끝나지 않았으니까…….

집으로 가는 좌석 버스가 왔다. 현주는 버스에 올라타 창가의 자리에 앉았다. 그리고 버스가 흔들리는 대로 무심히 몸을 맡겼다. 그러자 한 가지 이미지가 떠올랐다. 엄청나게 커다란 배. 커다란 배는 드넓은 바다를 항해중이다. 바다는 수평선과 하늘이 구분되지 않을 만큼 광활하다. 태양빛은 오존 층이 파괴되어가는 대기를 뚫고 일직선으로 내리꽂힌다. 물 위에는 기름과 쓰레기들이 둥둥 떠 있다.

선장실에 가보자. 클린턴을 닮은 선장이 각국 지도자들과 함께 파티를 하고 있다. 파티는 결코 끝나지 않는다. 지루해진 선장은 여자에게 추파를 던진다. 국회의원 같은 항해사들은 키를 잡은 채 졸고 있다. 가끔 깨어나면 다른 항해사들과 거친 말다툼을 한다. 갑판과 선실에는 수많은 남녀, 노인과 아이들이 들끓고 있다. 배 맨 밑바닥 삼층 선실에서는 커튼을 드리운 채 흑인 남자들이 흑인 소녀들의 음핵을 절단하고 있다. 옆방에서는 아랍 남자가 수십 명의 처를 거느리고 웃고 있다. 아랍 여자들은 베일을 쓴 채 두려움이 가득한 눈을 껌벅이고 있다. 그 앞방에서는 동양 여자들이 매매춘을 하고 있다. 그녀들의 작은 성기는 거대한 남성들에 의해 너덜너덜

찢긴다. 그 방의 벽에는 '외화 획득으로 애국하자' '정신대의 피해를 보상하라' 따위의 서로 상반되는 구호들이 어지럽게 걸려 있다.

이층으로 올라간다. 백인들이 음악을 크게 틀어놓고 음식과 술을 마구 퍼먹으며 끊임없이 성교를 하고 있다. 구석에서 어린 여자 아이가 남자 어른한테 강간당한다. 여자 아이는 겁에 질려 소리도 못 지른다. 점잖은 가족들도 있다. 아버지가 발을 뻗고 신문을 보고 있다. 어머니는 아버지의 눈치를 살피며 끊임없이 집안 일을 한다. 아버지는 실컷 먹고 잠이 든다. 어머니는 아들을 깨끗이 씻기고 숙제를 안 했다고 욕을 한다. 아들은 어머니를 밀치고 뛰쳐나가 지나가던 소녀를 겁탈해버린다. 소녀는 피를 흘리며 쓰러진다. 쓰러진 소녀를 한 청년이 구출한다. 구출된 소녀는 청년의 노예가 된다. 청년은 다시 아버지가 되어 식탁에 발을 뻗고 신문을 본다. 소녀는 어머니가 되어 아들의 성기를 깨끗이 씻기고 또 씻긴다. 상징적인 거세를 당한 아들은 신경증에 걸린다. 그는 커서 아내를 살해한다.

일등 객실에서는 재벌들이 여유 있게 카지노를 하고 있다. 엄청난 돈이 한 나라를 망하게도 하고 흥하게도 한다. 문 밖에는 노동자들이 몰려와 데모를 한다. 그러나 그 데모대는 무장한 군대에 포위되어 있다. 각양각색의 수많은 남자와 여자, 어른과 아이들이 광란을 일으키고 있는데도 커다란 배는 비틀비틀 항해를 계속한다. 직사광선은 위험하고 오염된 물에서는 악취가 난다.

식당이다. 뚱뚱한 주방 아줌마들이 요리를 해서 나눠주고 있다. 사람들은 끊임없이 식당으로 몰려온다. 아줌마들은 씩씩하게 치다꺼리를 한다. 그중에 약간 또라이 아줌마도 있다. 뚱뚱해진 현주다. 주방 앞에서 젊은 남녀가 서로 끌어안고 애무를 하며 일을 방해한다. 또라이 아줌마는 큼직한 프라이팬으로 남녀의 엉덩이를 한 대씩 후려갈기며 소리지른다.

"그만 붙어먹어. 지긋지긋한 연놈들! 연애질은 그만 하란 말이야. 이젠 이 미친 짓을 그만두라구!"

젊은 남녀는 또라이 아줌마를 피해 도망간다. 게이와 레즈비언 커플들이 나타난다.

"우린 괜찮지, 아줌마?"

"뭐가 괜찮아? 에이즈나 조심하라구!"

또라이 아줌마가 프라이팬을 휘두른다.

"어어, 우리 땜에 에이즈 생기는 거 아니라구! 사실은 에이즈 환자 대부분이 이성애자들인데, 괜히 동성애자들한테 뒤집어씌워 탄압을 하는 거라구! 그리고 또 아줌마 자식이 에이즈 걸리면 내다 버리겠수? 그러지 말고 아줌마 살아온 얘기나 들어봅시다."

게이와 레즈비언들이 술을 권한다. 그때 극우파 깡패들이 나타나 동성애자들을 공격한다. 또라이 아줌마는 프라이팬을 휘둘러 깡패들을 물리친다.

"야, 아줌마, 힘세다. 최고다."

주방 문 앞에 쭈그리고 앉아 있던 술주정뱅이가 박수를 짝짝 친다. 한영이다.

"저 아줌마 멋져. 난 저 아줌마를 좋아해. 저 아줌마와 결혼할 거야."

술주정뱅이가 횡설수설한다. 또라이 아줌마는 허리에 한 손을 턱 얹고 예언자처럼 프라이팬을 높이 쳐들고 소리친다.

"이놈! 나와 결혼하려면 우선 내 옆방으로 이사와! 내 방으로 들어오는 건 안 돼. 가끔 방문만 할 수 있어. 그리고 오 년이 지나도 변치 않는다면 그때 결혼해주지."

술주정뱅이가 알아들을 수 없는 고함을 지른다. 또라이 아줌마는 끄떡도 하지 않는다.

그때 여자들과 아이들이 우르르 몰려온다.

"아줌마, 우리는 다친 여자들을 치료하느라 매우 지쳤어. 배고파, 밥 줘."

또라이 아줌마는 잽싸게 밥을 퍼준다. 노동 운동가들이 몰려온다.

"아줌마, 우리는 배 밑바닥의 구멍을 수리하느라 아주 고단해. 밥 줘."

아줌마들은 인심 좋게 음식을 준다. 종교 지도자들이 나타난다.

"우리는 싸움을 말리느라 무척 지쳤어. 아줌마, 밥 줘."

아줌마들은 음식을 퍼준다. 연이어 시민운동가들도 들어온다.

"우린 바다의 오염을 제거하느라 힘들었어. 밥 줘."

식당은 배를 고쳐보려는 사람들로 가득 찬다. 주방 아줌마들은 맹렬하게 일한다.

배의 꼭대기에서는 남신들과 여신들이 연회를 하고 있다. 그들은 느긋하게 맛있는 신들의 음식을 먹으면서 시끄러운 인간들을 넌지시 내려다본다. 신들의 건강한 아이들이 활발하게 뛰어놀다 혼란스런 인간 세상을 가리키며 묻는다.

"저 인간들은 왜 저렇게 구제하기 힘들어요?"

남신과 여신들은 여유 있게 대답한다.

"내버려둬라. 인류의 정신 연령은 기껏해야 일곱 살이라니까…… 차차 나아지겠지. 신경 쓰지 말고 천도복숭아나 먹으렴."

현주는 자신의 공상이 너무 재미있어서 삐죽삐죽 웃음이 나왔다. 특히 술에 취한 한영의 머리 끄덩이를 잡고 악다구니를 쓰는 평퍼

짐한 아줌마로서의 자기 모습을 상상하니, 평범하게 지지고 볶으며 살아가는 세상 사람들을 이해할 것도 같았다. 대단치 않은 삶들. 그러나 그 삶을 이루기 위해 사람들은 저마다 얼마나 피나는 노력을 하고 있는 걸까? 실없이 웃는 자신을 버스 안의 사람들이 이상하게 볼까 봐 현주는 창 밖으로 고개를 돌렸다. 그러자 이런 공상을 시로 써보고 싶은 생각이 났다. 돌이켜보면 절망에 빠져 시를 쓸 수 없었던 긴 세월은 지옥 속처럼 괴로웠었다. 그러나 그 경험에서 깨달을 수 있었던 교훈은 사람은 꿈이 없이는 잠시도 살 수 없다는 평범한 진리였다. 희망이 없다면 현재의 시간이란 죽음과 다를 바 없는 것이다. 전망이 사라진 시대라고 해서 희망을 버린다면 지금 살아 있기를 포기하는 것과 같다. 새삼스레 현주는 성폭력의 상처를 극복하지 못하고 좌절을 곱씹으며 세상을 비관해왔던 자신이 부끄러워졌다. 그러면서 그 동안 고통 속에서 단편적으로 조각나 있던 자아가 이제야 서서히 온전한 하나의 다면체로 통합되려는 움직임을 느꼈다. 세상이 다시 보이는 것 같았다. 세상이란 대책없이 낙관할 수도 없지만 그렇다고 무조건 비관만 할 곳은 아니었다. 이제는 성폭력의 상처에 단순히 분노만 하고 있을 게 아니라 분노를 넘어서 무언가 해야 할 것 같았다. 다시는 자신과 같은 피해자가 나오지 않도록 여성운동에 열심히 참여하는 것도 좋고, 글을 써서 사람들에게 알리고 경각심을 일깨우는 것도 괜찮을 것 같았다. 그러고 보니 최근에는 꽤 오랫동안 시를 쓰지 않았다. 하지만 내일은 한영이 오기로 했는데…… 언제 시를 쓰지?

그때 현주의 머리를 강타하는 문구가 있었다. '따로 또 같이!' 그래, 한 집에 같이 있으면서도 따로 놀면 되지, 뭐. 저녁마다 함께 있을 필요는 없잖아? 먹을 것과 음악과 재미있는 비디오와 좋은 책들을 준비해놓으면 한영이 혼자 잘 지낼 수 있을 거야. 나는 모처럼 밀렸던 글을 써야지. 앞으로 함께 살게 되더라도 어차피 서로 다른 일을 해야 하니까 미리 연습해보는 것도 좋겠지. 다른 문화 속에서 살아온 여자와 남자가 만나 따로, 또 같이 사는 연습.

그나저나 해경의 말대로 한번 소설을 써보면 어떨까? 반복되는 상처 속에서 형성된 가족주의에 대한 혐오, 인간의 본성에 대한 비관, 나 자신에 대한 패배의식, 삶에 미리 절망하는 습관들을 서서히 극복하고 인생을 낙관하며 행복의 가능성을 꿈꾸게 되는 변화의 과정을 장편소설로 써보면 어떨까? 사람들에게 여성은 해방돼야 한다고, 성폭력은 저지르지 말아야 한다고 백번 구호를 외치는 것보다 피해자의 경험을 드러냄으로써 간접 체험하게 하는 것. 있는 그대로 보여주기. 그러면 사람들은 혼자 미처 생각하지 못했던 문제들을 지적해주리라. 그러면 처참했던 경험의 무게에 매몰되지 않고 한 발 더 내디딜 수 있을 것이다. 용기를 내자.

지금 이 순간에도 어느 여자 아이가 강간당하고 있을지 모른다. 누군가 강간당한 괴로움 때문에 미치고 있을지 모른다. 어떤 여자가 자신을 강간한 남자를 살해하고 있을지도 모른다. 말해야 한다. 절망하지 말라고. 포기하지 말라고. 상산당하기 전에, 미지기 전에, 살인하기 전에 말해야 한다. 현주는 신열에 들떠 버스 안의 사람들을 둘러보았다. 무심한 그 사람들의 어깨를 흔들어주고 싶었다. 그러자 문득 승객들 사이에 소설의 인물들이, 현주가 쓰고자 하는 소설이 유령같이 희미한 형체로 앉아 있는 것이 어렴풋이 보였다. 현주는 눈을 깜박였다.

그래, 저 흐릿한 형체를 구체화시켜야 한다. 맞아. 고통의 끝까지 가보자. 그리고 그 고통을 주물럭거려 작품을 빚어내자. 그리고 그

작품을 다른 여자들에게 보여주자. 성폭력의 피해자들이 쓸데없이 오랫동안 고뇌를 겪지 않도록 가슴을 터놓고 얘기를 건네자. 그리고 한영에게도 그 글을 보여주자. 그가 대부분의 남자들과 달리 여자의 깨끗함에 대한 환상을 뛰어넘을 수 있을까? 아니면 그 환상의 한계 속에 머물까? 어찌 되든 상관없다. 그와 같이 살게 되면 좋지만 헤어지고 나 혼자 살게 돼도 두렵지 않다. 그래, 쓰자. 상징적인 시가 아니라 피가 뚝뚝 떨어질 듯한 구체적인 서사로.

생각을 정리했을 즈음 버스가 집 앞에 닿았다. 현주는 버스에서 내려 밤길 위에 섰다. 검은 잉크 빛 하늘에는 보석 같은 별이 몇 개 빛나고 있었다. 그 얼마 안 되는 별빛을 소중하게 기리며 현주는 천천히 걷기 시작했다. 이제부터 시작해야 할 글, 앞으로 가야 할 머나먼 길을 처음 한 발짝 내딛는 기분으로.

너희가 구멍을 아느냐

김영옥(문학평론가)

1

섹슈얼리티는 근본적으로 정치 투쟁의 영역이며 바로 그렇기 때문에 해방의 매개체이다. 그리고 그 투쟁의 가장 위험하고 격렬한 부분은 여전히 성차의 권력과 맞물려 있다. 섹슈얼리티가 일체의 강박성에서 해방된 세계, 그것은 아마 현재를 살고 있는 우리가 상상할 수 있는 가장 확실한 유토피아적 세계의 모습 중 하나일 것이다. 그러나 성차의 권력이 살아 꿈틀거리고 있는 구체적 현장을 들여다보노라면 이러한 유토피아의 전망은 순식간에 휘발성 안개로 사라져버린다. 아주 '일상적'인 이야기에서부터 시작해보자.

초등학교, 여중, 여고를 거쳐 여대에 들어온 나는 그저 평범한 생활을 해왔다. 또래의 아이들이 겪는 정도의 성추행 경험을 했고, 준모범생급으로 선생님에게 분류되었을 비슷한 부류의 아이들이 보는 정도의 성인 잡지, 영화를 보았고, 공격적인 식성을 소유한 친구들과 함께 몸무게에 대한 고민을 하며 자라왔다. (……) 사람이 많이 오가지 않을 때에는 지하도로 다니지 말라고 선생님이 몇 번씩 말씀하셨다. 하지만 지하도 외에는 길이 없는데 어쩌란 말인지. 가방을 등에 지고 씩씩하게 계단을 내려가던 나의 맞은편에서는 휘파람 소리가 올라오고 있었다. 휘파람의 곡조가 상승하면서 내 것이 아닌 손이 내 가슴에 얹혔다 빠르게 사라졌다. 돌아서서 계단을 올려다보지는 못했다. 골목길에선 긴장하고 다녀야 한다고 경험 많은 친구가 말했다. 하지만 우리 집 대문을 1미터 정도 앞에 두고서까지 긴장해야 한다고 생각하진 않았다. 옆쪽에 있는 연립 주택의 계단으로 올라가리라 여겼던 모자는 내 교복 치마 밑으로 들어왔다. 처음 몇 초간은 개한테 물리고 있는 거라는 생각에 우산을 휘둘렀지만, (치마 밑의 그것이) 우산을 막아낼 수 있는 사람임을 조금 뒤에 알게 되었다.

자신의 성 정체성에 대해 이름을 밝히지 않는 쪽글을 부탁한 내게 몇몇 여대생들이 건네준 글 중 하나를 재구성해본 것이다. 성추행 경험과 성인 잡지, 그리고 냉혹한 수치 안에 갇힌 몸무게 등은 이제 이 나라에서 '여자'로 성장해나가는 데 필수적이며 보편적인 경험 및 인식 목록으로 확실하게 자리잡은 것처럼 보인다. 물론 이 앎은 상당히 허술한 구석이 있는, 대부분 규범화된, 그리고 타자화된 앎일 뿐이다. 남자와의 첫 경험을 묘사하고 있는 쪽글의 한 부분을 다시 재구성해보자.

"괜찮을까?"

"그래, 괜찮아."

"그런데, 어디에 있는 거지?"

"나도 모르겠는걸."

도대체 이런 코미디가 어디 있을까? 나는 그의 성기를 나의 몸 어디에 집어넣어야 하는지 몰랐던 것이다. 생리 혈이 나오는 곳, 질, 아이가 나오는 곳, 페니스가 들어가는 곳, 처녀막이 있는 곳 등등, 나는 그 '구멍'에 대한 많은 이름들과 기능들은 알고 있었지만 막상 그곳이 어딘지는 정확히 알지 못했던 것이다. (……) 내 손가락 지문의 소용돌이 방향을 가만히 찾아보면서, 목 안에 돋아났다는 혹이 어디쯤 붙어 있나 만져보면서, 거울 앞에서 다리를 벌려 보면서, 곰곰이 생각해본다. '내가 가지고 태어난, 혹은 내가 만들어가고 있는, 나에게로 통하는 구멍은 어디 있을까?'

문제틀을 약간 다른 식으로 언어화해보자. 성차에 기반한 섹슈얼리티의 가장 위험하고 격렬한 투쟁은 어떻게든 '구멍'과 연관되어 있다고. 성기 중심의 사랑 행위에 있어서선, 사기 자신이나 혹은 타인의 내적 핵에 도달하고자 하는 소망에 있어서건 말이다.

2

일반적인 언어 사용 맥락에서 '구멍'만큼 다양하게, 형이상학과 물질적 리얼리티의 양극단을 오고가며 사용되는 기표도 드물 것이다. 구멍은 우선 무엇보다도 비어 있는 공간이다. 있어야 할 것이 없는 결핍의 공간이거나, 소중한 것으로 채울 수 있도록 마련된 기다림의 공간이기도 하다. 그리고 사람들은 구멍을 판다. 무언가를 은닉시키거나, 귀중한 것을 숨기기 위해. 구멍은 '쥐구멍'이나 '바늘구멍' 혹은 '구멍가게' 등의 어법에서처럼 '작고 보잘것없음'을 의미하기도 하고, 번거롭고 복잡한 정식 통로를 피해 만들어진 은밀한, 그러나 빠른 통로인 '개구멍'에서처럼 어떤 직접성이나 순간적 관통을 의미하기도 한다. 그리고 도시 밑에 혈맥처럼 펼쳐져 있는 하수관들의 연결망이나 서로 다른 장소의 내밀한 연결 고리인 지하 통로로 들어가고 나오는 장소인 구멍들, 차이밍량의 영화 〈구멍〉에서 위층 아래층 사이의 의사소통을 위해 뚫려진 구멍―이 구멍들은 관계의 소통, 혹은 소통 일반을 가리킨다. 막힌 것은 뚫어야 한다고 말하지 않는가. '숨구멍'도 유사한 맥락에 있는 말이다.

그러나 '구멍'이라는 기표가 가장 강력하게 환기시키는 지시 대상은―의식적인 영역에서가 아니라면 적어도 무의식적인 영역에서는―무엇보다도 여성의 가랑이, 그것도 아이가 세상으로 나오는 곳으로서의 그곳이 아닌, 페니스가 들어가는 곳으로서의 그곳이 아닐까. 사람의 신체에 적용될 때 '구멍'은 일반적으로 남녀 성별에 따라 상이한 지시 대상을 가리키곤 한다. 인간의 신체에는 물론 여러 개의 구멍이 있다. 그리고 이 구멍을 매개로 절대 고립자인 인간은 외부와 접촉하고 소통한다. 안과 밖의 경계를 이루고 있는 그것들은 그만큼 위험하면서 섬세한, 필연적인 신체 부위이다. 그리고 의미론적으로 이 여러 구멍들의 중심에 놓여 있는 것은 남자의 경우 '눈'이고 여자의 경우 '자궁에 이르는 길'일 것이다. 그리고 이 두 '구멍'은 은유화의 유통 과정에서 상당히 교묘한 방식으로 매우 밀접하게 연결되어 있다.

예를 들어 장편소설 『구멍』의 작가 최인호는 제목과 관련해 이렇게 말하고 있다.

현대의 세기말적 증후군들을 하룻밤 동안 이름 없는 익명의 한 남자의 눈이라는 구멍을 통해, 마치 현미경으로 세균을 관찰하는 병리학자처럼 미세하게 그려 보여주고 싶었다.

진부한 이야기일 수 있다. 대상을 인식하는 눈, 생물학적 눈의 확장된 형태인 망원경이나 현미경, 또는 카메라의 눈, 그리고 이 눈이 밀착되는 구멍, 구멍을 통해서 더욱 강조되고 클로즈업되는 대상물—이런 식의 연결 고리는 정말이지 낯설지 않다. 그리고 그 눈의 주체가 남자일 경우는 더더군다나 낯설지 않다. 아니 일종의 자연풍경처럼 '자연스럽기'까지 하다. 호기심 많은 주체가 세상의 비밀을 숨죽이고 들여다보기 위해 뚫어놓은 구멍, 이것은 동시에 '그'의 눈이기도 했으니까. 여자는 세상의 비밀을, 이면을 들여다보는 구멍으로서의 눈, 혹은 욕망하는 대상을 응시하고 포획하는 구멍으로서의 눈을 언제나 박탈당해왔다.

이리가레이가 말했듯이 '눈'을 매개로 해서 이루어지는 남성의 대상 인식과 욕망 충족 일반은 여성성을 자신의 동일자적 자아를 확인하기 위한 '텅 빈, 구멍 같은 거울'로 사용한다. 그녀는 분열증 환자들을 관찰하면서, 남성은 광기에 빠져 있을 때조차도 언어를 계속 소유하고 있는 반면 여성은 자신이 겪은 고통을 몸을 통해 연출해내고 있음을 확인한다. 여성은, 그리고 여성의 욕망은 언어와 문화 일반에 있어서 언제나 남성의 부정적 타자로서, 텅 빈 거올로서 기능해야 하기 때문에, 다시 말해 늘 '망명중'인, 식민지적 삶을 살아야 하기 때문이다.

『구멍』에서 주인공 '그'는 "욕망을 느낄 때면 한마디의 거부의 말도 없이 선선히 옷을 벗고 자신의 사타구니를 벌려 보이는 여인" 같은 차로 세기말의 밤거리를 질주한다. 거대한 도시는 췌장의 회사 현상을 보이는, 다시 말해 "썩어버린 고름과 더러운 핏덩어리들이 내장을 온통 뒤덮어버리고 있는" 담석증 환자처럼 치명적인 말기 증상으로 서서히 죽어가고 있다. 그곳은 "온갖 더러움과 죄와 퇴폐와 악으로 뒤범벅이 된 더럽고 타락한 도시", 유혹과 쾌락과 소비의 도시일 뿐이다. 병든 이 도시의 치명적인 말기 증상을 가장 상징적으로 드러내고 있는 것이 소위 마약과 매매춘에 몸을 내맡긴 '여장남자 변태성욕자'이다. 소설 전편을 두고 극도로 타락한 세기말 대도시의 모습은 성화(sexualised)된 언어로 묘사되고 있다. 그것도 거의 여성이라는 성을 매개로. 작가가 의도했든 의도하지 않았든 소설 『구멍』에서 '구멍'은 이중적 의미로 읽힌다. 남자의 '구멍'인 눈을 통해서 들여다본 세기말의 거대한 도시, 타락의 고름과 핏덩어리가 뒤엉켜 있는 그 도시는 다양한 은유적, 수사학적 언어들의 유통 과정을 거치면서 여자의 성과 연결된다. 물론 독자들 또한―여자든 남자든―남성 주체의 '눈'을 통해 기록된 세기말의 증후군들 뒤에서 흐르는 안개처럼 깔려 있는 '불쾌한, 더러운 여성의 성'을 감지할 것이다. 일반적으로 질서와 삶의 의미를 보장해주는 우리들의 가부장적 '일상' 자체가 그러한 은유들의 연상구조들로 이루어진 거대한 블랙 홀, 구멍 아니던가.

3

바로 이러한 '일상성'의 소용돌이 안에 안이희옥의 소설 『버지니아 울프가 결혼하지 않았다면』은 자리잡고 있다.

어느 정도 후일담 소설 같은 정치·사회적 문맥 안에서 전개되고 있는 『버지니아 울프가 결혼하지 않았다면』의 서사는 격동의 80년대에 대학생활을 한 김현주라는 한 여자의 성적 체험을 중심으로 가부장제 사회 내에 만연하고 있는 성적 폭력의 문제를 치열하고도 복합적인 시선으로 문제화하고 있다. 이러한 문제의식은 성차, 인종차, 계급차에 기반을 둔 성적 폭력에서부터 정신대 할머니들의 문제 그리고 이성애, 동성애의 문제에까지 이르고 있다. 대단히 구체적으로 매개된 문제의식에서 줄발해 대단히 심층적인 분식 태도를 보여주고 있는 이 텍스트는 궁극적으로 허구와 실제, 혹은 문학과 분석적 논쟁 사이의 경계를 전복적으로 허물면서 독자들로 하여금 성폭력을 둘러싼 진지한 고민에 적극적으로 참여하게 만든다.

김현수, 서른아홉이 되도록 혼자 사는 여자. 열여섯 평의 아파트에 '자기만의 방'을 마련한 그녀는 시의 힘을 방패 삼아 유전인자처럼 무의식에 박혀 있는 순결 및 로맨틱 사랑 이데올로기와 싸우면서 자유로운 내면의 활공을 꿈꾼다. 그러나 음험하게 잠복해 있다가 번번이 자유를 향한 그녀의 열망을 낚아채는 검은 갈고리의 손이 있다. 그녀의 육체 안에 깊숙이 새겨진, 파내고 또 파내도 여전히 남아 있는 폭력의 흔적. 살을 파고 들며 피 흘리게 하는 날카로운 가시. 그 가시는 그녀를 '아무도 사랑할 수 없는', 무능력자로

만들어버린다. 그녀에게는 "살아남은 것 자체가 욕이고 분노다".(55쪽)

"고요하고 부드러운 음부를 칼과 송곳으로 아무렇게나 파헤친 듯한 통증, 온몸을 강타하던 역겨움과 극심한 불쾌감, 숨이 멎어버릴 것 같은 두려움, 그리고 마비된 듯한 무감각……"(164쪽), 토해지지조차 않는 그 기억. "고요하고 부드러운 음부"—이것은 흔히 순결 이데올로기가 주장하곤 했던 상투적 '처녀지'를 가리키는 것이 아니다. 이것은 자신의 몸을 통해 자신을 이해하고 그리고 또한 그러한 이해를 통해 자신의 몸을, 자기 자신을 사랑하는 여자의 자아가 간직하고 있는 원형적 이미지 공간이다. 이것은 '자기 자신에게로 통하는 구멍'이며 자신과의 솔직하고 내밀한 대화를 상징하는—단순히 성적인 것을 넘어선 보다 폭넓은 의미에서—또다른 '자기만의 방'이다. 그런 의미에서 몸에 가해진 성적 폭력이나 언어를 통해 행사되는 성적 폭력은 결국 이러한 내면의 자기 공간을 파열하고 난타하는 파괴 행위인 것이다. 『버지니아 울프가 결혼하지 않았다면』은 크게 보아 주인공 김현주가 육체에 새겨진 이 폭력의 기억을, 차갑고 축축하며 끈적거리는 과거의 무저갱을 통과해나가는 지난한 통과 제의이다. 일종의 심리분석 구조를 닮고 있는 이 통과 제의에서 그녀는 스스로 제의를 집전하고 그 모든 과정을 기록해나간다. 마지막 순간까지 끝내 놓치지 않고 있는 그녀의 언어가, 자기만의 언어에 대한 추구가 그녀를 이끌어나가는 아리아드네의 실이다. 자신의 언어를 갖고자 나날의 투쟁을 벌이는 그녀는 남성 주체의 해석학적 언어에 자신의 수수께끼 같은 무의식을 내맡기는 일반 피분석가와는 달리 스스로 공포와 두려움의 계단을 내려가 저 폭력의 '수수께끼'를 풀고자 하는 것이다.

이런 맥락에서 김현주는 버지니아 울프에게서 강력한 심적 연대의 대상을 찾는다. 성폭력의 경험이 있는 버지니아 울프가 여성의 경험, 여성에게 고유한 감수성, 여성의 삶의 사회문화적 조건 등을—이것을 우리는 넓게 "미친년"의 실존이라고 일컬을 수 있을 것이다—때론 육화된 음성으로, 때론 고도의 형식적인 언어실험의 미학적 형태로 지칠 줄 모르고 써내려갔기 때문이다.

4

그 어두운 구멍에서 그녀가 마주치는 이미지들은 모두 여자의 몸에 대한 자신들의 권리를 주장하는 남자들의 폭력적인 언행으로 처참하게 일그러져 있다. 열세 살: 그녀를 "예쁘장해서 귀여워해"(139쪽) 쥬 의붓아버지. 스물한 살: 경찰의 신분을 가장한 두 낯선 남자의 윤간. 이어지는 대공과 형사들의 언어 폭행.

가장 치명적인 정신의 탈골은 언어가 강간당했을 때 일어난다. 난타당한 육체를 써내려감으로써 그 고통을 넘어가도록 도와준 그녀의 언어—"가장 내밀한 일기"—는 이제 "국가 권력에 의해 산산이 찢겨진 휴지 조각에 불과"(184쪽)했다. 성폭행의 상처를 기록하고 있는 그녀의 일기를 바탕으로 형사들이 그녀에게 행하는 비열한 폭력적 언사는 결국 그녀를 정신병원에 입원하게 만든다. 정신병원이란 무엇인가. 작가 안이희옥은 그곳을 "국가와 가부장제와 자본주의의 결탁"(245~246쪽)이 만들어낸 비인간적이고 파괴적인 삶의 구조를 견뎌내지 못한 사람들의 갈기갈기 찢긴 몸들이 모여 있는 곳이라고 말한다. 그러나 쓰레기 처리장에 내던져지듯 그곳에 내던져진 여자들은 그 찢김의 과정 뒤에 숨겨져 있는 그러한 비열한 결탁을 알지 못한다. 그들은 여전히 "시집 잘 가 현모양처나 훌륭한 어머니"가 되고 싶었던 꿈을 되뇌이고 있으며, "그때 그 일을 겪지 않았더라면……" 식의 한탄에 잠긴다. 이것은 폭력을 당하는 사람들이 일반적으로 보여주는 태도이다. 그들은 자신들을 덮친 그 어이 없는 사건을 우연성에 바탕을 둔 일회적인 재앙이라고 생각하며, 그 재앙이 하필이면 자신에게 덮친 것을 한탄한다. 자신의 피를 '나쁜 피'로 이해한다. 근본적으로 남성의 성적 욕망을 채워주기 위해 존재하는 '여성성'이라든가, '가족' 내지는 '가정'이라는 유토피아적 성채를 제대로 잘 유지시켜야 취득하게 되는 '모성'의 존경과 권위 등, 여성을 둘러싸고 있는, 처음부터 여성의 욕망이나 관심과는 무관하게 짜여진 허위의 의미망 자체가 이미 그러한 찢김, 그러한 재앙의 바이러스라는 것을 제대로 인식하지 못한 채 말이다. 이런 의미에서 김현주의 시야에 펼쳐진 다음과 같은 환영은 대단히 시사적이다.

> 의붓아버지와 윤간한 남자들이 잡혀서 질질 끌려왔다./여자 군중들이 빽빽이 둘러서서 돌로 쳐죽이라 외친다./여자 예수가 말한다./너희들 중에 죄없는 자가 먼저 돌을 던지라./순간 여자 군중들이 갑자기 사라지고 남자의 무리가 나타난다./잡혀온 피해자는 현주다./그러나 가해자인 남자들은 매몰차게 돌을 던진다./현주는 죄없이 몰매를 맞고 피 흘리며 쓰러진다./예수는 나타나지 않는다.(174쪽)

죄의식과 용서의 개념을 비유적으로 설명하고 있는 성경의 유명한 장면을 패러디하고 있는 이 장면은 성에 관련된 모든 종류의

314

폭력에서 어떻게 피해자인 여성들이 이중 삼중으로 피해를 입고 있는가를 단적으로 보여준다. 순결 이데올로기가 여전히 민족 이데올로기의 알리바이 역할을 하는 곳에서 '더럽혀진' 여자의 성은 골라 내버려야 할 쭉정이에 지나지 않기 때문이다.

'여성성' '가족' '모성' '순결한 내 사랑' 등의 바이러스에 사람들은 남녀 구분 없이 감염되어 있다. 김현주에게 청혼하는 최한영은 "남자들의 독립심과 대범함 속에 숨어 있는 타인에 대한 무심함과 비정함"(68쪽)을 싫어한 부드러운 남자이지만 기존의 결혼과는 다른 양식의 공동거주를 제안하는 현주의 말에 "대안? 동거? 계약 결혼? 뭐 그런 거 말이야? 그런 거 같이할 여자는 얼마든지 있어. 난 너를 그런 여자 취급하자는 게 아냐"(124쪽) 라는 반응을 보이거나, 여성주의적 세계관을 적극적으로 내면화하고 있는 현주에 대해 "페미니슴이라는 신흥 종교를 믿세 내버려두자"(276쪽)라는 식의 관용만을 보여줄 따름이다. 서로의 욕망과 감수성, 일상적 삶의 질에 대한 고민과 선택에 기반을 둔 관계는 여전히 교과서에서나 강론되는, 혹은 상큼하게 포장된 달짝지근한 멜로드라마에나 등장하는 상투적인 '거짓말'에 지나지 않는 것일까.

5

정육점에 걸려 있는 동물의 살덩어리들을 보며 "거기 동물의 자리에 내가 없음을 보고 놀라게" 된다고 고백하는 베이컨. 떠도는 살덩어리에 대한 연민을, 그리고 그 연민의 함성이 빠져나가는, 고통받는 육체가 빠져나가고 살이 흘러나가는 구멍으로서의 입에 대한 이야기를 하고 있는 들뢰즈. 이들은 근대의 기획 이래 "국가와 가부장제와 자본주의의 결탁"이 만들어낸 도구적이고 파괴적인 삶의 구조가 그 동안 남자들에게도, 그리고 그들이 세운 공국에도 끔찍한 악이었음을 뼈저리게 성찰하고 있다. 그러나 '살덩어리'에 대한 논의는 구체적인 젠더/성의 정치학이라는 맥락을 고려할 때 확실한 도덕적 윤곽을 띨 수 있을 것이다. 그럴 때 비로소 우리는 구멍에 대한 이해를 상호 소통적인 열림과 전이의 차원으로 넓힐 수 있을 것이다. 우리가 함께 만들어가는, 나에게로 통하고, 너에게로 통하는 구멍. 유한한 동물로서, 불쌍한 살덩어리로서 자아와 타자를 이해하고 연민하는 눈빛. 그 눈빛이 만들어내는 길. 너와 나 모두에게 함정이 아닌 통로가 되는 그런 구멍을 염두에 둘 때 타인의 육체를 폭력적으로 전유하는 끔찍한 관행이 '일상성'의 범주에서 '기이한, 너무나 기이한 불가능성'의 범주로 전이될 수 있을 것이다.

아름다운 여자들을 위하여

90년대 초반에 우연히 성폭력 상담소 공개 강의를 듣게 되었다. 성폭력 피해자들의 처참한 속내 이야기는 정말 충격적이었다. 성폭력은 흔히 생각하듯 '좀 난폭한 성관계'가 아니었다. 그것은 가혹한 폭력이며 인간 말살 행위였다. 그후 여성운동계의 꾸준하고 활발한 활동에 힘입어 성폭력 특별법이 제정되고 수정, 보완되었다. 그러나 아무리 법을 제정하고 규제해도 가해자 남성들이나 일반 여성들은 성폭력의 심각성을 잘 모르는 것 같았다.

그래서 이 소설을 쓰기 시작했다. 피해자 여성을 서서히 죽여가는 외상 후 스트레스 장애, 나쁜 비밀을 갖고 있음으로 해서 대인관계나 사회생활이 불가능해지는 엄청난 괴로움을 가능한 한 쉽게 형상화하려고 했다. 동시에 성폭력 피해자로만 끝나지 않고 그 피해를 뛰어넘어 살아남은 '생존자'로서, 나아가 더이상의 피해가 생기지 않도록 노력하는 연약하지만 당찬 여성을 그리고 싶었다.

우리 아버지는 참으로 좋은 분이셨지만 가끔가다 술주정을 했었다. 어린 시절의 나는 개인적 불운과 식민지의 상처와 전쟁의 고통으로 가득 차 있던 그 세대의 괴로운 언어를 이해할 수 없었다. 다만 듣기 싫은 술주정이 빨리 끝나기만을 바랄 뿐이었다. 이 작품을 읽는 사람들도 혹시 그런 느낌을 받게 될지 모른다. 개인적 불운과 독재 시대의 상처를 끊임없이 주절거리는 지겨운 이야기. 특히 젊은 여성들은 몇 줄 읽다 말고 탁, 덮어버리며 이렇게 말할지도 모른다.

"순결 콤플렉스라니! 너무 고리타분한 얘기 아냐?"

"아니, 성폭력의 후유증을 평생 앓기만 했단 말야? 왜 싸우지 않았지?"

"그렇게 당하고도 남자에 대한 낭만적 환상을 못 버리는군. 이성애주의에 물든 기성세대의 한계야. 우린 더이상 남성의 권력에 기대지 않아. 이젠 남성과 분리된 여성만의 문화가 필요해."

그러나 나는 그러한 비판을 섭섭해하지 않을 것이다. 그보다는 비판조차 않으려는 사람들, 특히 남자도 아니면서 성폭력의 아픔을 이해하지 않으려는 여자들에게 몹시 서운함을 느낄 것이다. 그 건강하고 운 좋은 여자들은, 난 피해를 입은 적이 없어 하고 자신 있게 말하면서, 상처 입은 여자들의 분노를 강 건너 불 보듯 할지도 모른다. 아니, 내 남편, 내 아들을 위해 피해자 여성을 오히려 비난할 수도 있다. 그들은 유명 인사의 성추행 사건을 용서하라고 시끄럽게 전화를 거는 무리들일 수도 있다. 피해자 여성에게는 죽음과도 같았을 성폭력 사건을 그들은 '남자가 그럴 수도 있지' 하고 넘어가려 한다. 가해자인 남성들에게는 너그럽고 피해자인 여성들에게는 각박하기 짝이 없는 그런 분위기 속에서 성폭력 사건은 번번이 적당히 무마된다.

민주화 투쟁이 끝나가던 90년대, 나는 새로운 싸움에 몰두하지 않을 수 없었다. 그것은 한마디로 성 전쟁이었다. 그리고 벌써 이천 년이 되었다. 나도 이제는 그만 싸우고 싶다. 그러나 점점 더 사회는 험악해지고, 우리의 예쁜 딸들은 험난한 환경 속에서 위태롭게 살아야 한다. 아무리 지쳤어도 살아 있는 한 싸움을 그만둘 수는 없다. 아름다운 여자들, 나의 벗들과 아픔을 함께 나누고 싶기 때문이다.

일일이 이름을 밝힐 수는 없지만 이 소설이 완성되도록 도와준 친구들에게 감사한다. 특히 꼼꼼히 읽고 평론을 써주신 김영옥 선생님에게 감사한다. 그리고 첫번째 작품 『여자의 첫 생일』이 많이 팔리지 않았는데도 불구하고, 이 두번째 장편소설의 출판을 허락해주신 문학동네 식구들에게도 고마운 마음을 전한다.

2000년 9월
안이희옥

문학동네 장편소설
버지니아 울프가 결혼하지 않았다면
ⓒ 안이희옥 2000

초판인쇄	2000년 10월 2일
초판발행	2000년 10월 9일

지 은 이	안이희옥
책임편집	이진영 정미영 이현정
펴 낸 이	강병선
펴 낸 곳	(주)문학동네
출판등록	1993년 10월 22일 제22-188호

주 소	136-034 서울시 성북구 동소문동 4가 260번지 동소문빌딩 6층
전자우편	editor@munhak.com
	하이텔 : podo1
	천리안 : greenpen
전화번호	927-6790~5, 927-6751~2
팩 스	927-6753

ISBN 89-8281-327-6 03810
* 잘못된 책은 바꿔드립니다.
www.munhak.com